王 族 ── ── 作品

食为天

王 族 著

人民文学出版社

图书在版编目(CIP)数据

食为天/王族著.—北京:人民文学出版社,2020
ISBN 978-7-02-015900-0

Ⅰ.①食… Ⅱ.①王… Ⅲ.①散文集—中国—当代 Ⅳ.①I267

中国版本图书馆CIP数据核字(2019)第297992号

策划编辑	脚 印
责任编辑	王 蔚
装帧设计	黄云香
责任印制	徐 冉

出版发行　人民文学出版社
社　　址　北京市朝内大街166号
邮政编码　100705
网　　址　http://www.rw-cn.com

印　　刷　三河市中晟雅豪印务有限公司
经　　销　全国新华书店等

字　　数　240千字
开　　本　880毫米×1230毫米　1/32
印　　张　11.5　插页8
印　　数　1—10000
版　　次　2020年2月北京第1版
印　　次　2020年2月第1次印刷

书　　号　978-7-02-015900-0
定　　价　42.00元

如有印装质量问题,请与本社图书销售中心调换。电话:010-65233595

目录

序·模仿生活　　/ 001

火把肉烤熟
人把路走好

烤羊肉串　　/ 003

烤羊腿　　/ 008

烤全羊　　/ 012

烤骆驼　　/ 016

馕　　/ 020

馕坑肉　　/ 024

烤包子　　/ 028

库麦其　　/ 032

烤鱼　　/ 036

烤鸡蛋　　/ 040

果子落下
离树不远

葡萄　　/ 047

哈密瓜　　/ 051

香梨　　/ 056

西瓜　　/ 060

小白杏　　/ 065

蟠桃　　/ 069

冰糖心　　/ 073

桑葚　　/ 077

无花果　　/ 082

	沙枣 / 086
	葡萄干 / 090
	薄皮核桃 / 094
好食材在眼里	缸子肉 / 101
好味道在嘴里	过油肉 / 105
	爆炒黑白肺 / 109
	黄面 / 113
	馓子 / 117
	油塔子 / 122
	刀把子 / 126
	九碗三行子 / 131
菜比肉好	孜然 / 137
瘦比胖好	藿香和蕾香 / 141
	皮芽子 / 145
	线辣子 / 149
	番茄 / 153
	莲花白 / 157
	恰玛古 / 162
	阿魏菇 / 166
	椒蒿 / 170
	地软 / 174

头发菜	/ 178
冬虫夏草	/ 182

一碗饭让眼睛看饱
也让肚子更饿

抓饭	/ 189
拌面	/ 193
揪片子	/ 197
麻食子	/ 201
拨鱼子	/ 205
炮仗子	/ 209
石河子凉皮	/ 214
苞谷汤饭	/ 218
诺鲁孜饭	/ 222
羊杂碎汤	/ 226
丸子汤	/ 230
苏甫汤	/ 234

好营养在肉里
好手艺在乡里

手抓肉	/ 241
大盘鸡	/ 245
椒麻鸡	/ 249
馕包肉	/ 254
米肠子	/ 258
马肠子	/ 262
熏马肉	/ 266

	平锅羊肉	/ 270
	羊肉焖饼	/ 274
	胡辣羊蹄	/ 279
	冰碴驹俐	/ 283
酒让人醉 茶让人醒	伊力特	/ 291
	格瓦斯	/ 296
	穆赛莱斯	/ 301
	刨冰	/ 305
	奶茶	/ 310
	罗布麻茶	/ 314
	黑砖茶	/ 319
只要沿途有毡房 走一年也饿不着	锡伯大饼	/ 325
	沙尔阔勒	/ 329
	羊肚子焖肉	/ 332
	冬拜吉干	/ 336
	胡尔达克	/ 340
	包尔萨克	/ 344
	杂克尔	/ 348
	巴哈里	/ 352
	后记	/ 356

序·模仿生活

知味停车，闻香下马。

古人对于美食，喜欢用谚语给予定论。谚语是最短的文学形式，往往能抓住事物最显著的特点，精准地说出其要义。单就有关新疆美食的谚语而言，可圈可点者不胜枚举。譬如"马是男儿的翅膀，饭是人类的营养""迷路时星星跟月亮一样亮，饥饿时面条跟酥油一样香""即便活到中午，也要准备晚餐"……人享用食物，欣喜之余便要感慨一番，其言辞因为受地域影响，形成了带有当地人民文化与生活特点的谚语，并对人起到引领或暗示的作用，人亦会因此而产生相应的文化心理反应。其中，与食物有关的内容更是如此。

我在新疆近三十年，一直受到美食的暗示、影响和引领，让我先是成为一个饮食方面的模仿者，后又养成了顽固的味觉习惯。新疆的美食背后多有奇事，人们品尝美食时，了解这些故事或历史，一定会被感动，亦会受到启发。

我当兵到新疆的第一个月，跟一位老兵去叶城县办事时，闻到一股烤羊肉的味道。先前在老家不吃羊肉的我，呼吸便有些不适。偏偏老兵中午请我吃的是烤羊肉串和拌面。我举着烤羊肉串的钎子，一块一块，很勉强地咬着吃，可以说是很不得要领。后来吃拌面时，我又把拌菜——辣子炒羊肉当成了下饭菜，一口面一口菜地吃。老兵用陕西话"教训"我，你娃命中注定到了新疆，不会吃新疆饭也要模仿吃，不然咋在新疆待下去？他说的"模仿"二字，从此成了我深入新疆生活的开始。一周后，我从部队翻墙出去，在一家饭馆学着老兵的样子，把拌菜拌进拉条子，第一次像个地道的新疆人一样，吃了一份拌面。

另一事。有一年在阿勒泰的白哈巴，我跟一牧民去了牧场。那天他说，咱们今天只带三把东西，就把中午饭解决了。到了牧场我才知道，他说的三把东西，是一把刀子，一把盐和一把火柴，皆可放在口袋里携带。到了野外，他宰了一只小羊，在溪水中洗净后切块，然后生火开始烤。羊肉烤好后，我们二人在牧场上边吃边聊。他说，羊有四条腿走动，人有这三把东西，到了哪里都不会挨饿。吃完后我想，他制作食物的整个过程，虽只是对古老生存方式的模仿，却产生了令游牧文化彰明较著的效果，这是多么的奇妙啊！

还有一事。南疆的农民劳动到中午，将馕和葡萄带到水渠边，将馕扔向上游，然后开始洗葡萄。等把葡萄洗干净后，被泡软的馕已漂到面前，他们便葡萄就馕吃了起来。因食物而生出的智慧，让我觉得很有意思。等到后来有了机会，我便模仿他们这样吃了一次，觉得自己是在接近一种从容不迫的生活。

更有食物创造奇迹，让这块土地变得颇具神性。人们对库车的小白杏历来有"一颗一口蜜"的赞誉。每年，当库车小白杏成熟后，人们一定要等到其中一颗自行落下，将其吃掉后才能正式开始采摘。那颗第一个落下的小白杏的核会被人们留下来。据说，那样的杏核种出的杏树，会结出更甜的果实。而且，库车人认为，小白杏有独特的治疗怪病的功效。有一年，一个人突然哑声，说不出话，久治不好，非常痛苦。一天，院中杏树落下第一颗小白杏，一老者让他吃下后，他居然复又开口说话了。那是一次无意识的模仿，但结果却颇为美妙，让人觉得犹如神在布道。

仅仅这几个例子，不足以道尽人们的模仿行为。而模仿的目的，是找到生存之道。游牧文化孕育出美食的同时，亦影响着人们沿习了诸多古老的生存方式。这么多年以来，我经由对吃法的模仿，到适应了新疆的美食，当地的食物，用当地的做法，从烧烤、炖煮到爆炒等等，无一不做，无一不吃。别处的美食，虽然人人都会吃，但未必人人都会做，唯独新疆美食是例外，但凡会吃者，经过模仿后便必然会做，且以男性为多，我在新疆见到烤羊肉串的都是男人。

美食蕴含文化，亦蕴含力量。人被养育和改变，其言辞、语气、观念和行为，都会体现出鲜明的新疆特色。譬如在草原，但凡说喝个茶，一定是指奶茶。如果说吃个肉，一定是指羊肉。吃新疆食物时间长了，人的长相也会发生模仿般的变化。有一朋友在新疆生活了五十年，长相变得很像少数民族。有人向他打听事时，用的是哈萨克语。他向对方解释，自己不是哈萨克族，对方疑惑半天，不敢相信。

有很多新疆食物，至今仍保持着就地取材，就地制作的古老方法。譬如罗布人从塔里木河中打出鱼后，在岸边生火烤熟便吃，并认为那样做出来的鱼味道最好。这是对古老生存方式的模仿。再譬如烤全羊，在草原和牧场上有之，在大城市的宴会厅也可见到。烤全羊始终不变，唯一变化的是，可以出现在很多种场合。这是对别人的生活方式的模仿。可见，生活中的模仿无处不在，已经成为人们的习惯。而这种习惯，常常能够在平静中蕴含着激情。

哈萨克族有一句谚语：天天骑的马不乱跑，顿顿吃的饭不会忘。一块土地辽远宽广，对食物的模仿让人或饱口福，或饱眼福。民以食为天，幸福与欢乐皆来自食物，并且滋生出智慧。而一方天地的馈赠、尊重和回报，历来都层出不穷，甚至应接不暇。

2019.10.10

火把肉烤熟
人把路走好

火把肉烤熟
人把路走好

烤羊肉串
烤羊腿
烤全羊
烤骆驼
馕
馕坑肉
烤包子
库麦其
烤鱼
烤鸡蛋

烤羊肉串

新疆有一句谚语：一个人的家乡，在他的锅里。

还有一句：趁着牙齿好，你要多吃肉。

说的都是羊肉。

新疆人自小吃羊肉，养成难改的味觉习惯，不管走到哪里，念念不忘的都是羊肉。如果说得再具体一点，新疆人大多数时候说的羊肉，其实指的是烤羊肉串。有一句话说，在新疆，如果把烤羊肉串排第二，便没有什么能排第一，可见新疆人是多么喜欢烤羊肉串。

烤羊肉串经常被简称为烤肉，而烤肉在古代则被称为"炙肉"。《孟子》中说的"脍炙"，即指烤出的羊肉串好吃，并演变出成语"脍炙人口"。当时，但凡提及这个成语，便指的是吃烤肉。汉代画砖石中，西王母和东王公就餐，侍者在一旁举着炙熟的肉串，随时准备递给他们享用。

羊肉在每一个地方都有，新疆的烤羊肉串之所以好吃，好就好在羊肉与众不同。新疆的羊有两类，一类羊吃的多是沙漠、戈壁和盐碱地长出的草，其肉瘦而少肥腻，吃起来味道浓郁，有嚼劲。另一类羊多吃草原和牧场的草，喝的是雪水，所以肉质鲜嫩，味道鲜香，用来做烤羊肉串最好。

有人说，在新疆吃羊肉，乃至于吃烤羊肉串，闻不到膻味。其实，但凡是羊肉必然会有膻味，只是新疆人烤羊肉串时，把蛋清和皮芽子（洋葱）拌在一起，将羊肉先腌一番，然后再烤，便没有了膻味。新疆人去除羊肉的膻味，还用孜然和辣椒面。此二者的味道浓烈，撒入羊肉中，然后或烤或炒，膻味便被压了下去。也有人往羊肉里滴几滴白酒，去膻味的效果也很明显。

我吃烤羊肉串有一个习惯，到了烤羊肉串的摊位前，向师傅喊上一声需要多少串，然后站在一边看他们把羊肉串烤熟的过程。我极为喜欢羊肉被慢慢烤得冒出油，辣椒面由红变亮，孜然由鲜绿变得脆黄的过程，觉得这个看的过程也是一种享受。人吃东西，吃的就是烟火味，看过这个过程再吃羊肉串，便觉得其脆嫩香辣的滋味美不胜收。

至于吃烤羊肉串，新疆人更是有讲究，先手持钎子咬住第一块羊肉，顺钎子撸下来咀嚼。羊肉串上的肉块一般都不大，大多数人吃第一串，来不及仔细品尝便已吃完。如果问他味道如何，只能等他再吃几串才能说出感受。

在新疆，人们把吃烤全羊、手抓羊肉、清炖羊肉、红烧羊肉和馕坑肉等，都一言概之为吃肉。而烤羊肉串，在新疆人的观念中，只能算小吃，吃则常吃，但不能当饭吃。外地来了朋友，新疆人乐于用烤羊肉串招待他们，让他们从烤羊肉串开始适应新疆生活。有一位上海人，之前从不吃烤羊肉串，到新疆尝过后上了瘾，之后天天嘴上挂着一句话：烤羊肉串，蛮好切（吃）。

烤肉摊一般由一个槽子，三个小铁盒，和一个盆子组成。槽子专用于烧火，三个小铁盒里分别装精盐、孜然和辣椒面，盆子里装着切好的羊肉，或串好待烤的羊肉串。来吃烤羊肉串的人在烤肉摊旁站定，观察一下羊肉的情况，报上所要串数，摊主伸手抓起羊肉串，啪的一声放在槽子上，开始烤。他们卖烤羊肉串多年，一把抓下去，不多不少，极为准确。

新疆人大多都会烤羊肉串，食欲上来便买几公斤羊肉，在院中支起槽子，开始操作。槽子里，一般烧木柴或煤炭，等烧过旺火不再有火焰升腾，只剩下炭火时，便把羊肉串放上去烤。羊肉串的味道好不好，与所用柴火有很大关系，最好的是红柳和梭梭柴，烤出的羊肉串味香色正。不过，现在柴火进城难，人们烤羊肉串时都用煤炭。煤炭不好的一点是烟大，味道浓，必须烧成红彤彤的炭火，才可用以烤羊肉串。曾见一人手持一大块铁皮扇槽子中的煤炭，想让煤炭尽快烧成炭火。天热，火大，想必他一定热得不行。有好奇者凑近去看，却见他从容自然，脸上不见汗珠，倒是那好奇者在槽子边只站了一小会儿，便热得满头大汗，赶紧闪到了一边。

一般情况下，一根钎子上串四到五块羊肉，肉块大可串四块，肉块小则串五块。不论一串四块还是五块，必然有一块肥肉。肥瘦搭配，吃起来软脆相益，口感舒爽。

烤熟羊肉串需两到三分钟，刚开始是炙烤加热，烤到中间便用手捏精盐、辣椒面和孜然撒到羊肉上，然后左右手各抓四五串，互相轻拍和搓揉，以便让调料入味。上调料后的羊肉串要掌握好火候，否则会把调料烤焦。

近年来，在墨玉、库车和乌鲁木齐的二道桥等地，出现了烤羊肉串的另一种形式——长的烤羊肉串。这种烤羊肉串的钎子有四五十厘米长，肉块儿也大，立在馕坑里烘烤，一次可烤出十余串，味道鲜嫩可口，吃上两三串就饱了。

最常见的烤肉钎子，有铁钎子和红柳钎子两种。红柳生长于沙漠，枝条带有盐碱味。人们最早将其用作钎子是为了给烤肉增加咸味，后来不再缺少食盐，但红柳钎子仍被沿用，并谓之"红柳烤肉"。红柳钎子比铁钎子长，串上的羊肉块也大得多，必须举起才方便吃。

新疆有一句老话：是好朋友才替他擦钎子。其原因是很多人会忽略一个细节，即烤羊肉串一上来抓起便吃，殊不知钎子在烤的过程中，会积上炭灰和烧烤残留物，一撸便连肉带灰一起吃了进去。明白这个道理的人，会先用餐巾纸把钎子前端的脏东西擦去，然后才放心享用。

现在的人吃烤羊肉串，很少知道"烤肉奖金"。二十世纪八九十年代，常见三五好友在街边烤肉摊坐定，对摊主大声说，来五十个烤肉，"奖金"也一块儿上。所谓奖金，说的是吃十串赠送一串。摊主听到吃烤肉者要五十串，便向负责烤肉的伙计喊上一句：上五十个烤肉，再加五个奖金。

我二十多年前和战友们在叶城、疏勒等地吃烤羊肉串时，烤肉奖金的习俗还在。那时我们能吃，加之一去便是十多人，往往要点一百串烤肉，老板先是和我们开玩笑说，你们昨天晚上梦见我们家的羊了吧？今天都找我们家的羊肉来了。我们说没有梦见他家的羊，只是梦见烤羊肉串了。说话间，烤羊肉串就上来了，并且已悄悄给我们加了十个"奖金"。吃完离去，老板仍不忘招揽生意：想吃烤羊肉串了再来嘛，没结过婚的羊娃子在我这里呢，肉好得很，奖金也有呢！"没结过婚的羊娃子"一说，是指一岁左右的羊，其肉质鲜嫩，用于做烤羊肉串最好。

以前吃烤羊肉串，要先交钱开票。当时的开票者多为两类人，一类是老者，收钱写票时动作从容，表情淡然。另一类是年轻漂亮的姑娘，她可以对你微笑，却不会为排队加塞，代人购买，超限多买的人开绿灯。小姑娘刚参加工作，对家长和领导的叮嘱牢记于心，如有不老实者，别想从她手中拿到一张票。

有一位开票的姑娘长得很漂亮，在那儿工作数月后，便有回头客频频出现。她知道他们吃肉和看她之意皆有，便不动声色地坐在那儿。有一个小伙子向她表白爱慕之情，遭到拒绝后颇为失落，当晚喝了一瓶伊力特大曲酒，醉得不省人事。

有一阵子，一帮青年经常来吃烤羊肉串，每次都是一百串，吃完总是对那开票的姑娘笑笑，说几句挑逗的话才肯离去。那个曾向姑娘表白过的小伙子也在他们之中，他有一天对姑娘说，你再这样开票就会赔死，他们在你这儿开十串的票，然后偷偷在后面加个"0"就变成了一百串。姑娘报了警，派出所的民警当晚就抓了那帮青年。

很快，八十年代过去了，吃烤羊肉串不用再开票，那姑娘没有了工作，又不幸离婚。到了九十年代，她遇到当年的那个小伙子，二人结婚，一起在夜市上摆摊卖烤羊肉串。九十年代过去后，再也没有听到他们的消息。

烤羊腿

一个大雪天，我突然想吃烤羊腿。虽然外面的雪下得很大，但念头一经产生，便像被唤醒的猛兽，再也无法抑制。于是冒着大雪，坐车去解放北路吃马黑子的烤羊腿。

那几年经常是那样，为了吃马黑子的烤羊腿，来回用三四个小时也不在乎。

坐在车中，想起马黑子的烤羊腿，心已有所冲动，但又担心他的店会因为拆迁而消失。下了车，看见熟悉的"烤羊腿"三个字还在店门上方，心里便踏实了。店前的摊位围了不少人，看来马黑子的生意不错。前几年他曾对我说过，他的这个小店每天稳稳地净挣一千元，现在应该比以前挣得更多。

我1998年曾在乌鲁木齐居住一冬。那时，每天窗外大雪飘飞，我在屋中写一本书，写饿了便去马黑子的店中吃一盘烤羊腿，然后再咯吱咯吱地踏着厚厚的积雪返回。马黑子的烤羊腿肉质酥烂，味道香醇，色美肉嫩，仅仅一个冬天便成为我固定的去处。

烤羊腿从烤全羊演变而来，但用的肉仅为羊腿肉。把别的部位弄成那么大的块，不但烤起来极为不便，吃起来也不过瘾。烤羊腿有一个固定程序，即边烤边放调味品和配料，使羊肉的外形、颜色、味道达到美观和醇香，外观上看上去焦脆，里面的肉鲜嫩，吃起来酥脆而又不腻。人们吃着如此烤出的羊腿，常常发出"眼未见其物，香味已扑鼻"的赞叹。

也就在那一年吃烤羊腿时，从马黑子的讲述中知道，烤羊腿与成吉思汗有关。在成吉思汗率领大军征战期间，侍从为了让他在饭后好好休息，便悄悄把烤好的羊腿切块端上。成吉思汗因忙于战事，并未把食物的变化放在心上。但由于烤羊腿外焦内脆、肉质酥香、咀嚼起来不膻不腻，因此他吃得很香。侍从发现了，就常给他做烤羊腿吃，从此烤羊腿便成为一道名菜。

如今的马黑子有两年多没有见了，但他认得我，远远就在摊位一边喊我的名字。老朋友见了面自然亲热，他掸去我身上的雪，迎我进店后，先上了一盘烤羊腿，五个烤包子，然后配一盘皮芽子，一碗黑砖茶。

我让他收走烤包子。我不是十年前的小伙子了，烤羊腿足以吃饱，五个烤包子无论如何是吃不完的。他笑着说你现在的饭量不行了，我苦笑，不是不行了，而是有所逊色。以前一口气吃十个烤包子，吃拌面还加面的情景已一去不返。

一边吃烤羊腿，一边与马黑子聊天，我忍不住内心的纠结，问起他的名字为什么叫"马黑子"？在这之前我便注意到，有人在给孩子起名字时很注重接地气。我老家天水的张家川有一位诗人叫马丑子，起初我以为是笔名，后来才知道就是本名，叫了数十年没有改过。我面前的马黑子亦如此，他爷爷给他起这个名字，遵循的是名贱人贵的思想，这是一种民间文化，亦是一种生存哲学。

我们又聊到他的摊位，据我所知，在乌鲁木齐能够经营这么长时间的烤羊腿店并不多,而他却近二十年的时间没挪窝,原因是什么呢?他一笑说,原因只有一个,开店的房子是爷爷留下来的,属于自己的房产,所以才能这么长时间开下来。但听说,这一片也要整体拆迁,到时候烤羊腿店就不存在了,你想吃,恐怕只能去别的地方。

这样的话题让人沉重,当所谓的时代步伐向前迈进,一些传统的东西便无可避免地会被改变,这是谁也无法阻止的。好在食物的延续也很坚固,一日三餐谁能不吃呢?在吃饭的同时亦在巩固饮食文化,吃着吃着就吃到了骨子里和心里。而人最不容易被改变的,就是骨子里和心里的东西。

我和马黑子说话的间隙,外面的雪下得更大了,在不觉间,我已将一盘烤羊腿吃完。羊腿是刚刚烤出来的,抓起时,有一股灼烫感传至手上,似乎是一种仪式。大火烤出的东西,摸一下就让人激动,这是在新疆才有的体验,我对此情有独钟。

吃完,我与马黑子告别。他送我时说,就不让你带烤羊腿回去了,知道你不吃凉了的东西,说完嘿嘿笑,很为他把我的事情记得如此清楚而得意。我亦一笑,与他握手后离去。走不多远,忍不住回头看了一眼马黑子的店,内心突然欣慰了。就像马黑子能记住我的饮食习惯一样,哪怕以后我吃不上他的烤羊腿,但我一直会记住他,还有他的烤羊腿店。

没料到,我的顾虑很快变成了事实。后来的一天,我又想吃烤羊腿,便一如既往地去找马黑子。下了车,心里莫名地一阵惶惑,难道马黑子的店真的会被拆迁?待走得近了,发现马黑子的店果然不见了,一辆挖掘机正在轰鸣着推房子。我看着最后一堵墙倒下后,马黑子的店,马黑子的烤羊腿,便一下子在我心里变得模糊了起来。

旁边有人认得我,感叹着对我说,你今天来,是又想吃马黑子的腿了吧？这是新疆人说话的一种习惯，去吃老张家的羊肉，会说成吃老张的肉，去吃老李家的鸡爪子，则说成吃老李的爪子。外人不理解这样的说话方式，但新疆人习以为常，见惯不惊。

我向那人打听马黑子的情况，他的脸色阴了下来，说，马黑子舍不得他的烤羊腿店，拦过几次后无济于事，便坐在那儿不走，不料拆迁的墙歪斜倒下，砸伤了他的腿，现在躺在医院里。

我想去看看马黑子，但打听不到他住在哪家医院，便无可奈何地返回。走在路上，想起最后一次吃马黑子的烤羊腿，是在一个大雪天。如今已是初春，马黑子和他的烤羊腿，还有那场大雪，一起留在了我的记忆中。这样想着，浑身不由得一颤。

那场雪，真冷啊！

烤全羊

烤全羊,就是将一整只羊烤熟,供食者享用。

烤全羊的来历很有趣。有一天,一户人家院子突然起火,将院中的东西悉数烧尽。主人匆匆赶回,为剩下的一片废墟目瞪口呆。突然,一阵香味扑鼻而来,那人循着香味找去,发现一只未逃出的羊被烤得金黄,那香味就是从那只羊身上散发出的。他忍不住尝了尝,发现味道醇香,不由得叫了一声:烤全羊。那人的院子虽然被烧毁,但偶然得到的烤全羊制作方法却让他欣慰,从此便专以制作烤全羊为生。

在新疆,要说一道菜品的色、香、味、形俱全,非烤全羊莫属。将一整只羊烤熟后推上来,只要你能看见,都会被烤全羊外在的美所震撼。无论是观赏、嗅闻还是品尝,都不会费什么劲。有一句谚语说得好:眼睛看饱了,肚子却饿了。想必见到烤全羊的人,看不了几眼,就会咽口水。用新疆人的话说,既然眼睛和肚子都馋了,那就吃吧,人家费了工夫弄好了烤全羊,不吃对不起人家。

如果还要说最有边疆风味的菜品,亦是烤全羊。做烤全羊用的羊,不能太大,亦不能太小。太大炙烤起来太费劲,稍有不慎会夹生,浪费一只羊不说,还有损待客者的脸面。太大的羊还太贵,一顿招待下来,如果吃不完,会让人心疼。有一次,我打听一只烤全羊多少钱,知情者给我算了一笔账:现如今,一斤羊肉三四十元钱,一般情况下,一只羊大概有五六十斤肉,算下来仅羊肉就要两千元左右。这还不算,还有加工、配调料、炙烤等费用,又要两千元左右。全部费用加起来,往往在四五千元。如果是高档宴会厅或酒店,则常常在七八千元,有的甚至上万元。如此价格,便导致烤全羊成为门脸菜品,除了招待贵宾或强调某种仪式,在平常百姓的餐桌上,从来不会出现。

但烤全羊的名气很大,想必没吃过的人,也能想象出把一整只羊烤熟,然后由很多人将其吃掉的情景。有一次见一位同事接电话,电话那头是他在内地某省份的朋友,提出近期要来新疆,想吃一次烤全羊。同事一听脸色就变了,一只烤全羊少说也得七八千元,再加上别的菜和酒,估计少不了一万元。同事的朋友大概从电话中觉出了什么,便对同事说,有烤全羊就行,菜可以少点一些。同事接完电话从我身边走过,我听见他在嘀咕:菜能值几个钱,一个菜也就顶烤全羊的一块肉!

有一年在喀什参加一个活动,见有人在宰羊,问过后得知,晚上要安排大家吃烤全羊。朋友见我不停地问烤全羊的来龙去脉,便说羊刚宰掉,现在过去看看,能看到制作的过程。这正是我所希望的,于是感激地应允了朋友。

我们到了烤全羊的地方,见人们已将羊剥皮,并去掉了四蹄及内脏,用清水把里里外外洗干净了。不知为何,平时所见的羊是很大的,而此时被剥了皮去了内脏,一下子便显得小了,如果不是羊肉显出熟知的亲切感,反倒会觉得此时的羊陌生。

人们把拾掇干净的羊放在木板上,在一个盆中把面粉、盐水、鸡蛋、姜黄、胡椒粉和孜然粉等调成糊状，均匀地抹在羊的全身。烤全羊靠这些调料提味，如果调料的比例不合适，会影响最后的味道。负责配调料的人每抓起一种调料，都小心翼翼撒入盆中，生怕放多或放少。

在羊身上抹调料也是细活，那人不停地来回抹着，似乎并未用力，但手却不离羊身。看来这个程序要的是不轻不重，也许只有这样，调料才可浸入羊肉。

等到把羊全身抹得油亮光滑，便拿起一根钉有铁钉的木棍，从羊头穿到尾部，几人合力把羊放进特制的馕坑里，盖严坑口开始炙烤。朋友说，烤的过程中要不断地翻动，防止有的地方被烤焦，有的地方烤不熟。

至此已目睹了烤全羊的制作过程，问何时吃，被告知要举行一个仪式后，才会推上来。感觉烤全羊可能与晚饭无关，大家便进了餐厅，看见桌上的红柳烤羊肉串和抓饭很诱人，就先吃了。

吃完去了活动现场，说烤全羊还在馕坑中，但周围有人在唱歌跳舞，便被吸引了过去。人们唱的是一首民歌，跳的是麦西莱甫。看着热闹的场面，便觉得吃饭喝酒和唱歌跳舞，是一连串的生活内容，快乐也正在于此。

歌是听的，舞是看的，但持续的时间长了，便难免走神。我记得在一本书上看到过烤全羊的来历，说烤全羊起源于蒙古族，《元史》记载，十二世纪的蒙古人"掘地为坎以燎肉"。《朴通事·柳蒸羊》中对烤全羊有更详细记载："元代有柳蒸羊，于地作炉三尺，周围以火烧，令全通赤，用铁箅盛羊，上用柳子盖覆土封，以熟为度。"

场中的人仍在唱歌跳舞，四周的人亦受到感染，不断有人加入跳舞的队伍。我们不会唱也不会跳，只能闲聊。一位朋友说，烤全羊从元代一直到清代，都是贵族用以招待贵宾的珍馐佳肴。康熙和乾隆年间，一个王府的烤全羊遐迩京城，连一名叫嘎如迪的蒙古族厨师也跟着出了名。

说话的间隙，听得馕坑边一阵热闹，见有几人正在忙碌，看来那只羊已经烤好。果然，羊已经出了馕坑，被摆在餐车上推了过来。有人在羊头上系上了红色头结，嘴里含上芹菜，犹如那只羊在卧着吃草。

场中的人都静下来，好像刚才唱歌跳舞，是在迎接一只烤全羊出馕坑。羊被烤得黄里透油，散出迷人的光泽。我因为离得近，闻到了扑鼻的香味。再看其焦黄脆亮的外壳，顿时垂涎欲滴，食欲大增。

活动主办方介绍了一番烤全羊，然后给大家做示范，用刀子削下一块。大家亲自动手，挑或肥或瘦处削下来吃。烤全羊的肉更酥软一些，但味道浓厚，尤其是外面的羊皮，咀嚼起来格外焦脆。我尝试用脆皮包了一块羊肉，一尝果然好。也有人将肉切成块状，蘸上胡椒粉，吃得心满意足。

因为烤全羊供多人食用，每人上去削一块，不一会儿就只剩下一副骨架。一只烤全羊能被吃光，是最完美的结局。大多烤全羊都注重形式，出馕坑后举行完剪彩仪式，便推下去由专人或剁或切成块状，然后用盘子端上来供客人食用。那时的羊肉，已没有了烤全羊的影子，让人觉得一只烤全羊，已悄悄变成了普通的肉食。

本以为与烤全羊就那样相遇，算是吃过并知道了烤全羊，不料当天晚上却见到了让人惊愕的一幕。那只烤全羊被吃完后，剔下的骨头扔在院子一角，不远处拴了一只羊，它在明天或后天将被宰杀，供人们饕餮。但它很平静，似乎已知晓命运，并认了命。但当人们将那堆骨头倒在离它不远处后，它便惊恐咩叫，四蹄将地上的土踢得纷飞。没有人关心它，它就那样叫了一夜。

难道它恐惧自己会被做成烤全羊？

烤骆驼

新疆有两种烤大物，一个是烤全羊，另一个是烤骆驼。

羊因为多，且价格相对容易接受，所以在宴会厅招待贵宾，乃至于在野外的农庄吃饭，均可见一头烤得金黄的全羊被推上来，散发出的香味，让人垂涎欲滴。

但烤骆驼就不一样了，人们虽经常听之闻之，但因为价格太贵，加之骆驼现在已经不多，能见到烤骆驼并有口福品尝的人亦很少。

烤骆驼和烤全羊是沿袭至今的最古老，亦是让骆驼和羊保存最完整的炙烤方式，如果追根溯源，这种方式可一直追问到伏羲时期。在远古时期，人们的食物不足，甚至仅靠树上的野果充饥，常常饥肠辘辘。后来，他们发现在河流、湖泊和大海中游动的鱼，天空中飞翔的鸟，地上奔跑的兽类等等，都可以捕捉食用。但他们不会渔猎，只能拿着棒子用蛮力捕捉。但笨的方法只能捕到少量的鱼或鸟兽，并不能解决生计。后来，伏羲琢磨出了一种方法，他将野麻皮搓成绳，晒干后编织成网放入水中捕鱼，这便是最早的渔网。紧接着，他又将绳子改进得更粗更结实，编成专用于捕鸟捕兽的网。兽肉比野果的热量高，但是无法去除其膻腥之味，而且还常常让人闹肚子生病。于是，伏羲又教人们用火将兽肉烤熟了吃。捕到大兽后便整只炙烤，让部落的人们一起食用。烤骆驼和烤全羊这两道烧烤中的巨无霸，便是从那时沿袭而来的炙烤方式。伏羲因为有此创举，被人们称为"庖牺"，意思是"第一个用火烤熟兽肉的人"。

据说，古时，在西域一带，烤骆驼在战场上起到了重要作用。士兵们因为吃不上肉，上了战场没有力气打仗。后来，他们便将负责驮运物资的骆驼宰杀，生起大火通宵炙烤，第二天每人便分得一块驼肉。之后，条件容许，便用馕坑烤骆驼，遂成为西域的一道美食。

后来听说了关于烤骆驼的另一趣事。说是在某地，人们在做烤骆驼时，在骆驼肚子里放一只羊，在羊肚子里放一只鸡，在鸡肚子里放一条鱼，最后又在鱼肚子里放一个鸡蛋，每一种都能被烤熟，而且互相提味。新疆人对此做法大加赞赏，说那样的烤骆驼，才是真正的硬菜。

我没吃到烤骆驼前，曾问吃过烤骆驼的人，烤食的骆驼肉味道如何，他们却不直接回答，只说烤骆驼嘛，只有吃过后才会知道。

有一年，听说巴楚县出了一位烤肉王，是烤骆驼家族的第五代传人，一天能烤出一峰重三百五十公斤的骆驼。他为此要准备上五天，调制出的佐料有鸡蛋、皮芽子、孜然、胡椒粉、面粉、食用盐等十七种，涂抹在去掉内脏的骆驼身上，然后用起重机把骆驼吊起，慢慢放进专制的馕坑，用掉五吨木材，烤上七八个小时。这件事在那些天已引起关注，所以，烤骆驼一出馕坑，便被游客以每公斤一百二十元的价格抢购一空。

后来，我在吐鲁番见到了烤骆驼。那个馕坑之大，据说为世界第一，先一天晚上已经将一峰骆驼用起重机放了进去。那天有一个文化活动，一番麦西莱甫表演完后，便用起重机将烤熟的骆驼吊了出来。

先前曾听说，骆驼临近被宰杀的日子，主人会给它吃一些放了调料的东西，目的是让调料味道浸入它体内，在炙烤时由内向外散出香味。那天在现场，便不由自主往前面挤，想看看烤骆驼的大、美、香等特点，到底是怎样的情景。刚挤到前面，就看见一峰金黄诱人的骆驼被吊了出来。它依稀还有骆驼的高大和健壮，但炙烤后的颜色，却已透出熟食的诱惑。不仅如此，风一吹便飘过来一股香气，站在我旁边的两位女孩忍不住惊叹连连，好像等不及要得到一块驼肉大快朵颐。听她们议论，烤骆驼肉益气血，壮筋骨，润肌肤，主治恶疮，尤其驼峰，味甘性温，具有润燥、祛风、活血和消肿的功效。年纪轻轻的女孩子，知道这么多的烤骆驼知识，不由得佩服她们。

很快，每人分到了一块烤骆驼肉，我又听见那两位女孩说，烤骆驼肉一定要趁热食用，不要怕肥腻，带一点儿肥的地方仅仅是外表而已，实际上外肥里瘦，好吃得很。我琢磨她们一定从事与美食有关的工作，不然不会把心思如此细致地用在烤骆驼身上。

烤骆驼肉很瓷实，一口咬下去发出脆响，嘴里香气四溢。我没有吃过炖骆驼肉和炒骆驼肉，不知其味道如何。但我无师自通地找到了吃烤骆驼肉的方法：顺着肉的纹理撕成条状，不但吃起来方便，而且还吃出了浸入肉中的调料味。于是便很欣喜，骆驼这么大的家伙，如果调料味没有浸入，想必并不好吃。

某一年，在博乐的草原上观看蒙古族摔跤比赛。在那场比赛中，一位高大剽悍的选手，却败给了一位看起来很不起眼的人。赛后，他面露不悦，甚至流露出对对手的愤恨之意，看上去很是不服。旁边有一人对他说，你输就输在昨天晚上没吃烤骆驼肉，那家伙——那人用手指了指优胜者说，那家伙在昨天晚上，一个人吃了够两个人吃的烤骆驼肉，能不赢你吗？那位高大的选手低声嘟哝出一句，都怪我太穷，吃不起烤骆驼肉。说完，他脸上的不悦，以及双眸中的愤恨之意，如同潮水一样消失了。他认命了。一个人认命后，就会变得无奈，亦会麻木。

近年来，因为旅游业发展，有不少新疆人琢磨骆驼身上的生意。于是，烤骆驼的馕坑越来越大，有了新疆第一，很快又出现了中国第一，不久便又来了世界第一。烤出的骆驼也越来越大，你烤出的骆驼是三百公斤，我便能烤出四百公斤的，不久，五百公斤的也能烤出来，也许有一天，有人会烤出一千公斤的骆驼。

听到一个人制作烤骆驼的馕坑的故事，心里便一沉。他认为，只要做出一个大馕坑，就不愁挣不到钱，为此他耗去时日，花去一大笔钱，建出一个在当地堪称第一的大馕坑。不料，完工的当天晚上，馕坑壁却破裂，寒风呜呜呜地穿进穿出。有人对他说，骆驼是神物，你建一个大馕坑，等于要杀骆驼，看来你的命不硬，馕坑就破了。

不知此说法有无道理。

又有人说，烤骆驼虽然是供人食用，但毕竟要先杀戮害命，有时候便会发生一些匪夷所思的事情。说来说去，做烤骆驼的人便有了压力，每做一次都诚惶诚恐，害怕出现意外。

骆驼是不是神物，不好说，但它们在动物中最有性灵一说，早有定论。有一事便是事实。有人正在准备做烤骆驼，一只骆驼被牵着经过那儿，见自己的同类已皮肉分离，便大声嘶鸣，把地面踩出沉闷的声响。

馕

常见新疆人吃馕时,不吃菜,亦不喝汤,却吃得香,吃得饱。

有谚语说:父母给你的是生命,小麦给你的是馕。馕在新疆是主食,人们早上吃馕,中午吃馕,到了晚上还是吃馕。因此便有了关于馕的另一句谚语:宁可一日无菜,决不可一日无馕。

新疆人把做馕叫"打馕"。叫虽然是那样叫,但打馕却并不见激烈的动作。之所以郑重其事地用一个"打"字,是因为新疆人说话喜欢用精确生动的词,譬如说生气,会说肚子胀得很。说一个人笨,会说他的脑子不干活。新疆人把"做馕"说成"打馕",是用词精确又生动的典型例证。

新疆大约有五十余种馕,常见的有油馕、肉馕、窝窝馕、芝麻馕、片馕、希尔曼馕等。前些年出现了芝麻馕、葡萄干馕、核桃馕等,近年来又开发出了玫瑰花酱馕、辣皮子馕、苹果酱馕、黑加仑酱馕、红枣酱馕等。为了好看,在花样上做足了文章。新疆人为此总结出一句话:吃馕吃了几十年,嘴熟悉,牙齿舒服,肚子踏实。

新疆人谈论馕,多以大小论之,譬如最大的馕,直径有四五十厘米,做一个需要两公斤左右的面粉。最小的馕,只有常见的茶杯口那么大。还有一种馕,厚度有近十厘米,中间有一个洞,吃之前,顺那个洞掰成小块，吃起来极为方便。

南疆的大多数人家都有馕坑，隔几日打一次馕供全家食用。巴扎（集市）上有专门卖馕的摊位，离巴扎近的人家，打了馕会端出去卖。在巴扎上卖馕的情形有两种，一种是用馕坑专门打馕往外卖，打出的馕常常是一大堆。另一种是从家中打好馕后端到巴扎上去卖，其数量大多为一二十个，在巴扎上铺一个地毯即可待售。

新疆人喜欢吃馕，往往馕一打出就吃，其口感脆香，尤其是面食刚被烤熟的香味，让人喜形于色。有一人从馕铺子买了一个馕往回走，在半路忍不住尝了又尝，到家后低头一看，手里只剩下少半个。放凉的馕也有脆香之味，但人们还是喜欢吃热馕，即使是放凉的馕，也要烤热，吃起来才味道不错。曾见一人生一堆火，用树枝挑着馕烤了一会儿，才掰开吃。我本以为馕烤过后会变硬，要了一小块尝过后，发现颇为软脆，口感很是舒服。后来才知道，因为馕里面加了鸡蛋、牛奶、盐水、色拉油和蜂蜜，一烤就变软。

有一天，我突然想看看打馕的全过程，便下楼在"阿布拉的馕"店铺旁边，看了约一个小时。打馕的程序并不复杂，一个小伙子把鸡蛋和牛奶倒进面粉中，加适量放了盐的水，五指分开搅动一会儿，然后加进去色拉油和蜂蜜，用力揉十余分钟便成为面团，然后用布子盖起来发酵。过了十余分钟，小伙子用手指在面团上戳出一个洞，检验面是否发酵好。很快，他将面团揪出拳头般大小的圆球，一个个摆好，然后用手逐一轻轻压扁，再迅速压圆，在圆的边沿捏出厚度，用馕戳子在上面拓出花纹，刷上一层色拉油，撒上芝麻，啪的一声甩进了馕坑。

虽然知道了打馕的方法，但却感叹，我一辈子也打不出一个馕，因为我没有打馕的馕坑。这世间的事物，有很多仅仅是亲眼所见而已，要想亲手制作却很难。

我二十余年前在南疆，多次见人们把馕当作吉祥物。譬如，小伙子向姑娘提亲时，见面礼除了衣服、布料、精盐、方块白糖外，还必须要准备五个大小一样的馕。举行结婚仪式时，由一位姑娘手捧托盘，托盘上放有一碗盐水，盐水中有两块馕。她微笑着走到新郎和新娘中间，示意他们抢吃盐水中的那两块馕。谁先抢到，就证明谁最忠于爱情。

一年前，我在库车县塔里木河乡，见一位老乡做出的馕很大，价格却仅为三元钱。我们买了一个在车上各捧一边掰着吃，最后仅吃掉三分之一。那天我们是去看塔里木河的，在半路被一潭积水挡住，向周围的人询问水坑情况，他们说昨天有车从水坑过去了，无碍。结果我们的车一开进去便栽入深坑。他们大声哄笑着离去，我们这才明白他们闲得无聊，诱惑我们的车栽进去看热闹。

1992年的一天，我们部队在叶城农场劳动，营长为了让战士们中午能吃饱，联系附近一户农民打馕。几袋面粉送过去后，对方称可以打一百个馕，但那天有一百一十人，于是又补一袋面粉给他。对方言之凿凿称，可以打一百一十五个馕，有多没少，让我们放心。营长为感谢那农民，说有一百一十个馕足够了，多出的五个馕，送给他家的小巴郎（孩子）。那农民在中午送来了馕，一数是一百一十五个，他惊讶地说不对呀，打是打了一百一十五个，你们的营长说需要一百一十个，我就给我们家的巴郎子留了五个。营长估计他打了一百二十个馕，便说没关系，让他把多出的五个馕拿回去，但他一定要弄清楚，于是大家饿着肚子等他又数了一遍，结果还是一百一十五个。他再次惊慌地大叫，我已经给我的巴郎子留了五个馕，难道它们像长了腿一样跟到了这里吗？他还要再数一遍，营长把五个馕塞到他手里，一番好言相劝，他才一脸疑惑地离去。

南疆人多喜欢就着茶水吃馕，将馕掰开后伸入茶碗浸泡一下吃掉，然后喝一口茶。馕被浸泡后变得酥软，啃咬起来方便，也利于消化。将馕和烤羊肉串一起吃，是新疆人喜欢的一种吃法。将羊肉串在馕表面磕几下，让烤肉上的孜然、辣椒面、盐和胡椒粉等沾在馕上，可一口馕一口烤肉地吃，食者喜悦，观者垂涎。

不论哪种吃法，都必须先将馕掰开。掰馕是有讲究且极富仪式感的。将右手掌做刀切状放在馕上，但并不用此手掌去切，只是压住馕即可，然后用左手向上掰馕的一边，便可将馕从中掰出一条直线，并让馕无比均匀地一分为二。如果要继续掰成小块，依此类推即可。这样掰出的馕既有厚的馕边，也有薄的馕块，吃起来口感多变，脆柔相济。

我1999年在解放军文艺出版社修改书稿时，社长程步涛在一日中午，请几人到白石桥的一家"新疆饭馆"吃饭。大家闲聊等待上菜的间隙，我用"掌刀"法将一个馕掰成整齐的块状，受到大家一致好评。我亦发现，当时，吃了近十年馕的我，已是馕中有我，我中有馕。

吃完离开时，我看见桌上有些馕渣子，便本能地伸手要将其收拢到一起。旁边的一位维吾尔族女服务员对我一笑，示意她收拾即可。她小心地将馕渣子掬到掌心，放进了院中的鸽子笼中。

这正是我所希望的。此等情形，新疆人早就总结成了谚语：人吃剩的馕渣子，要留给鸟儿。

馕坑肉

馕坑肉与馕无关,只与打馕的馕坑有关系。

也就是说,馕坑肉是从馕坑中烤出的肉。因为用的是羊肉,也可以说是从馕坑中烤熟的羊肉。

因为与馕坑有了关系,馕坑肉便显出独特的一面。首先是块儿大,常见的都是巴掌那么大,或举或抓在手里吃,很有仪式感。其次是亦可烤羊排,抽出骨条后仅吃酥软的肉,是难得的享受。再次是馕坑,必须在烤馕后才可烤羊肉,否则会因为温度太高,影响肉质和口感。

馕坑肉又叫架子肉,是因为要把肉挂在铁架子上,才可以放入馕坑。有人说,没有架子,就吃不上馕坑肉。不了解馕坑肉的人,听得云里雾里。

馕坑肉的来历很有趣。说是某一日有人宰了一只羊,准备做烤羊肉串待客。无奈人太多,烤羊肉串做得太慢,只有少数人在吃,更多的人只能眼巴巴地看着。那人看见刚打过馕的馕坑中有火,便灵机一动,决定烤巨型羊肉串。他把羊肉切成大块,用铁丝串起放入馕坑，不一会儿便烤熟了。每人手持一串，吃得香，也吃得饱。因为那羊肉块是从馕坑中烤出的，所以得名馕坑肉。

后来，有人总结出一句话：人多了吃馕坑肉，人少了吃羊肉串。再后来，馕坑肉与烤羊肉串一分为二，很少有人想起它们之间的关系。

吃馕坑肉，是极富仪式感的事情。因为肉块大，吃起来颇让人张扬出阳刚之气。有一女士，见馕坑肉那么一大块，惊叹一声，咦，太大了！经众人一番劝导，她吃了一口，又惊叹一声，咦，太好吃了！

有人说，在新疆的冬天，人们天天都在吃肉。依我看，此说法也对也不对。说对，是因为新疆的冬天寒冷，人们食用羊肉可增加热量，尤其是高寒地区或高山牧场更需要食用羊肉御寒，久而久之便养成多吃肉的习惯。

说不对，是因为人们在当前的饮食已极为讲究，很多人出于对健康的考虑，都不怎么吃肉了。但偶尔吃一点羊肉倒也无妨，因为羊肉对人体的调理作用明显，不失为养生之道。

一天中午路过单位旁的小区，闻到一股熟悉的味道，便判断出是烤羊肉散发出的，但不能肯定是烤羊肉串还是其他。在好奇心的驱使下，我走过去细看，呵，小区的一角有人在做馕坑肉。我先前曾从该小区穿行数十次，只看见有人在打馕。当时想，有一个打馕的地方，小区的人算是有口福了，不料今天又发现了馕坑肉，看来居住在这里的人又多了一份口福。

我那天被一本书的内容弄得焦头烂额，倒是无意间遇到的视觉享受，让我的心情有了几丝轻松。摊主发现我在观察他的馕坑肉，以为我要吃，便热情招呼我坐下先喝茶。他的茶是那种已不多见的黑砖茶，泡出的汤汁通红发亮，还闪出晶莹的反光。我因为心情沉重，无意享用眼前酥黄透香的馕坑肉，便承诺明天中午来吃，今天先看看。摊主笑笑说，看吧，我的馕坑肉好得很，看到眼睛里就出不来了，明天你不来才怪呢！

于是他忙他的，我看我的，前后不到一小时，看到了做馕坑肉的全过程。其实，馕坑肉是烤肉的一种，但它却是烤肉中的巨无霸。首先，它大如拳头，切成块后用鸡蛋、姜黄、胡椒粉、孜然粉、盐和面粉拌匀腌制。有人要吃了，便一块块串入铁钎。那铁钎一端有圆环，挂在馕坑壁的挂钩上，任由馕坑中的高温炙烤。

烤上一会儿，摊主用一根长铁钩将其钩起，然后翻转过来烤另一面。按说，大块肉烤出后会在味道上有所逊色，但因为腌制起到了提味作用，每一串烤熟后都油亮生辉、皮脆肉嫩、香气四溢。也有用环形铁架子将肉串好放进馕坑烤的，那就是所谓的架子肉。这家只做单串的馕坑肉而不做架子肉，大概是考虑到来吃的人均为零散食客，如果人多便适合做一架多串的架子肉。

在旁边的桌上放有一盆老虎菜（新疆人亦称皮辣红），是专门用于配烤肉吃的，里面有皮芽子、青椒、番茄和香菜。且不可小看这一道不起眼的老虎菜，它的主要功能是降血脂。新疆人虽然多吃牛羊肉，却会利用皮芽子和胡萝卜等蔬菜助消化和去脂。有了这些配菜，大块的牛羊肉，只管放心吃便是。

看了一会儿，心情已大为好转，便转身离开。其实已经有了解决那本书的办法。至此才发现，只要放松下来，冷静思考，任何坎坷都会变成通途。当然，更会有苦尽甘来的意外惊喜。在那一刻，也许是受到神的启示，我一伸手就抓住了幸福。如果愿意把这一天视为特殊的日子，当在内心默默感恩和珍惜。

下午，同事发微信说夕阳很美，建议我看一下。我抬头看窗外，夕阳彤红如火，乌鲁木齐一侧的博格达雪峰，亦裹上了红色，让人觉得似乎正在进行某种洗礼。

下班经过那家馕坑肉摊位,见摊主正在腌制羊肉,一问才知道,做馕坑肉需要放皮芽子、孜然、胡椒粉等腌一晚上,第二天在上面裹以蛋清,烤出来才会油亮生辉,鲜嫩可口。

明天的美食,在今晚即已开始。

第二天因为心情好,便在中午去吃馕坑肉。点了一份馕坑肉,边吃边听摊主聊馕坑肉的故事。他说馕坑肉出自喀什,最初传到乌鲁木齐,有一人看见他也是用钎子串起的,便疑惑老板搞错了,把那么大块的羊肉当成羊肉串卖,不怕赔死吗?后来一问才知道,那是馕坑肉,并不是烤羊肉串。

旁边有一人接上摊主的话题,说一位到奇台拉煤的司机,想吃馕坑肉,便找到一个卖馕坑肉的摊子,让摊主在中午给他准备一份,他在矿上装好煤后开车过来吃。摊主于是在中午备好一份馕坑肉,左等右等不见那位司机,桌上的那份馕坑肉也凉了。到了下午传来消息,说那位司机出了车祸,已住进医院。但他却没有忘记预定的那份馕坑肉,便托人带话给摊主,他出院后一定来吃。从此,那摊主每天都为那位司机备一份馕坑肉,等他不来,便默默收走。终于有一天,有一人走到那摊主跟前,说他来吃那份馕坑肉。摊主认出他就是那位司机,一转身把早已备好一份馕坑肉端到了他跟前。

事后,有人对那摊主说,你的一份馕坑肉卖了好几个月才卖出去。那摊主只是一笑,没说什么。

烤包子

烤包子，即烤制的包子。刚出炉的包子外皮焦黄脆酥，馅料鲜香滚烫，食罢口腹满足，身体舒坦。

烤包子与馕一样，都从馕坑中烤出，但两种烤法却不一样。如果在打馕，便不烤包子。如果烤包子，便不打馕。明眼人看见有人在打馕，便不会问有没有烤包子卖。

烤包子皮用死面擀薄，把羊肉丁、羊尾巴油、皮芽子、孜然粉、精盐和胡椒粉等和在一起做馅，包好捏死四角，啪的一声贴入馕坑。七八分钟左右，用一把类似于漏勺的器具，将烤熟的包子盛出。细看，包子被烤得皮色黄亮，隐隐透着羊油的浸色。

烤包子中，除了用馕坑烤制的以外，还有一种用油炸的包子，叫"桑布萨"。其做馅的原料和烤包子相似，油炸后外表泛黄，看上去与烤包子无异，但出油锅后还要炒一下，然后再吃。这种包子形似饺子，用花边刀压出整齐的花纹，很像小巧的艺术品，除了用于招待客人外，还经常作为办喜事时互赠的礼物。

吃烤包子，虽然知道馅中有皮芽子，但总是吃出羊肉的味道，很多人都有这样的体验。因为包子皮被烤得脆黄，加之被里面的肉油一浸，其面食之味顿时不见，入口便只觉出皮脆肉嫩，味鲜油香，好像是在吃羊肉。

我吃烤包子多年，遇有不少趣事。当年在喀什城边的一个水渠旁，碰到一家烤包子铺，战友们决定吃一顿现烤的烤包子。那时候我们二十出头，那家老大娘笑着对我们说，你们这些解放军娃娃，来我们家吃烤包子算是来对了，吃过我们家的烤包子的人，都说整个喀什最好的烤包子在我们家。你们先坐一下，把茶先喝一下，我们一家人忙一下，很快就把烤包子上一下。她每句话中都有"一下"两个字，极富动感和渲染力，让人听着亲切。

老大娘一家人开始忙活，我在一旁目睹了做烤包子的全过程——他们把包子皮擀薄，由女儿把四边折起来合成方形，然后把馅子放进去，捏紧边角，递给蹲在馕坑边的哥哥。哥哥腰一弯便把包子贴在馕坑壁上。我在先前扫了一眼馅子，有瘦羊肉、羊油丁和皮芽子，还闻出一味熟悉的味道，不用问，是新疆人制作羊肉菜肴时必不可少的孜然。

七八分钟后，馕坑中的烤包子熟了。老大娘说，我们家的烤包子有多好？好到什么程度呢？告诉你们吧，好到可以和最有名的某某某比一下！她当时说了一个人的名字，我没有听清，细问之下才知道，她说的那人是几百年前的名厨，他做出的烤包子在当时誉冠西域，至今有很多人仍用他的名字招揽生意。吃东西，如果了解到食物的传奇故事，还能感受到其文化，味道会分外不同。

说话的间隙，老大娘的儿子用一个大勺在馕坑中一搂，便盛出一个烤包子，啪的一声放到铺有桌布的桌子上。他一边往外盛着烤包子，嘴里不停地发出啧啧声，似乎比亲自品尝的人还要高兴。不一会儿，他面前便是一大堆烤包子。

我凑到馕坑前往里面望了望,一股灼烫的热浪喷到脸上,呼吸顿时变得困难。我赶紧闪到一边,老大娘的儿子笑了一下,说馕坑中的火温有一百多度,没几年工夫,在馕坑边站不住。他的脸上微微有汗,但看上去却很从容。看来他打馕或烤包子时间长,在如此炙热的馕坑边,仅仅只是出一点汗而已。不论哪个行当,做的时间长了便就有了功夫,做烤包子亦不例外。他打出的烤包子让人惊叹,每一个都颜色黄亮,咬一口,外面的皮脆酥,里面的肉馅鲜嫩,还浸出炙烤后的油香,有一种极鲜的味道。他不停地劝我们多吃,并提醒我们不要怕烫,烤包子带一点微微烫嘴的效果,吃起来最好。

但他和老大娘对我们的饭量很失望。我们一共五人,吃了半天,还不到三十个。剩下一大堆烤包子,让我们面面相觑。老大娘说,你们这些解放军娃娃太不能吃了,你们今天来了,我们一家人太高兴了,但是你们太不能吃了,我们一家人肚子太胀了(生气的意思)。盛情难却,我们每人便又吃了两三个,老大娘脸上才有了笑容。

那天很热,我们吃毕脱掉鞋袜,把脚伸进渠水中浸泡。老大娘在一旁笑着说,你们这些解放军娃娃调皮得很,以后常来我们家吃烤包子嘛,如果你们没有对象,我给你们介绍。此事过去二十余年,至今记忆犹新。那老大娘在推销方面是高手,既能把烤包子卖出去,又营造了快乐轻松的氛围。

也就是在那次,老大娘给我们普及了吃烤包子的要领:一看二摸三慢吃。她拿起一个烤包子说,一看,就是挑选烤得微黄的烤包子,吃起来脆、香,软硬适合。二摸,就是根据手感,判断烤包子出馕坑时间的长短,以防太热烫嘴,太凉伤胃。三慢吃,就是第一口咬开烤包子后,不要急着就吃,而是让它放出里面的热气和烤油,避免烫嘴。她介绍要领时一脸欣悦,说完却叹息一声,意思是好多人吃了好多年烤包子,却不知道最起码的要领。我因为知道了吃烤包子的三要领，便觉得她的叹息并不是忧伤，而是闪烁着饮食文化的光芒。

我没想到在偏僻的地方，却学到了吃烤包子的要领，可见有些文化是孕育于民间的。在弥漫乡土气息的地方亲自体验一番，就什么都知道了。后来见到有人不知吃烤包子的要领，一口咬下去便吞咽起来，结果被热油烫得哇哇乱叫。那样的情景，如果让喀什的那位老大娘看见，她一定会说，这个娃娃连烤包子都不会吃，真是太可怜了。

前些天，乌鲁木齐下了年内第一场雪，我下班后决定踏雪回家。第一场雪不冷，在雪中走走反倒有几分诗意。现在的人，每天都行色匆匆，就让我慢下来，在飘飘扬扬的落雪中浪漫一回。行至南梁坡菜市场附近，突然闻到一股熟悉的香味。我好吃，常常经不起美食的诱惑，只要一闻到美食的味道，眼睛就会跟着鼻子转，嘴巴就会跟着眼睛走。很快，我发现马路边有一家烤包子小店，门口的小平摊上整齐码放着烤包子，一个个上面"写"满了诱惑，我的双腿立刻就迈了过去。用手一摸烤包子的温度，是热的，正是吃的好时候。守摊的姑娘对我一笑，我亦一笑，买了三个烤包子边走边吃。那一路，脚下的雪嘎吱嘎吱响，嘴里的烤包子温热脆香，真是幸福的一餐。

吃完，刚好到家。

库麦其

库麦其出在和田。在和田说起库麦其，常常会被人问一句：你能吃几个？言下之意是库麦其不小，一般人吃不了多少。

在和田有一个说法：库麦其是烤包子的爷爷，烤包子是库麦其的孙子。这么一说，便知道库麦其大，而烤包子小。后来见到库麦其，便觉得要说它的大，要看和什么比。如果和库车一带的馕比，它并不算大，但如果和烤包子比，它确实不小，把常见的烤包子放大十倍，就是一个库麦其。

有人称库麦其是巨型烤包子，知情者马上纠正他的说法，说烤包子是在馕坑中烤出的，而库麦其是从炭灰中烤熟的，做法不一样，吃起来口感也不一样，不能和烤包子混为一谈。细问后才知道，制作库麦其，馅料主要是羊肉馅、皮牙子、食盐、胡椒、孜然等，制作方法是先用面粉做成面皮，将拌好的馅料放置在一张面皮之上，然后再取另一张面皮盖在馅料上，将两张面皮捏合成花边，使之合为一体。包好库麦其后，放在用沙漠胡杨或红柳烧成的热灰中，慢慢将其焖熟。

库麦其至今没有从和田向外传出，如果不到和田，就吃不到。

和田人说，和田的库麦其并不是最好的，最好的库麦其在策勒县的固拉合玛乡，那里的库麦其最有名。在固拉合玛乡，每逢节日，人们都会唱库麦其歌、跳库麦其舞，大家一起做库麦其，一起吃库麦其，会让节日散发出浓浓的库麦其香味。

吃库麦其和吃烤包子不一样。因为它大，双手捧着无法下口，必须切成块才能吃。后来知道，并非我一人这样吃库麦其，因为库麦其太大，人们吃时大多都用小刀将其切开，分而食之。

有一年，部队在和田的沙漠中施工，见到几位妇女做库麦其。她们不用擀面杖，而是用手一直捏面团，直到捏成像擀出来的一样。整个过程都是手工，不用任何工具。

库麦其之所以出在和田，与沙漠有一定的关系，亦可看作是沙漠孕育出的一种高营养食品，所以库麦其又被称为"沙漠烤饼"。如此说来便觉得沙漠并非是不毛之地，在沙漠中生存久了的人们，早已慢慢琢磨出了利用沙漠生存的方法。这样的例子很多，譬如沙漠中缺水，人们便在骆驼喜欢卧的地方往下挖，一定会挖出水。因为骆驼的感知能力强，常在地下有水的地方卧下让自己凉快下来。再譬如在酷夏，把羊肉包好后埋入沙子中，可防止腐坏。

库麦其的来历很有意思。有两个男女青年相爱，小伙子向女方提亲，女方父母却要求小伙子：过几天有一百位客人来家里，我们只能给你一只羊，你必须保证有饭也有菜，而且一块骨头也不能出现，如果你做得到，我女儿以后就是你的人。小伙子回到家苦思冥想，终于想出了应对的办法。到了那一百位客人上姑娘家做客的那一天，他一大早便将羊肉剔骨，剁碎后放入皮芽子、孜然、胡椒粉和盐，调拌成几大盆馅料。接着，他用二十多斤面粉加水揉弄，做成直径有一米多长的大饼，将那馅包进去，把大饼折合对接，沿着边沿把对接处捏在一起，一个大饼便摆在了人们面前。他心灵手巧，在对接处还捏出了花纹。但是，大饼虽然好看，用什么样的锅，或者什么样的大馕坑，才能烤熟呢？只见小伙子不慌不忙地烧了一堆火，等大火烧尽留下热灰，便将那个大饼埋了进去，大概过了十几分钟，那个大饼就熟了。当他和好友把大饼抬到姑娘家，众人闻到大饼熟透的面香，掰开一看里面，不仅不见一块骨头，而且色艳味鲜。那一百位客人对小伙子赞不绝口，姑娘父母亦满心欢喜，痛快地兑现了他们的许诺。从此，那种饼被人们称为"库麦其"（意为烤饼），直至今日仍保持这一称呼。

既然库麦其与沙漠分不开，它的做法便也与沙漠有关。也就是在见到那几位妇女做库麦其后的几天，我终于吃到了库麦其。当时，我们在沙漠中施工，都能看见和田市的高楼了，脚步却因为疲惫而越来越慢。附近村庄里的一位老大爷对我们说，再好的马也不能不停地跑，只有吃上草料才能跑到终点。他叫来家里人说，给这些解放军做几个库麦其，让他们好好吃一下。他们搬来东西，先和好面，再拌好馅，做了一个大大的库麦其。

老大爷神情严肃，儿子做库麦其时他并未动手，等到要掏沙坑时才亲自操作。他用红柳枝在沙坑中燃了一堆火，烧出一层炭灰，便将库麦其埋进热灰中。过了一小时，他说到了吃饭的时候了，便将库麦其从热灰中取出，啪啪啪几下拍掉两面的灰，一个焦黄的库麦其便展示在我们面前。老大爷用刀把库麦其切成三角小块，示意众人分而食之。因为是热灰焖熟的，其焦脆的表皮咬起来咯吱裂响，里面的肉和皮芽子酥松浓香，让我们吃得颇有幸福感。

老大爷说，吃了库麦其后，在沙漠里睡觉不盖被子也不会感冒，我们便欢呼雀跃，准备当晚尝试一下。吃了库麦其不体验其"功效"，岂不是遗憾。但是当天下午我们接到在和田市汇合的命令，未能实现那一愿望。但那位老大爷给我们讲解的给库麦其降温的办法，却使我受益多年。他当时说，吃库麦其时要事先准备一碗水，把库麦其放进去蘸几下，一来可以让它降温，吃起来不烫嘴，二来可以把烤硬的地方泡软，容易啃咬。当时我们都试了这一方法，果然很有效果。后来我吃烤包子时又用到那个方法，依然很有效果。

据说乌鲁木齐等地的饭馆，也有卖库麦其的，喜欢的人经常会去吃一顿，然后喝一碗奶茶，心满意足地离去。

某一日，我去一家饭馆吃过库麦其后，又买了两个装在塑料袋中提回，准备第二天在家中再享用一次。出了那家饭馆行之不远，听得有人叫我的名字，扭头一看，好像并不认识他。但人家既然能叫出我的名字，一定是与我打过交道的。我如实告诉他，我记性不好，请别介意我记不起他的名字。他呵呵一笑说没关系，有一年我们在和田一起吃过库麦其，当时人多，记不住他的名字也不足为怪。他说刚才，远远看见我从饭馆中出来，一时拿不定是我，但看见我手提的塑料袋中有两个库麦其，便断定一定是我。如此相遇的方式让人高兴，我们哈哈一笑。他告知了他的名字，我记住了，想必下次见到，一定不会再认不出来。

与他作别，走到半路忍不住打开塑料袋，闻了闻那两个库麦其。一股香味让我神魂颠倒，咽了一口口水。

烤鱼

新疆的烤鱼，在一个"烤"字上做足了文章。说到这个"烤"字，往往有两个意思。一个意思，是指用槽子烧好炭火，像烤羊肉串一样把鱼烤熟，撒上椒盐，肉质酥脆，味道诱人。

另一个意思，是指从河中捕出鱼后，即在岸边生火烧烤，很快就能吃一顿烤鱼。人们为此总结出一句话：鱼出了水里，就进了人嘴里。那样烤出的鱼，更有天然的鲜香。

新疆最会做烤鱼，和最会吃烤鱼的人，是阿瓦提的刀郎人。他们多居住于塔里木河边，擅长捕鱼，日常饮食亦多以鱼为主。问他们做烤鱼的秘诀，他们说没什么秘诀，一堆火和一条鱼足矣，如果再说详细一点，最多需要一把盐而已。

鱼吃多了，便会吃出趣事。我有一年在麦盖提县，看到一个八九岁的小男孩吃烤鱼，他将鱼从嘴右边吞入，然后紧抿嘴巴不停地蠕动，一会儿便从嘴左边冒出一条完整的鱼刺骨，鱼肉已被他巧妙吃掉。问他吃鱼的本事练习了多久，他指了一下塔里木河说，他吃鱼的爷爷时，就学会了这种吃法。又问他这种吃法是谁教的，他一指远处的麻扎（坟墓）说，我爷爷这样吃鱼，我爷爷的爷爷也这样吃鱼，我爷爷的爷爷的爷爷还是这样吃鱼，不用教，一出生就会。

离那吃鱼少年不远处，有一户人家，仅住有一位年迈的老太太。我见到她时，她正与一只猫依偎在一起。据说她从不吃饭，连猫也不喂一次，不知她和猫靠什么活着。本想询问，但她双目紧闭已经入睡，我便悄然退出门去。在她家院子里无意一瞥，见院中有整齐码放的鱼骨。想必那些鱼骨已积放多年，不仅蒙尘，且有枯朽之感。我想老太太是靠吃鱼活着的，但她那么年迈，如何从塔里木河中打得出鱼？

我正在看那些鱼骨，那只猫从屋中窜出，刷的一声跳到鱼骨上，做出警惕守卫状。我对猫笑了一下，它抖动了几下胡须，双眼射出幽冥之光。此猫乃好猫，守着年迈老太太，到了相濡以沫的地步。于是，我决定不再打扰，转身离开。

后来，我打听到了那位老太太吃鱼的真相。在河边烤鱼的人多知她的情况，听得猫叫便甩过去一两条烤鱼，猫叼回与她共吃。如果一次吃不完，便存放起来以俟时日。

新疆的老人吃东西，往往出人意料。我曾在和田见过一位七十多岁的老人，每日不吃别的，仅吃几个核桃，喝几碗黑砖茶。在吐鲁番，曾见一位老人在五月间只吃桑葚，别的饭菜一口不动。我先后问过两位老人能吃饱吗？他们的回答惊人的一致：人老了，要找对适合自己吃的东西，多少吃一点，活得长久。现在碰到这位老太太，便相信她每天吃几口烤鱼，便可活命。

刀郎人的烤鱼皆出于塔里木河或沙漠中的海子。有一年在阿瓦提，见到一人肩扛一个渔叉，问他去干什么，他说去划卡盆下海子。我知道卡盆就是木舟，被刀郎人专用于打鱼。海子的生成往往有两种情况，或是塔里木河水溢出后形成，或是沙漠中的蓄水，其规模都不大。当时想问问海子中的龟的情况，但那人脚步太快，转眼便已走出很远。等到他在中午返回，便见他手提十几条鱼，最大的有两三公斤，最小的也有一公斤左右。我感叹他一天能捕到这么多鱼，不料他一笑说，今天捕到的鱼比这些还多呢，刚才和朋友在河边生火烤了一顿，已经有七八条进了人的肚子里。

那天下午，我随那人划卡盆在塔里木河中打鱼。那人说起探险家斯文·赫定的故事。说那个姓斯的老头儿，当年就是坐着他这样的卡盆在塔里木河上来来去去，把新疆的很多老故事都带到了外国。

我正与他聊得起劲，他却突然将卡盆稳住说，鱼来了！我细看河中，并没有一条鱼的影子，但他神情颇为严肃，将渔网撒进了河中。少顷，他将网提出水面，便有几条大鱼在网中扭动。看来刀郎人打鱼久了，能够听出鱼在水中的动静，下网收网都不会落空。

先前就知道刀郎人捕鱼后即在河边生火烤鱼，我便暗生念想，希望他能满足我这个愿望。上岸后果然如愿，他说，鱼刚从水里出来，就进到人的嘴里，好吃得很。然后捡来胡杨树枝、梭梭柴和红柳树枝等，立成一大堆，并点燃。我不解为何要把柴火立起点燃，他说过一会儿你就知道了。我相信他有他的道理，便将剩余的柴火都放了进去。

他将鱼放在一块石头上，极为利索地去除内脏，然后到河边洗净，持一刀将鱼切开，使其呈扇面状，再用一根红柳枝从鱼尾插入，慢慢穿至头部。他持红柳枝一端晃了晃，那鱼便像是要飞翔。看得出，他对此做法十分熟练，剖鱼和穿红柳枝一气呵成，看上去极为洒脱。

此时的火已经燃得大了，他把鱼插在大火旁炙烤。如此烤鱼，所用皆为大自然之物，随手即取，取之即用。人们在多年前就用这种方法，多年后仍然沿用，想必烤鱼的味道，亦是多年前的味道。

烤鱼极为简单，因为鱼在红柳枝上被摊开，一面烤一会儿，便翻一下烤另一面。如此反复翻烤，鱼慢慢便泛出金黄的颜色。而此时的火焰垂直升腾，虽然有风，却不左右飘摆。我明白了，将柴火立起点燃的原因正在于此，如果柴火平摊，想必火焰会被风吹得乱摆，恐怕会把鱼烧焦。不一会儿，烤鱼透出了香味，心想烤得差不多了吧？一转眼，他便把一条烤熟的鱼递了过来。我觉得那么大的鱼吃起来不方便，便准备拿刀切成块，他忙用手势止住我，一问才知道，在这里，切不可将鱼切开吃，手持一整条鱼吃掉，有吉祥顺利的意思。

　　刀郎人在塔里木河捕到的多为大鱼，如果不用红柳和胡杨树木生火烤，味道便不好。刀郎人说，鱼嘛在河里游着哩，树嘛在沙漠里长着哩，人的肚子嘛是老天爷给的，今天吃了明天还饿呢，吃就行了。有人想在塔里木河边吃小鱼，问了几人均摇头说，这里的鱼全是大鱼，要吃小鱼，去别的地方吧！

　　我们坐在河边聊天，见河中有鱼骨泛着白光，是人们在河边吃完烤鱼，手一扬把骨头扔进了河里。真是不应该，那样做既对不起鱼，又有污河水。正在感叹，见几条鱼游来，看见那鱼骨便倏然掉头游走。

　　大家看着河中的鱼骨，一时沉默不说话了。

烤鸡蛋

到了和田，不愁吃不到烤鸡蛋。

和田的烤鸡蛋，一般都在巴扎上，现烤现吃。常见的情景是，摊主用油桶烧出一桶炭火，把鸡蛋埋进去烤一会儿，然后不停地翻动。且不可小看这烦琐的翻动，如果翻得不及时，鸡蛋就会被烤爆，顿时蛋皮、蛋清和蛋黄纷飞，弄不好还会伤人。

新疆人善于用肉做烧烤，烤羊肉串、烤羊排、烤羊腿、烤羊腰、烤羊心、馕坑肉等等，都是持续多年就地取材，不用任何工具的做法。有人说，只要地里有庄稼，牲畜身上有肉，用上一把火，就有了烤熟的吃食。烧烤形式多了，人们的饮食便丰富了。有一句谚语说得更好：火将食物烤熟，嘴让日子幸福。

烤鸡蛋也是如此。

有人说，烤鸡蛋是一位和田人偶然创造的。那人在沙漠中放羊，生火烤了羊肉吃过后，却苦于没有锅，无法把揣在口袋里的两个鸡蛋煮熟吃掉。他把鸡蛋放到一边，躺下睡了一觉。等他醒来一看，那两个鸡蛋不知何时滚到火边，已被烤得透出焦黄色。那人诧异，难道鸡蛋也可以烤？他小心剥开蛋壳尝吃，居然比煮鸡蛋更加紧实可口。鸡蛋也可以烤，这一消息传出和田后，别处的人纷纷去尝试，却不成，要么鸡蛋啪的一声爆裂，要么烤半天不见动静。人们逐一分析，不是鸡蛋的原因，亦不是柴火的原因，唯一的原因，是和田的气候干爽适度，适合烤鸡蛋，而别处的气温却不适合。

烤鸡蛋看上去赏心悦目，吃起来味道独特，聆听其来历更让人着迷。但很多人到了和田，都把目光投向玉石，烤鸡蛋自然会被忽略。和田的玉石有羊脂玉、白玉、青玉和墨玉等，人们不会辨认，便统统称之为和田玉，似乎在和田得到一块一般的玉石也是宝贝。

巴扎上卖烤鸡蛋的人，比起卖玉石的人要少得多，但他们并不羡慕卖玉石的人。从他们的神情便可猜出他们的心思——别看你把价要得那么高，其实大多是骗人的，说到底就是一块石头。卖玉石的摊位上经常会听到"是真还是假"的声音，摊主急了便大叫：我的玉石是真的，你认不出来说明你的眼睛是假的。卖烤鸡蛋的人很自豪，他们的摊位上从来不会有人谈论真假，如果有人能弄出假烤鸡蛋，那他就有比做真烤鸡蛋还大的本事。

烤鸡蛋一个才三五块钱，赶巴扎的人忙一阵子，抽空买一两个烤鸡蛋吃掉，算是喘口气或歇息的方式。曾有人认为吃东西就是吃东西，不能算是休息。另有人说，人们在巴扎上吃一两个烤鸡蛋，就像在忙碌之余喝水一样，怎么不是休息？争论归争论，不可否认的是，烤鸡蛋虽然出现于巴扎，但不是主食，所以吃烤鸡蛋吃的是放松，享受的是愉悦的心情。

我有一次在和田县见几人围在一棵核桃树下，走近一看，原来他们生了一堆火在烤鸡蛋。当时已有一大堆鸡蛋烤好摆在火堆旁，他们在专注地剥鸡蛋壳，剥得很小心，担心用力不当会使整个鸡蛋碎掉，那样的话，便只能从蛋壳中抠出蛋清和蛋黄，不但吃不出烤鸡蛋的味道，亦感受不到这一独特美食的风情。

他们见我好奇，便递一个烤鸡蛋到我手里。我依照他们的方法小心将蛋壳剥下，一个完完整整，且表面焦黄诱人的鸡蛋便捧在手心。我欣赏一番后轻轻将蛋清掰开，里面的蛋黄便露了出来。经过炙烤后，蛋清和蛋黄均已收紧，一摸便感觉到少了平时的嫩滑，多了些细腻瓷实。吃了一口，感觉有淡淡的焦香和脆酥，是极难体验到的自然之味。

他们却认为我吃得不够专业，示意我用鸡蛋蘸一点盐、孜然和辣子面。我照他们所说尝试，果然吃出了浓烈和奇特的味道，但这种味道浓缩在一个鸡蛋中，让人疑惑几口吃完后便再也无缘享受。

后来在巴扎上见到有人用木钎子、铁钎子等将鸡蛋串起来，像烤羊肉串一样烤。因为未见到操作方法，不知道味道如何，但可断定是今人创造的烤法，远远不及用炭火烤出的鸡蛋有乡土气息，亦没有古老传统的意味。

后来我在巴扎上又见到了烤鹅蛋，其烤法与烤鸡蛋如出一辙，但剥了蛋壳后就不一样了。那么大的一个鹅蛋，如同羊脂玉一样晶莹圆润，而烤焦的地方又酷似羊脂玉的"糖皮"，精美得让人不忍下口。烤鹅蛋不如烤鸡蛋的味道好，略有腥味，但洒上调料后再尝，味道马上就不一样了。

在烤鸡蛋摊位的附近，经常会有小孩子赌鸡蛋，好像没有那一幕便不是完整的烤鸡蛋摊位。通常的情形是，两个小孩子各自手持一个鸡蛋，使出适度力气碰向对方的鸡蛋，啪的一声过后，必有一个鸡蛋被碰破。被碰破的一方垂头丧气地把鸡蛋交给对方，或再买一个烤鸡蛋继续赌，或生气地离去。

关于碰鸡蛋，《荆楚岁时记》有载，南北朝时，乡间的斗鸡场上，即有碰鸡蛋的游戏。当时，用于比赛的鸡蛋要染色并雕刻出花纹，外观颇为精美。这一习俗在别处已不可见，唯独在偏僻的和田却被传承到如今，着实让人吃惊。

在于田的巴扎上，我见到了好几个烤鸡蛋摊位，亦吃了烤鸡蛋，但一出巴扎，听到的仍是关于玉石交易的声音。这是一个尘土飞扬的地方，人们穿的衣服多是七八十年代的款式，但听到的交易额却让人惊骇——"这个玉五十万元"或者"那个玉二百万元"，如此交易的是什么玉呢？总觉得虚幻，极不真实。

走远后，身后的喧嚣才弱了下去。于是便又想起被这喧嚣淹没的烤鸡蛋，价格那么便宜，却比玉石更亲切。玉石再贵重，再值钱，能与这里的几个人有关呢？反倒是烤鸡蛋能给每一个人口福，以小事物的沉默恩泽，让人获得片刻的心安。

这世间的很多事情，无不都是如此。

果子落下
离树不远

果子落下
离树不远

葡萄

哈密瓜

香梨

西瓜

小白杏

蟠桃

冰糖心

桑葚

无花果

沙枣

葡萄干

薄皮核桃

葡萄

　　我有一个习惯,到了夏季,每天必吃葡萄。这么多年下来,吃着吃着便把葡萄当饭吃。有时候不想吃晚饭,吃一两串葡萄,就应付一顿。

　　新疆早晚温差大,日照时间长,给葡萄提供了充足的花期和结果时间,所以葡萄长得颗粒大,水分足,且极甜。新疆之所以适于生长葡萄,与干旱少雨的气候有很大关系。雨水少,葡萄便少了酸性,干旱,又促成糖分凝结,让葡萄甜得出奇。有人为此说,老天爷没有给新疆多少水,但是却给了新疆很多的甜。他说的"甜"指的是瓜果,其中必包含葡萄。

　　我刚到新疆时曾听人说,新疆人有"葡萄就馕"的吃法,一个馕和一串葡萄便是一顿午餐。我想象着人们一边吃葡萄,一边吃馕的情景,一湿一干,一嫩一脆,想不出会是什么味道。后来在南疆看到真实情景,也是大为惊讶。人们劳动到中午,便走到水渠边,手一甩,将馕扔向上游,然后开始洗葡萄,等葡萄洗干净,馕已顺水漂到面前,且已被泡软。人们从水中抓出馕,一口葡萄一口馕地吃起来。

新疆的葡萄以甜著称,有人在吐鲁番买了半公斤葡萄,一尝之下大呼,这简直是一颗葡萄一包蜜嘛!他转身又去买半公斤,摊主不耐烦地说,别人都是一次买一公斤,你买一公斤还分两次,害得我算账麻烦。摊主说的是实话,新疆人买卖东西都论公斤,从不说斤,如果遇到买半公斤者,真不好算账。那人听摊主那么一说,便说那就买一公斤。摊主说,你想好,半公斤只要一张嘴一个肚子就装下了,一公斤要两张嘴两个肚子才能装下。那人被摊主逗得开心,说请朋友们吃,三张嘴三个肚子还装不下吗?

每年三四月,人们给葡萄树培土,然后等待它们发芽。农民们说,其实种葡萄很幸福,一年只关心两个事情。其一,葡萄在春季萌芽,如果天气热得早,枝条就会疯长,所以要及时把多余的斜枝剪去。其二,葡萄在生长初期和结果初期需要水,需经常放水,如果耽误了,不但葡萄长不大,而且还会泛酸。这两个时节,人们天天守在葡萄园中,用他们的话说,和葡萄吃在一起,住在一起,把葡萄当亲人一样对待。

天赐新疆,盛产葡萄,几乎每户人家的房前屋外,田间地头都有葡萄树。至于成片的葡萄园,亦是处处遍布。新疆有五百多种葡萄,尤以吐鲁番为多,如葡萄王子、葡萄公主、无核白、马奶子、喀什哈尔、玫瑰香、百家干等。

有一次我在叶城买葡萄时,想先尝一颗,不料摊主不高兴地拒绝了我。我疑惑,不尝怎么能知道葡萄好坏?正准备为他的小气而离去,他叫住我说,他卖五种葡萄,我只尝一颗,怎么能知道他所有葡萄的好?要尝就尝五颗,只尝一颗的事情不能发生!他说的是新疆人常用的倒装句,我听得明白,遂逐一尝过他的五种葡萄,挑最甜的品种,买了一公斤。

有民谣说,葡萄好吃树难栽。要我说,葡萄好吃洗亦难。常见的葡萄上面,总是有一层灰蒙蒙的白霜和灰尘残留物,虽然用水冲可以去掉,但还是去不干净。有一年在英吉沙的一个葡萄园,一位农民说,你们吃葡萄吃的都不干净,说完亲自示范了一番他洗葡萄的妙招,从此我便学会了。说来,那个妙招很简单,就是在盆中盛入清水,放一勺面粉进去,将面粉和水搅拌均匀,再将葡萄放入水中,手捉葡萄柄来回摆动,等到面粉水呈浑浊状,葡萄就洗干净了。取出葡萄后,用清水冲一下,就可以放心吃了。用此妙招洗过的葡萄,不但干净,而且晶莹剔透,会泛出光泽。为什么用面粉水可以洗掉葡萄上的脏东西呢?因为面粉水的黏性大,会将葡萄上的脏东西粘下来带走。用这个妙招还可以清洗葡萄干、干枣、枸杞等干果。

  葡萄与人之间的故事,可谓多矣!有一年在和田一家葡萄园玩,主人做好做饭后,发现大家已在葡萄园中走散,便让他女儿古丽去叫。过了一会儿古丽回来说,那些人在吃葡萄,主人便让古丽去把大家催回,说,葡萄多得是,什么时候都可以吃。过了一会儿,古丽回来说,葡萄太多了,他们吃不动了,在数葡萄呢。主人再次让古丽去催,过了一会儿,古丽又回来说,葡萄太多了,他们数不过来,现在他们在看葡萄呢。

  我有一棵属于我的葡萄树,生长在离我二百多公里的吐屿沟。2004年夏,我曾在吐屿沟的买买提家住过一周。那时,白天酷热难当,我把脚浸泡于他家屋后的水渠中,偶尔抬头看见土崖上的残留壁画上有一佛眼,当我看书时,感觉佛在看我。买买提的女儿也叫古丽,当时是十二岁的初中生。每天,她奶奶做好饭后,让她来叫我,我进屋便看见揪片子或拌面已摆在桌上。吐屿沟的晚上仍然酷热,我便睡在买买提家平房的房顶。偶尔有风,先是刮得葡萄叶子发出声响,然后刮到我身上,倒也舒坦。

  一天,买买提家移植葡萄树,我闲待着没事便加入进去。买买提说,你干脆在这里栽一棵属于你的葡萄树,也有意义。他那么一说,我便独自挖坑,移树,培土和浇水,把一棵葡萄树移栽在了院子一角。买买提说,以后我们就替你收葡萄了,你如果能来你就吃,如果来不了,我们就替你吃。我很高兴,在这里栽下一棵葡萄树,留下念想,真好!

前几天,我再次去买买提家,一位漂亮的少女远远叫着"王叔叔"迎了上来。她发现我面露陌生神情,便笑着提醒我说,她就是六七年前天天叫我吃饭,给我端茶倒水的古丽。对呀,六七年过去了,当年的小古丽长成了十八九岁的大姑娘。古丽带我去看我栽下的那棵葡萄树,它长得青翠欲滴,每一根枝上都硕果累累。树在长,人也在长,此时的古丽面如满月,身材窈窕。这是我亲身经历的人与树的成长。

古丽的奶奶年长,对吃葡萄的事知道得更多。从她的讲述中得知,葡萄不仅仅只是水果,还有食疗的功效,可强筋骨,益肝阴,利小便,舒筋活血,暖胃健脾,除烦解渴。她说,要了解葡萄还是那句老话:吃葡萄不吐葡萄皮。记住这句话的同时,也应该记住,葡萄皮是一种良药,可防癌和降血压。

盛夏的夜晚燥热,吃过饭后,古丽在葡萄架下给大家跳舞。她的一双小皮靴伴着鼓点,旋转,扭动,长长的辫子随之起舞。她奶奶颔首微笑,她也有过古丽这样的年龄,也像古丽一样跳过舞,如今看着孙女,也许想起了她的少女时代。待鼓声骤停,古丽一个漂亮的转身定格,双手缓缓翻转,露出精致美丽的面孔,然后将柔美的睫毛缓缓张开,露出一双黑葡萄般的眼睛。

今年又快到盛夏了,不久便可听到人们常说的那句话:吐鲁番的葡萄熟了。古丽现在在乌鲁木齐读大学,她回家后看见我栽的那棵葡萄树,可能会给我带来一些它的果实吧?

哈密瓜

晚饭后散步，路过一家水果摊，见一排水果中有哈密瓜，便与老板聊了几句。老板是实诚人，告诉我这个季节没啥水果，虽然葡萄、西瓜、香梨、草莓、苹果等应有尽有，但都用了保鲜剂，不但不好吃，而且不健康。

我对老板肃然起敬。

如今的老板，只要能挣钱，哪怕把喂牲口的东西卖给人都会不动声色，而我面前的这位老板，心善又仁义，是一位君子。

于是，我与他多聊了几句，得知哈密瓜有一百多个品种，又有早熟夏瓜和晚熟冬瓜之分。冬瓜耐贮存，可以放到来年春天，味道仍然新鲜。他说，如果在冬天非要吃哈密瓜，一定要选冬瓜，瓜瓤尚脆嫩，味道也还凑合。听他的口气，冬天吃哈密瓜没什么意思，但我对冬瓜有兴趣，便问他如何区分夏瓜和冬瓜？他说一个人一种区分法，以他的经验，长得不好看的，十有八九是冬瓜。他见我不解，便又解释说，冬瓜是晚熟瓜，晚到什么时候呢，天都冷了，地上都结霜了，它们才熟。那样的季节天不热，阳光不够，瓜能长好吗？

所以说长得不好看的,就是冬瓜。他说的是朴素的道理,且让人信服。我向他道一声谢,告别他离去。

哈密瓜原产于哈密。关于哈密的历史和文化,应由对新疆民俗了如指掌的饱学之士叙述,让我说,便会把兴趣点转到野史方面去。譬如,古时,哈密一带出铜石,可炼铸利剑。其地少水,但却会随着月亮的变化而生盐。月圆时,盐如白雪,味道咸中有甜。月缺时,盐如薄霜,其味微苦。月亮隐没时,则地上无盐。那盐是皎洁的月光吗?当一个人把月光含在了嘴里并咀嚼,乃至渗透入每一寸肌肤时,又会是怎样的情形?很多时候,神秘来自遥远本身。

要说哈密瓜的特点,避不开它的两个名字,雪瓜和贡瓜。这又是我感兴趣的,亦乐意寻找个中的趣事。

雪瓜一名,如今已没有人提及,如果你向新疆人打听雪瓜,他们皆会有疑惑:雪瓜为何物?没有听说过。对于已变得古老,或者已消失的事物,有必要将它的来龙去脉弄清楚。按我的理解,雪瓜一说,首先缘于山上的积雪融化成雪水,流下来浇灌了瓜地,长出了新疆独有的哈密瓜和西瓜。其次,雪水性寒,与干燥的土地相融,既祛了自身的寒性,又调解了土地的旱燥,这样的土壤适于生长瓜果,哈密瓜便成为其中的受益者。由于这样的原因,便有了雪瓜一名。

至于贡瓜,则说来话长。

贡瓜一名,并未被叫开,很快就被哈密瓜一名替代。当时,新疆有一种瓜被包裹七八层,然后又泥裹装箱,一马仅运一两个,从新疆运到北京进贡给康熙,便被称为贡瓜。康熙问此瓜从何而来,大臣说从哈密而来。当时,哈密是朝廷在西北的重地,康熙听到此瓜从哈密进贡入京,喜好赐名的他便随口赐了"哈密瓜"一名。不仅如此,他还在《御制文》中专门写了一篇《哈密瓜》:"哈密,古瓜州近城,其瓜较内地甜美,体甚巨,长尺许,两端皆锐。彼国中遍种之。每熟时，人惟啖此以代谷食，遂觉气体丰腴有逾平昔。剖晒为脯，芳鲜历久不变。自彼国臣服以来，每岁常允供献。中土始尝此味，前此所未有也。"

"哈密瓜"一名也曾被纪晓岚提过，他在《阅微草堂笔记》中曾写道："西域之果，葡萄莫胜于吐鲁番，瓜莫胜于哈密。"其后他又说"瓜充贡品者真出哈密"。

哈密乃新疆东大门，出哈密便进入甘肃柳园，所以甘肃人提及新疆的甜瓜时都说是从哈密过来的，久而久之，便将新疆的甜瓜统称为"哈密瓜"。

其实除哈密外，吐鲁番、阿克苏、喀什、和田等地均产此类瓜，但因哈密在名字上占了优势，所以给人的印象是所有哈密瓜都产于哈密，或最好的哈密瓜出自哈密。伽师县的此类瓜有甚于所有哈密瓜，曾雄心勃勃喊出"伽师瓜"一名，但因"哈密瓜"的叫法已根深蒂固，"伽师瓜"一名至今也仅为新疆知情者偶尔叫几声，引不起重视。

哈密瓜在春季播种，瓜苗不起眼，长出一月余后也仅有几片叶子。但是长秧后就不一样了，短短几天就会窜出一大截。瓜秧就是这样，必先长得足够长了，才结出小小的哈密瓜。之后瓜秧便不再长了，似乎把全部力气都集中在哈密瓜上。哈密瓜长起来是很慢的，有时候一个月前是那么大，一个月后还是那么大。知情的瓜农说这个时候不能急，哈密瓜虽然不往大长，但是却正在长里面的甜呢，哈密瓜要想甜，少了这个环节不行。哈密瓜长到一定大的时候就不再长了，但还不能摘，得让它们再在瓜地里晒上一个月，直至瓜皮泛黄，隐隐透出裂纹，就可以摘了。

我曾专门去看过哈密瓜地，满地稠密的叶片和秧子，却不见瓜。待扯起秧子一看，原来瓜藏在下面，圆嘟嘟的，显出嫩绿的色泽。

后又在瓜快熟时去看过，一个个已经从叶子底下冒了出来，绿黄交织，硕大浑圆。人们摘哈密瓜时会举行一个仪式，即在瓜地里切一个哈密瓜吃掉。一般情况下挑瓜，都是挑好看的，熟透的，但举行摘瓜仪式上的哈密瓜，却往往挑难看的，看上去难以断定成熟与否的。因为，如果那样的瓜已经熟透甘甜，那么其他的瓜则万无一失，可放心摘下。

哈密瓜在白露前后即熟，其时叶子已萎，秧子似乎也缩得细了，只有瓜明晃晃地摆在地里，非常霸气。放眼整个瓜地，一片金黄之色。哈密瓜采摘后，要放置十日左右才上市。这是第二熟期，缺之则果肉不脆，味道不甜。所以，在新疆，但凡听说某地的哈密瓜熟了，往往在十日以后才能吃到，去早了白跑路。

买哈密瓜亦有学问。买者会先看瓜纹，纹路清晰、瓷厚和深实是合格的首要条件。其次要看色泽，瓜壳要金黄，但还要含几许淡绿，那样才是熟透了。最后是将瓜捧起闻，如散出熟悉的瓜香，便可判断其已经成熟。

哈密瓜有百余种，形状有椭圆、卵圆、扁锤、长棒形等，小者一公斤，大者十五到二十公斤，果肉有白、绿、黄、橘红等颜色。哈密瓜分门别类另有名字，常见的有西州密、东湖瓜、黑眉毛、红心脆、雪里红、黄蛋子等。在新疆待三五年者，一定会吃遍所有的哈密瓜。

新疆人喜欢把哈密瓜就着馕吃，一口馕一口哈密瓜，其甜脆滋味分外不同。哈密瓜的吃法有多种，常见者多为条状和块状两种，条状即切成长条，用刀刃把瓜瓤刮去，只留瓜肉，食者手握一端就可以吃。而块状的则为把哈密瓜条继续切成方块，然后备一把牙签，让大家插取食之。

哈密瓜称为瓜王，不仅作为水果食用，还可做成食物，如沙拉哈密瓜、凉拌哈密瓜、酸奶哈密瓜、哈密瓜盅、哈密瓜炒虾仁、哈密瓜百合汤、哈密瓜瘦肉汤等等。

哈密瓜虽好吃，但吃多了上火，会吃的人见了哈密瓜，吃到适量后一定要管住自己的嘴。吐鲁番的人见了上火的人会说，哎，不会吃哈密瓜的人，昨天让嘴享福，今天让嘴受罪。

香梨

中午路过一家水果摊,见有鲜嫩的香梨在卖。从成色和果肉饱满程度上看,保存得不错,像刚刚从树上摘下的一样,于是买了一公斤。回家洗过后吃了一个,其甜润的滋味,脆嫩的口感,仍保持着多年不变的本色。于是感叹,香梨是经得起岁月检验的水果。此生在新疆,不愁吃不上好的香梨。

香梨出自库尔勒,有时又叫"库尔勒香梨"。因其具有色泽悦目、皮薄肉细、香气浓郁、汁多渣少、酥脆爽口、落地即碎、入口即化、营养丰富、耐久贮藏等特点,被誉为"梨中珍品"或"果中王子"。

玄奘在《大唐西域记》中对香梨及其产地有记载:"阿耆尼国(后为焉耆)引水为田,土宜糜、麦、香枣、葡萄、梨、柰诸果"。玄奘说的梨即库尔勒香梨,因为库尔勒在古时候为焉耆国属地。后来,清朝诗人萧雄在《新疆杂述诗》中说:"果树成林万颗垂,瑶池分种最相宜;焉耆城外梨千树,不让哀家独擅奇。"写完后,萧雄大概觉得不过瘾,便又写了一个诗的注解:"唯一种略小而长,皮薄肉丰,心细,甜而多液,入口消融以余生事所食者,当品为第一。"萧雄的诗和文字都极好,让人读来便想起香梨入口即化的甜美滋味。

香梨果皮脆薄，入口即化，而且出乎意料的甜，吃一口犹如蜂蜜浸入口腔，味蕾立即被甜蜜的味道所包裹。再者，香梨果肉多汁，一口咬下去便可品尝到浓浓的汁液，让人觉得不是在吃梨，而是喝到了奇异佳酿。

香梨来之不易，一棵香梨树，栽下四五年后才结果。在那四五年间，人们精心侍候，每年春天看它们开花，秋天看叶子一片片凋零落地。到了第四年或第五年冬天，人们走到那些马上就要结果的梨树前，会变得格外敏感。如果碰到一根枝条，要用手轻轻抚住，待其不再晃动了才会离开。到了第二年，那些梨树便在三月下旬萌花，在四月中上旬开花，到九月中旬，便到了果熟期，枝头上挂满诱人的香梨果实。

库尔勒位于南天山和北天山之间，属于塔里木河流域，同时还有博斯腾湖的浸润，便形成了独特的盆地气候，同时孕育出只产于库尔勒一地的香梨。关于香梨的具体说法是，塔里木盆地合适的湿度利于梨树的生长，结果，且能保证其果实水分充足。而沙漠气候又促成了其甜度，并且让果肉酥脆香甜。

如此得天独厚的条件，如老天爷不赐，别处无论怎样眼红或努力都无济于事。我曾在南疆另一县见过当地产的梨，不但形状大如拳头，而且皮粗肉糙，吃起来还略带酸味，让人不再想吃第二口。所以，除了库尔勒，新疆的其他地州从不做梨子的文章。

香梨的历史颇为悠久。清朝时，封疆大吏们给皇上进贡香梨，要有近十层包裹，然后用草在外面再包一层，放入箱中由马驮运到北京。据说，进贡的马队在入秋摘下第一批香梨后出发，在路上耗时三四个月，直至大雪飘飞才能抵京。驮运香梨的马队走的也是丝绸之路，这条路在十九世纪末被德国人李希霍芬命名为"丝绸之路"前，曾被称为"皮毛之路""玉石之路""珠宝之路""香料之路"等。

香梨无比隆重地穿行在这条路上时，因缺少宣传，错失了被称为"香梨之路"的机会。梨的名字在那时还没有一个"香"字，乾隆吃过后，对其甜美的味道喜爱不已，便赏了"香梨"二字。也有人说，乾隆当时还赞其为"西域圣果"。应该说，乾隆是一个对味道格外敏感的人，他娶了一位叫伊帕尔汗的西域女子，就是因她身上散发着沙枣花的香味，这也是册封"香妃"的缘由。

  香梨因为甜得出奇，它的经历也必然不平庸。有一年五月，库尔勒下了一场大雪，气温降低到了零下。人们以为，正在开花的香梨会受到影响，不料，花瓣在雪后迎着太阳伸展开来，并很快从花蒂处冒出了果实。

  香梨分公梨和母梨，区分的办法是从形状上判断，公梨的果端略为凸起，母梨的果端稍有凹进。不仅如此，二者的味道也不同，母梨要比公梨甜很多。所以，新疆人买梨时会说：我要那种屁股圆的梨。香梨的存放时间长，从摘果的九月可一直放到来年七八月。新疆人都选择在冬天吃香梨，因为入冬的香梨都是当年的新鲜货，而五一前后乃至七八月份的香梨都是存货，新疆人都不怎么吃。

  近年来，香梨的价格一路飙升，一般会卖到一公斤三四十元，商场里经过包装和保鲜处理的，一公斤可卖到四五十元。因其受欢迎程度骤增，包装便演变成一个包装袋仅包一个香梨，其慎重已几近于清朝的贡品。

  我买过的最贵的香梨，是在北京的一家酒店。他们有专门从新疆空运过去的库尔勒精品香梨，一公斤要卖整整一百元。一位朋友的女儿吃了香梨后喜欢得不得了，当晚闹着让她爸爸妈妈再给她找，我听到消息后，将剩余的几公斤香梨都给小家伙送了过去，她捧着香梨方才破涕为笑。过了几天又见到她，她对我说，昨天去新疆吃香梨了。细问之下才知道，她妈妈带她去那家酒店，又买了一公斤香梨，小姑娘以为，有香梨的地方就是新疆。

　　有一年，我应一朋友邀请去库尔勒的一个香梨果园玩耍，每人吃了四五个香梨，但那位朋友却一口不动。他说，天天看着香梨，哪怕再好也不想吃。见大家不解，他又说，树上的香梨，在你们眼里是香梨，但在我眼里就是钱。我不吃香梨，但是天天把它们当钱看的感觉还是不错。

　　我的战友李复楼从部队退役后，在库尔勒承包了一百余亩香梨园。他一边忙碌种植的事，一边帮助一战友出版遗作。我念及大家曾经同在部队待过的缘分，帮李复楼运作出版事宜。刚开始的几年，因为梨树尚未挂果，李复楼说再过几年请我去库尔勒吃香梨。后来，他那位战友的两本遗作都顺利出版了，却再也没有见到他。忽一日，有人在电话中说，李复楼得病去世了，从发现病情到去世仅数月，我一时惊得不知该说什么。现在回忆他生前最后的日子，操心战友遗作应比香梨果园耗费的时间更多。

　　想起一个故事。据说，曾经有一人在沙漠里迷了路，因无法忍受饥饿便挣扎着往前走。走了两天一夜，也不知是走出了困境，还是迷失得更加遥远。就在他几近于崩溃时，一棵香梨树出现于不远处，他飞奔过去摘下香梨饱吃一顿，一鼓作气走出了沙漠。

　　为何那个地方独有一棵香梨树，至今无解。而救过人命的香梨，却没能让我的战友战胜病魔……

西瓜

很多时候,新疆人把水果当饭吃。

究其原因,是新疆的水果多,从四五月到十月,天天都能吃到新鲜水果。有的人家到了饭点,将水果一摆就是一桌子,每种吃几口,不觉间就会吃饱。

新疆人吃西瓜,更是如此。

外地人常用一句话形容新疆:早穿皮袄午穿纱,围着火炉吃西瓜。

起初我以为,此话是说新疆气候的反差,等到把注意力集中到西瓜后,才知道它并不是在说气候,而是在说新疆人的一种生活习惯。新疆日照时间长,昼夜温差大,所以本地西瓜的产量大,而且很甜。新疆人到了晚上,围着火炉觉得无聊,那就吃东西吧。吃什么呢?最多的是西瓜,于是便出现了围着火炉吃西瓜的场景。

别的地方,多将切瓜称为"杀瓜"。新疆人很少说杀瓜,往往要吃瓜时,像把吃饭说成吃个饭一样,会把切瓜说成切个瓜。"个"这个字,在新疆人观念中,不光是数量,常常有表达过程和具体方式的意思。

按常理说，不管是杀瓜，还是切瓜，吃的都是瓜瓤。不，别的地方是那样，新疆人吃瓜，不仅在瓜瓤上动脑筋，甚至瓜皮，也常常被派上用场。一瓜多吃，或把西瓜当作食物加工，譬如西瓜泡馕、西瓜粥、西瓜烤肉、西瓜炖鸽子等等，都是在新疆之外见不到的吃法。

新疆的西瓜与众不同，且吃法独特，古已有之。康熙皇帝在《康熙几暇格物编》一书中，写有一篇《土鲁番西瓜》。他说的"土鲁番"，就是今天的吐鲁番。那篇文章不长，却讲了一件奇优异闻："土鲁番在哈密之西，其地产西瓜，种最佳。每熟时，人入瓜田，必相戒勿语，悄然摘之。恣其所取，瓜皆完美。若一闻人声，则尽拆裂无完者，亦异闻也。"此事奇则奇矣，但却饶有趣味。那西瓜熟后，只要你不出声，便任凭你随便摘，但如果你出了声，对不起，它们便不让你摘了。它们反抗的方式是，一地西瓜齐刷刷地裂开，让你下不了手。吐鲁番如今多西瓜，但那脾气古怪的西瓜却早已不见，想必是不断有新的品种出现，老品种已被替代。

在历史上，还发生过一件与西瓜有关的怪事。唐朝时，有一名叫郑注的官员，赴河中任职，其百余姬妾，骑马随行。因她们皆施粉黛，香气便传数里，路人均掩鼻避让。是年，出了怪事：自长安至河中，凡她们经过处，瓜尽死，无一存活。

今人吃瓜，亦有惊人之处。我在新疆见得最多的，是馕就西瓜的吃法。人们进入沙漠，常带两种东西，其一为馕，其二为西瓜。这两种东西很容易携带，且贮存时间长，可保证人在沙漠中不挨饿。但沙漠中气温高，馕很快就会变得干硬，如果只吃馕，是很难掰开咬碎的。新疆人有办法，他们把西瓜一端切开，掏出瓜瓤放置一边，然后把馕块塞入进去，用瓜皮封住后开始吃瓜瓤，等吃完瓜瓤，西瓜中的馕已被瓜汁浸泡得绵软，取出后便可食之。经过瓜汁浸泡的馕又软又甜，是沙漠中难得的享受。

我在奇台吃过一次西瓜汁泡干馍馍,至今难忘。当地人将馒头切成片,放在太阳下暴晒几日,等干硬后收起。他们称晒干的馒头片为干馍馍,实为一奇。但更奇的事还在后面,人们吃干馍馍时,用榨汁机榨出一杯西瓜汁,将干馍馍放进去,待泡软后再吃,又甜又酥,口感和味道都很不错。

有一种老汉瓜,以南疆所产为佳,是上等瓜品。之所以叫老汉瓜,是因为其瓜瓤绵软甜蜜,尤为老人所喜欢,常被他们用于泡馕吃。其具体做法和西瓜汁泡干馍馍类似,是把老汉瓜刨开,将瓜瓤搅成汁,然后把掰开的馕泡进去,过一会儿就可以吃了。老人们因为没有牙,便自创了这种吃法,老汉瓜一名由此传开。

瓜也有雌雄之分,既然有老汉瓜,就必须有老婆瓜。2013年喀交会上,便有一对雌雄瓜,以五千元的高价卖出。

新疆人在沙漠中吃完西瓜后,从不将瓜皮弃之,而是在地上找一个低凹处,将瓜皮反扣进去,并向下压一压,一可防止沙子被风吹进去,二则可长久保持水分。且不可小瞧反扣在地上的瓜皮,它们可供鸟儿啄食,或有人受困于沙漠,亦可靠其救命。

从雪山上流下的雪水,帮助新疆人吃出西瓜更甜美的味道。人们进山时带几个西瓜,到了有溪水的地方便将西瓜放进去,然后骑马、唱歌和跳舞。玩得口渴了,便将西瓜从溪水中取出,切开一尝,无比清凉甘甜。那溪水从雪山上流下,用新疆人的话说,是天然冰箱。

我吃过一次那样的西瓜。当时天热,几块西瓜下肚,燥热之感消退,浑身凉爽了不少。抬头眺望远处的雪山,它高耸于苍穹之下,阳光从上面透射过来,像是在高处俯瞰着大地。但大地上的人们只管享受自然的馈赠,却很少有人感激雪山。

曾在马路边见一人买西瓜。那人拿不准西瓜是否甜,卖瓜者便一刀把瓜劈了,请他尝一下。那人尝过后果然甜,便一边吃一边与卖瓜者聊天。一个西瓜吃完了,话题也刚好聊完,那人便付钱离去。卖瓜者招呼那人改天再来,那人留下一句话:你的瓜好,吃一次顶一顿饭,不来都不行。

西瓜烤肉,是另一种鲜为人知的吃法,出在墨玉县。当地人把西瓜开一个口子,把肉放到西瓜瓤里面,封口后放入馕坑中的专用架子上炙烤。等烤到一定的时候,便从馕坑中取出,打开封口就可以吃了。我问朋友,吃什么呢,是瓜还是肉?他说,自然是吃已经熟了的肉,当然也可以喝汤。那汤,是西瓜汁和肉味融为一体的汤,想必滋味分外不同。如此奇特的做法,让人心生向往,我念叨了一下午,既想吃,也想看。朋友热心,第二天带我去看了西瓜烤肉。那家烤肉店门口,馕坑边摆着一个个足球大小的西瓜,绿油油的外皮已经被烤得发黄。一问才知道,每个瓜里面的东西都不一样,有羊肉、鸽子、鱼、土鸡等。春夏两季,多是在西瓜中放入鸽子和鱼,图个烤熟的肉鲜味美。到了秋天,多是放土鸡进去,为的是滋补身体。入冬,则只放羊肉,用小火烤,自然是为了祛寒。

我们每人点了一个烤羊肉的西瓜,一揭开西瓜盖子,便散出一股鲜味儿。一道有汤有水的菜,肉汤与西瓜汁相融合,加之孜然等调味,汤便醇厚,肉便鲜嫩。吃喝间,听得摊主说,做西瓜烤肉不易,食客需提前预订,否则吃不上。细问,得知与肉的贵或便宜无关,是因为西瓜一旦切开,瓜瓤不能长时间存放,否则会让汤变酸,并影响肉的味道。

除了西瓜烤肉,还有西瓜粥,也是不多见的吃法。西瓜粥出在南疆一带,当地人喜食西瓜,且有讲究,切开瓜后三五分钟即吃完,多一分钟都不行。

有一人做了一锅稀饭,并切了个瓜,但五岁小儿却贪玩未归。他怕瓜过了时间不好吃,便去寻找小儿。等他带小儿回家,那瓜已放了一个多小时,锅中的稀饭也凉了。他气得指责小儿,一锅好稀饭,一个好瓜,都叫你耽搁了。小儿把瓜切成小块放入粥中,边喝边说好。他依小儿的方法尝试,果然好喝。不知那小儿是否知道西瓜粥,但他却无师自通,让他和父亲痛快地吃了一顿。给我讲述此事的朋友到最后才告诉我,他就是当年的那个小孩,所以此事是真的,没有杜撰。

　　他给我做过一次西瓜粥,为了好喝,做好后先放入冰箱十分钟,取出后我呷了一口,既有米汤的醇厚,又有西瓜的甘甜。两口喝下去,已浑身凉爽。朋友还准备了馕、烤羊肉串、油香和馓子等,边吃边喝,味厚而不腻。但最后占了上风的还是西瓜粥。

　　一碗不够,又一碗端上来,便弃汤勺不用,端起碗喝,只觉得唇齿生甜,舒坦过瘾!

小白杏

有一个说法：库车小白杏，一颗一口蜜。

还有一个说法，称其为"白色蜂蜜"。

说起小白杏，熟悉的人往往只说两个字，一个字是看，另一个字是吃。小白杏到了成熟期，看上去晶黄、透亮和糯腻，便疑惑那不是简单的果实，而是吸足日月精华的极品，让人捧在手中不忍下口，总是一遍遍轻抚。至于吃，则是将小白杏掰开，取出果核，然后用手指轻捏，头稍仰丢入嘴里，轻轻咀嚼，便可尝出小白杏肉厚味浓，酸甜适口的美妙。

出小白杏的库车，在西域时是有名的龟兹，后来亦有"屈支"一名。《大唐西域记》中记载："屈支国东西千余里，南北六百余里有葡萄、石榴、梨、李、桃、杏……"其时的龟兹人，家家门前有杏树，有"杏花龟兹"的美称。

龟兹物丰，多矿产、水果和庄稼，是其时的富庶之地。但龟兹人严厉节烹，日常仅用三种净肉，余不多食。龟兹人最有趣的是装扮头部，平民均剪短发，戴巾帻冠冕。国王是屈支种人，遗传基因导致头大,加之谋略很少,多露笨拙憨态。刚出生的小孩,要用木板箍扎头部,慢慢将头夹得扁薄。《大唐西域记》对此专门记了一笔:其俗生子以木押头,欲其匾虒也。为何有那般风俗?解释有二。其一,龟兹贵族多头扁,一时成为象征,百姓纷纷把头夹扁,效仿贵族身份。其二,龟兹壁画中有扁头比丘、护法等,信佛的龟兹人遂心向往之,让孩子以苦役方式追随。

库车的小白杏之所以好吃,是因为受到了雪水浇灌。有一次与朋友说起雪水的好处,他说天山是悬在天上的"水库",其脚下的绿洲,无一不得其益处。单就小白杏而言,亦是最大的受益者。库车一带的水渠中,流淌的多是雪水,小白杏受其浇灌,味道甘甜,果肉脆爽,外人一吃连声惊叹:库车人真是有福,有这么甜的杏子可吃。库车人见惯不惊,他们年年只吃本地小白杏,甜在心里,亦甜出了从容和高贵的气质,从不对外地的杏子指手画脚。

说到雪水的好处,康熙在《御制文》一书中曾写有一篇《哈密引雪水灌田》,说哈密二百多人受命南下居于杭州,康熙担心他们不能耐暑。后来他获知无一人生病,询问原因,才知道哈密之热比杭州还甚,哈密人每到盛夏便借雪水解暑。有那样的经历,到了杭州便不在话下。

每到六月,库车果园的杏树都挂满熟透的小白杏,但人们却不急于去摘,而是聚于树下仰望,没有人走动,亦不出声。这是只有在库车才可见到的庄严时刻,亦是人们与小白杏之间的神圣邀约。原来,人们每年都要等到有一颗小白杏"啪嗒"一声掉落,才开始采摘。如果没有一颗小白杏掉下,人们便纹丝不动,长久静候。

有一年,人们眼见一颗小白杏在枝头晃荡,但却迟迟不落。无数双眼睛盯着它,但是哪怕再急也拽不得,只能等它自己"行动"。那"啪嗒"落下的声音,是杏子顺应天地力量,对人类发出的号令。

食为天

　　终于，一阵风刮来，那颗小白杏牵着众人的目光落到地上，那园子的主人颇为庄重地将那颗小白杏捡起，当场吃掉。吃完后，他把杏核种在了果园中。他的这一举动亦有说法，第一颗小白杏的杏核，长出的杏树，会结出更甜的果实。

　　小白杏上市仅有一月左右，早了青涩难咽，晚了塌软发酸，所以在每年六月间，库车人每天都吃小白杏。尤其是餐后吃几颗，再喝一碗罗布麻茶，成为人们多年不变的习惯。库车人为此总结出一句话，六月里，小白杏是黄的，人的嘴是甜的。

　　十余年前，第一次在库车吃小白杏，见大的宛若鸡蛋，小的形似荔枝，每一颗都将白、黄、红三色融为一体，看上去颇为诱人。当时，园子主人正在树上摘小白杏，见有人来便跳下，把一篮子小白杏递了过来说，吃吧，这是最有名的阿克其米西，甜得很！我们一行中有女士，他便说，女人吃了阿克其米西，能把一张脸都变甜，吸引得所有帅哥都围着你打转呢！听他说完，我也挑一颗浅咬一小口，便满口甜蜜的汁液，咽下后更觉得入肺腑，润五脏，令人满心欣喜。

　　同行的朋友吃完一颗小白杏后，嘴一张吐出了杏核，园子主人手一伸，接住杏核，笑着说杏核不要浪费，里面的杏仁也很好吃。他把那颗杏核放在石头上，用另一块石头轻轻一敲，一粒杏仁便露了出来。他让我品尝，我一咬杏仁，口感清脆，有一股近似花生的味道，但又多了一分淡淡的甜醇。

　　南疆人喜欢的杏干水，亦出自小白杏。人们把小白杏洗干净，加以葡萄干、鹰枣、酸梅、山楂片、桃皮、冰糖等，放在锅中加水熬一小时，起锅冷却后饮用，有清凉、略酸、微甜的味道。以前做杏干水，须当天喝完，过夜就坏了。现在有了冰箱，可冷藏起来慢慢品尝。到了盛夏，人们又喝刨冰杏干汤。刨冰杏干汤有消暑、解渴、降火、开胃、美容、祛腹胀、通便之效。做法也很简单,把小白杏晒干,不切碎,连核放入锅里熬出汤汁,加以冬天贮藏的冰块,其冰爽酸甜之味,让人忍不住叫好。

我十余年前在库车的大巴扎上喝过一次刨冰杏干汤。当时天热,我一口气喝了一杯。守摊的姑娘诧异地看着我,并告诉我,喝刨冰杏干汤的同时,要搭配吃酸枣和光桃,那样才味正。我笑笑,只能期待下次按正统方法享用了。

小白杏也可用于做饭。南疆每年四五月间,人们把未熟的小白杏采回,放入汤饭中,美其名曰青杏子汤饭。青杏子汤饭是难得的季节性美食,浸入汤中的酸味,也就这几个月有,所以人们在这个季节便不用醋,只享受青杏子略酸的味道。

小白杏亦有趣事。有一年五月突降大雪,把满树杏子打得摇摇欲坠,人们担心其难以成熟,一年将没有收成。几日后雪霁,人们见杏子并未受损,便暗自希望其味道不要受影响。挨到六月,第一颗掉下的小白杏仍然透亮,一尝仍然像以往一样绵甜清爽,馥郁细腻。人们于是便感谢那场大雪,说它和天山雪水一样对人有恩。

另有一人,某一日突然不说话了,问医吃药均不见效。一位老者听得院中的杏树掉下第一颗小白杏,便让那人吃了。少顷,那人脸上浮出扭结的神情,待平静下来,复又开口说话。

蟠桃

一天在单位值班,突然心生强烈的心念,想吃蟠桃。今年还没有吃蟠桃,而这个季节又正是蟠桃上市的时候,于是便馋得坐不住了。我让人替我值一会儿班,快速上街寻找,没走多远就找到一个小摊。见小车上的蟠桃饱满鲜润,尤其是表皮上的红晕,艳得让人无法把目光移开。看来这摊主卖的蟠桃,应该摘下才两三天,正是好吃的时候。

问蟠桃的出处,摊主答:143的。听到143便心中一喜,马上挑了四个,一称刚好十元。付了钱装入塑料袋提回,送人两个,另两个在前后两小时内吃掉。两个蟠桃下肚,津香满口,余味久久不散。闲待着无事,便在心里算了一下,从现在开始,至少可以吃一个月蟠桃,今年的夏天有福了。

新疆人买卖蟠桃时如果提到143,指的就是兵团农八师的143团,在石河子,新疆最好的蟠桃就出在那里。说起来,南北疆皆出蟠桃,南疆以和田蟠桃为最甜,北疆以石河子蟠桃为最脆,而143团的蟠桃则又甜又脆,以其形美、色艳、肉细、味佳、皮韧易剥、汁多甘厚、味浓香溢、入口即化等特点占尽优势,成为桃中"翘楚"。

有一年去143团，听说蟠桃已经成熟，便产生了去蟠桃树下吃蟠桃的想法。几位朋友到了蟠桃园，远远地看见每一棵蟠桃树都很漂亮，其主干笔直，枝干呈伞状向上撑开，犹如被修剪过似的。走到近前，猛然发现蟠桃树上闪出又红又绿的颜色，直晃眼。细看，才看清楚那绿是蟠桃树叶，绿油油的像是刚刚被水淋过。那红就是蟠桃，被茂密的叶片掩映着，"犹抱琵琶半遮面"。正因为如此，蟠桃便更漂亮，那彤红似是有动感，会随时从绿叶中飞出。如此看一番蟠桃树，倍加觉得有意思，以后再吃蟠桃，想想如此漂亮的蟠桃树，滋味会分外不同。

后来提到品尝几个蟠桃，主人却并不从树上摘，而是向那边一指，我们顺他的指引看过去，地边有垒在一起的蟠桃，整整齐齐的。我们走过去后，反而不知道如何挑选，每一个蟠桃都很漂亮，残留在果把上的绿叶仍绿油油的，看得出刚摘下不久。最后，我们挑选了几个最大最红的蟠桃，各自吃了。离开蟠桃园后回头一望，只能看见蟠桃树，蟠桃则像是藏起来似的，不见一丁点影子。

蟠桃这个名字好，一看就知道是从西方传入西域，然后再传入中原的。任何一种水果的生命之旅，都面临难料的坎坷，亦蕴含着意外的机遇。蟠桃最好的生存地在今新疆一带，当时的人们并没有抱希望，只是随便种了一些，没想到却结出了异常优质的果实。

蟠桃的甜，与新疆的日照时间长，早晚温差大，且受雪水浇灌有很大关系。别的地方亦有蟠桃树，但因为不具备新疆这样的条件，结出的蟠桃不甜。水果不甜，便没有了优势，吃的人就不会多。

在以前，有人曾将蟠桃称为仙桃，并扯上不少神话传说。譬如《太平广记》载："七月七日，西王母降，以仙桃四颗与帝。帝食辄收其核，王母问帝，帝曰：欲种子。王母曰：此桃二千年一生实，中夏地薄，种之不生。帝乃止。"这里所说的王母应是西王母，帝乃周穆王。

西王母是传说人物，但周穆王确有其人。关于他们二人，在新疆亦有传说。譬如新疆的天池本来是好风景，却被编出是西王母的洗脚盆的传说。天山从新疆延伸至中亚，其地理和水利价值不可估量，同样被编出一个神话，说周穆王和西王母在天山约会后，于分手日双双立誓，五千年后再会。但是，五千年的天山都会变，五千年的爱情，还有什么意思？

无论是《太平广记》，还是神话传说，西王母和周穆王都被"讲故事"者拿来，为他们的讲述服务了一回。我想，大概是因为蟠桃太好吃，以至于无法比喻，遂拿神仙来说事。中国的文学丧失神话特征后，只剩下干巴巴的神话传说，总是给人以抽筋扒皮后的塌软感。

有关蟠桃的古诗，倒是有不少。譬如柳宗元在《游南亭夜还叙志七十韵》中写有"披山穷木禾，驾海逾蟠桃"，读来有几分浪漫。另有一位叫毛滂的人，在一首《清平乐》词中写道："欲助我公寿骨，蟠桃等见开花"。这首词读来，比柳宗元更真实和亲切。柳宗元背负大名，便缺少无名者毛滂的这种潇洒和轻松。

无论神话、传说和诗词，绕不过去的话题是蟠桃好吃。好在人们附加于蟠桃身上的文化，并未损失它的美好，今人姑且听之，只要蟠桃好吃便罢。

蟠桃好吃，但每个人的吃法却不一样。我吃蟠桃，十分喜欢捏住一端，自另一端一口一口吃。蟠桃的大小都差不多，其形状扁平，极利于入口，比吃大而且圆的桃子要方便得多。一般情况下的蟠桃，果肉略脆，咀嚼时，甜蜜的汁液荡漾在齿颊之间，那是一种幸福的味道。如果碰到不成熟的蟠桃，果肉则会硬一些，水分也少，且不甜。所以买蟠桃时的挑选极为关键，摸上去柔软但不塌软，就是熟至恰到好处的。太硬或太软的，都不可取，哪怕不吃也不要买。

有一朋友却与我不一样,他吃蟠桃要剥皮。我觉得蟠桃的皮脆爽,嚼之有独特的口感,剥了皮简直是浪费。但他不以为然,每吃蟠桃都要剥皮。一次我看他吃蟠桃,只见他将去皮后的果肉用嘴含住,一口也不咬,只是用舌头搅动并吮吸,表情有几分惬意。

我每买蟠桃必多买两三个,一次吃不完,把剩下的放入冰箱零度隔挡中放一夜,第二天中午或下午取出品尝,其果肉会更加脆爽,甜味更加浓烈,尤其是冰凉的口感,令味蕾和食道倍感通畅。于是便理解了那位朋友吃蟠桃为什么要剥皮,同一种东西,因为有了不同的吃法,便有了不同的享受。擅长创造吃法的人,一定是擅长创造幸福的人。我是如此,想必那位朋友亦如此。

蟠桃亦有趣事。有一年在疏附县,与一位种植蟠桃的果农闲聊。他说有一年夏天,天气骤然变热,他看了几眼远处的冰山,心中有了不祥的预感。是夜,果然有雪水冲涌而下,淹了他的蟠桃园。新疆就是这样,白天的气温升高会让雪山融化,到了夜里便流到了田野当中。那人心想完了,蟠桃树被雪水泡过,结出的蟠桃还能吃吗?到了夏天,他摘下一颗蟠桃一尝,却比往年甜出很多。他惊异,难道雪水对蟠桃有好处,问了别人,果然得到证实。

他给我讲这一趣事时,是一个热天,我正汗流满面,见地边有一水渠,便蹲在渠边欲掬水洗脸,不料手刚伸进水,便被一股透骨的寒凉惊得抽出了手。

那人嘿嘿一笑说,是雪水,专门引下来浇蟠桃的。

我扭头一看,那果树上的蟠桃,艳得让人心颤,而远处的雪山,悬在天上,犹如一个巨大的"水库"。

冰糖心

去年底的一天，我们从阿克陶返回克州，经疏勒县旁的兵团四十一团场。朋友购得一箱苹果，以备接下来的几日在路上吃。

我尝了一个，爽脆甘甜，水分极大，吃完后甜味浸遍口腔，长时间都未散去。如此浓甜的苹果，是第一次吃到，问朋友那是什么品种，朋友告之，其名曰"冰糖心"，是新疆最甜的苹果。

我诧异。先前在疏勒当兵时，跑遍了疏勒县的角角落落，未曾听说有如此好的苹果。朋友估计，我在疏勒的那些年，冰糖心尚未兴起。他还说，疏勒县人如今都喜欢吃冰糖心，别的苹果无人再碰。

依稀记得在一篇叫《冰雹砸过的苹果》的文章中说，"在美国墨西哥州的高原地区，有一个苹果园经营者叫洋戈。有一天，高原突然下了一场冰雹，苹果被砸得遍体鳞伤，卖不出去。洋戈来到果园，捡起一个苹果咬了一口，竟觉得格外脆甜。于是，洋戈命令手下采摘苹果，运送出去，并在苹果箱上写上一句：'疤痕是高原地区苹果特有的标记。这种苹果，果肉紧实味道甘甜。'大家半信半疑地品尝，果然如此。很快，大部分苹果都卖出去了。"

而新疆的冰糖心,更有其非凡之处。用科学的说法,冰糖心含糖量在百分之十八到二十五左右。为了证实,朋友用刀横着切开两个冰糖心,一个自核心向外延伸出两圈糖分,呈透明状。另一个的糖分堆积在果核心上,有凝结厚实之感。可观可感的糖心,诱惑得人忍耐不住,捧一个在手中吃了几口,其甘甜滋味自口腔向体内浸漫,幸福感油然而生。

冰糖心不但甜,而且外观灼红,质感细嫩,用清水洗干净会更加鲜艳光滑,尤其是有水珠欲滴不滴时,让人觉得有蜂蜜从果实中渗了出来。人们吃冰糖心,大多要先切开,看几眼凝于果核的糖分。此等情景,大概就是人常说的"色香味"的色,看过几眼再吃,便觉得甜到了心里。

南疆的喀什、克州和阿克苏等地州,均盛产冰糖心。从阿克苏再往前就是库尔勒,那里是香梨的天下。冰糖心无心与香梨争斗,便不再向前。

阿克苏因冰糖心久负盛名,尤以温宿县的为最佳,所以最好的冰糖心,出在尚未传出名声的温宿。温宿是一个奇异的地方,在少水少树的新疆,居然长出一个神木园,其千年大树的粗壮枝干,多伏卧于地上,间或又生枝长出一棵树。进入园中,阳光被浓密的枝干遮去,让人疑惑是别处的原始森林被移到了天山脚下。

人们觉得仅仅称其为"神木园"不过瘾,遂又称其为"天山神木园"。有了天山二字,便配得上那些千年大树的气势。千年大树和极甜的冰糖心,之所以在温宿成为传奇,皆与当地地理环境和气候有关。温宿处于阿克苏境内的南天山下,日夜温差大,光照充足,冰川雪水丰沛,沙性土质层丰富,极利于植物成长,亦有利于水果糖分的提升。

新疆的水果多,主要得益于日夜温差和允足的光照,人们一年四季都能吃到新鲜水果，如四月桑葚，五月杏子，六月桃子，七月西瓜，八月葡萄，九月香梨，十月冰糖心，十一月后还有葡萄干、杏干、巴旦木、干无花果等。

有关冰糖心的来历，有很多说法。有一年，一种苹果进入挂果期，却出现了"烂心"现象。果农们开始担心，那从果心处向外扩散开的一圈圈怪异图形，莫不是果树得了怪病？但有一点却又很奇怪，那"烂心"的苹果，却色泽光亮，味道更甜。更有意思的是，苹果从"烂心"处向外渗出的果汁，尝过后却甜如蜂蜜。果农们转忧为喜，遂将那"烂心"称之为"冰糖心"。

温宿的冰糖心有一段趣事。有一人经营一个苹果园，到了采摘季节，发现靠近水渠边，且长在沙土中的苹果树结出的苹果，比别的树上的苹果甜很多。他剥开细看，发现果核周围凝有黄色的东西，用舌头一舔，甜蜜的味道顿时袭来。他大喜之下惊呼，这苹果把糖长在了心上。冰糖心一名因他传出，成为越传越远的好名字。

冰糖心苹果分"光果"和"套果"两种。套果一说，是指长在苹果树的下部的苹果，因为方便操作，便被套在袋子里生长，图的是表皮光滑漂亮，卖相好。而光果一说，指长在苹果树顶部的苹果，因不方便套袋，便只能任其赤裸生长，经风吹日晒，其表皮开裂粗糙，不好看。但光果因为日照时间长，其糖分比套果更加充足。所以，那些并不大好看的冰糖心，吃起来其实最甜。

我们吃苹果，都习惯手捧一个啃吃，但是吃冰糖心最好的办法是切开吃，而且一定要从中横切开来，对着中间那块"糖心"一口咬下去，满嘴甘甜，犹如吃了蜜。

有人说，喜欢吃水果的人，一年四季嘴都是甜的。有一位小伙子，别人给他介绍对象，却总是见不到他。他妈妈说，每个月都有那么多水果，他一种接一种忙着吃呢。等他吃够了，自然就把目光从水果上移到了姑娘身上。

新疆人身处赤野干旱之地,却享受着很多甘甜的水果,有时候甚至把水果当饭吃,其幸福与别的地方的人自然不同。

后来人们分析,发现冰糖心品质最高的地区,一是土地皆为沙土,二是水渠中流淌的是天山积雪融化的雪水。雪水浇灌了沙层土质,让那一带的苹果变得糖分高,水分足,口感脆。最为神奇的是凝固在果核上的糖,可观可感,不用再做什么证明。有人在第二年春天尝试,用沙土栽下苹果树,然后用雪水浇灌,果然长出了满树的冰糖心。

对了,温宿的意思是"多水",阿克苏的意思是"白水",这两个地方都在名字上强调水,看来水确实带来了不少好处。

新疆就是这样,没有水便罢,一旦有水,就一定会创造出奇迹。

桑葚

每年的五月初，吐鲁番的桑葚就熟了。

在我的感觉中，吐鲁番有很多与水果有关的说法，如："吐鲁番的葡萄熟了，阿娜尔汗的心儿醉了""吐鲁番的葡萄哈密的瓜，叶城的石榴人人夸"等等。

吐鲁番的桑葚谓之新疆第一鲜，是新疆每年最早上市的水果。到了四五月份，北疆的阿勒泰、塔城、伊犁一带，有时仍然大雪纷飞，而东疆的哈密、吐鲁番一带，人们已经吃到了新鲜的桑葚。稍晚一点，南疆的和田、喀什、阿克苏等地，桑葚也开始挂果了。这一时间，别的树才长出叶子，有的花蕾刚刚冒出，久负盛名的葡萄也还是小颗粒。但黑桑葚、白桑葚已挂满枝头，或掉落一地。很多儿童在树下跑来跑去，不用问，他们正在捡桑葚吃呢。

桑葚又叫桑果，桑枣，成熟后果质紧实滑嫩，酸甜可口，尤以个大，肉厚，色鲜和糖分足受人喜欢。桑葚除了从树上摘下直接食用外，还可加工成桑葚酱、桑葚酒，有人将桑葚晒干或略蒸后食用，都能吃出初夏的鲜美味道。

每年四月底五月初去吐鲁番的人，都可以吃到桑葚。吐鲁番到了六七月便酷热难当，只有四五月间是最舒服的季节，一可赏春色，二可品桑葚，可谓两全其美。

有关桑葚的趣事颇多，譬如大名鼎鼎的火焰山，东西两边的两条沟，相隔不足十公里，但是，东沟的桑葚已成熟，西沟的桑葚却还要等一周左右。于是乎，西沟人去吃东沟的桑葚，东沟人不高兴。西沟人说，你们不要把肚子胀的事情摆在脸上，我们西沟的桑葚正长着哩，过几天你们也可以去吃。

《西游记》里的很多故事发生在新疆，但能被人提及的也就火焰山一处，别的地方都被戈壁荒漠所淹没，透不出传说的柔软气息。并且，这里的人们并不钟情于《西游记》的有关传说。新疆是一个几乎不存在传说的地方，不像其他省份，但凡一桥一树，一河一山，都有传说故事，时间久了便孕育出似是而非，可信亦不可信的文化特点。而新疆的每一地都有真实的历史，譬如在吐鲁番，一步迈出去，便感觉穿越了一两千年，一脚落下便似踏入了汉唐。

火焰山一隅的吐峪沟，是我见过的桑葚树最多的地方，在村中走不了几步就碰到一棵。每年桑葚成熟的季节，吐峪沟人都要忙碌数天采收，然后卖到吐鲁番、乌鲁木齐或更远的地方。一公斤桑葚在城中可卖到五十元，但在吐峪沟的旺季，一公斤桑葚才十五元，有时甚至卖到十元。

有一人去吐峪沟买桑葚，遇一位小姑娘在村口摆摊。询问后得知，小姑娘的桑葚一公斤要价二十五元。他与小姑娘砍价，小姑娘坚持少于十五元不卖，那人嘟囔一句，这不是卖桑葚，简直是卖金子。小姑娘在他身后说，你回来，这里有五元一公斤的。那人听后，欣喜地回到小姑娘面前。结果，她笑嘻嘻地说，你有一公斤五元的桑葚吗？有多少你卖给我，我都要！说完露出顽皮的笑意。

我曾见过吐峪沟的一位老人吃桑葚的情景。早晨，他从小屋中出来，走到一棵桑葚树跟前，拽住一根树枝，摘吃桑葚约半小时，算是吃了早餐。中午他又如此重复，解决了午餐。我料定他的晚餐也一定是树上的桑葚，便在黄昏等待观察。果然，见他又一如既往地摘吃了半小时左右。

我听村里人说，那老者有一根用百年大树的枝干做成的手杖，凡是身体有恙者，让他敲击几下不舒服的地方，便可病愈。我那几天腰不舒服，便去他屋中，请他用那手杖帮我敲敲。不料，他狠狠在我腰上打了一下，疼得我一声大叫。离开时，见我面有不悦之色，他悄悄对我说，你的腰能被打疼，说明是好腰，以后每天多走路，腰就不疼了。还有就是在每年春天多吃桑葚，腰永远都不会疼。

村中一些年迈老人，无事便坐在桑葚树下闲聊，或看着对面的山和天上的云朵。仔细观察他们，便发现他们按照年龄大小挨着坐，年龄最小者自觉坐在最下方，最年长者坐在最上面。有桑葚落到他们面前，所有的目光会集中到其中一人身上，看那人捡起桑葚吹吹后喂到嘴里。

有一次，我和朋友们去吐屿沟游玩，碰上打桑葚的村民，便加入了进去。打桑葚与打核桃差不多，先在树下辅一个大床单或毯子，然后用一长木杆在桑葚树的枝干上敲打，桑葚唰唰落下，很快就是一层。后来，我们与村民走散，有的人家对桑葚树下的我们报以微笑，有的人家却呵斥我们远离他们的桑葚树。春风十里不如你，同一地有欢迎也有拒绝，这就是人世。

桑葚是桑树的果实，但西域先前并没有桑树。西域有瞿萨旦那国（西域的部落式王国或地方政权，在今新疆和田），无蚕桑，听闻东国（东方国家）有，遣使臣前去请求赐予。东国皇帝借口推托，随后下令强守边关，防止蚕种流出。碰了钉子，瞿萨旦那国的国王并不气馁，欲借联姻获取蚕桑。他呈谦恭书信，向东国国王请求联姻。东国皇帝以为有利，遂应允。瞿萨旦那的国王紧抓机会，命使臣传话给东国公主，望她出嫁时自带蚕种，以备来日自做衣服。公主暗集蚕种，藏于帽内。到了边关，随行人员皆受严查，唯公主的帽子象征高贵，免于检查，蚕种于是顺利传入了瞿萨旦那国。

此故事发生得早，其时丝绸之路尚未出现。1914 年，斯坦因在丹丹乌里克遗址中，挖掘出一块壁画。画中有一妇人头戴高冕，一侍女用手在指妇人之冕。斯坦因断言，侍女手指贵妇人之冕，是暗示冕下隐藏着蚕种。

其实斯坦因错矣，那画中女子头顶的圆圈，是佛教菩萨的顶光。其他几人或手持金刚杵，或穿长筒靴，或莲花跏趺坐，是佛教中的护法或明王。整个壁画，乃佛教中的护法故事画。可见，斯坦因不懂佛学。

关于桑葚，在历史上曾有一件趣事。西汉末年，刘秀征讨篡位的王莽，在幽州与王莽手下大将苏献交战时失利，最后只剩下刘秀一人，而且左腿中了毒箭，胸前还有刀伤。他包扎完伤口躲过追兵，忍着疼痛爬进一座废弃的砖窑。因疲劳过度，加之箭毒发作，刚靠着砖窑坐下就晕了过去。醒过来后浑身无力，饥饿难忍，他爬出窑门，期望借着月光找到野果充饥。但他尚未爬远便已无力，遂躺在一棵大树下休息。没有想到，随着一阵风吹过，那棵树上居然有熟透的果实跌落下来，有一颗恰巧落入他嘴里，他本能地一咬，有一股甘甜的味道。他一阵欣喜，在身边又摸到几颗放入口中。那果实酥软、甘甜、多汁，他顾不得身上的伤痛，在身边的草丛中找到一颗又一颗，一直吃再也摸不到一颗，才爬回窑中睡下。就那样，他白天躲在窑里养伤，晚上便去那树下捡拾果实充饥，挨过一个月后，伤口竟好转了不少，并终于等到了救兵。

救他的人正是他的手下大将邓禹,邓禹告诉他,这是一棵桑树,它的果实是桑葚儿。刘秀听闻沉吟良久之后说,日后光复汉室,一定要册封此树为王。

刘秀在后来是否将那桑葚树封为树王,史无记载,今人不得而知。

无花果

　　无花果有一个有意思的名字：树上的糖包子。

　　南疆的和田、喀什和阿图什三地，以盛产无花果出名。新疆人吃无花果，如果要问其出处，不会提别的地方，只会问：这无花果是来自和田的，还是来自喀什的？如果知情者对这两个提问均摇头，那就不用问了，一定是来自阿图什的。较之于和田和喀什，阿图什的无花果明显胜出一筹，其果汁浓甜，果肉糯软，以至于常吃无花果的人去买无花果，开口就问，阿图什的无花果有吗？如果有，则不挑选，让摊主称过后，付钱装入塑料袋提走。

　　无花果一名的来历很有意思。它们虽然开花，却隐藏在果实的囊状花托中，不仔细看，便只能看见果实而难以发现花，所以得名"无花果"。

　　无花果皮薄，待到成熟期，用手一捏便可发现，其肉厚无核，可放心地吃。

　　无花果以甜著称，吃一口在嘴里，把果肉嚼几口，便有浓浓的甜味浸入口腔。有人把无花果和蜂蜜做比较，说蜂蜜是流动的甜，一入口，从口腔到腹中都是甜。而无花果是停留的甜，一口咬开果肉，便有一股甜味在嘴里久久不散，以至于把果肉吞下了肚，那甜味还长久存留。有人吃了无花果后不吃别的，问及原因，说什么也比不上无花果，他想让那甜味在嘴里多留几天。留几天是不可能的，但留一两个小时没有问题。

新疆人吃无花果，常用一种固定的方法，即把无花果放在掌心，用另一只巴掌拍一下，果皮便破裂，果肉亦被击打得松散开来。此时吃起来，口感更加酥软，味道也更加浓烈。

南疆人常说：因为无花果太甜，害得我都忘了吃最好的蜂蜜。无花果除了甜之外，还有养生的诸多好处，所以南疆人又常常说：吃无花果害得我们本来是四十岁的人，却经常被误认为是二十岁的小伙子。害得我没有机会和咽喉病、高血糖、高血压、高血脂那些病较量。害得我的消化好得不得了。害得我身上要长就只长力气。害得我要瘦就只瘦该瘦的地方……说到最后，因为吃无花果的好处太多，他们索性用一句话总结：无花果害得我们的身体太健康了。

无花果在水果界有一个洋气的名字：水果皇后。它原产于地中海沿岸，唐代传入中国，后在当时的阿图什、和田和喀什等地大量栽培。它曾被称为"隐花果"，史籍记载时又称其为"阿驿"，但因无花果一名好记，亦很亲切，所以便一路叫下来，无人再去叫它以前的名字。

阿图什是一个很安静的地方，而无花果犹如暗暗游动的光芒，让这个地方显得从容、自足和安详。人们在无花果的产果期到了阿图什，不论是在饭店还是在家庭吃饭，必先吃无花果。阿图什人会幽默地说，只有让你吃上无花果，才算是真正到了阿图什。

一般来说，经由味蕾培养出的感情，往往能追随人的一生。无花果以营养丰富广受新疆人喜爱。阿图什的一位老人每天早上在面前放一个核桃、一个鸡蛋、一个无花果干果、一把葡萄干，这便是他的早餐。别人问他能吃饱吗？他不屑地说，不是能不能吃饱，而是能不能吃好的问题，你们不知道怎么吃，吃来吃去把病都吃到了身体里。

有一说法，一棵无花果树，就是一个繁忙的甜蜜工厂。无花果一年有三次采摘季，七月是第一次成熟期，八九月是大规模采摘期，十月为最后的收尾期，最好的无花果往往在最后的采摘中诞生。

天赐一物给一个地方，那个地方必然就会扬名。阿图什是种植无花果最多的地方，不但上百亩的无花果园比比皆是，而且各家院子里也栽无花果树。每到夏天一进入院子，其浓郁葱绿的景象，令人赏心悦目。

无花果之所以在阿图什的庭院中扎根，得益于一个人无意间的播种。他有一天把几株没栽完的无花果苗带回家放在后院，之后便忘记了。等到他想起时，不免一阵懊悔，心想它们一定已经干枯。不料到后院一看，它们居然已经发芽。于是他断定，无花果苗只要沾地就可成活，便把那几株栽在了院中。这几株无花果就当年就长高一大截，第二年还结出了果实。

在阿图什人家的院子里，到了无花果成熟的季节，人们坐在院中喝酒的间隙，一伸手从树上摘下一个无花果，剥皮后用手拍软，便可品尝到甜美的果肉。

无花果除了可做干果外，还可做成果汁、果酱，并且还可用来炖鸡，做雪梨茶、米粥、瘦肉汤、绿豆汤和番茄汤等。甜味浸出，或入汤，或入肉，会让人体味到奇妙的感觉。有一年在阿图什，喝了一碗放了无花果的米粥，其香甜的味道在口腔浸开，让人觉得非常幸福。甜乃幸福之味，让无花果验证这一说法，确切无疑。

和田有一棵四百多年的无花果树，被新疆人称为"无花果王"。它庞大繁复的枝条贴地伸展后长进土里，又生出根须繁殖的新枝，像是长出了无数无花果树,最后竟占地一亩有余。有人说它是一棵独一无二的大树,也有人说它是一个庞大的家族。

在和田,无花果王与桃树王和梧桐王被合称为"和田三棵树王"。有一年在和田,我进入无花果王巨大的浓荫下,顿时像是进入了茂密的森林,日月光辉犹如被隔离到了遥远的另一世界。等我揉揉眼睛适应后,才看见无花果王的树叶硕大浑圆,密密匝匝的无花果挤在枝头,让人疑惑它并不是一棵果树,而是一幅美丽的图画。后来才知道,无花果在《圣经》中曾被提到,是神圣的果实。

出了无花果王所在的果园,听人说,这棵树王至今一年仍能结出四五百公斤无花果。大门口有卖无花果者,说就是无花果王结出的,便买了几个。不料当晚一尝,却不好吃。

沙枣

沙枣有一个好听的别名,叫七里香,意即沙枣花开,可香飘七里。台湾诗人席慕蓉喜欢"七里香"这个叫法,便用作她一部诗集的名字。不知台湾有没有沙枣,但席慕蓉是蒙古人,她祖上的生存之地应该也有沙枣树,她之选择乃血脉之情。

沙枣树有一个特点,幼枝会裹上一层银色鳞片,稍微长粗,那鳞片便自动脱落,呈现出一片红棕色。如果树上结了沙枣果,便让人惊讶,果与枝都是红棕色,有丰硕的收获之感。有人为沙枣树的变色诧异,觉得那样鲜丽赤红,似是预示不祥。南疆人却不那样认为,他们说,这里面有一个道理,会变色的沙枣树才结果,不会变色的沙枣树光秃秃的,一颗沙枣也不结。人们仔细去看,果然如他们所说,但凡树上颜色鲜艳者,皆先是一树繁花,后又一树硕果。而不变色的沙枣树,则长得歪斜难看,而且不结一果。看来颜色是沙枣树的生命展示,而非单纯的外表色彩。

沙枣树都不大,亦不高,最高的也就两米左右。但就是如此低矮的沙枣树,在风中却会展示出令人惊愕的风姿。有一人在某一日遇一场大风,他抱头躲风的间隙无意一瞥,见一棵棵沙枣树竟然纹丝不动。

他心中掠过一丝惊叹——看来，沙枣树枝坚硬如铁，再大的风也奈何不了它。待风停后，他走过去用手摇沙枣树，果然坚硬不动，便感叹说，沙枣树看上去是女人，摸上去是男人，是最厉害的树。

一棵小小的沙枣，值得细说的地方有三处：花、果实和树。

南疆多沙枣树，每到春天沙枣花开，香飘开来。很多人都说，闻到了沙枣的味道，也就等于闻到了春天的味道。我在叶城当兵时，部队大门外曾有沙枣树，起初以为那是几棵枯死的树，加之又那么低矮和细小，便没有多看几眼。不料，到了春天，却突然发现它们泛绿发芽，一夜间便长出了嫩绿的叶子。在不可能有生命的地方，出现了意想不到的生命，这不啻为奇迹。

之后便闻到了浓烈的沙枣花香。那几棵树干巴巴的情景一去不返，代之而来的是一树嫩黄的花朵，翠绿的叶子也迎风飘动了起来。有一晚，我在部队大门口站岗，突然闻到一股浓烈的花香，孤寂的夜晚便变得温馨了很多。后来，见那几棵沙枣树下有一人影，站过一阵后转到另一方向，像是一直在闻着什么。我估计那人是部队旁边的阿里办事处的职工，许是闻到了沙枣花香，便趁着黑夜，一个人悄悄来闻。在黑夜独自闻沙枣花香的人，其内心有着怎样的柔情？我站立于岗哨的位置，浮想联翩。我还曾看见几位少女，她们走近那几棵沙枣树时精神一振，继而跑到树下，现出沉迷之态。

沙枣花最传奇之处与香妃有关，亦留下动人的故事。香妃原名伊帕尔汗，随叔父和哥哥从新疆进京拜见乾隆。乾隆闻到大殿上有一股异香，仔细分辨后发现，那股异香来自跪在殿中的伊帕尔汗。原来，伊帕尔汗自小喜欢闻沙枣花香，每到春天总是在沙枣树下流连忘返，时间久了，那花香便凝留于她身上，乃至进京入宫也如影相随。乾隆喜欢伊帕尔汗身上有香味，便把她纳入宫中，册封为妃。后来，乾隆又命人从新疆运沙枣树进京，栽在香妃的宫前。到了春天，那沙枣树果然开出满树繁花，并像仍处于沙漠中一样，散发出浓郁的香味。但好景不长，到了第二年，沙枣树却一一枯死，香妃也不幸去世。

除了用于闻尝，沙枣树还有其他作用。一位朋友说，可别小看这小小沙枣树，它们可是很好的蜜源植物，其花朵还可以提炼出芳香油、香精和香料等。还有那沙枣粉，可以酿酒，酿醋，制酱油，果酱等，糟粕还可当饲料用。

有一人，种了一大片沙枣树，但既不采果，亦不集粉，那沙枣树一年一年便歪长，不要说对他有所回报，连看都不那么好看。有人问他，你种下沙枣树不管，图什么呢？那人一笑说，沙枣树不结果，一定忙别的事情了。问话的人知道那人是说，不结果的沙枣树也一定是有用处的。但是到底有什么用处呢？几经请求，那人才指着一边的田地说，没有沙枣树挡着风沙，庄稼能长这么好吗？

沙枣树枝密叶茂，挡风沙是其最大的功劳。问话的人被感动，赞叹沙枣树了不得。那人却说，沙枣树活着时挡风沙，死了还有更大的作用。他见问话的人疑惑不解，便告诉他，用沙枣树做出的家具，经久耐用，如果你到了居住在沙漠中的人家，一定会发现，他们用的家具和农具，都是用沙枣木制作的。

当然，沙枣的果实也值得品尝。

秋天，沙枣树挂了果，一颗颗圆润饱满，让人忍不住一手揪着树枝，另一手往下一捋，手里便是一把沙枣。沙枣本身甜酸各半，但人们吃沙枣往往不在意它的甜，而是直接奔它的酸而去，因为它的酸开胃，有助消化，还能起到减肥作用。据说，沙枣加工后很甜，但从没见过加工后的沙枣的样子，倒是那一把抓起来就吃的新鲜枣粒更吸引人。

除了直接吃之外，我还吃过沙枣发糕。那发糕是用玉米面做的，加了沙枣后不但外观好看,并且使发糕的味道甜酸交汇,分外独特。

新疆人熟知沙枣,看到一棵沙枣树,便能分辨出是小沙枣,还是大沙枣。小沙枣的枝多刺,花小,果实亦很小,一般只有黄豆粒大小,吃起来有酸涩的味道。大沙枣的刺少,花像小钟,果实较之小沙枣的果实要略大一些,皮薄肉厚,很是可口。

秋天,大沙枣和小沙枣皆结出果实,小孩子爬上大沙枣树摘果,想吃多少就摘多少,还可带回送给玩伴。鸟儿也吃沙枣果。南疆人有一个说法:一把沙枣果,就是一只鸟儿一冬的干粮。有人从沙枣树上掰下几根枝条,用手一捋便是一大把沙枣果,可见沙枣果是鸟儿的口粮一说,果真不假。

有一人的田畔有一棵沙枣树,常有鸟儿落在树上吃沙枣果。那人怕沙枣树的阴影影响庄稼,入冬后便将它砍倒,随后当了柴火。第二年夏天,一群鸟儿飞来,无奈那棵沙枣树已经不见影子,它们盘旋嘶鸣好一阵子,才飞离而去。

有一小伙子,本想向心仪的女生表达爱意,但他因为害羞,错失了机会,那姑娘被另一小伙子追走了。他痛苦至极,悔恨自己开窍晚,错失了美好的爱情。有人劝他说,姑娘多的是,一个错过了,还可以去追求另一个。他说,沙枣花开过就凋谢了,沙枣果子熟了就被鸟儿吃了,冬天一来,一场大雪就覆盖了一切。要想与那个姑娘再续前缘,没有来年,只有等来生。

葡萄干

有朋友曾问我,新疆每年的葡萄成熟后,人们是吃新鲜葡萄多呢,还是做葡萄干的多?我估计了一下,大概有一半葡萄被运往各地销售,另一半则会被送入晾房,一串串挂起来晾干,然后就成了葡萄干。

葡萄干肉软清甜,营养丰富。最重要的是易于贮存,放一两年都不成问题。有一句谚语说:去年的葡萄,属于去年的嘴。去年的葡萄干,能和今年的嘴见面。有一次见一人买葡萄干,他尝了一颗后说,这是前年的葡萄干,好是好,但水分不够了,只剩下甜,没有了营养。摊主又端出一盘葡萄干,他尝过后大声称赞,认为那是去年的葡萄干,水分和糖分都足,正是吃的好时候。

做葡萄干少不了晾房,在吐鲁番等地随处可见外观像蜂窝,多有细密透气孔的葡萄晾房。每年八九月份,葡萄成熟后,人们选择皮薄,外观丰满或颀长,果肉柔软,含糖量高的葡萄,剪去损坏的部分,在清水中冲洗干净,然后放在晒盘上曝晒十天左右,提进晾房挂起阴干成葡萄干。如果天气好,全部过程用二十天左右即可完成。

晾房的关键是避开酷热的阳光，同时又通风透气，可保证葡萄的水分被适当晾干，同时又保持糖分，那样的葡萄干吃起来才柔软甘甜。葡萄晾房的专用期并不长，其他时间均为闲置。吐鲁番的一位农民说，晾房发挥出的作用那么大，像出了很大力气的男人一样，空闲下来让它们好好休息一下不行吗？另一个种葡萄的农民则说，其实它们也没有闲着，它们的那些眼眼（透气孔）不是让风在认路吗？明年的葡萄下来了，风不就像最好的朋友一样来了吗？

葡萄干有近百种，比较出名的有无核白、红马奶、红香妃、绿香妃、玫瑰香、千里香、黑玫瑰、黑加仑、沙漠王、巧克力、酸奶子、梭梭葡萄干等。包括有籽、无籽、绿的、红的、金黄的、黑的、黑红的、紫的，口味有香甜、酸甜、特甜等，各种各样。葡萄干每公斤从十元到五百元不等，有经验的人买葡萄干不选最贵的，亦不选最便宜的，选中间价的便可吃得称心如意，也不至于花太多的钱。

葡萄干的吃法有多种，除了洗干净当零食吃之外，还可用于做抓饭和清炖羊肉，受其影响，食材的味道会大为改观。另外，还可用于奶酥、干玛芬、面包、蛋糕、月饼、粽子、酸奶、沙拉、冰激凌和干司康（酵母）、稀粥等食品的制作。葡萄干的好处可多了，是养生上品。它对神经衰弱、疲劳过度、消化不良、心悸盗汗、手脚冰凉、水肿、贫血、腰疼、高血脂等均有疗效。但糖尿病患者则需忌食，否则充足的糖分会凶如猛虎，让他们招架不住。

我曾见过一人抓一把葡萄干放入碗中，然后倒醋进去浸泡一晚，次日早上用筷子一颗颗夹着吃。细问之下才知道，醋泡葡萄干可调理肠道。我回家尝试了一次，被醋浸泡过的葡萄干仍不失甜味，但又多了一股酸爽，口感颇为独特。因为是第一次尝试，没敢多吃，仅吃了七八粒，第二天便感觉肠道蠕动，果然效果明显。

葡萄干可以做甜汤、甜粥、抓饭、炖肉、酸奶、蛋糕、馕、面包、包子等。有一次与一位朋友聊天，分析葡萄干能够千搭百配的原因有两个，一个是果肉柔软香甜，二是其颗粒大小合适。犹如指甲盖那么大的葡萄干，刚好用于调解口感，增加趣味。如果是大形状，入了饭菜便喧宾夺主，如果小如芝麻，又常常会被忽略，放了等于没放。

　　有一年在和田，连续多日在农民家吃饭。早上吃得简单一些，核桃、馕、黑砖茶、一份小菜，或一碗面条，吃完出门去办事。到了中午，便要吃一顿扎实的饭。如果前一天中午是拌面，那么第二天中午便会是抓饭，第三天中午则是炒面。一天中午，得知要吃抓饭，便想，今年的葡萄干已制作完毕，会不会放葡萄干进去？等抓饭端上来，见上面有一大块羊肉，还有两颗红枣，但不见葡萄干。主人发现了我失落的神情，笑着说，我想让你的嘴甜一下，能不给葡萄干吗？他说的给，是放进去的意思。我听得明白，用勺子一翻，便看见里面有莹润饱满的绿色葡萄干，盛一颗放在嘴里咀嚼，温热的甜立马浸漫开来。

　　葡萄干来自乡间，最会吃葡萄干的是种葡萄的人。他们吃葡萄干什么也不搭配，说吃葡萄干，便只是吃葡萄干。二十世纪八九十年代，南疆上了年纪的老人都习惯在口袋中装一把葡萄干，走在路上口渴了或饿了，掏出几粒吃下后精神倍增。如今仍有人保持这一习惯，他们听说城里人在口袋里装的是速效救心丸，便说装那东西干啥，换成葡萄干，没事的时候吃几颗，啥问题都解决了。

　　我曾在吐峪沟见过一位姑娘在院子里分拣葡萄干。当时阳光暴晒，我问她为什么不到屋子里去分拣，她笑着摇了摇头，告诉我，挑拣葡萄干最好在光线明亮的地方，那样才能把好葡萄干挑出来，并拿到巴扎上去卖。次一些的要留下，让家里人吃。虽然在屋子里挑拣葡萄干不用晒太阳，但因为光线昏暗，难免会把不好的葡萄干混进要卖的筐子里。我看着小姑娘认真挑拣的样子，不由得在内心感叹，每一颗葡萄干后面都蕴藏着辛劳的汗水。

与那个小姑娘的真诚形成鲜明对比的，是吐鲁番葡萄园景区的一个商贩。有游客在他摊位上买了"黑玫瑰"和"绿香妃"葡萄干，晚上在宾馆准备洗一些品尝，不料一洗"黑玫瑰"便流黑水，一洗"绿香妃"又流蓝水。那人惊呼买了假葡萄干，遂向当地旅游部门投诉了那位商贩的不齿行为。

这件事迅速传开。第二天，葡萄园里其他卖葡萄干的人气不过，掀翻了那黑心商贩的摊位，并将他赶出了吐鲁番。为挽回声誉，所有卖葡萄干的人声明，那位受损的游客可在他们的摊位随意挑选，需要多少都免费赠送。

薄皮核桃

南疆是一个奇特的地方,几乎每一个地方,都至少有一种出名的瓜果,譬如库尔勒的香梨,阿克苏的冰糖心,阿图什的无花果,喀什的石榴,和田的红枣等。这些瓜果给人留下了深刻印象,但凡要吃,必先问其出处。只有确定了出处,才能放心地买,放心地吃。

薄皮核桃出在和田,因壳薄如纸,一捏即碎,所以又叫"纸皮核桃""一把酥"等。有一外地人到了和田,买了一公斤薄皮核桃装入塑料袋,上车后往行李架上一扔,下车提进宾馆后又扔在了桌上。结果,等他拿了小锤准备砸壳吃果肉时,却发现那核桃壳早已被摔破了。那人美滋滋地想,看来,吃薄皮核桃不用费劲,一提一扔就能解决问题。

核桃每到一地都可生长,到了今日,已具有壳薄、果大、含油量高等特点。核桃在国外被称为"大力士食品""营养丰富的坚果""益智果"等等,在国内也享有"万岁子""长寿果"等美称。

俗话说,"桃三杏四梨五年,要吃核桃得九年"。核桃树从栽种到结果需要经历漫长的时间,但是如今和田的核桃通过技术改良,在下种后的第二年就能挂果。和田人,乃至新疆人吃核桃,大多都选薄皮核桃。当然并非只是图破壳时省事,薄皮核桃最大的好处是果仁橙黄饱满,味道醇香甘甜,营养价值极高,有补气益血,温补肾肺,定喘化痰,补血生发,益脑健脑等功效,属老幼皆宜的滋养佳品。

长期吃核桃的最大益处,是能让人长寿。南疆一带多百岁老人,皆因长期吃薄皮核桃而受益。且末县有一位老太太,别人问她有没有七十岁时,她笑着说,七十岁是他孙子的年龄。又问她有没有九十岁,她又笑着说,九十岁是他儿子的年龄。最后,人们才知道,她已经一百一十岁了。她的长寿秘诀是吃核桃,而且专挑二三百年的核桃树结出的薄皮核桃吃。问她如何区分二三百年的核桃树,她说年龄小的核桃树结不出圆的薄皮核桃,只有年龄大的核桃树,果实才又大又圆。

我见到她时,她说她要继续吃薄皮核桃,最后要变得像二三百年的核桃树一样。先前听人说过吃啥补啥的观点,但这位老人家的话题,是吃什么变成什么,更有意思。

薄皮核桃独在和田生长,看似是奇事,但经当地人一解释,便又觉得合情合理。我发现,但凡用理论或科学方式介绍一种事物,可信是可信,但接受起来却比较困难,要么难以理解,要么记不住。反而是当地人的通俗说法,好理解,也容易记。譬如,他们解释薄皮核桃的习性,说它们喜欢生长在有阳光的地方,和田一年四季见不到几个阴天,在这一点上好得不能再好。人们听得明白,他们是在说,薄皮核桃要长得好,光照充足是必不可少的条件。

再譬如,理论上,薄皮核桃的生长要保持水性稳定,本地人则说,和田的表面看不到水,但却被昆仑山的雪水滋润,水都在地下,稳稳地被核桃树喝着。不管是用什么语言，无外乎说明一个问题，一物生一地，必是那个地方适合它生长，否则活不成。

我有十余年没有吃薄皮核桃了，有时候想起，也想吃，但过后一忙就又忘了。直至前天与一同事谈及睡眠问题，她建议我一早一晚吃核桃，尤其是和田等地产的薄皮核桃，每天吃几个可有效改善睡眠。那一刻我才意识到，该吃薄皮核桃了。同事小时候在南疆长大，深谙吃核桃之益处，所以她犹如医生对症下药，直接给我开出了"方子"。

我在二十余年前对薄皮核桃就有接触。当时，我在南疆军区机关当兵，与一位干事关系甚好。他在喀什出生并长大，常常给我宣传吃核桃、石榴、红枣和葡萄的好处。他强调的并不是单纯的营养摄取，而是对身体的裨益。当然，吃水果有吃水果的方法，而滋补则有滋补的方式。正是他对我的引导，让我熟悉了新疆水果和食物，知道哪些东西要多吃，哪些东西要少吃，并很快适应了新疆生活。

周末早上，我去他宿舍喝奶茶，吃核桃，他给我灌输吃啥补啥的道理。我略有疑惑，他便拿吃核桃补脑子举例，并剥出一个完整的核桃仁，问我像不像人的脑子？我一看大为吃惊，那个核桃仁与人的大脑结构惊人相似，我顿时对他刮目相看。当时，他给我展示的就是薄皮核桃，因其外壳极薄，他说要用小姑娘的力气剥壳，即两指轻轻一捏即可，如用力过猛会将核桃仁捏坏。

和他吃过几次薄皮核桃后，我去疏勒县的菜市场买了一公斤薄皮核桃，每天早晚各吃三四个。当然，当时二十出头的我不存在睡眠问题，吃不吃核桃都无关紧要，吃过一阵子后，便因麻烦而作罢。

后来，随着我去和田的次数越来越多，关于核桃的故事便听了不少。譬如，大多核桃都经西域传入了中原，唯有薄皮核桃却扎根西域不肯挪窝，以至于除了和田，在别处见不到一棵薄皮核桃树。

前些年，有人将薄皮核桃引入内地省份，它们倒是生根发芽并茁壮成长，却并不挂果。看来，它们只适应和田等地的气候。新疆人每每提及，都会自豪地说，新疆的薄皮核桃哪里都不去，它们把自己留给新疆！

和田有一棵核桃树王，据说有两千余年的树龄。因其庞大，二十人手拉手也合围不拢。我有一年去和田，请朋友带我去看了核桃树王。远看，它有王者风范，硕大的树冠高耸于所有树之上，像是个统领，亦像是在俯瞰大地。这块土地在两千余年中发生了很多故事，唯有它岿然挺立，不动声色地见证了时光。

细看核桃树王，见每个枝头都有挂果。其叶片更是硕大，勃发出一派蓬勃的气息。朋友说，核桃树王每年结出近百公斤核桃。因为它的王者地位，结出的核桃分外受欢迎。

但核桃树王却也有让人诧异之处，它硕大的浓荫下寸草不生。据说，核桃树属阴性，生长于它底下或近处的小草，往往因阴寒侵袭而不幸死去。

后来知道，和田人从不在核桃树下乘凉或睡觉，他们说"核桃树下埋活人"，可见核桃树的阴性，厉害到了什么程度。

好食材在眼里
好味道在嘴里

好食材在眼里
好味道在嘴里

缸子肉

过油肉

爆炒黑白肺

黄面

馓子

油塔子

刀把子

九碗三行子

缸子肉

缸子肉，就是用喝水的搪瓷缸子煮出的小份羊肉。

新疆人吃缸子肉的时间不长。二十世纪六十年代，喀什兴修水利，一个公社考虑到社员们的伙食有些简单，便送去羊肉和胡萝卜，让大家改善生活。但工地上的锅有限，无法一次炖那么多。一位干部无意间看见社员们腰间都挂着一个喝水的搪瓷缸子，灵机一动，让炊事员按照社员人数，把羊肉和胡萝卜切好，每人分了一份。大家用搪瓷缸子煮羊肉，人人有份，皆大欢喜。那天用搪瓷缸子煮羊肉的方法，被人们叫作"缸子肉"，并很快在新疆传开。

缸子肉被创造出来以后，很快成为南疆家庭的早餐之一。它其实是清炖羊肉的缩小版，一家三四口人，每人一份，一份一个搪瓷缸子，一天便从这独特的早餐开始了。老人牙不好，将馕掰开蘸入缸子肉汤中，软和、易消化。后来，缸子肉进入巴扎，配上馕，成为逛巴扎的人的午餐。有一句话说得好，再好的东西，只有在巴扎上站住了脚，才算是得到了公认。缸子肉能够广为传播，亦与巴扎无所不传的功能有很大关系。

过去常见的搪瓷缸子，皆用于喝水，在二十世纪六七十年代尤甚。但将搪瓷缸子用于煮肉，却是新疆独有。自从有了缸子肉，新疆人便对缸子的概念做了延伸，如果见到有人手持搪瓷缸子，就会问，这个缸子是喝水的，还是吃肉的？如果说是喝水的，便给他倒水，如果说是吃肉的，便给他一块羊肉，让他自行动手。久而久之形成一个规律，喝水的缸子，可以做缸子肉，但做缸子肉的缸子，从不会用于喝水。问及原因，南疆人说，喝的嘛是次要的，吃的嘛是主要的。做缸子肉的缸子，其重要性便在于此。

做缸子肉，与任何一种煮肉的方式不同，一个缸子中只放一块肉，再放几颗葡萄干、红枣和枸杞，两三块胡萝卜，把缸子盖往上一盖，让它慢慢去炖。做缸子肉的羊肉，往往选用肥瘦相间的，太肥太油腻，太瘦又过于清淡。只有肥瘦相间的羊肉煮熟后，才会肉嫩汤鲜，连吃带喝，喜笑颜开。缸子肉的汤，除了喝之外，大多人都把馕掰碎，蘸着羊肉汤吃。馕被羊汤浸泡后，绵软易嚼，味道醇正，形式完美。

吃缸子肉，必须勺子和筷子齐用，勺子用于喝汤，筷子则用于夹羊肉和胡萝卜。大多数人都会先喝汤，一勺一勺慢慢喝，比喝大碗羊汤更为惬意。喀什有一家缸子肉店，人们吃完一份缸子肉后，可以加汤继续喝，亦可继续把馕蘸着羊汤吃。那家店因为多了加汤程序，生意出奇的好。有人问店主的经营秘诀，店主说，肉嘛给不了，汤能给了，因为汤是雪山给的雪水，人人都能用嘛。

有人喜欢先吃胡萝卜，有人则喜欢先吃那块羊肉。有一年轻人第一次吃缸子肉，只吃那块羊肉，而不吃胡萝卜。开缸子肉店的老人啧啧摇头说，年轻人不懂吃嘛，光吃羊肉不吃胡萝卜，把油腻都留在了肚子里。老人的意思是，胡萝卜不但有助消化，而且还降血脂，做缸子肉把羊肉和胡萝卜搭配在一起，原因便在于此。

前几天，路过一家小饭馆，很意外地碰到了缸子肉，便点了一个。自从离开南疆，十余年没有碰到缸子肉了。碰不到便是吃不到，这一道吃食与我之间，有了十余年的空白。但是，等服务员端上来才发现，缸子中的肉已被倒入碗中，配的馕，也被他们切成了方块，顿时便没有了兴趣。

我第一次吃缸子肉，留下难忘的记忆。当时，因为不知道汤太烫，加之受餐馆中浓烈的香味诱惑，端起缸子便先喝了一口，结果被烫得嘴皮一阵灼痛。我颇为窘迫地放下缸子，老老实实等汤凉了后才开始喝。

后来进来两位老人，各自要了一个缸子肉，也像我一样端起就喝，我想提醒他们小心烫嘴，但没来得及开口，他们却一口接一口地喝开了，从容惬意，并不见像我一样的狼狈。我在一旁暗自吃惊，同样的缸子肉，我喝烫嘴，他们却一点事也没有。

就那样第一次吃了缸子肉，其中的羊肉和汤给我留下了深刻印象。只见那块肉炖得烂熟，一口咬下去，散发出酥松的肉感。那汤就更好了，不仅有羊肉的鲜美，而且还有黄萝卜、恰玛古和香菜的浓郁，让人仅仅从一口汤中就品出了多种味道。

缸子肉至今使用的仍是五六十年代留下的搪瓷缸子，上有雷锋、草原英雄小姐妹和黄继光用胸膛堵机枪、董存瑞舍身炸碉堡之类的图案。

搪瓷缸子在八十年代已退出人们的生活，但新疆的缸子肉却流传至今，并广泛地出现在巴扎当中。一般来说，巴扎里的缸子肉，用的都是大号搪瓷缸子。摆摊者用缸子盛上清水，然后放进羊肉、番茄、恰玛古、黄萝卜、皮芽子、孜然、香菜、黄豆、盐等，一大早就放在炉子上熬炖，等人们从四邻八乡到达巴扎，缸子肉已煮酥炖烂，散发出浓烈的香味。

也有人喜欢把羊肉从缸子中夹到小盘里,而缸子中的汤则专用于泡馕。近年来,新疆人发现鹰嘴豆好,缸子肉中也跟着出现了鹰嘴豆。

卖缸子肉的小摊常常会出现蔚为壮观的景象——数十个缸子或挤成一堆,或排成一长溜,冒出的热气把摊主遮蔽得若隐若现。至于缸子肉散出的香味,则远远地就能把人的脚步吸引过去。摊主招揽生意的方法也很特别:来嘛,缸子肉吃一下嘛!我的缸子肉好得很嘛!你的眼睛已经享福了,你的鼻子也享福了,就剩下嘴了,你还狠心让它当一回可怜的嘴吗?

除了被招揽来的食客外,大部分人是逛巴扎逛饿了后,自行到小摊前要一个缸子肉和一个馕,慢慢掰,慢慢泡,慢慢吃。在巴扎上吃缸子肉者多为老人、妇女和儿童,壮年人或小伙子则往拌面或抓饭的摊位上跑。他们的饭量大,一份缸子肉无法让他们吃饱。

坐在那儿吃缸子肉的人,不论是来巴扎上赚钱的,还是闲来无事散心的,从他们吃缸子肉的神情便可知道,他们在这一刻最为惬意。

几年后,我又去第一次吃缸子肉的那家餐馆,点了一个缸子肉,因为怕嘴巴挨烫,等到汤凉后才吃。后来又点了一个小窝窝馕,掰碎放进汤中泡软,吃得干干净净。吃完离开那个餐馆,在路上一直想不明白,以前是同样的缸子肉,我的嘴被烫了,为何那两位老人却安然无恙?

这些年,一直想知道答案。

过油肉

过油肉,用的是牛肉,配以辣椒、皮芽子、木耳等爆炒而成。

过油肉是山西的传统菜肴,号称"三晋一味",其起源有多种说法,各地的做法也不一。山西过油肉的色泽金黄鲜艳,味道酸辣咸鲜,质感外软里嫩,汁芡适量透明,看上去不薄不厚,具有浓厚的山西地方特色。其中较为著名的有大同、太原、阳泉、晋城等地的过油肉,例如晋城的大米过油肉,其特色是多汤水,搭配刚出锅的大米饭一起吃,堪称一绝。

新疆的过油肉,以奇台县的最为出名,且因为是在新疆,肉用的是牛肉。如果用别的肉做过油肉,一定不正宗,新疆人一眼就能认出来,绝不吃一口。

新疆过油肉的来历,有多种说法。

有人说,以前奇台有一位猎人,捕到一只大猎物后犯愁了,因为那猎物的肉他一时吃不完,如果存放必然会腐坏。好不容易捕到一只大猎物,怎么能眼睁睁地看着它腐坏呢?他想了一个办法,便将那猎物的肉切成薄片用油炒熟,然后装入木罐中藏于树洞中。树洞里温度低，被炒熟的兽肉禁得起长时间贮存。那猎人过些时日取出一些，放入葱姜蒜和辣椒，爆炒一番，吃起来味道不错。那人将那只猎物的肉吃了整整一个冬天，期间还送给了同村人一些。他的那种吃法遂被传开，人们依照他的方法去做牛肉，因其肉香味醇，一时成为人们喜爱的菜品。这就是过油肉的雏形，但与过油肉来自山西一说没有关系，不知是否是那位猎人的亲身经历。如果是，倒也符合新疆特点，因为民国时期的新疆，多有专以打猎为生的人，他们根据现有条件创造了不少美食，譬如将呱呱鸡包入泥巴中，放入炭灰中焖熟。或者将鱼在河边开肠破肚洗净后，生火烤熟食之，都不失为味鲜肉美的吃法。

另有一说，以前的奇台被称为"旱码头"，当地民谣曰："金奇台，银绥来，走来走去又回来。"绥来指今天的玛纳斯，当时盛产大米。另有一说："要想挣银子，走趟奇台古城子，满地都是刀把子。"这里说的"刀把子"，是指奇台的馒头。奇台又以骆驼客多而出名，他们多从奇台上路去口内驮运货物，一年四季走南闯北，必然会带回他乡食物，过油肉便是骆驼客从山西带回的一道菜。

还有一说，奇台多出小麦，麦面做得最多的是拌面，过油肉遂成为拌面的拌菜。过油肉中的牛肉外软里嫩，加上青辣椒、番茄和皮芽子等配菜，牛肉瓷实，油大味浓，很符合新疆人的性格，遂成为拌面的固定配菜。奇台因为一道吃食而扬名，但过油肉的传播得益于开货车的司机，他们到奇台拉运粮食，被当地人用"一份过油肉两份面"（其中一份是加面）招待后，将过油肉传遍南北疆，甚至传到了甘肃和陕西等地。

在拌面中，过油肉拌面的是最贵的，其价格要比别的拌面贵三五块钱，但吃的人仍然很多。在新疆人的感觉中，吃过油肉拌面最管饱。尤其在奇台，如果不吃过油肉拌面，就等于没有吃拌面。

因此，配拌面成为过油肉的第一大选择。

奇台距乌鲁木齐有半天路程。我这些年去奇台，早上出发中午到达，午饭必然是一盘过油肉拌面。有一次车子在路上出了故障，赶到奇台时过了饭点，进入一家拌面馆，被告知面已经卖完，大家便发出失望的叹息。老板知道我们专门来吃过油肉拌面，便与另一拌面馆商议，由那家负责做拉条子，他则专做过油肉，不一会儿便把过油肉拌面端上了桌。我们吃完向老板道谢，他说奇台过油肉的牌子不能倒，你们在奇台吃不上过油肉拌面，是奇台的遗憾。

也就是在吃过油肉拌面时，得知奇台人做过油肉时多用牛肉，也有用羊肉者，但不是主流。牛肉软硬适度，吃在嘴里口感好，最主要的是其汤汁独特，可将面拌出香脆滑嫩的味道，这也是过油肉拌面最受欢迎的原因。

过油肉的第二种吃法是当菜吃，配以馒头和花卷等，这其实才是一种古老的吃法。古人吃馒头，往往配一盘菜、一碗汤，就是好日子。仅从这件事便可看出，奇台传统深厚。前些年，奇台县曾想把过油肉打造成品牌，但因为它已成为拌面的最佳配菜，最后只能不了了之。

在奇台见过一次做过油肉。朋友将牛肉切成薄片，用酱油、淀粉、花椒粉和味精等拌匀，腌制半小时后，用高温油将肉片炸成金黄色，捞入漏勺中放一边，再放底油，将葱丝、姜末和青椒丝爆炒一下，将肉片入锅一起翻炒两三分钟后起锅，一盘诱人的过油肉就摆在了面前。

我回家试做了一次，却不成功。首先是肉切不薄，用武火油炸过后不好看也不好吃。后来我想了一个办法，把肉块放在冰箱中冻硬一小时，切出了称心如意的肉片。但很快又遇到了麻烦，因为油温太低，肉片连在一起脱形，糊在了一起，出锅后一尝，不但硬，而且外焦内生不好吃。我与奇台的那位老板有联系，一个电话打过去，他告诉我，不要怕油会烧坏，油温一定要高。我把油烧得很热，然后把肉片放进去，炸出的肉片平整舒展，光滑利落，不干不硬，色泽金黄。掌握了切肉片和油温要领，我便会做过油肉了。

去年参加奇台美食节比赛，见参赛名单上有那位老板的名字，但场内却不见他。比赛开始后他才匆匆赶来，但因为时间原因他已不能参赛。我看见他面露遗憾之色，一问才知道，他临出门时遇到一位客人，说他饭馆中的过油肉不好吃。他一看，果然有问题，便批评了大师傅，并亲自做了一盘过油肉，等客人认可后才出了门。我问他是否觉得遗憾，他说不遗憾，没有参加比赛，丢的是名次，如果没有给客人做好过油肉，丢的是尊严。他说的是得失，但我觉得有光芒在隐现，如果抓不住，便一闪即逝。

人不同，做事便也不同。我有一年冬天在乌鲁木齐，去一家饭馆吃过油肉拌面，久久不见上饭，便催了服务员一句。那服务员眼睛一瞪，问我点的什么餐，我以为他不知我已点过餐，便说我点的是过油肉拌面。不料他却等着挖苦我，嘴一撇说，你就点了个十块钱的过油肉拌面嘛，还以为你点了什么了不得的大餐。我气得要发作，无奈那贼眉鼠眼的服务员，身影一闪已不见了。

等过油肉拌面上来，吃了一口，拌菜发酸，有异味，让人疑惑是剩菜。那拉条子粗细不匀，硬得难以下咽。我放下筷子，掏出十块钱扔在桌子上，起身离去。

爆炒黑白肺

有一阵子在夜市上吃东西，看见有格瓦斯，便要点一扎。夏天去夜市吃东西，有一个好处是被凉风吹着，吃起来会舒服很多。而能让人尽快凉快下来的另一个办法，就是喝格瓦斯，其冰爽沁凉的口感直抵五脏，会让人马上从燥热中平静下来。

我不喜欢喝啤酒，但却喜欢喝格瓦斯，往往一扎不够，喝完后又点一扎，与朋友各分一半，不多不少喝得刚好。

当然去夜市上不能只喝格瓦斯，还得吃东西。十余年前，偶尔吃了一次爆炒黑白肺后，便觉得格瓦斯配爆炒黑白肺，绝对是最佳。格瓦斯凉甜，爆炒黑白肺脆爽，二者带来的口感一柔一烈，是盛夏最美的享受。

说起爆炒黑白肺，很多人都会误认为，黑白肺是羊的一黑一白两种肺，其实不然，羊没有白色肺，所谓黑白肺中的白肺，其实是面肺子，也就是人工做出的一种面食。新疆盛产牛羊，牛羊肉风味小吃繁多,以羊的内脏做原料,亦能烹制出鲜香异常的美味,米肠子与面肺子便是其中的代表。面肺子的制作方法很简单,选一个完好无损的羊肺洗净,然后将洗得接近面筋的面团放入进去,入沸水煮熟,再从羊肺中取出的即是面肺子。人们做爆炒黑白肺时,选羊肺和白肺子各一半,用大火烧熟即可入盘上桌。做爆炒黑白肺必须用大火和热油,否则出锅后不脆不酥,食之不过瘾。

　　后来听说,最好的爆炒黑白肺在昌吉,是昌吉民间日常的一道主打菜,便想有机会去昌吉尝尝。说到昌吉,首先想到的是那里的美食,如果想到某一种菜品的味道和颜色,味蕾便会忍不住涌出一股馋涎。昌吉的美食以回族风格为主,其特点是鲜美、干净、素雅和丰富,但凡在昌吉吃过饭菜的人,如果找不到总结的词语,就会说,昌吉的美食说起来就一句话:吃得舒服。舒服是宽泛词,虽然含糊,却是一种表达方式。

　　一次在昌吉与朋友们说到爆炒黑白肺,他告诉我,爆炒黑白肺虽然是一盘简单的菜,但前期工作却很费时,仅仅清洗羊肺便不能马虎。如果去不净附着在气管上的杂物,便会留下异味,食客闻到会败了胃口。所以要用清水将羊肺冲洗无数遍,直至洗净方可。而检验是否洗净的方法,则是羊肺子煮熟后是否能变成黑色,变不成黑色便一定是没有洗到位,而变黑者则一定是洗干净了,即所谓的"黑肺子"。

　　做黑肺子也需要下功夫,功夫用到了自然能够成功。但白肺子却不易得,其制作过程需要技巧,才能突出其"白"的效果。所以说,白肺子是出自人的双手,具体做法亦是把羊肺洗干净,才能往里面灌面,如果煮熟后发黄或有异色,那一定是没有把羊肺洗干净的缘故。那样的东西不但不能称为"白肺子",而且万万不能下锅爆炒。

　　一次在一位朋友家中,他要亲自给我爆炒一盘黑白肺。我对做饭感兴趣，碰上机会便要全程"围观"。有些饭菜的做法看过一次就学会了，想吃时自己亲手操作，倒也方便。那天，朋友先准备了熟羊肺、白肺子、皮芽子、干红辣椒、青红辣椒、花椒粒、姜、白酒、鸡精、大蒜、胡椒粉，在菜板上堆了一堆，让我觉得他做出的爆炒黑白肺，一定味道暴烈。接下来，他将皮芽子切成段，将青红辣椒切成块，而干红辣椒则用凉水浸泡后切成段，又把姜切成丝，大蒜切成末，黑白羊肺切成片，前期工序便宣告结束。然后开火，把锅里的油烧热，加花椒粒、皮芽子、姜丝和干红辣椒进去翻炒爆香，加黑肺片和白肺子翻炒几分钟后加盐，加青红辣椒块进去，加大蒜末和胡椒粉翻炒均匀，加鸡精翻炒两下，用锅铲子铲一块黑肺片尝了一下味道，便出锅了。

他把那盘爆炒黑白肺端上桌后，强调说，昌吉的爆炒黑白肺并非只是由黑肺子和白肺子组成，必须要有四种颜色——黑、白、红、绿。黑白不用说了，自然是指黑白肺，而红绿指的是应季的红辣椒和绿辣椒，只有这四种东西配在一起，炒出的肺片才四色相映，色泽亮丽。朋友在里面放了孜然、胡椒粉和葱，第一筷子入口，觉出略带麻味，但脆滑爽口，味道香辣，吃出了不同的味道。

那次喝了一种叫"小白杨"的白酒，朋友一边开酒瓶盖，一边说这个酒度数低，配上爆炒黑白肺喝，好得很！我先前喝过"小白杨"，记得是出在石河子的酒，很普通的瓶装，一瓶也就十多块钱，但其绵柔的口感很好，同时还有粮食酒固有的醇香。朋友说，北疆人这几年都喝"小白杨"，如果再持续几年，恐怕会像"二锅头"一样传出名气。

那天我们边吃边喝，不得不承认，吃爆炒黑白肺，配上"小白杨"是舒服至极的事情。爆炒黑白肺其实是略辣的，尤其是黑肺子经爆炒后，有一点类似于干煸，吃起来酥脆干辣，但一杯绵柔的"小白杨"

下肚,似乎又调和了感觉,让人觉得后者消解了前者,吃再多喝再多,都没有撑胀和醉意。

第一次吃爆炒黑白肺的人,会犹豫是先吃黑肺,还是先吃白肺。以我吃爆炒黑白肺多年的经验,建议第一次吃的人,不要先吃白肺,因为白肺太软糯,加之浸入的油质太多,吃一口会有油腻之感,恐怕会很难再吃第二口,甚至会畏怯黑肺,不会再把筷子伸出去。最好的方式是先吃黑肺,其脆爽的咀嚼感,加之辣味的烘托,会让口感更舒服一些。吃了黑肺后再吃白肺,一硬一软,一干一糯,其形式更换,本身就是一种享受。

后来在乌鲁木齐的"回府君悦"饭店又吃了一次爆炒黑白肺,与众不同的是在表面配了不少切成片的生蒜。我尝了一片,觉出蒜因为饧足了时间,辣味刚好适度。做这道菜的厨师一定做了详细研究,在一片羊肺中夹一片蒜,混合吃下,有一股脆辣的味道,着实是难得的享受。吃完一问,得知做这道菜的大师傅是昌吉人,便心中欣喜。食物也需要发展,但发展却极其艰难,若不能把原食物性能吃透,又怎能向前推进一两步?

后来获知,爆炒黑白肺的历史其实不长,仅三四十年而已。据悉,如今"沈派西域老回民饭庄"的老板,当年只是在昌吉夜市上摆摊的小贩。一天,他突发奇想,将黑白肺放在一起爆炒,出锅后色香味俱全,引得众食客青睐,遂将爆炒黑白肺的名气扬了出去。后来许多客人慕名而来,皆为吃一盘他的爆炒黑白肺。再后来,爆炒黑白肺的名气越来越大,客流量剧增,遂发展成现如今人尽皆知的"沈派西域老回民饭庄",亦在全疆有多家连锁店,而爆炒黑白肺一直是他家雷打不动的主打菜。

行文至此,想起有些日子没有吃爆炒黑白肺了,得了空闲,去昌吉的"沈派西域老回民饭庄"吃一次吧。

黄面

下班路过科技园路的黄面馆,见老板在门外打出了"三号凉面"的招牌。记得他在冬天对外打的是拌面招牌。也难怪,大雪纷飞的寒冬,没有人吃凉面。而天热了改成主营凉面,自然好卖。真是会做生意的老板。

黄面通常被称为新疆凉面,是经手工拉出凉拌着吃的面,因颜色油亮金黄而得名,是夏令风味小吃。吃黄面须在酷热天气,其凉爽自口舌浸入体内,味道传遍全身,一下子就凉快了。黄面的凉,一是来自面被冷置过,二是面上抹有清油,吃起来滑溜。吃到最后,再一口气把碗里的汤汁喝掉。那汤汁同样也是凉的,顿时觉得整个人清爽、通透。黄面虽然好吃,但不能天天吃,否则会导致体寒,体质不好的人会全身发冷。试想在大热天,你浑身又冷又热,那滋味能好受吗?

科技园路的这家黄面馆,我在去年夏天去过两次,一次因为天气热到四十一度,只吃了碗装的小份,但吃出了面中的蓬灰味道,同时对浇在面中的芝麻酱印象深刻。另一次去亦是大热天,发现老板推出了盘子装的黄面,在上面覆盖了一层烤肉,美其名曰"黄面烤肉"。此烤肉与常见的烤羊肉串并非一物，而是先切成小块，在热油中爆炒而成，因为加了孜然、花椒和辣椒面，其颜色较之于烤羊肉串要更加鲜嫩一些，食之没有烤羊肉串那样酥脆，可明显品出爆炒的香味。因为是配黄面吃的，所以此类烤肉都只为指甲盖般大小。这小小的改良，使这顿饭变得有素有荤，有凉有热，实在是惬意。

一份黄面好不好吃，取决于和面时使用的蓬灰是否适量。蓬灰来自戈壁上的臭蓬蒿，此物名字中虽然有一个"臭"字，但却一点也不臭，反而是做黄面的必备品。臭蓬蒿在秋季已经长成，其叶鲜嫩，其枝纤长，人们将其收集起来，去叶片后将枝条放进火坑，蓬蒿会被烧得流出汁液，那汁液正是人们所需。他们将汁液接入盆中，待冷却凝结成块便是蓬灰。在新疆，人们做面食时把盐、碱和蓬灰一并放入水中，搅匀溶化后用于和面。此方法多年不变，做出的面亦一直保持劲道柔滑的特点。

黄面也是拉出的细条，但比拉条子细，粗细程度与常见的牛肉面差不多。做黄面不难，但浇黄面的卤汁却颇为讲究，首先要把西葫芦、鸡蛋花和菠菜等煮熟，加湿淀粉勾芡成浇卤汁，再把芹菜段入油锅炸熟，备好油泼辣子、蒜泥和芝麻酱等，等到黄面煮熟出锅后过两遍凉开水，淋少许烧熟的清油拌开，将卤汁、醋、蒜泥、油泼辣子、芝麻酱、芹菜段等一并入面，搅拌开后就可以吃了。有的人为了让黄面好看，会在上面放一把黄瓜丝，起到绿黄搭配的效果。其实爽脆的黄瓜丝，拌以黄面同吃，亦是相得益彰。

黄面因为汁浓、面细，吃起来软而筋道，酸中带有香辣，所以受到口味杂的新疆人的喜欢。我曾听说乌鲁木齐出过一位叫马文义的"黄面大王"，他祖辈以制作凉面为生，积累有不少丰富的经验。据吃过马师傅凉面的老人讲，他拉的面均匀，细而不断，下锅后注意火候，吃起来软硬适度，有嚼头，实在是一种享受。乌鲁木齐喜欢吃黄面的老人，都记得马文义的黄面。一次听一位老人讲，乌鲁木齐河干了以后，就没有好水了，从此马文义的黄面也就没有以前那么好吃了。乌鲁木齐市内是没有河的，那老人说的乌鲁木齐河，指的是现在的河滩路。那曾经是一条河，后来河水干枯，只留下一个河道，被改建成了一条河滩快速公路。有一年初春，我乘车经过河滩路，突然看见桃花已经开了，而当时别处的桃花只冒出了小花蕾。我想，看来曾经流淌过河水的地方，对植物的养育仍不乏力。乌鲁木齐这座城市很缺水，前些年还有一条和平渠，在夏天流淌着从雪山上流下的雪水，如今也已干涸了好几年。马文义的黄面在当年用的正是这样的雪水，后来河滩中的水一干，他的黄面便丧失了最初的味道。

我后来在《乌鲁木齐掌故》中看到过记录马文义的文字，他们家的黄面饭馆在1956年参加公私合营，并入了乌鲁木齐市饮食公司。他本人成为清真合作食堂的掌勺，在乌鲁木齐享有盛誉数十年。

我之所以怀念马师傅，是因为我有一次在人民电影院的夜市吃黄面时，朋友指着一位卖黄面者说，他就是凉面大王马文义的孙子。我特地要了一份他的黄面，果然独具特色，尤其是盘子里油亮的黄面，犹如盛开的金菊，让人觉得赏心悦目。朋友向他询问凉面大王的往事，他却一脸不悦地说，你们吃饭就吃你们的饭，打听那么多无关的事情干什么？我们便不好再问。后来从别处知道，凉面大王的后人皆在食品公司工作，不料某一日都接到下岗通知。他们无奈之下重操祖上传下的手艺，到夜市上卖黄面，用他们的话说，是吃不饱也饿不死的光景，勉强维持生计而已。

十余年前，我有一战友在红山路开了一家专卖黄面的小饭馆。他妻子是昌吉人，做出的黄面细如游丝，柔韧耐嚼，辅以蒜、醋、辣椒调味，深受食客们欢迎。旁边的一个烤肉摊主看见他的生意好，便凑近他的店卖烤羊腰子、烤板筋、烤羊肉串等，吃的人很快就多了起来。一个大热天我去吃黄面，听见有人劝那位战友也应该摆上烤肉摊，那样的话就不会让人赚走本该他赚的钱，但他一笑，并没有说什么。

不久便听说他因为患癌症去四处求医，一年后传来消息说他已离开人世。之后我每每经过那个小饭馆，看见仍有人在卖黄面，但不知道是何人。我心中痛惜战友英年早逝，便打消了进去吃一碗的念头。

我有另一战友受一朋友委托照顾他在部队的孩子，战友找到那孩子所在的部队，叫他出来了解情况，然后问他想吃什么好吃的，战友请他便是。但是，这孩子想吃的，不过是一碗黄面烤肉。他说，去年夏天吃过一次后，一直盼望能再吃一顿。战友觉得黄面烤肉太过于简单，便带他去青年路的一家饭馆吃了一顿湘菜。

分开时，他告诉我那战友，他第二天将去山上执行一项任务。战友强调回来后再请他一次，以弥补这次吃得匆忙的遗憾。他笑着说，要请的话还是吃黄面烤肉为好，因为他太喜欢吃，不吃一次终生遗憾。令人悲痛的是，他和另几位战士上山后，在一山谷中驻扎。半夜，雪山上融化的雪水流下来变成洪水，把他们全部冲走淹死了。我那战友每每提及此事，总是悔恨让那孩子少吃了一顿黄面烤肉。

唉，想写黄面，却不觉间引起莫名的伤感。没想到，我关于黄面的记忆中，竟然有如此之多的艰难和生死。

馓　子

　　路过单位以前的那栋楼,觉得亲切,便停下多看了几眼。这一看,发现有一位老大娘在摆摊,卖的是馓子,这才想起,古尔邦节快到了,她多做了些馓子,便拿出来卖。

　　我想看看馓子的成色,走近才认出,摆摊者以前在这里卖过菜。那时候不论是大雪飘飞的冬天,还是烈日灼烤的夏天,她都在楼道出口的拐角处摆一个小菜摊,神情安然地等待买菜的人来光顾。我被她周围幽暗的光线,逼仄的处所,以及忙碌喧闹声中的坚守感动,便买过几次她的菜。后来很久没有再看见她,以为她不再摆摊了,不料今天又碰到。这一次,她卖的是馓子、油香和馕等,都是能长时间存放的食物。

　　我仔细观察她的馓子,油炸得颜色纯正,面质柔韧有度,馓条也粗细一致,让人很想掰一根尝尝。我站在一旁看了一会儿,发现路过的人都会注意到她的馓子。有一个人看了几眼,便选中其中一叠装入塑料袋,过秤后付了钱,一甩一甩地提走了。我不知道他为什么会那么甩塑料袋,如果塑料袋被甩出去,里面的馓子撒于一地该多么可惜,又多么让他尴尬。但我的担心对人家没用,他就那样甩着塑料袋走了。我发现摆摊的老大娘也注意到了那人,她盯着他的背影看了一会儿,笑了笑又低下头去。我突然就释然了,人活得自在不自在,就看是否能在日常细节中随意、坦然和洒脱,那人提着馓子一甩一甩地走路,一定是内心轻松,脚步便也洒脱。

有一个小姑娘在摊位旁停留了很长时间。她想吃,但没有大人给她买,便只能眼巴巴地看着馓子咽口水。老大娘发现了小姑娘的反应,拿起一叠馓子递过去,笑着让她吃。小姑娘吃着馓子笑了,老大娘脸上也有了笑容。

馓子是古老的食品,在春秋战国时有"寒具"为一名,是禁火时的食品。当时,为纪念春秋时期晋国名臣义士介子推,在清明节前禁火三天,称为寒食节。人们在禁火前炸好一些环状面食,作为禁火期的快餐,寒具一名便由此而来。关于寒具,还出现过一件有意思的事,屈原在《楚辞·招魂》中写下的"粔籹蜜饵,有餦餭兮",好像是在说寒具,但却没有依据。宋代词人和美食家林洪,因为喜欢寒具,考证屈原的说法后得出结论:"粔籹乃蜜面而少润者""餦餭乃寒具食,无可疑也",断定屈原指的就是寒具。

文人墨客对寒具情有独钟,苏东坡专门为此写了一首《寒具》:"纤手搓成玉数寻,碧油煎出嫩黄深。夜来春睡无轻重,压褊佳人缠臂金。"按理说,李时珍应该看重食物的食疗作用才对,但是他好像对寒具喜爱有加,所以在《本草纲目·谷部》中说:"寒具即食馓也,以糯粉和面,入少盐,牵索纽捻成环钏形……入口即碎脆如凌雪。"李时珍确实是动了感情,所以他的这几句话,活脱脱是美食介绍。

馓子在西汉时也留下过佳话。当时有一位叫孙宝的人任职京兆尹,有个卖油炸馓子的人不慎与一村民相撞,馓子被撞碎后散于一地。村民认赔五十个馓子,卖馓子的人却坚持要三百个。因为馓子碎了，无法证明究竟有多少，孙宝就命人另外买一个馓子来称出分量，再将破碎的馓子聚集在一起，仔细折算重量后进行赔付，卖馓子的人非常服气。孙宝作为京都大员，能够亲自决断一个关于馓子的纠纷，而且极为认真，可见当时的亲民之风甚浓。

如今，禁火寒食的风俗已不存在，但与这个节日有关的馓子，却深受世人的喜爱。现在的馓子有南北差异，北方馓子大方洒脱，以麦面为主料。南方馓子精巧细致，多以米面为主料。在少数民族地区，馓子的品种繁多，风味各异，尤以维吾尔族、东乡族、纳西族以及宁夏回族的馓子最为有名。

馓子以白面为原料，和面时加进鸡蛋和清油，揉好后擀成面饼状，然后切成条，再搓成长条，一根根扭结成环钏形状的细条，放进油锅中煎炸而成。

做馓子的功夫在于搓细条的长度。本领高超和技术娴熟者，搓出的细条绕圈叠加起来，一层层呈塔状，被称为盘馓。也有专门搓成短条并紧拧在一起的馓子，因为可随拿随吃，有一个更直接的名字——酥馓。

我老家天水有一个张家川回族自治县，应该是有馓子的，但我那时候太小，没有接触的机会，即使接触了也不会留下深刻记忆。我真正接触馓子时，已到了新疆叶城。一位老兵带我去一户回族人家做客，一进门便看见女主人双手缠满了盘条，一边拉一边用左右手交替，不一会儿便将盘条拉得又细又长，已是原来的两三倍。她用大拇指按住盘条头，绕了七八圈后放入了油锅。锅中的油温很高，盘条一入锅便翻滚起来，她用筷子将盘条叠成扇状、梳型、花朵型和帚型，不一会儿，馓子便在锅中成型了，但她仍用筷子在油锅内翻动，慢慢地，馓子便色泽均匀一致，变成了金黄色。她一笑，把馓子夹出了锅。

我吃馕子留下的最深记忆，是在疏勒县的一户人家。当时，南疆军区在一个村庄搞援建，分配的任务是栽树。机关的二百多名干部一上午就栽完了全村的树。老乡们把我们迎接到家里，端上了事先备好的馕子，并泡上茯茶，把白糖也放在了一边。我从白糖的包装纸上发现，那是石河子产的方块白糖，在当时深受新疆人喜欢。

主人掰开馕子，一一递到我们手中，大家一边吃一边喝茶。在闲聊中知道，他们做馕子之前，会先把红糖、蜂蜜、花椒和红葱皮等放在一起熬汤，然后用于和面，那样做出的馕子才劲道，拉多长多细都不会断。

后来我们又聊到村里的一些有意思的事情。男主人说，几年前，部队也来村里种过树，但只活了一棵，现在都长得好高了。怎么就只活了一棵呢？这件事好奇怪，我们吃完馕子后便去看树。走到那树跟前发现，它长得真是不易，与它一起栽下的树都被大风刮倒，然后干枯死去，唯独它把根扎进土中，活了下来。

有人说它是一棵坚强的树，不料一位老人却说，不是它坚强，而是因为它的运气好，栽下它的地方以前是一口井，现在虽然被填平了，但下面一定有水，不然这棵树也活不了。有人问他为什么记得这么清楚，他说，吃了这么多年的馕子，还记不住几件事吗？

后来，我在伽师县吃了一顿馕子煨牛肉。当时伽师地震，我们参与了抢险救灾。到了中午，老乡们搬来锅，把牛肉下锅爆炒，然后放进番茄和土豆煸香，再加入盐和水，用大火煮沸。过了四五十分钟后，牛肉熟了，老乡们把馕子放进牛肉汤，煮少许时间后撒上菜叶，盛入每个人的碗中。大家一尝，馕子煨牛肉，味浓醇香，风味独特。

吃过那一次后，我便向很多人推荐馕子煨牛肉，希望这种鲜为人知的做法能够得到普及，但大多数人都不相信馕子会放进汤中煮，而且还能和牛肉弄到一起。也难怪,馓子一直是取之即吃的食物,人们已习惯从盘子里掰下直接往嘴里送,至于别的吃法,已懒得去琢磨。

如此感慨一番,便又想起那棵唯一活下来的树,以及它根底下的隐秘之水。有很多我们不知道的事情,就像独自存活下来的树,它生根发芽或者开花,在隐秘中完成生命,或者在隐秘中走向消亡。我想起在南疆听到的一句谚语:丢失的刀子最锋利。

油塔子

顾名思义，油塔子形状似塔，是新疆面食中最为美观的一种。

初看，油塔子像花卷。细看，才发现是由薄如纸的一层层面片叠加而成的。这样的形状，不是花卷的做法，花卷没有这么多层次，亦没有这么薄。整体看上去，油塔子既形似塔，又像是朵朵欲放的花蕾。

油塔子一般都不大，也就拳头的一半。因为放了菜籽油和花椒粉，表面呈黄色，间或有外露的花椒粉粒，看着很是馋人。沿层撕开吃一口，可尝出油多而不腻，香软而不沾。如此方便食用的食物，老少皆宜，广受欢迎。

油塔子的由来，不但悠久，而且很有意思。一百多年前，有一人做蒸油香。当时正逢冬宰，家家都有多余的牛羊肉，他便尝试把剩余的面擀薄，加入羊油准备蒸熟。但转念一想，只放羊油恐怕吃起来太腻，于是便又放入清油、精盐和花椒粉等，再叠压在一起，入笼蒸出，一尝，非常好吃。那人无意间创出的这一做法，被很多人效仿，"油塔子"一名很快叫开，成为人人喜欢的面食。

新疆人喜欢吃油塔子，除了将羊油、清油和进白面的固定做法外，还可以将黄萝卜切成细丝掺入面中，做成黄萝卜油塔子。黄萝卜油塔子的特点是甜而香，比一般的油塔子多了一重味道。有一次，在塔里木河边吃油塔子，其中有一盘是黄萝卜油塔子，结果别的油塔子都剩下了，唯独那盘黄萝卜油塔子被一扫而光。

油塔子多作为早点，但不单吃，一定要配上汤类的东西，边吃边喝才过瘾。在昌吉、奎屯、乌苏、石河子一带，人们的早餐多为油塔子配粉汤或奶茶。油塔子配粉汤，是新疆人的固定吃法。油塔子虽略油腻，但因有椒麻味的调味料，加上粉汤的冲和，搭配着吃起来也是一种享受。在牧区，人们吃油塔子时多配奶茶，一壶刚烧出的热奶茶，散着酥油和茯茶（黑砖茶）的独特清香，再配以油塔子的酥麻和醇香，一下子就让人醒过了神，待吃毕喝毕，便精精神神地去放牧或干活。

我吃过多次油塔子，一直留意油塔子的制作方法。后来，我在白哈巴村附近的一户牧民家，见到了做油塔子的全过程。他们家在小山洼中独为一户，房前屋后围了木栅栏，看上去既自然也美观。有鸟儿在屋后的山冈上鸣叫，女主人不回头，乐呵呵地做着手里的油塔子。她先用温水、酵面和碱水和面，揉好后饧一会儿，再揪成一个个小面团，把清油抹在外面，又饧一会儿，然后用擀面杖擀薄，再慢慢抻开。抻的这个环节很重要，要把握好面的伸缩性和韧性，抻出来才薄似透明，质量上乘。

后来才知道，做油塔子，最为讲究的是抹油环节。盛夏季节，要将羊尾油和羊肚油混合在一起，因为羊肚油有利于凝固，可以防止油从面层流出。天寒地冻时，则要在羊尾油中加一些清油，因为清油易于浸润，可以均匀渗透进油塔子中。

油抹好了，她撒上少许精盐和花椒粉，将面一边拉一边卷，卷好后搓成细条，再切成若干小段，快速拧成塔状，便做成一个油塔子。蒸锅里的水已经烧开，她把油塔子轻轻摆放进蒸笼，加木柴烧起大火，蒸十分钟左右揭开锅盖，对我说，让你等馋了的嘴动起来，吃吧。她做出的油塔子看上去饱满浸润，尝之又极为糯软醇香，我一口气连吃两个，才顾得上喝了一碗奶茶。

几年前在木垒，朋友说有一户哈萨克族人家的油塔子做得好，还可在家中招待食客，如果想吃的话打个招呼，明天早上过去吃一顿。我一听有了兴趣，一般吃早点，随便找个地方就解决了，但如此隆重地提前预约，而且还有几分家宴的意思，自然要去品尝。

第二天一早便过去，刚喝了一碗奶茶，主人就端来了油塔子。第一眼看过去，油塔子的颜色洁白油亮，面薄似纸。细看，发现其层次很多，因为刚出笼屉，还冒着热气。朋友说，油塔子要趁热吃，我尝了一个，香软酥麻，面质油而不腻。朋友还告诉我，也可以沿着塔形线抻开吃，我照他说的方法，用手拎起"塔尖"，"塔身"便立马被抻成一串丝线状。看来，油塔子在吃法上也很独特，可吃出情趣。

大家一边吃一边闲聊，经主人介绍后得知，油塔子因为面质绵软，味道醇美，是老少皆宜的食物。人们常用油塔子待客，客人进门不久就能端上来，并对客人说，骑马跑了那么远的路到我的毡房里来，马都饿了，人咋能不饿呢？吃几个油塔子垫一垫，一会儿从从容容地喝酒吃肉。我们只是吃早餐，自然不喝酒吃肉。其实在新疆的酒桌上，是见不到油塔子的，这一类食物只适于早餐或家庭食用，上了酒桌反而没有人吃。

那天吃到中间，主人又端来一盘油塔子，一尝有甜味，便知道这就是黄萝卜油塔子。但木垒人却不把此类油塔子叫黄萝卜油塔子，而是称其为甜油塔子。尝过后发现，较之于别处的黄萝卜油塔子，

食为天

此油塔子确实要甜出很多,看来叫甜油塔子倒也没错。我之前只是知道黄萝卜油塔子一说,不知其具体做法,现在碰到了便赶紧请教,得到的答案是,做甜油塔子,要先把黄萝卜洗净去皮,切成像挂面一样的细丝,在面擀薄抻开后放进去,在蒸的过程中便散出了甜味。

据说,在伊犁、喀什、和田等地,油塔子的做法各不相同,看来只有等我一一品尝过后,才会心里有数。

刀把子

刀把子是新疆的一种馒头,以奇台一带为多见。

先前在集体所有制时代,人们每天同劳动、同吃饭,刀把子是主要粮食,"刀把子"一名亦被叫得很响。后农村承包到户,刀把子随时代潮落,退出了历史舞台。其实,作为物质形式的刀把子还在,只不过不再叫刀把子,而是恢复了以前的名称:馒头,或者馍馍。做法也渐次发展,变成了如今的大蒸笼。

一个时代迅速终结,没有留下任何痕迹,唯有作为食物的刀把子,经历了历史的阵痛后被保留至今。因为奇台人对刀把子有感情,便将这一称呼保持下来,一直叫到现在。

奇台这个地方,在很多年里都是美食荟萃的地方。人们但凡说到奇台,顺口就会说出一连串好吃的东西——刀把子、大饼、菜籽油、大蒜等,但凡去了奇台的人,都要带一些回来。

有一次,听到一个用新疆老话说唱的节目,把奇台带"子"的美食说得情趣生动,听起来好不过瘾:

洋芋切成片片子,
素葫芦切成疙丁子。
解馋的肥肉夹饼子,
再来上几盅子"烧娃子"(白酒)。
伊犁河带来的酱笋子,
三道坝的大米有牌子。
吃饭喝茶的木碗子,
发面、和面的卡盆子(木盆)。
茯茶熬成熟汤子(久熬),
开水是个雨煎子(还未开)。
窝丢丢的茶盘子,
光揪揪的白瓷茶碗子。
西瓜切成牙牙子,
饼子擦成沓沓子。
褊起来胳膊码袖子,
放欢哩喋(吃)他一肚子。
大豆娃的炒大豆是名牌子,
炸油糕的大师傅杨麻子。
骑走马的掌柜子,
进城下馆子,不掏现钱用折子。
麻食子(肉汤饭)、甜胚子(青稞芽制成),
满碗刨不出个肉蛋子。
谢劳(酬谢)人的茶饭就是这样子?
脆脆的风干刀把子,
溜溜的香豆马蹄大卷子……

刀把子这个名字，有趣，好记，一听就知道是来自民间。有一人猜测，刀把子一说，是把揉好的面用刀切成块状以后，直接上笼蒸出的方形馒头。知情者马上纠正，不是，所谓刀把子，又大又圆又白，不见任何刀切的痕迹，亦无一丝棱角。

人们疑惑难消，又问：刀把子一说因何而来，是否有好听的典故？关于刀把子的说法有很多，我觉得最合理的有两个。其一，面发好后，须用刀切成块状，再揉成圆形。因为要用刀切，所以每做刀把子必需备一把刀在旁边，随用随取，所以叫刀把子。

其二，面发好后，搓成长条，用刀切好，放到蒸把子（箅子）上蒸熟。因为既用了刀，又用了蒸把子，所以叫刀把子。农村吃大锅饭的时候，经常这样做，不用揉，省工。

先前的那人猜对了，最早做刀把子，确实要用刀，切成块状后不用揉圆，而是直接上笼。但那样的做法是数十年前的，如今的刀把子不但要揉，而且要反复揉，直至揉到面质不暄（松软），不尖（硬），蒸熟后才不发（太大），不缩（太小）。所以说，现在人吃的，与其叫刀把子，还不如叫大馒头。

既然刀把子要那般揉，必是好面才行。不用担心，奇台出麦子，且面质之好，在新疆数一数二，所以在奇台做刀把子的人，从来没有顾虑。

奇台的好麦子，多出在一个叫江布拉克的高山大麦地。那麦地之大，确实让人震惊。我第一次去江布拉克，刚到山脚下，便见那麦田从山脚一直延伸到了山顶。再往上看，直接涌到了天边。江布拉克的麦子产量高，不论以前还是如今，在此种小麦的农民，每年都稳获丰收。三年困难时期，新疆不但从未缺过粮食，而且还接济了好几个省。更早时，奇台是丝绸之路上的旱码头，商贾和骆驼客南来北往，粮食贸易是其中重要的支柱。有民谣唱出当时的奇台：

走一趟古城子，吃一回刀把子。古城子是奇台从前的名字，而刀把子在当时就已是常见的食物。

江布拉克的一侧是麦田，另一侧则是断崖、松涛和云海。因山体长，山顶尖，形似一把横卧的长刀，故得名刀条岭。

刀把子、刀条岭，奇台人起名字，都有一种霸气。

刀把子的个儿大，表皮细腻，掰开吃上一两口，便可感觉出暄软、筋道和原始的麦香。刀把子好吃，却不易制作。有一人蒸出一笼刀把子，有两个比别的小了些许，他怕被人看见，便抓起迅速吃掉。那可是刚揭了笼盖的刀把子，他当时硬撑着咽了下去，但嘴巴却被烫得起了泡，三天都吃不好饭。他暗自思忖，是自己的眼力不够，便只能让嘴巴遭受连累。

今人吃刀把子，多在早餐，配奶茶、羊杂碎汤、骨头汤、粉汤等。刀把子比常见的馒头大，所以一人一个足矣。如果在午餐桌上，常见的是配馍馍菜。虽然是叫馍馍菜，但端上来的还是刀把子。

奇台的过油肉很有名，别的地方多把过油肉当拌面菜。奇台人多将刀把子配过油肉吃，多年下来，已养成习惯。

在过去，人们常把刀把子切成片风干，下地干活到中午，把风干刀把子泡在西瓜汁里，美其名曰"西瓜泡刀把子"。风干刀把子还可烤制和油炸，放入汤饭里泡软后再吃，口感独特，别有风味。

也有人把刚出笼的刀把子掰开，用来蘸西瓜汁吃，其味道甘甜凉爽。奇台有俗语道："老婆子害娃娃（指怀孕），想吃个刀把子蘸西瓜。"说的是刀把子蘸西瓜汁之于孕妇，有着难解的口福慰藉。

有一人进山放羊，背了十余个刀把子，却因为没有西瓜而十分不快。另一牧羊人虽然带了西瓜，但他老婆给他准备的却不是刀把子,他亦连声叹息。二人碰到一起,一拍即合:你有刀把子,我有西瓜,岂不是刚好？于是,二人在那两三天中,天天在一起放羊,顿顿吃刀把子蘸西瓜,着实高兴得很。

九碗三行子

小时候在甘肃天水,凡乡间红白喜事都叫"过事情",而亲戚与邻居前去道贺则叫"跟事情"。主家待客均要准备酒席,且有专门称呼——坐席,也就是吃席的意思。记得天水一带的席有四盘子、六君子、八大碗、九子梅、十全席、十三花等。坐席最多的是十三花,意思是凉菜和热菜加起来一共有十三个。

我最喜欢吃十三花中的"滑肉",每次跟着大人一进过事情的人家的大门,鼻子就能闻到滑肉的味道。那时候的十三花都用大笼蒸,常常把大笼置于院子一角。从笼中散出的香味让吃的人嘴巴享福,让闻的人鼻子享福。滑肉是所有菜中味道并不重的,但我却远远就能闻到,而且不论上次吃过以后隔了多久,都能敏感地闻到,足见我当时对滑肉喜欢到了哪种程度。我后来曾长久琢磨过滑肉是应该用"滑"还是用"花",经过对其形状及其口感的判断,我认为还是用"滑"字比较确切。因为滑肉最明显的特点就是柔滑,吃进嘴绵软得似乎真的能入口即化。滑肉其实是一种油炸的面果,因为在面中放了鸡蛋,炸出后放入大蒸笼,让调料味道随蒸气入味,吃起来会比肉多一些酥软的口感。我小时候虽然知道滑肉不是肉,但却认为比肉好吃。

那时候我跟随大人到过事情的人家,到席上被安排一个位置坐下,专门负责上席的人一声吆喝,报上座席的序号,很快就会端上来几个凉菜。大人们吃一口凉菜喝一口酒,如果碰上对路的朋友还要划拳。大人们划拳喝酒,小孩子面前的酒杯很快就被他们拿走喝了,但他们顾不上吃的东西就全进了我们嘴里。

等端上十三花,按照荤素搭配的方法摆上桌子,大人们就不再划拳喝酒,把嘴一抹开始吃菜。十三花是热菜,人们都认为吃凉菜适合喝酒,而热菜则应该专心致志地吃。

去年九月回老家天水,一天中午被安排在张家川县城吃午饭。进入那家饭店时觉得眼熟,一问,果然是九年前参加关山笔会时吃过十三花的那家,心中不免暗喜,既然是老地方,应该又能吃到十三花了。坐下不久,菜上来了,果然不出所料,心里顿时就乐开了花。

我小时候最盼望的就是吃十三花。到新疆后,发现了与十三花相似的九碗三行子。九碗三行子有九碗热菜,但要摆成"田字格",即每边三碗,正中间还有一碗。这样,无论从横向或纵向,从南北或东西方向看都是三行,故名"九碗三行子"。九碗三行子是新疆美食中最讲究内容与形式的一种,无论是城里还是乡下,菜的数量都一样多,摆放位置永远都不变,当然,在味道上也追求一致,酸的绝不会变辣,甜的亦不会变咸。

九碗三行子用蒸、煮和拌,但不用油炸,主要原料是牛、羊、鸡肉和蔬菜。九碗菜在事先或蒸,或煮,或炒,早已准备好了,所以上菜速度快，哪怕有数十人坐七八桌，也可同时开餐。

第一次吃九碗三行子只是匆忙一尝，后来在焉耆县才算是仔细品尝了一次。我们在一户回族人家坐定后，主人端上小麻花、油果之类的点心，同时还端上了三炮台茶。我们喝茶聊天，彼此介绍认识，这才明白主人是让大家先喘口气，休息一下。

等九碗三行子摆好后，主人开始介绍其结构和背景。譬如，两碗对应的"门子"菜用同一名字，如东面的是丸子，那么西面也必须是丸子，但用料却不一样，常常以牛肉丸子和羊肉丸子各摆一边，吃起来就会不同。两种丸子中还分别放有白菜、豆腐、粉条、辣子、木耳、黄花、鸡蛋、葱花和其他蔬菜，用以在外观，配料和味道上有所区分。两边的丸子如此这般区别，其实已经是两种不同的菜了。

上了两碗"门子"菜，等于打开了九碗三行子的门，接下来会端来四碗肉菜，有夹沙肉、羊肉、鸡肉和黄焖牛肉。这四个摆在桌子四角的肉菜，名叫"角肉"。这四碗扎扎实实全是肉，除了夹沙肉有一层裹面外，其他三种肉看上去均肥瘦相宜，鲜嫩饱满，似乎一入口便会浸出浓味的汁液。新疆的羊肉多被用去烧烤或炖煮，人们吃烤羊肉吃的是热烈，吃炖羊肉吃的是饱满，而九碗三行子让羊肉变得温柔，安安静静地躺在碗里，似乎要与你心平气和地交谈。

接下来，主人又摆了两道"门子"菜，一道以豆腐为主，加了黄花和葱花。另一道以粉条为主，加了干辣子和青菜。仔细看，里面还有少许木耳、蛋卷和其他蔬菜，在外观上已与其他几道菜严格区分开来。

最后，他让女儿端上了最后一碗菜。这次他不动手了，而是指挥女儿直接把碗放到了中间。他一边让我们入席一边说，这最后一道菜是凉菜，名字叫"水菜"，一般都用稍微大一点的碗。也有讲究一点的人会在"水菜"的位置摆上火锅，那样的话，当然也就跟着上了煮火锅的蔬菜。

九碗都摆上后，他如释重负，松了口气。我们一看乐了，每边三碗刚好形成一个正方形，无论从横向或纵向，从东西南北四个方向看都是三行，这才真正弄懂"九碗三行"的意义。

关于九碗三行子，有很多谚语。如："九碗三行子，吃了有面子""九碗三行子，吃了跑趟子"。关于跑趟子，说的是九碗三行子最早是用来招待媒婆的，她们在提亲过程中被男方用九碗三行子招待，吃得高兴，跑得便很快，联系女方的速度也就提高了。新疆人把跑得快叫"跑趟子"，于是便有了相关的谚语。

焉耆以回族人为多。我在焉耆参加过几次回族人的婚礼，每次都能看见新郎喜悦，新娘娇媚。有一次去一户人家参加婚礼，一进门便感觉人山人海，一问才知道，来客有近千人。真佩服主人平时的为人处世——逢喜事，来的人多，是人缘好的表现。那天大概开席有一百余桌，场面却极为从容。

我因为与主人关系好，便多逗留了几个小时，等离开时，大部分来客均已离去。出了大门，发现主人蹲在墙角吃饭，仔细一看，是九碗三行子的剩菜。我本想过去和他聊几句，但看到他有意要避开人的样子，便打消了念头。他吃完后叹息一声，一屁股坐在墙角的石头上，头耷拉了下去。

那一刻，我看到在一场婚礼的背后，藏着一位父亲的辛苦操作。

菜比肉好
瘦比胖好

菜比肉好
瘦比胖好

孜然
藿香和蕾香
皮芽子
线辣子
番茄
莲花白
恰玛古
阿魏菇
椒蒿
地软
头发菜
冬虫夏草

孜然

新疆最常见和用得最多的调料是孜然。

有人说，新疆与美食之间的距离，只隔一粒小小的孜然。也有人说，孜然的味道就是新疆的味道。可见，孜然在新疆人的食谱中频繁出现，一定有它的道理，那也是新疆人的岁月中不可或缺的滋味。抓饭、馕、烤羊肉串、烤包子、薄皮包子和手抓羊肉等，都靠孜然调味。民间的药茶也使用孜然，据说疗效不错。新疆有一种"不蘸小料"的火锅，因为用孜然做汤底，便异香扑鼻，不再需要其他调味佐料。

孜然原产于北非和地中海沿岸地区，当时的人们信奉神灵，会将最好的水果、酒肉和饭菜放到祭台上，以示对神灵的敬奉。但饭菜容易招引来苍蝇，加之天热会腐坏，有人想起荒地中有一种叫孜然的植物，能散发出浓烈的味道，便采来几束放置在祭品边熏驱苍蝇。不料，孜然味道不但可以驱走苍蝇，而且还能使祭品保持新鲜，于是，这种植物引起了人们的注意。后来，人们觉得孜然浓烈的味道好闻，便尝试将孜然放入饭菜，结果味道出奇的好，于是孜然便走下神坛，进入了寻常百姓的餐桌。这一说法，爱德华·谢弗在《撒马尔罕的金桃》(又名《唐代的外来文明》)一书中有详细叙述。

后来，孜然和胡椒、没药、安息茴香等经波斯进入西域，从此扎根于天山南北，尤其符合负海拔的吐鲁番一带的土壤，每种必有收获，且产量惊人。目前在伊朗、土耳其、埃及、印度和俄罗斯等国，孜然均被大面积种植。因为孜然是制作咖喱粉的重要原料，故在印度深受欢迎，品质均高于别的国家。

孜然是仅次于胡椒的世界第二大调料，历史中，人们将孜然、胡椒和茴香等统称为"香料"。马可·波罗在描述十三世纪的杭州时说，这个城市的人一天运来了一吨波斯香料。他还说，在中国南方，有钱人可以享用好几种香料腌制的肉。马斯格勒夫在《改变世界的植物》一书中说，香料滋润人们的生活，使生活变得更为丰富多彩。它是药品，可以治病。是调料，使饭菜更加可口。是香水、润肤剂和春药，可使人心旷神怡。

我在新疆吃了很多年放孜然的饭菜，但第一次见孜然却是十余年前。当时听人说，吐鲁番有一个村庄种植孜然达数百亩，便想那是何等壮观，到了地头一看，原来是和玉米、棉花套种，可谓是地尽其用，一举两得。孜然易活，随便撒一把种子，就能长出一大片。当时看见孜然翠绿而整齐，有的正在绽开紫色花朵，有的已经结果，一问才知，孜然是一边开花一边结果的。一位农民说，你们现在看见的是孜然娃娃，过不了多久它们就长成了孜然小伙子，就会去征服人的舌头。

孜然之所以种植得多，与需求量大密不可分。在托克逊的一个农贸市场，一位卖孜然的摊主说，仅他们市场就有十余个销售孜然的摊位，一年能卖出三十吨。那么多孜然都被卖到了哪里呢？他回答得颇为幽默：有人的地方就有孜然，孜然都进了人的嘴里。

孜然成熟收割后，人们从枝头打出颗粒，然后碾成粉，便可使用。

常见的使用方法有直接放入饭菜、汤汁和撒于食品外表两种，提味效果都颇为明显。在新疆菜中，孜然羊肉是最早将"孜然"用入菜名的，吃过一次的人都知道，那是与红烧羊肉、葱爆羊肉、大块手抓肉等不一样的吃法。孜然羊肉的做法很简单，将羊肉切成碎块后，入热油爆炒片刻即放入孜然，孜然在爆炒过程中，其浓烈味道会浸入羊肉，出锅后就是名满中华的特色菜。当然，这样爆炒出的孜然羊肉颜色单一，视觉效果欠佳。为此，人们会在孜然羊肉出锅前放一点香菜，即调味又好看。

孜然羊肉的来历可以说是非常悠久，北魏的贾思勰和清代的袁枚都曾为此留下过记录。孜然的味道浓郁、直接、爽气和热烈，与新疆的气氛极为一致，亦与新疆人的性格极其相似。在乌鲁木齐二道桥、库车大巴扎、喀什老城、和田大巴扎等地，只要一脚迈进去便可感觉出孜然的味道迎面弥漫过来，不远处一定有饭馆或烤羊肉摊。我喜欢闻孜然味，沉浸于这只属于新疆的味道，犹如触及了这块土地的灵魂，亦会看到密布于日常光阴中的生命食谱。

有个说法，只要你在新疆活得足够长，身上就会有孜然味。虽然放了孜然的食物被吃进嘴里，咽进了肚子里，但孜然味却浸入了人的血液，慢慢地便散发出来，变成了人体的异香。唐朝时，来自西域的胡姬就因为体有异香，所以深受人们喜爱。

孜然也会进入人的灵魂。我几年前去德国的法兰克福参加书展，同行的一位同事整理箱子时，意外发现了一小包孜然粉，原来是他年迈的母亲担心他寂寞，想用一小包孜然开解他的思乡之情。几天后，吃腻了欧洲的牛奶加面包，他便把孜然粉撒在携带的馕上，就着方便面"大快朵颐"。我想，那包孜然粉本来是他母亲让他消遣寂寞的，他却因地制宜发挥出了作用，真是聪明。

留意孜然后，听到过一个与孜然有关的故事。说是有一位牧民去山里放牧，到了下午赶羊回圈的时候，他的羊还在远处吃草，没有回来的意思。他说让羊多吃一会儿草吧，我先回去了。别人都不解，难道他不怕羊被狼吃掉吗？他回去后生火做饭，往空中撒了几把孜然粉，过了一会儿，他的羊群便回来了。原来，羊也熟悉孜然味道，深谙此道的牧民，更是懂得用孜然味引羊群回来。

三十多年前，有两位新疆商人去了澳大利亚，他们觉得在号称畜牧大国的澳大利亚会天天吃羊肉，就带上了孜然。果然，澳大利亚人没见过孜然，尝过他们做出的孜然羊肉后大加赞赏，并很快迷恋上了这味调料。偶然间的机遇让他们抓住了，从此便开始在澳大利亚做孜然生意，没几年就变成了大款。

前几天在单位的班车上，与一位同事说起孜然，她说南疆的烤羊肉串从来不用辣椒面，只用孜然和盐。而且在烤羊排、烤羊腰、烤牛肉、烤鸡肉、烤鱼、烤玉米、烤蔬菜时，最注重的还是孜然。那么多好吃的，她说得很兴奋，我听得咽口水。

霍香和藿香

有一段时间,我将霍香和藿香混为一谈,后来吃了一次霍香,才知道二者虽同音,却是截然不同的两种东西。

霍香类似于水煎包子,是新疆的一种独特的食物。

而藿香则是草本植物,其叶片在新鲜和晒干后均可作调料,多用于煲汤、炒菜和做汤饭时调味。

我吃霍香的那次经历很有意思。当时,南疆军区十二医院的一个医疗小组去疏附县的一个村庄巡诊,我跟随拍一些录像资料。忙了一上午,村长说中午请我们去他家吃个霍香。新疆人把吃顿饭都说成"吃个饭",外地人听到"个"字会一愣,心想"吃个饭"会不会是吃很少的意思?

那天,我们几人跟着村长去了他家,他早已通知家人做了准备,我们一进门,便看见他妻子和女儿正在做一个个类似于包子一样的东西。仔细看过后发现那不是包子,从大小来说比饺子大一些,而形状则略像包子,边沿还捏出了花纹,看上去很熟悉,但一时又说不上是什么花的形状。

我好吃,同时又喜欢了解美食的做法。等我凑近一看,发现霍香的馅是用羊肉做的,里面有皮芽子和羊油,从味道上可闻出有胡椒粉、姜粉和胡麻油。那馅加了少量的水,经过长时间搅拌后已变得柔软筋道,被村长的妻子和女儿用灵巧的双手包好,刷刷地放进烧热的油锅中,锅中便传出哗的一声,霍香很快就在油锅中翻滚起来。

村长早就准备让我们吃一顿可口的霍香。看着妻子和女儿忙碌,更是高兴地对我们说,吃啥都不如吃霍香好——这么又炸又蒸,这么多程序,味道就浓,吃起来就这么感觉好。你们这么多人来了,这么忙了一上午,不这么吃个霍香,我心里就这么过意不去。他一连串的"这么"让我们听得很高兴,好像香喷喷的霍香已摆在眼前。

说话间,村长的妻子和女儿已用筷子翻了几次锅中的霍香,眼看着一个个表皮已泛出金黄色,让人忍不住咽口水。我以为霍香被油炸出后就可以吃了,但她们却把炸好的霍香放进一个平锅,端出一碗羊肉汤轻轻浇上去,洒上一点面粉,然后盖上锅盖又蒸了几分钟。等揭开锅盖后,一股扑鼻的香味传出,我才明白,村长刚才所说的"这么多程序,味道就浓"是怎么回事。那顿霍香配了皮辣红和羊肉汤,我们都吃得啧啧称赞。无意间一交流,原来我们几人都是第一次吃霍香。

也就是在那次吃霍香时,我向村长说起藿香,他及时纠正了我将二者混为一谈的错误。他对女儿说了两句维吾尔族语,他女儿便去小花园中摘了几片绿色的叶子捧到我们面前。村长用嗔怪的口吻对我说,这就是藿香,你看一下,认一下,记一下,以后可千万不敢在外面胡说一下。这两个东西其实好认得很,一个是金黄色的,一个是绿色的。一个是人用手做出来的，一个是它自己从秆子长出来的。经他那么一说，我想不仅是我，在场的所有人都记住了藿香和薰香的区别。

几年后，我在北疆的霍城县吃鱼时，吃出汤中放了藿香。那次，战友先是带我们去河中钓鱼，那鱼真是好钓，钓钩投入水中不久，感觉手中的渔竿一沉，还传来明显的震动感。我迅速提出渔线，便有一条大鲤鱼蹦跳着被钓出。一个多小时后便钓了满满一水桶。我们觉得钓多了吃不完也带不走，就收了渔竿。

战友让他的妻子在一家餐馆中亲自操作，不一会儿就做出了一大盆带汤的鱼。战友的妻子还做了一盘凉拌青椒，只放了醋和盐。她说，凉拌青椒用醋腌半小时即可，吃的就是青椒的脆和原汁原味的辣。我一尝果然好吃，之后在家做过几次，均吃得酣畅淋漓。

那天我吃第一口鱼时，便发现了一种以前没有尝过的味道，一问才知道，战友的妻子在里面放了藿香。她说，看见餐馆后面的菜园中种有藿香，便顺手揪了几片叶子，洗干净后放进了鱼汤中。我颇为欣慰，终于吃到了新疆的藿香！为了解惑，我去菜园中看一看。藿香大约有一米高，自下而上长满繁硕的叶片，顶端还开着淡紫色花朵。吃藿香吃的就是叶片，我摘下一片细看，纹理细致，手感柔软，还没放到鼻子下就闻到了香味。这就是藿香了，我像疏附县的那位村长所说一样，是看了一下，认了一下，记了一下，以后再也不会和薰香混为一谈了。

回到餐桌边吃鱼，发现那盆鱼不但味道独特，更为难得的是，鱼汤中有一股天然的藿香味道，让人忍不住用舌头含着藿香叶不愿吞下，想多体味一会儿那浓浓的藿香味。

大家吃完鱼后颇为开心，战友驾一辆军用三轮摩托车载大家返回，走不多远他便"哎呀呀"地驾不稳了，我们从上面摔下，摩托车亦翻到了路边。大家一起把摩托车抬起，翻过来，再次发动上路。走不远，他又"哦哟哟"一声，我们和摩托车又翻到了路边的棉花地里。

无奈之下，我们只好步行回去。战友的妻子在行走间说，藿香不仅可用于煲汤，还可用于炒菜，炖肉。因为其味道浓烈，放入任何食材都可浸味进去，可谓是调味之王。她还说到她母亲每到春节，总是用一顿放了藿香的傻儿鱼召唤分布于祖国四面八方的儿女回四川老家。兄妹一听到母亲在电话中说快过年了，回来吃藿香鱼吧，便归心似箭，马不停蹄地往家赶。

后来在被称为"蚊虫王国"的北湾，我再次体验到藿香的作用。北湾的蚊子多是出了名的，常见人们边走路边挥手驱赶蚊子。更为离奇的是，北湾人在外面解手时会点一堆火，借烟熏才可避免蚊子的干扰。有人曾测验过，在北湾一把抓下去，手里会有五六十个蚊子。为避免蚊子叮咬，北湾人在夏天能不出门便不出门，等到秋后蚊子消遁，才开始在外面活动。

我和北湾边防连的战士去额尔齐斯河南岸巡逻，一位战士悄悄塞给我一把藿香叶，让我夹到帽檐、衣领和袖口处，我问他做什么用，他说蚊子来了您就知道了。到了南岸，眼见黑压压的蚊子压了过来，顿时让天都暗了下来，但我们跟前却不见一只。那战士告诉我，蚊子怕藿香的味道，你身上夹带了藿香，它便不会光顾你。果然如他所说，在巡逻中，我没有挨一只蚊子叮咬。

皮芽子

洋葱到新疆后，被叫作"皮芽子"。

有朋友说，新疆与内地省份有时差，新疆人每天多出两个多小时没事干，索性取名字玩。这当然是玩笑话，新疆因为处于丝绸之路的核心区域，自古以来是东西方多种文化和文明交融的地区，不少东西在这里受到影响，甚至被改变，所以就得取个新名字。

说起来，新疆人说话时，喜欢在后面带个"子"字，使语气显得硬朗又富有韵味。有人为此编了一个说唱节目："新疆人就是爱说子。要说子，我尽说子，今天我句句不离子，要是哪句离了子，我请你们下馆子。拉条子，揪片子，烤包子，凉皮子，小菜要放皮芽子，不能少了洋柿子，一吃就是一盘子。抓饭得有腿把子，奶茶需要奶皮子，想想都流哈喇子，你们只管动筷子，我给你们掏票子。男孩叫作儿娃子，女孩叫作丫头子，男人爱戴花帽子，跳舞最爱动脖子，你们笑得捂肚子，不给掌声臊面子……"

新疆人喜欢吃皮芽子，吃得久了便总结出了一个关于"三秒"的说法：吃皮芽子，一秒甜，一秒辣，一秒晕。说的是吃一口吃皮芽子，第一秒会觉出甜意，第二秒会被辣到，到了第三秒，那股辛辣自口鼻直冲脑际，让人一阵眩晕。皮芽子的好处就在这里，每次不多吃，两三口便很过瘾。

皮芽子在新疆菜中是百搭菜，有一句话说，流水的新疆菜，铁打的皮芽子。曾有人做好一道菜，左尝右尝，总是觉不对劲，不但缺那么一股熟悉的味道，而且口感也不好。他想了半天恍然大悟，原来忘了放皮芽子。没有皮芽子他便不吃了，只能重新切肉、配菜和搭配调料，然后把一个皮芽子切成长条状，待爆炒后上桌尝了一口，不胜满足。

皮芽子辛辣，营养丰富但单独难成菜，通常要和别的菜搭配在一起。但是炒皮芽子是个特例，每天吃一盘可补钙。此外还有凉拌皮芽子预防哮喘，皮芽子汁防治心脏病，醋泡皮芽子有降血糖的功效等等。另有皮芽子唱主角的菜，比如皮芽子炒鸡蛋、皮芽子炒羊肉、皮辣红（与辣椒、番茄等一起凉拌）等，如果没有皮芽子便做不成。新疆人在抓饭、拌面的拌菜中，基本上都放皮芽子。有人觉得皮芽子少了吃得不过瘾，干脆把皮芽子炒肉拌入面中，美其名曰皮芽子炒肉拌面。人们之所以喜欢皮芽子，一是皮芽子调味效果明显，只要菜中有了皮芽子，味道马上就不一样了。二是皮芽子有降血脂、降血压和活血等功能，多吃对身体好处多。譬如在抓饭中放黄萝卜，就是为了降血脂。在清炖羊肉中放鹰嘴豆，是为了助消化。而在手抓大块羊肉中放皮芽子，则是为了降血压。新疆人一日三餐离不了皮芽子，炖肉、炒菜、拌凉菜，乃至于打馕等，都有皮芽子出场。

在新疆，人们进餐馆点菜，都会熟练地吆喝着单独要一份皮芽子，为的是就着烤羊肉串、手抓羊肉吃。虽然在这些肉菜上来时，人家已经配了皮芽子，但食客往往还要再要上半只或数瓣，仿佛不那样，菜品就不够味儿似的。皮芽子有紫、红、白数色，给肉增添了诱人的色彩和味道，吃一口肉，再吃一瓣皮芽子，才算是吃得舒坦。

皮芽子去一层皮后，便露出圆形的果肉。切开后发现，其果肉是层层包裹在一起的，剥开一层，下面还是一层，层层紧密结合，一直到核心。人们一般将皮芽子从中一切为二，然后横切成丝或瓣，无论是爆炒或凉拌，吃起来都方便。很多人切皮芽子时，会被辣得流泪。新疆人吃皮芽子多年，知道切皮芽子时在菜刀上沾水，不但不辣眼睛，而且切出的皮芽子也不辣。

有人说，皮芽子在新疆的历史已有五千余年，其依据是《水经·阿水注》载："西南部有葱岭，其山高大，上生葱，故曰葱岭"。但我不以为然，葱岭指的是帕米尔，这没有错，但野生的一定是野葱，而非洋葱（皮芽子）。洋葱需要有人种植才能生长，谁会在帕米尔那么高海拔的地方种皮芽子呢？再则，人们吃野葱吃的是其茎叶，而皮芽子有用的是地下的根茎，二者有天壤之别。

西方人喜欢洋葱，在史书中多有记载。譬如，古罗马《农书》中说"洋葱是罗马男人的血液"，可见罗马男人十分喜欢吃洋葱。而在整个欧洲，洋葱则不论男女，都很欢迎，因此得到了"菜中皇后"的美誉。我有一次看见西餐的牛肉下有几瓣皮芽子，想起罗马乃至整个欧洲对洋葱的钟情，便不问其来历，不动声色地把那几瓣皮芽子吃了。

新疆人吃皮芽子，还常以手抓肉相配。手抓肉鲜嫩，肥美诱人，但是少了一盘皮芽子，便吃得不起劲。常见的情景是，吃一块羊肉，嚼一瓣皮芽子，便满嘴生津，清香沁脾。这是很科学的吃法，皮芽子配羊肉，可助消化，降低胆固醇。长期坚持此吃法，不会患高血压和高血脂。此外，皮芽子还可补肾养血，滋阴润燥，降低血糖，增强抵抗力，提高免疫力。

我有一次吃到了芥末皮芽子，吃之前觉得，皮芽子本来就辣，再加上芥末岂不是更辣？谁知尝过发现，不但不辣，而且颇为爽口。我想，可能是两种辣碰到一起，反而就不辣了吧？

有人曾问我，新疆人为什么把洋葱叫皮芽子，我说不出其缘由，大概因为皮芽子好吃，名字好记便一路叫了下来。其实不用那么认真，如果你对着一碗饭，从一粒种子开始，一直细究到成为一碗饭的过程，还有什么滋味呢？

线辣子

因为细长，故得名"线辣子"。

喜欢吃线辣子者，都为其肉厚、色艳、味正、香纯的特点而叫好。

辣椒的历史久矣，清朝就已有种植。《花镜》一书载："番椒丛生，白花，果俨似秃笔头，味辣色红，甚可观，子种。"这句话写得好，可谓是把辣椒的色香味逐一道尽，读来让人觉得可看可触可闻，非常生动形象。

新疆的沙湾、石河子和玛纳斯一带多出线辣子，是辣椒中的一种。它身形细长，色泽红亮，辣味浓烈，肉肥质重，油大，脂肪含量高，易干燥，耐久贮。新疆人吃辣子，多选玛纳斯一带的线辣子，大概因为吃惯了，舍不下熟悉的味道。

每到秋季，人们将采摘的辣椒放在戈壁上暴晒，有的地方甚至从眼前一直铺到天边，让人惊叹这个季节的新疆变成了红色。秋季的太阳还是酷烈的，辣椒晒不了几天便干透，被制作成辣椒面、辣椒酱、调料等，亦可用整条炒菜，均很受欢迎。

看晒辣椒的图片多了，便想亲自看一看。一位朋友热情，安排我从乌鲁木齐坐大巴车,途经石河子的一个团场。他说,你坐着车走一路看一路,一定过瘾。我照此方法乘车,先是进入一个低洼处,眼前突然出现一大片红,不用说,这就是晒辣椒了。因为红得赤烈,便感觉那片红要飞升到天上去。待大巴车驶出低洼处,迎面便是由近向远铺得更辽阔,更灼红的晒辣椒。这一带本是戈壁,经辣椒一覆盖,像是披上了盛装。大巴车一路前行,车窗外的晒辣椒或位于高处,或跌入低处,随着车轮的脚步,红色火焰就像波涛一样起伏无尽。

真得感谢朋友,坐车看晒辣椒,是一次视觉的享受。

后来,朋友送我一箱沙湾线辣子酱,打开一瓶,见线辣子被切成了丝,其绚红色不失,但已被腌得柔软。我尝了一口,虽仍有辣味,但已十分温和,口感也颇清爽。自此,我每顿饭都少不了线辣子酱,前后吃了三四个月。

有关线辣子的趣事颇多。一人一日突然觉得线辣子已早熟,便到地里去看,果然线辣子一夜之间已红彤彤,到了采摘的紧要时节。线辣子采早了水分大,不易干,且影响辣味。采晚了又尽失水份,影响口感。

那一年,他的线辣子因为比别人早摘了两天,晒干后被抢购一空。别人问他原因,他说吃了这么多年辣椒,口舌和味觉在那一刻像是听到了线辣子的呼唤。别人说为什么你这么厉害,而我却感觉不到?他回答说,你接着吃线辣子,吃到了一定的时候自然就会知道。

有一人被大雪围困,半夜冻得浑身发抖。他突然想起口袋中装有几根线辣子,便掏出一根咀嚼,一股热辣辣的感觉自舌腔浸入体内,他很快便不冷了。那一夜,他靠那几根线辣子抵御了寒冷,天亮设法走出了困境后,他在一片线辣子地边跪下,嘴里涌出一连串感激的话语。

　　另有一人，去线辣子地里常带一狗。他侍弄线辣子，狗亦看着线辣子，一人一狗陪线辣子由小长大，由绿变红，实为舒适的田园生活。一天晚上，他的线辣子被盗，本是一片红彤彤的线辣子田，只剩下一棵棵光秃秃的茎秆。他气得诅咒偷盗者，然而天地不语，只有他在那儿悲怆流涕。

　　他的那只狗用嘴扯一下他的裤角，不停地向远处张望，喉咙里发出"唔唔"的低鸣。他问狗，难道你知道谁偷了我的线辣子？狗仍"唔唔"地催促和张望。他沮丧地说，你不知道叫什么？狗又扯了一下他的裤角，起身向张望的方向走去。他觉得诧异，便尾随而去。狗一直走到一户人家的院子里，朝晒在院子里的线辣子吠叫。他仔细一看，那线辣子正是他的。偷线辣子的人被他抓了个正着，吓坏了，不得不承认自己的偷盗行为。他感激地去看狗，狗正望着线辣子出神，却不理他。

　　事后他对人说，他的狗从线辣子出苗到采摘，天天看天天闻，辨得出他的线辣子的味道，所以一路将他带到了偷盗者家中。一天，他炒了一盘线辣子羊肉，想起那狗在追回线辣子的事情上出了力，便扔给它一块骨头，狗闻了闻不吃，露出怕辣的神情。他不解，它不是对线辣子颇为熟悉吗，为何却不吃呢？

　　博湖县在新疆素有"辣子之乡"的美称，每到秋季，一边是博斯腾湖浩渺的湖水和金黄的芦苇，一边是晾晒在辽阔大地上的线辣子，实为极致的美景。待辣椒晒干收走，不久冬天便来临，博斯腾湖也在一夜间结冰，没有人敢再下去。

　　有一年我去博湖县，朋友说，到了以线辣子出名的地方，不吃线辣子，等于白来一趟，于是他便带着我们去一家餐馆。我以为，要吃的是常见的清炒线辣子，进了餐馆才发现，人家在线辣子上做足了文章，分别有线辣子虾仁、蔬菜炒辣汁蝴蝶面、线辣子炒米线等。可谓是一种线辣子，进了厨房便能百搭。

　　我喜欢看，但凡遇到新鲜的食物，除了吃之外，必然要看几眼其做法。在那家餐馆，我看了一位大师傅做线辣子虾仁的过程。他先将鲜虾弄干净，放入桂皮汁中稍泡，然后用酱油、醋、姜末、盐、淀粉调匀，腌制数分钟。接下来把油锅烧热，把虾炸至外皮酥脆捞出，然后下干线辣子、花椒翻炒出胡辣味时，再加入炸好的大虾，翻炒几下即可出锅。

　　后又得知，那大师傅身上，亦有与线辣子有关的故事。一天，一匹马去湖边喝水时陷入湖中，越挣扎陷得越深。那大师傅欲下湖救它，另几人恐湖水太深而拦住了他。他让人取来线辣子，说了一句"线辣子吃上，一个人等于是好几个人，还把一匹马拉不上来吗？"他嚼了一根线辣子，眼见得脸色变得通红，随即纵身跳入了湖中。无奈马陷入淤泥动弹不了，他怎样使劲都无济于事。情急之下，他让岸上的人扔一根线辣子给他，他把线辣子撕开，在马鼻子上抹了几下，那马嘶鸣一声，从湖中一跃就跳到了岸上。

番茄

番茄,也就是西红柿。

中国人称呼此物,叫西红柿者多,叫番茄者少。在有些地方,甚至从不叫番茄,如果有人冷不丁说出番茄二字,众人会以为是在说什么茄子呢。

西红柿和番茄这两个名字,常常被新疆人混着叫,不管是叫的人还是听的人,其实都知道是指同一种东西。

新疆人称呼诸多事物时,常用国际通用的名称,譬如说东西的分量时喜欢用"公斤",而不说"斤"。说路程远近时喜欢说"公里",而不说"里"。说东西长短时,喜欢用"米",而不说"尺"和"寸"。因为新疆人称番茄一名的习惯根深蒂固,不知情者以为番茄是西红柿的一种,新疆人为此还得解释一番。

番茄也是从西方传入西域,后又传入中原的蔬菜。虽然传入时间很长,但仅作为自留地或菜园中的蔬菜,在夏季够吃就行,并没有人大面积种植。近二三十年,因为番茄的经济价值凸现,人们才开始大面积种植。

番茄出自秘鲁和墨西哥的森林,因色彩彤红娇艳,人们恐其不祥，称它为"狐狸的果实"和"狼桃"，认为人吃了番茄后，轻者浑身会起疙瘩、长瘤子，没有医治办法，从此与怪人无异。重者会中毒，亦无医治办法，不久就会身亡。那么漂亮的番茄，就因为人们当时的无知，莫名其妙地背上了恶名，乃至被今人视为美味的食物，在很久以前却只把它当作观赏植物来看待，无一人敢食。

十六世纪，英国的俄罗达拉公爵在南美洲旅游，碰到鲜红欲滴的番茄后，一下子就喜欢上了，他不远千里将番茄带回英国，献给情人伊丽莎白女王。伊丽莎白女王亦十分喜欢，觉得番茄彤红赤烈的颜色，犹如情人间炽热的爱情，便称其为"爱情果"和"情人果"。伊丽莎白女王被爱情冲昏了头脑，忘记了保护自己的隐私，一时间随着"爱情果"和"情人果"二名传开，他和俄罗达拉公爵的奸情也被众人所知悉，搞得她很狼狈。但番茄从此却以"爱情果"和"情人果"为名流传开来。但秘鲁和墨西哥人对番茄的恶意判断已根深蒂固，仍没有人敢吃。

到了十七世纪，一位法国画家因为喜欢番茄，除了番茄外别的什么都不画，久而久之竟成为"番茄画家"。他因太过于喜欢番茄，终于在一天画画时忍不住对着番茄喃喃自语：番茄啊番茄，我这么喜欢你，实在忍受不了你对我的诱惑，就让我为你而死吧！于是他吃了一个番茄，然后躺在床上等死。等着等着，他因为疲惫而睡去，没想到，第二天醒来居然完好无损。他大为惊喜，遂向外界宣布："番茄无毒，可以食用。"此消息迅速传开，但人们还是将信将疑，谁也不想拿自己的性命去做尝试。那画家决定以身作则，亲自证明给世人看。某一日，他所在城市的法院公开审判一个重大案件，那画家怀揣两个番茄坐到了听众席上，待案件判决完毕，他冲上去当众把那两个番茄吃下，然后在众人惊愕的目光中走了出去。他借那个重大案件吸引人们关注番茄，几天后他自然安然无恙，番茄无毒的事实终于得到证实。

后来，如同布罗茨基的诗句"一匹马来到我们中间寻找骑手"

一样，番茄自西方一路向东寻找理想的生存之地，到了西域就扎下了根，如今的新疆已成为盛产番茄的宝地。一次与朋友说起，他说，番茄不仅只限于食用，还可提炼番茄红素，制作番茄胶囊、番茄仔油、番茄汁、番茄酱等。对人来说，番茄的主要功能是吃，但如果用到别的地方，同样有大作用。

但民以食为天，人们对番茄的感情，还是关乎于吃。新疆人喜欢吃的揪片子，必放番茄。细分下来，则有将番茄切碎直接入汤，或放番茄酱，均可让汤汁变得鲜红，味道甜中带酸。做其他菜也多用番茄，如皮辣红、炒鸡蛋、炖羊肉、苏甫汤、拌面菜等，一则可提味，二则在颜色上增加美感。

番茄最直接的味道是甜酸，所以带汤的饭食多靠其调味，放了番茄，便不再用醋。当然，因其颜色鲜艳，尤其是经过炖煮后会使汤汁变深，所以也就不再用酱油一类的东西。

番茄可谓是百搭，可以烧、烤、煎、炸、蒸、煮、炖、烩、炒、爆、炝、熘、焖、焗、煨、拌、腌、酱、卤、灼、烙、氽、扒、冻、烘焙、干煸、榨汁等等，无所不能。

从味道上而言，有家常味、香辣味、咸鲜味、酸甜味、酸辣味、麻辣味、椒麻味、酱香味、奶香味、蒜香味、鱼香味、葱香味、五香味、咖喱味、茄汁味、苦香味、姜汁味、芥末味、红油味、豆瓣味、麻酱味、黑椒味、甜味、酸味、果味等等。

我在部队时常到炊事班帮厨，尤其喜欢剁番茄，常常抢着去干。一个连队近百人吃饭，番茄用量一般在二十个左右。我先将其切成小方块，收拢起来堆成小山状，然后左右手各执一把菜刀，不停地剁。番茄慢慢被剁碎，变成一摊红色的果泥，继续剁十分钟左右，眼见得有汁水往外流了，才算告一段落。我不知自己为何那么喜欢剁番茄，以至于但凡做面条，用番茄卤，炊事班班长必说，去把王族叫来，他最爱干这个，也干得最拿手。有时候我正在写散文，一被叫便扔下笔，忙不迭地往炊事班跑。

后来在昌吉见到大面积的番茄地，但却不见红色。朋友给我解惑，但凡有果子必有枝叶，否则怎么活？确实，每一棵番茄都长有多片叶子，即使番茄已成熟泛红，仍藏在繁茂的叶片中，只有近前才能看到其芳容。

要欣赏番茄的阵势，须在收番茄时。你会惊讶，一块地居然能产出那么番茄，红彤彤的在地边堆积如山。我与一位农民聊天，说这么多番茄，如果把一亩地的产出铺到一亩地上，恐怕铺不完。他的收成好，便忍俊不禁地说，铺啥番茄嘛，直接铺钱多好。

晒番茄更壮观。人们把番茄铺到戈壁上，让太阳晒到一定程度后，运往工厂加工成番茄红素。戈壁赤地千里，荒凉无际，似无用处，但却在晒番茄，晒辣椒时派上了用场。我每见到晒番茄的场面便不想动了，找一个地方坐下，看红彤彤的番茄一直铺向天边，心情激荡不已。

与番茄有关的趣事颇多。曾经，一辆拉运番茄的大卡车翻了，番茄洒到公路两边，附近的农民却不去捡。问及原因，他们说，自己地里的番茄比森林里的树叶还多，也不比草原上的草少，捡路边的干什么呢？

还有一次，有一只羊忽突然上了房顶，人们惊讶，羊上房岂不是乱了套，便赶紧上去要把它赶下来。等上了房顶一看，那羊却在吃一堆番茄。原来是主人晒的番茄忘了收，时间久了被羊闻出味道，又见主人没有动静，以为已被弃之，便爬上房顶将其吃掉。

有一种羽毛漂亮的鸟儿，喜欢啄食番茄，是农夫每年防备的主要对象。一天，那样的一只鸟儿飞入一农户院中，户主在筐下放一个番茄，用小木棍支起一角，在筐上绑一根绳子牵入屋内，等待那鸟儿被诱惑到筐下后，扯开绳子，将其捕获。那鸟儿因受番茄诱惑，最终落入人的圈套。

莲花白

像洋葱被新疆人叫"皮芽子"一样,卷心菜到新疆后亦被新起一名,美其名曰"莲花白"。新疆人将莲花白叫得响,让平凡的蔬菜品种陡然增加了"出淤泥而不染"的仙气。

卷心菜从地中海沿岸来到中国,名字也一路变化,譬如洋白菜、包菜、包心菜、圆白菜、疙瘩白、包包菜等,但都没有莲花白一名洋气。其实莲花白并非是新疆人独创,有的地方也有这一叫法,但没有新疆人叫得这么执着,除了莲花白一名,再也不叫别的名字。

细说起来,莲花白还曾被用于酒名,譬如金人元好问在《拾瓦砾》就写有"倪家莲花白,每酿必见遗"。元朝李治的《鹧鸪天·中秋同遗山饮文仲家莲花白》一词,题目和内容提到了莲花白:"情知天上莲花白,压尽人间竹叶青"。还有鲁迅,在《端午节》一文中也说"莲花白竟赊来了,他喝了两杯,青白色的脸上泛了红"。现在见不到"莲花白"酒了,否则说起莲花白,还得说明是菜还是酒,否则很容易让人混淆。

如此一个好名字,不论是菜还是酒,都感觉美不胜收。但为何很多地方并不这么叫,唯独在遥远的新疆被称呼至今呢?想必是莲花白一名,沿丝绸之路到了西域,一直叫到了今日。这样说来,莲花白并不是新疆人首创,而是被保留下来的一个老名字。

新疆的气温和土壤,很适合种植莲花白,所以南北疆种植最多的蔬菜就是莲花白,无论高档酒店还是家庭餐桌,都经常有莲花白出现。新疆的莲花白瓷实,脆嫩,入热油锅爆炒一两分钟即可出锅。莲花白不可久炒,否则会软烂变色,营养也流失了不少。有人用莲花白做泡菜,腌制到一定时候切成条状,入口脆生酸爽,下酒下饭解腻。

我当兵到新疆的第一天,被派去在炊事班帮厨。炊事班长给我介绍要摘的菜时,将我老家习惯称为"包包菜"的菜叫莲花白,我自此知道了它的新疆叫法。第二天在炊事班帮厨时,便在心中默念数遍"莲花白",从此改了口。

那炊事班长是甘肃武威人,其时已当兵五年,却无望转为志愿兵,只等年底复员回老家。我没见他正儿八经地穿过军装,他总是将上衣披在身上,领花和肩章看上去颇为扎眼。不仅如此,他还不刮胡子,尤其是脸上的一颗痣上长出一根细长的毛发,他任其兀自生长,风一吹还左右飘忽。部队很少有他那样着装的兵,但他毫无顾忌,一直我行我素。后来我才知道,部队有一个多年默许的规矩,针对快复员的老兵,人人都睁一只眼闭一只眼,只要他们不惹是生非,到了年底复员走人,你好我好大家都好。那炊事班长军容不整的另一原因,是连长和指导员很宽容他,都担心惹得他不高兴,全连近百人就得饿肚子。再说,他天天在伙房做饭,军容不整也没什么,反正也没有人去看。

正是这位老兵,做饭手艺堪称一绝,仅莲花白便可做出十余种,如肉炒、爆炒、炝炒、清炒、凉拌、醋熘、糖醋、水煮等。全连人最喜欢吃他做的手撕炝莲花白。据说，自他当上炊事班长后，便强调，莲花白不挨刀，不论怎样做均要手撕，那样才不会破坏莲花白的自然味道。做手撕莲花白很简单，用手将莲花白撕成小块，用清水浸泡片刻，洗净后捞出，沥干水分，然后将大蒜洗净切粒，把干辣椒剪碎备用。等锅里的油烧热，先爆香蒜粒、干红辣椒、花椒等，然后倒入莲花白大火翻炒片刻，再调入适量生抽、盐、鸡精等翻炒均匀即可。做手撕莲花白须注意两点，一是选择刚摘下不久的莲花白，炝炒出锅后食之，口感脆嫩，口味咸香。二是一定要大火翻炒，而且时间要短，如果炒得久了，其成色、口感、营养都会欠佳。

我曾亲眼看见过他做手撕莲花白的风采。他指挥炊事班的战士操作，从头到尾只有两个字——放和起。放，就是莲花白入锅。他一声令下，两位战士抬在手中的大盆向大锅中一倒，一大盆莲花白便进了锅。起，则是大锅中的莲花白炝炒到一定的时候，必须及时出锅。那老兵只要喊出一声起，两位战士各自手持一把大铁铲，将大锅内的莲花白快速铲入大盆内，然后给每个班分一盘子。如果那两位战士铲莲花白慢了，那老兵便连喊：起起起，那两位战士手中的铲子便骤然加快。那等情景，说明炝炒莲花白的时间，一分一秒也耽误不得，否则便不好吃。

这位衣着不整的老兵，进了厨房便恍若换了一人。一眼扫过去，哪个地方没有打扫干净，哪些餐具没有归位，或者浪费了粮油米面，都逃不过他的眼睛。有一次，他突然指着一个地方说有老鼠，大家连老鼠的影子也没有看见，哪里会有老鼠？但他一指米袋后面，让大家备好击打之物，然后过去对着米袋踢了一脚，果然蹿出一只老鼠。大家七手八脚地打老鼠，却无一能打中。最后是他守住门口，待老鼠惊慌窜出，一脚踩下，那老鼠叫了两声便一命呜呼。另有一次，一位战士将莲花白称为莲白，他训斥那战士一顿，且硬生生让其大声练习"莲花白"十遍才罢休。

我也曾挨过他训斥。一日早上轮到我帮厨，他让我取鸡蛋准备做鸡蛋汤。我心想，全连近百人要喝鸡蛋汤，便准备了二十个鸡蛋。不料他看见我端了一盆子鸡蛋，严厉批评我是想让全连人吃鸡蛋，而非喝鸡蛋汤。他亲自动手，仅将两个鸡蛋打入碗中，用筷子一番搅动后，将筷子按在碗沿，把碗稍加倾斜，便有鸡蛋汁自碗沿和筷子之间的细缝漏出，呈细线状连续落入锅中。他轻移手中的碗，那蛋汁便龙飞凤舞般飘飞，他那颗痣上的长胡子也随之跳跃。那一锅鸡蛋汤做好后，丝毫不觉寡淡，感觉一锅满满的都是蛋花。

这个班长复员走后，我才知道，我们之所以多吃莲花白，是因为在叶城有一个部队农场，其莲花白产量在南疆首屈一指。不久我们便在农场劳动了一周，拔完了二百余亩莲花白地里的草，使得入冬后各连队都供足了莲花白。但因为老班长已带着他的手艺离开，从此我们再也吃不到那么可口的莲花白，以至于大家都埋怨说，莲花白并非是什么好东西，应该换别的菜来改善伙食。

几年后我调入驻疏勒县的南疆军区，在机关食堂每吃到莲花白，都觉得不如那老班长做得好，亦更加怀念他。一天在喀什大街上意外碰到了他，原来他复员后留在了喀什的一家餐馆，现已做到了行政主管的位置。

他邀我去那家餐馆吃饭，并亲自为我做了一盘手撕莲花白，我一尝，还是几年前的味道。他虽已离开部队数年，却知道大家已不再喜欢吃莲花白,说着发出一声叹息。

　　我们边吃边聊,遂知道这家餐馆的莲花白深受欢迎,时有回头客专门来点。说到这些他很高兴,我这才发现,他那颗痣上已没有了胡子。

恰玛古

有一年秋天在柯坪县城,听一人说,恰玛古是羊肉的伴侣。

那人的意思是,炖羊肉时,一定要放恰玛古,那样才好吃。

当时看见一人推了一车蔬菜,我以为是萝卜,问过后才知是恰玛古。细看,恰玛古长得极像萝卜,加之叶子更是与萝卜叶子无异,心想见了恰玛古的人,十有八九会将其误认为是萝卜。

如何区分恰玛古和萝卜呢?

听人说,柯坪的农民自有办法。虚心请教,他们说了一个常用的办法:萝卜长得直,表面光滑,看上去漂亮。恰玛古是不规整的圆形,表面粗糙,且多棱角和凹槽,看上去丑陋。农民们说,仅凭外观其实不好区分,因为恰玛古和萝卜的长相,有时候也骗人呢!明明好看得像萝卜,却是恰玛古。有时候又难看得像恰玛古,却是萝卜。不过不要紧,管它好不好看,切它一刀,流出汁的就是恰玛古,而萝卜,你切上它十刀,也没有一滴汁流出来。

这个办法好,以后用于区分恰玛古和萝卜,应该管用。

那天在柯坪县城,见一位八十多岁的老大爷,扛着一袋恰玛古往自己家里走，一问才知道，他家每天用恰玛古做抓饭，炖羊肉。问他不管做什么都放恰玛古吗？老大爷说，恰玛古是个好东西，每天吃一点，走得快跑得动，这样的身体就是能长寿的证明。你看我，今年的年龄嘛，是八十岁再加个五岁，身体好得可以跟小伙子比一比。他邀我去他家做客，说，他家中午要做恰玛古炖羊肉，可以请我吃一顿。我是闲人，加之还没有吃过恰玛古炖羊肉，便欣然前往。走到半路，见他肩扛那袋恰玛古有些吃力，就提出帮他扛一会儿。他把麻袋往我肩上一扔，我顿时觉出肩上一沉。真佩服那老人已经八十五岁了，居然肩扛了这么长时间。早知道这样，我早就替他扛了。到了他家，他对老伴说，乌鲁木齐的同志来了，赶紧把恰玛古收拾了，把羊肉收拾了，一起炖了。他说"收拾了"，就是做饭的意思。然后，他和我坐在院中喝茶，一个多小时后，恰玛古炖羊肉便端上了桌。那羊肉多是羊腿上的精瘦肉，咀嚼起来肉质紧实，口感颇好。那老人见我只吃羊肉，半天不吃一块恰玛古，便说，恰玛古也要吃嘛，不然一肚子都是油，对身体不好。我一听忙从碗底翻出一块恰玛古，吃过一口后觉出其绵滑、脆嫩和甜润，看来，恰玛古炖羊肉，确实是不错的享受。吃完恰玛古和羊肉，再喝一口汤，尝出了山泉的味道。老人连说，多喝这个汤，这可是最好的汤。我问原因，他说，煮这个恰玛古清炖羊肉的水嘛，是昨天晚上雪山上的冰融化的嘛，今天一早就流到了我们这一带嘛，我嘛，在太阳还没有出来之前提一桶回家了嘛，专门用来做恰玛古清炖羊肉嘛！他每一句话后面都带一个"嘛"字，听起来亲切又真诚。

吃过那顿恰玛古炖羊肉，我便坚信，恰玛古确实是羊肉的伴侣，因为我自己亲口品尝过，味道确实不错。所以，这么多年来，我有一个不变的习惯，但凡炖羊肉，必然要放恰玛古。羊肉和羊肉汤油腻，放一些恰玛古便不腻了。但凡人们说起恰玛古的好处，都要强调它吸油的功劳，也有人说恰玛古有助消化，不管哪一种说法，都让人觉得益体大于营养。

恰玛古最早的种植在古代中东的两河流域，大约在西汉武帝时期，由张骞携带并传入了中国。恰玛古一名是新疆人的叫法，其学名为芜菁，别名大头菜、蔓菁、扁萝卜、九英菘和盘菜等，是芥菜的一个变种，亦称为"根用芥菜"。苏轼在《狄韶州煮蔓菁芦菔羹》中写道："我昔在田间，寒庖有珍烹。常支折脚鼎，自煮花蔓菁。中年失此味，想象如隔生……"可见，古人在当时便有食用恰玛古的习惯。

喜欢吃恰玛古的南疆人，大多知道这样一个故事：一位叫达吾提的老人患病后久治不愈，尤其是每天下午浑身潮热，咳嗽不止。一天早晨，他咳了几声后吐出鲜血，从此便连下床的力气也没有了。家人请来医生，诊定他患的是虫病（肺结核）。医生将一个秘方口授给他的儿子，让他在每天日出之前去恰玛古地里，用木刀将恰玛古凿出小孔，然后用木碗接上流出的汁液，端回家喂到父亲嘴边。他的儿子持续那样做了半个月，他父亲便能够下地走动，三个月后恢复得和以前一模一样。

我在叶城时，听一位老兵天天念叨恰玛古，后来得知，部队外面有一大片恰玛古，他天天盯着那里。我去看了一次，恰玛古长得像白萝卜，细看发现上面有很多疤痕，一点也不光滑。当时心想，如果买菜的是挑剔的人，恰玛古恐怕很难被看上。

那老兵发现我的行踪后骂了我一顿。部队的老兵骂新兵历来都狠，记得他当时恶狠狠地说，你如果胡尿子动恰玛古，弄死一颗，我把你娃的腿打断。

后来才知道，他阳痿，连续两年都不敢去妻子身边探亲。他经常往恰玛古地里跑，是因为听人说，如果在月圆之夜，用木刀在恰玛古上凿出小孔，把里面的果肉挖掉，然后放进去一小块冰糖，那样的恰玛古，在日后渗出的汁液不但胜过甘露，而且是强精壮肾的良药。

不用猜，他所做之事一定是围着传说在打转。自此我便不生他的气了，每见他有些恍惚的神情，反倒生出几分怜悯。

食用恰玛古汁液能否强精壮肾，那个年龄的我并不关心，但我对它的传奇颇有兴趣。之后便了解到，在每天日出之前，空腹喝恰玛古汁液，有病者日喝九次，无病者日喝一次，可起到有病祛病、无病强身健体的作用。

一次在一位朋友家做客，见他炖的羊肉中有恰玛古，便问其做法。他说简单得很，凉水放肉，煮开后用勺子将血沫和浮油滗去，再将切成块的恰玛古放进去，用文火炖煮一小时左右即可。那天的炖羊肉端上桌后，我先吃了几口恰玛古，比萝卜绵软爽滑，但却有一股韧劲，感觉很足实。我特意留意了一下，发现那羊肉及羊肉汤果然不同。

但人们谈及恰玛古，仍多说它的食疗作用，什么通三焦、益中气、利五脏、解邪毒、生精、补气、消渴、提神、润肺、解毒、清肝明目、强精壮肾、通便利尿、生发美容、强健筋骨……总之说法多之又多，听得让人头晕。

我自从吃过恰玛古后便坚信，它好吃乃是最明显之处，至于食疗功能，但凡食物都有，况且还有弊端，不可夸张言传。

依稀记得那老兵在农民们收恰玛古时，站在地边出神凝望，一只手握紧了衣服一角。我不便与他说什么，亦不忍心猜测他的真实情况，便远远避开，免得让他难堪。

到年底探亲时他回家去了，战友们说到他喝恰玛古汁液的话题时突然打住，暗自为他心生美好愿望。假期完毕后他归队了，看不出有任何情绪的变化，大家嘴上不说什么，却在心中暗自揣度。后来他妻子生了小孩，大家还在为他高兴。

但是过了一段时间，他却与妻子离了婚。

阿魏菇

树叶臭，但根香，说的是阿魏菇。

其树叶臭，是说每年积雪融化后，名曰阿魏的一种草便长出枝叶，且发出难闻的味道。但它的根部却会长出一种蘑菇，因植物叫阿魏，人们便顺口称其为阿魏菇。把阿魏菇采回去炒菜，肉质细嫩，极为香浓嫩滑，其鲜美远胜其他蔬菜。这就是阿魏菇的香了，与树叶的臭形成了鲜明对比，并声名远扬。

在中国，仅新疆有阿魏菇。阿魏菇可成药，可美容，可食用，其营养成分极高，被冠以"食用菌皇后"的称号。因其品质接近羊肚菌，所以二者被并列称为"姐妹菌"。民间把阿魏菇称为"西天白灵芝"，其钟爱程度可见一斑。

阿魏菇每年仅生长一月时间。五月间，积了一冬的雪融化，渗入戈壁沙漠中。悄悄蛰伏的阿魏菇，得到雪水滋养后便迅速崛起。它的生长速度极快，几乎一天一个样子。它们刚长出时，因为太小，不容易发现，几天后长大了，就好找多了。从五月开始，至六月上旬，是阿魏菇的黄金时节，它们任由风沙吹打，把细腻、洁白、浑圆的身体耸立向苍穹。人们担心沙尘天气会使阿魏菇夭折,但它们始终完好无损。人们于是把阿魏菇比喻成戈壁的胳膊最粗的儿子,说,没有什么能打败它。

人们发现阿魏菇的营养价值后,每到五六月便到戈壁荒滩中去寻找它。牧民起初不屑一顾,认为阿魏菇是奇怪的草,哪里有羊肉好吃。但他们尝过阿魏菇后不得不惊叹,这个东西好,简直就是羊肉的哥哥!

阿魏菇以菌肉厚,色泽纯,味鲜嫩而受人青睐。人们在发现一颗阿魏菇时,会用手指捏住其根部,轻轻向上一提,便连根拔出。小心带回家清洗后,烧汤,炒菜,炖肉皆宜。尤其是炖汤,放少许羊肉丁,配以香菜、枸杞、葱花等,未出锅便味香四溢。也有人只用阿魏菇做汤,不加其他食材。那样的汤味道更醇正,喝几口汤后,再咀嚼酥软的阿魏菇片,感觉回味无穷。

除了用阿魏菇做汤,还可以做出阿魏菇炒羊肉、红烧阿魏菇羊蹄、素炒阿魏菇、阿魏菇鲍汁饭、阿魏菇拌面、阿魏菇汤饭、阿魏菇烧牛肉等等。以前吃阿魏菇,都是在戈壁上寻找采摘的,所以能吃上它的时间也就一个月,过了那个时间,只能耐心等待下一年。

如今已有大量人工种植的阿魏菇,一年四季都可以吃到,但味道远不及野生的好。有一人想吃阿魏菇,却死活不去买人工种植的,别人问他原因,他说,吃野生的阿魏菇是想让嘴享福,怎么能骗嘴呢?

我吃过人工种植的阿魏菇,其嫩滑清爽之感尚好,但味道比起野生的就差远了。尤其是做汤,明显少了那股香味,再咀嚼阿魏菇片,吃不出独特的味道。看来,味道并非仅仅只来自味蕾的感觉,内心的感觉,乃至于感情都很重要。

最难忘的一次,是在古尔班通古特沙漠中。当时正值五月,同行者说可以采到阿魏菇,于是大家便四下散开,寻找不久便采到五颗。我们把阿魏菇的根除去，将菇身和菇帽切成片，放入羊肉汤中，做了一锅阿魏菇揪片子，站在寒风中吃下，就不冷了。

吃完聊天，有朋友说，阿魏菇是去过大地方、被皇帝青睐过的东西。自唐朝起,西域的阿魏菇便是贡品,人们用雪和冰块将其包住，在外面裹上泥巴，在泥巴外又裹上草叶，使其保持一定温度，在路上走三四个月，运抵京城供皇帝享用。从那以后，历朝历代的封疆大吏因远离京城，极少有机会见到皇帝，于是便挑选仅新疆独有的好物，进贡入京让皇帝品尝。同样，香梨、葡萄、小白杏、哈密瓜，都有类似的经历。

大家说着这些，便向远处的戈壁望去，浩渺的烟尘让雪山变得影影绰绰，偶尔有牧民骑马经过，那马发出嘶鸣声，很快就被烟尘淹没。

第二天我们碰到好运气，在一个石滩中采到二十多颗阿魏菇。此乃天助，岂能不认真对待。我们决定做一道爆炒阿魏菇。因为戈壁中没有调料，所以只放了一把盐，孰料炒出来后味道极佳，其滑嫩脆爽的口感，醇香浓烈的味道，令人大饱口福。

有一人感叹，有这么好的阿魏菇，还要什么肉啊！大家吃毕总结出一点，我们清洗和爆炒阿魏菇时，用的都是积雪融化后刚刚流下来的雪水，所以味道才如此之好。阿魏菇的生长得益于雪水，直至被做成菜时仍少不了雪水相助，这就是阿魏菇的秉性，我亦将其视为做阿魏菇的秘诀，从此牢记并屡试不爽。

有关阿魏菇的趣事，听来亦让人欣喜。有一队地质队员在戈壁多日，苦于吃不上新鲜蔬菜，便去寻找阿魏菇。找到阿魏菇，发现其根部有一块黑石头，他们发出一阵惊呼。原来，那黑石头就是他们苦苦寻找的矿石。而且一般来说，这东西但凡有一块，其地下便必然有矿藏。后来，他们对那个地方深度勘探，果然找到了矿石。

食为天

　　因为发现矿石太过于偶然，也太过于离奇，所以人们便妄言妄传，说有阿魏菇的地方一定有矿石。后来在那一带又发现了金丝玉、宝石光和狗头金，人们觉得阿魏菇既然能引出矿石，那么与那些宝石之间也一定有灵异感应，于是但凡找到阿魏菇，人们便睁大眼睛四下张望，直至眼睛望得发酸，却什么也没有。

　　一个偶然事件，不可能次次如是，渐渐地，人们的侥幸心理便烟消云散了。有一人却不死心，他找到阿魏菇后嘴里念念有词，希望自己能得到一块狗头金，但是戈壁上呼的一声就起了沙尘暴，他不敢停留，便用手遮掩口鼻，垂头丧气地离去。

椒蒿

五月的角，六月的蒿，七月八月当柴烧。

此为北疆说椒蒿的顺口溜，意思是，在六月里吃椒蒿最好，过了这个月份，椒蒿便长粗长老，不能食用。

在新疆，经常听到人们用民谣、顺口溜和谚语讲述食物，譬如"一口香，一碗饱""哪怕活到中午，也要准备晚饭""马是男儿的翅膀，饭是人类的营养""有地不嫌远，有饭不嫌晚""天天骑的马不长膘，天天吃的饭没味道""挑衣服的人挨冻，挑饭菜的人挨饿""绳软好系，饭软好嚼""瓜熟透了甘甜，菜炒熟了可口""饱不宰母鸡，饿不食谷种"等等。依我看，顺口溜说得久了，便会像"吃肉的牙长在嘴里，吃人的牙长在心里"一样成为谚语。谚语并非是神创造的，而是具有一定民间智慧的生活哲理，因被人们长久言传，逐渐就成了谚语。

椒蒿的别名叫灰蒿和蛇蒿，多生于山坡、草原、林缘、路旁、田边及干河岸。新疆人将椒蒿称为"麻烈烈"，是因为椒蒿入口有一股异香，近似薄荷和藿香，但味道更胜一筹，麻烈烈地搅缠舌头和味蕾，故得此名。

椒蒿是多年草本植物，北疆一带的温泉、精河、查布查尔和东疆的巴里坤、伊吾等地均多产。新疆人对端上餐桌的椒蒿的态度持两端，一种认为其味麻而苦，一口不吃，避而远之。另一种却钟爱其独特之味，吃一次便欲罢不能，常挂念在心上。

我第一次吃椒蒿是在驻巴里坤的边防一团，一道凉拌椒蒿上桌，立刻将一桌人分成两派。一派听说其味道不好，筷子一伸，又犹豫着收了回去。另一派如我，一尝之下喜形于色，不但味道难得，而且感觉有提神的作用，于是便多吃了几口。那天在席间听说，有人将椒蒿称为"新疆芥末"，我深以为是。椒蒿一入口便自舌尖散出一股麻味，如果在口中稍微品一下，或者咀嚼，那股麻味便自口腔冲入鼻腔，顿觉刺激，亦让人清醒了不少。

巴里坤是新疆汉文化最为集中之地，尤以中国传统特色美食最为明显。据说，这里的家庭主妇因钟爱椒蒿，遂用其代替花椒。久而久之，巴里坤人便吃椒蒿上瘾，尤其是喝酒后吃一碗椒蒿汤饭，既解酒又解馋。那天我们亦在最后吃了椒蒿汤饭，那面片揪得小而薄，加之放了醋，再由椒蒿提味，整个汤饭便汤鲜味浓，吃起来通体舒展，大快人心。

后又听人说，椒蒿还被称为"新疆毛尖"，想必是被当作茶喝了。但我没有喝过，想象不出是怎样的冲泡程序，泡出的汤汁又是怎样的颜色和味道。

吃过一次椒蒿土豆丝后，便知道用椒蒿作辅料，还可以做出椒蒿炒羊肉、椒蒿炒鸡蛋、椒蒿拌面、椒蒿饺子、椒蒿汤饭等。我那次想从巴里坤带一些椒蒿回去，但寻遍菜市场却不见其踪影。细问之下得知，吃椒蒿吃的是刚长出的嫩叶尖，我去的时令不对，用巴里坤人的话说，椒蒿已经长成了秆秆，快结籽了。

到了第二年五月底，突然想起"六月吃蒿"的说法，心想巴里坤的椒蒿应该有卖的了，便去北园春菜市场打听。北园春在乌鲁木齐是品种最全的菜市场,凡是与吃有关的东西,在北园春没有找不到的。进入北园春一问,一位热心人指着不远处的一个摊位说,就那儿,这几天只卖椒蒿,别的什么都不卖。我过去一看,果然是鲜嫩的椒蒿,一把一把地码成一堆,谁要买,只能按照从上到下的次序拿,不能随意挑选。我看那一把刚好吃一顿,便买了一把,回家做了一盘。做椒蒿不难,先将椒蒿摘好洗好沥水,起锅烧开水,将切好的椒蒿放入焯水一分钟,捞出沥干。这时切好葱姜蒜,备好辣椒段,在锅内将油烧热,放入葱姜蒜辣椒段炒香,倒入沥水后的椒蒿,加盐、蒜末、醋等翻拌后装盘上桌。之所以在最后要放蒜末,是因为先前的蒜主要用于炒香了,出锅再加点蒜末,味道会更加香辣可口。

后来听说,居住在伊犁河边的锡伯族人将椒蒿称为"布尔哈雪克",即"柳叶草""鱼香草"的意思。锡伯族有一道菜叫"椒蒿炖鱼",是从河中打出鱼后,用河中之水放入椒蒿炖煮而成的。其出锅后味鲜肉嫩,吃一次便念念不忘。有一次,去伊犁参加一个文学活动,我先前的战友一大早就去伊犁河边钓鱼,无奈那么大的伊犁河居然在那天无鱼。他见到一位渔民用渔网打得一条大鱼,便掏钱买回来,让餐厅做了一大盆椒蒿炖鱼,大家在席间吃得赞不绝口。我一问才知道,他为买那条鱼花了一千多元,实在是太贵了。我不想辜负他的一片深情,便多吃了一些。

回到乌鲁木齐,听说幸福路有一家叫"嘎善"的锡伯族餐厅,其椒蒿炖鱼拥有大批忠实粉丝。我去吃过一次,发现厨师除了在鱼汤中放椒蒿外,还打入了一点面糊,撒了些韭菜花,味道更是鲜美,忍不住几口就喝完了。那一顿我放下矜持,甩开膀子吃了个酣畅淋漓。

餐后与老板交流,得知现在有人专门种植椒蒿,不仅春夏两季能吃到新鲜的,哪怕大雪纷飞的寒冬也能吃到干椒蒿。最重要的是,不论新鲜椒蒿还是干叶,其味道都丝毫不减半分,喜欢吃的人在菜单上一看到"椒蒿"二字就挪不开眼睛，大声吆喝着让服务员上一道来。

最难忘的是在温泉县吃到了椒蒿拌面。本来是一大盘拌面，拌菜中只有羊肉和青椒，但因为有了椒蒿提味，吃起来连拉条子也感觉不一样了，显得分外筋道弹牙。吃完后本来要按照"原汤化原食"的原理喝一碗面汤，老板却劝我们喝一碗放了椒蒿的鱼汤，并强调鱼是早上刚从河中打来的，椒蒿也是刚长出的嫩尖叶片。他特意强调说，来她餐馆吃拌面的人没有不喝那汤的。我想起先前几次喝过的椒蒿鱼汤，便让老板赶紧上。喝完后一抹嘴，感觉五脏六腑都透着的美妙感觉，已很难用言语表达。

后来，在乌鲁木齐北京路的一家餐馆又吃到了椒蒿拌面，但却听到了一件让人伤感的事情。说是有一个人前后三年，每到星期天必去他家吃一顿椒蒿拌面。每到他要来的日子，餐馆会早早地为他备好面菜，他一进门便可以动筷子。但有一天他却没有来，几经打听才知道，他在来餐馆的路上出了车祸。我听得很震惊，好像刚吃下的拌面堵在了心里，直至回到家才好受了一些。

另有一件和椒蒿有关的事情，听来让人欣喜。有一人，见椒蒿广受欢迎，便承包了十余亩地，大面积种植，不料到了该长出嫩芽的时节，那椒蒿才长出一两寸高的小苗。他觉得选择的地方不宜种植椒蒿，遂绝望放弃。但谁也没想到，那椒蒿在后来却长得很快，在第二茬给他长出了齐刷刷的嫩芽。他跪在地边大喊一声椒蒿，继而泪流满面，喜极而泣。

地软

地软因南北不同,通常被称为地皮、地皮木耳、地见皮、地踏菜、地衣等,不一而足。

地软在古代名字颇多,譬如在《本草纲目》中,地软被称为"地踏菰"。在《养小录》中,则又被称为"地踏菜"。而在《野菜博录》中,却被叫出了"鼻涕肉"的滑稽名字。相比之下,"葛仙米"这个名字则更为浪漫,《本草纲目拾遗》一书对此有详细解释:"晋葛洪隐居乏粮,采以为食,故名葛仙米。"

古代烹调地软的方法,最佳者应是清代袁枚在《随园食单》中的介绍:"将米(袁枚在这里说的米,也就是地软,与'葛仙米'一说相似)细拣淘净,煮半烂,用鸡汤、火腿汤煨。"到了晚清,有一个叫薛宝辰的人在《素食说略》发表了他的独特创见:"取细如小米粒者,以水发开,沥去水,以高汤煨之,甚清腴。余每以小豆腐丁加入,以柔配柔,以黑间白,既可口,亦美观也。"地软曾被作为贡品,在皇宫中用作御膳,譬如宣统的御膳单上,就有一道用地软做出的菜叫"鸭丁熘葛仙米"。直至后来到了溥仪,仍然经常吃地软,他在《我的前半生》中亦对此有所记述。

一场大雨后,地软从地里冒出头,软软地铺在地上,水灵嫩生,肥润脆滑,见者抓紧时机拾捡,装入篮子提回家。太阳一出来,鲜嫩肥润的地软,会干缩得很小,便无法再采捡。所以说,它们往往因一场雨醒来,又在一场雨后沉睡。

地软生长范围广,适应性强,有木耳之筋道,却比木耳更脆。有粉皮之绵软,但比粉皮更嫩。常用于炒、拌、熘、烩和作羹等,可荤可素,味道极佳。人们在雨后捡拾地软回家,常见的是做地软包子、地软饺子、地软炒鸡蛋、地软炒肉、地软汤等。地软的特点是质地柔软,咀嚼口感好。如果加入调料,其味马上变得浓烈,尤其是具有吸油的特点,所以炒肉为最好。

我老家多地软,每逢雨后,大家便提一个小竹篮去野外捡拾。说起来有意思,地软是一种在短时间内蓬勃生长,展示生命的陆生藻类植物,如果长期不下雨,它们便呈干枯收缩状,但却仍然活着,只等大雨一下便绽放生命光彩。

那时候我们在草丛、树根或石头上找到地软,用手指捏住其一角轻轻一拉,一片柔软湿润,且几近透明的地软就到了手。尽管要用力从地上拔拉,但老家人仍将此称为"拾地软",似乎一场雨后满山遍野皆是地软,只需去捡拾即可。我每去拾地软都提家中的一个小竹篮,地软不会拾得太多,而我的小竹篮总是满满的,一晃颇有成就感。拾地软时能感觉到地面的湿气浸入裤管,不一会儿就让腿脚发凉,但这时候的地软更吸引人,我们已管不了那么多。拾地软仅有一上午时间,中午的太阳会让地软缩回,不但难以拔出,亦吃不出绵软嫩滑之感。所以我们都是一大早就出门,拾过一处便迅速奔向另一处,是真正的与时间赛跑。

记得地软最多的地方在地台、石头上、沟渠、树下、洼地、塄坎、山坡和荒地中,那荒地被废弃后不再长庄稼,却总是长出地软,有人便认为那荒地并没有彻底荒废，下多少场雨就能拾多少次地软，还不用费力气种植，难道不划算吗？由此可见，有些事情并非只有不好的一面，只要你保持热情和耐心，就一定能等到好的结果。

后来在清人王磐的《野菜谱》中了解到，地软作为食物古已有之："地踏菜，生雨中，晴日一照郊原空。庄前阿婆呼阿翁，相携儿女去匆匆。须臾采得青满笼，还家饱食忘岁凶，东家懒妇睡正浓。"这首歌谣记述了地软救荒的情景。可见，地软自古以来，就是饥年重要的野蔬。

我到了新疆后惊喜地发现，伊犁、博乐、塔城、阿勒泰和哈密等地也多有地软，尤其是阿勒泰的白哈巴和禾木一带，每到夏天几乎天天都会下一阵雨，村后弥漫着松木清香的山坡上，在雨后便满是地软。

一次，我想弄清楚白哈巴村后的地软，是否从山脚一直延伸到了山冈？没走几步便被一位牧民喝住，他责备我，没看见脚下的地软吗，那是吃的不是糟蹋的！我便赶紧停住脚步，表示歉意后坐在石头上抽烟，看他弯腰捡拾地软。他捡拾得很仔细，总是一手将开草丛，用另一手将地软轻轻拔出放入塑料袋中。遇到长在石头下的地软，他便把石头搬开，取了地软后又将石头放回原处。我问他缘由，他说雨嘛会不停地下，地软嘛会不停地长，人嘛会不停地来，如果一次把地软的根破坏了，人再来嘛地软就没有了嘛！听他那么一说我便坦然了，这些深居大山密林中的牧民，深谙大自然规律，从中找到了活命的方法，亦沿袭古老的游牧法则一代代繁衍，他们是真正的大自然之子。

到了下午走到村庄前的小河边，他勒住马缰绳让马停下，用手掬水洗干净马的四蹄，才让马过了小河。我又问缘由，才知道，村里人吃那小河中的水，他不能让马蹄上的泥巴弄脏了河水。他过河后与我分开，很快牵马进了栅栏。他家屋顶上已升起炊烟，飘出了奶茶的香味。我想起他将石头放回原处和洗马蹄的动作，觉得他活得如此坦然而从容，今晚一定做个好梦。

第二天又下了一场小雨，待雨停住，村中的孩子们便拥向村后的山坡去捡拾地软。我也想过一把瘾，便尾随他们去了山坡。因为雨下得小，冒出的地软不多，有的只露出一个形状，像是等待太阳出来就缩回原形。孩子们在山披上跑来跑去，传出一片"没有，没有"的声音，一阵忙碌过后，很多孩子都一无所获，没有了再找的兴趣。

但有一个孩子却运气颇好，碰到了一大堆地软，好像所有的雨水都落到了这一堆地软上。地软虽多以散状分布，但偶尔也有成堆的，但凡碰到者都会为好运气惊呼。那孩子悄悄把那堆地软捡拾干净后，才发出欣喜的叫声。他这一叫，引得所有孩子都围了过去，有羡慕的，也有失落的，更多的是想看看那成堆的地软是何模样。但他却把塑料袋捂得严严实实的，不让看。有一个孩子动了心思，提出与他进行投石头比赛，每人用十个小石头投向刚才捡拾地软之处，他若投中得多，便赢走那袋地软，如那小孩投中得多，他便付十块钱买走他的地软。那小孩被十块钱诱惑，遂同意比赛。结果却输了，刚刚到手的一塑料袋地软到了对方手中。他懊恼得大喊大叫，流露出反悔之意。所有孩子都不愿意了，纷纷指责他不讲信用，并用谚语教训他：一个人不可能有两个影子，一件事不可能有两个结果。他被他们的气势压得低下头，他们便又训他：说话算数的人，嘴一张是香的。说话不算数的人，嘴一张是臭的。他的心理防线被击溃，只好交出"战果"，抹着眼泪回家去了。

不知道他回到家，会怎样对家里人说这件事。

头发菜

　　头发菜是藻类植物，广泛分布于沙漠和贫瘠的土壤中，因其色黑而细长，酷似头发，故得此名。头发菜另有含珠藻、龙须菜、发菜、石发、乾苔、江蒿、竹筒菜、粉菜、发藻、大发丝、地毛、地耳筋、毛菜、仙菜、净池毛等别名，可谓是别名最多的野菜。

　　头发菜鲜美可口，白居易吃过后写下了诗句："仰窥不见心，石发垂如鬓。"头发菜好吃，但不管白居易如何端详，却都看不出名堂，真是难为他了。

　　明末清初戏曲理论家李渔在《闲情偶寄·饮馔部》中对头发菜有这样记载："菜有色相最奇，而为《本草》《食物志》诸书之所不载者，则西秦所产之头发菜是也。予为秦客，传食于塞上诸侯。一日脂车将发，见坑上有物，俨然乱发一卷，谬谓婢子栉发所遗，将欲委之而去。婢子曰：'不然，群公所饷之物也。'询之土人，知为头发菜。浸以滚水，拌以姜醋，其可口倍于藕丝、鹿角等菜。携归饷客，无不奇之，谓珍错中所未见。此物产于河西，为值甚贱，凡适秦者皆争购异物，因其贱也而忽之，故此物不至通都，见者绝少。

由是观之，四方贱物之中，其可贵者不知凡几，焉得人人物色之？发菜之得至江南，亦千载一时之至幸也。"古人鲜有美食论述，尤其是介绍其具体做法的书，李渔在这方面倒是例外。他将头发菜介绍得如此详细，甚至不乏做法，今人看过，马上可以操作。

中国人食用头发菜历史悠久。汉代的苏武被匈奴的且鞮侯单于放逐北海（今俄罗斯贝加尔湖）牧羊。当时的苏武饥肠辘辘，无意中，瞥见石头缝里有一丛野草，仔细一看是头发菜，便高兴得叫了起来。苏武在先前就知道头发菜出自西域，因为在汉代，权贵们会把头发菜作为贡品奉献给皇帝食用。苏武向四周一看，居然有不少头发菜长在石缝中。那一刻的苏武无比兴奋，他可以活下去了，且鞮侯单于对他"只有公羊下了小羊才可回去的"的要挟，必将不攻自破。后来到了唐代，已有头发菜作为商品出售。清代，头发菜亦是向宫廷进贡的贡品，慈禧太后对此物情有独衷，御膳单上经常会有一道"拌发菜"。

李渔对头发菜也非常钟爱，不但常常在诗文中提及，而且还曾称其为"河西物产第一"。头发菜在甘肃的河西走廊为最多，究其原因，是因为河西走廊处于荒漠和半荒漠当中，十分适合头发菜生长。尤其在山丹县境内更是随处可见。每年入秋和翌年春天两个季节，举目皆可看见头发菜生长，亦是采收的黄金季节。

广州人把头发菜称为发菜，寓意为发家、发财。新疆人则直接叫头发菜，并称其为"无价的黑色珍品"。但新疆人多以牛羊肉为食，吃野菜很少，所以不论在饭馆餐厅，还是在家庭餐桌，都很少见头发菜。

十余年前在额尔齐斯河谷间，第一次见到头发菜时，正是头发菜的成熟期，岩块、碎砾、石缝等处，长有一堆又一堆头发菜。本以为此物喜欢生长在坚硬的地方，不料一扭头，又瞥见在低洼的雪水、雨水积存的地方亦有头发菜生长。细看，头发菜丝细长，且颇为绵密地穿插交织在一起，看上去很像头发。它们的颜色初看以为是黑色，但细看后才发现是墨绿，隐隐有凝重之感。后来吃到的头发菜，则全然变成了黑色，看来这是一种会变颜色的植物。

碰到了，就摘一些回去吧。我们将头发菜丝稍微捋一捋，从根部掐断，然后就是一大把到了手里。头发菜丝手感柔软舒适，忍不住便像梳头一样再次将其一一捋顺，装入口袋。提着往回走时，有人指着喀纳斯的方向说，西域时的头发菜，被骆驼驮着，沿着丝绸之路，走到了当时的波斯、大食（今伊朗），在外面的名气比在中国大得多。当时的丝绸之路热闹非凡，头发菜没有扬出名声，之后就很难了。

当晚，擅长做饭的人操作，大家吃了一顿凉拌头发菜。仔细品尝，里面放了蒜、葱花、红辣椒、花椒、香菜、藿香，泼了烧热的清油，在底下铺了一层核桃仁，但没有放醋。问及为何不放醋，答曰，头发菜被醋一泡便酸涩，所以不放。虽然少醋，但味道仍不错。头发菜丝经调味后，其本身淡淡的麻辣味道，绵软、柔嫩的口感，加之刚刚摘下的新鲜劲儿，让食者无不欢呼过瘾。

问及做法，厨师说，做头发菜最关键的是洗菜，来来回回要洗上不下十遍，才算是洗干净了。又问头发菜中有什么脏东西，非要那样洗不可？答曰，里面有沙子，所以要多洗。洗净后放入沸水，焯一下即可出锅，时间千万不能太长，否则便太过软烂，食之有菜糊糊的感觉。其实，头发菜是时蔬菜，吃就图个新鲜，如果不新鲜便没什么吃头。

头发菜可炒食、凉拌和做汤，以滑、柔、嫩、脆、润等特点吸引人，并以清香细洁、柔软鲜美成为蔬菜之首。头发菜有降血压、降血脂、治疗创伤、佝偻病、痢疾、气管炎、鼻出血、化痰止咳、凉血明目、通便利尿等作用，但体质寒凉者，肾脏不好者要少吃或不吃。有一人为头发菜的美味诱惑，贪吃得多了，第二天双脚肿胀，无力迈出一步。原来他患有风湿性关节炎，吃了头发菜无异于雪上加霜。

我曾吃过素炒头发菜、头发菜蚝豉粥、头发菜蛤蜊汤、头发菜炒鸡蛋、头发菜羊腿肉、头发菜鸡丝、头发菜虾仁、头发菜马肠、头发菜西芹、头发菜芦笋、银耳头发菜羹、头发菜煎饼、头发菜竹笋扒鱼肚、肉松头发菜豆腐、头发菜莴笋汤、头发菜鱼丸汤、酸辣头发菜汤、头发菜蚝豉莲藕猪手汤、头发菜莲藕红豆汤、头发菜竹笙卷、头发菜扣肉、头发菜海鲜羹等。其中印象最深的是亲手做过的头发菜蚝豉粥。先将米放在焖锅内胆里，上灶煮到沸腾，然后将泡开的蚝豉切成小颗粒状放入煮十分钟，然后把焖锅内胆放入焖烧锅内，焖两小时，将内胆取出，放入切好的头发菜，用筷子搅散，再煲十五分钟，加入盐，便可盛出吃了。

前年又去了额尔齐斯河沿岸，发现头发菜少多了。有人说近年来乱采滥挖得很厉害，头发菜已经很少了，但乌伦古湖一带的头发菜仍然不少，每年都能采出很多。到了乌伦古湖边，便打听头发菜的情况，人们却都摇头，一脸的失望之色。原来乌伦古湖一带的头发菜更少，有的人找上一天，也未必能找到一束。

我们在湖边一侧的山谷中闲逛，碰到一位放羊的牧民，他的羊踢翻了一块石头，他长久地盯着石头下面看，直至脸上浮出失望的神情后才离去。

有知情者告知，那石头下长过头发菜，现在却什么也没有了。

冬虫夏草

　　冬虫夏草已被人们传说得颇为神奇——它们在冬天时是蜷缩的虫,在初春时冒出芽,像草一样往上长。

　　其实,冬虫夏草是一种菌类,因为像虫亦像草,故得此名。在牧区,人们将冬虫夏草简称为虫草,每每提及,语气中便透出珍贵的意思。每年夏至前后,积雪融化,青草冒出嫩芽。牧民一边放羊,一边在山野林中寻找冬虫夏草。那时到处都能看到这样的景象:羊群在山坡上吃草,牧民低头在地上寻觅,偶尔抬头向羊群吆喝一声,走散的羊便马上归入羊群。

　　如果要细说冬虫夏草,便不得不提蝙蝠蛾。此物的不凡之处是能在地下产卵,然后孵化成为幼虫。另外,有一种孢子植物,会随着水汽渗透到地下,先是寄生在蝙蝠蛾的幼虫身上,然后依靠吸收幼虫的营养繁殖真菌。天赐万物生长的密码,孢子的菌丝在成长的同时,幼虫也一起长大,然后钻出地面。但孢子的菌丝犹如恶棍,会一直缠满虫体,直到幼虫被折磨得死去。幼虫死亡时正值冬天,所以人们将它们称为冬虫。而到了气温回升的夏天,菌丝又从冬虫顶部萌发长出,看上去像草一样,人们于是又将其称为夏草。这就是冬虫夏草的生命更迭,亦是大自然中不动声色的生命循环。

冬虫夏草多产于西藏、青海、甘肃、云南、新疆等高海拔雪山区域。明代名医张景岳《景岳全集》中也写道:"四川灵山有虫草,味甘、性平、色黑,强肾最佳。金虫入药,益肺补肾,化痰止咳。"古人采药上高山,越是深山峡谷山高路险,越能寻找到名贵珍稀的药草,冬虫夏草也是如此。

李时珍亦与冬虫夏草有过趣闻。一天,他听说有一位百岁老人居于长江之滨,身体如青壮年一般,不禁感慨:"自古以来,六十曰老,七十曰耆,八十曰耄,九十曰耋,活到百岁号称期颐或人瑞。此老虽然已超过了期颐之年,怎么仍像青壮年般健硕,像青少年般阳光?"待李时珍寻到老人一看,虽为老人神态,但走路时刚劲轻捷的步伐令人吃惊。李时珍向老人讨教不老的原因,老人说,他今年一百〇六岁,六十年前有一老僧告知他,在川藏高原的阴坡和深峡地带,生长有一种在冬天为虫,夏天为草的"雪蚕",采来食之可延年益寿,返老还童。他采回雪蚕用米酒泡好,每日早晚各服一碗,一个月后便呼吸顺畅,三月后则体恙渐去,半年后浑身血气逐增,体如青年。李时珍听后,便去川藏高原的阴山和深峡地带寻找,几经周折,终于采得雪蚕。经过研究和尝试,断定雪蚕确实对人体有益,遂在《本草纲目》中做了详细表述:"雪蚕生于阴山、峨眉以北,长六七寸,色黑。"李时珍发现的雪蚕,就是人们后来所说的冬虫夏草。

医学书籍《藏本草》对冬虫夏草有记载,称其有"润肺、补肾"之功效。明代中期，冬虫夏草被人带到日本后，受到广泛欢迎。清朝雍正时期，因为冬虫夏草的食疗作用被认可，遂被列为药材。在两百多年前，一位欧洲传教士目睹中国人食用冬虫夏草的好处颇多，便将其带到法国，使冬虫夏草的声名再度远扬。

虫草金贵，药用可抗寒、抗疲劳、调节肝脏、补肺益肾、止咳润肺、壮阳和提高免疫力等。日常可用于炖雪鸡、炖羊肉等，将虫草放入肉汤或骨头汤中，并可在喝汤时将虫草咀嚼吞下。除此之外，人们还将虫草泡水喝，每日续水四五次，最后亦将虫草咀嚼咽下。也有人将虫草研磨成粉，用温水或盐水空腹送服，每日服两到三次。无论是泡水还是直接服用，都是为了强身健体。

我在白哈巴村见过一次挖虫草的场面。其时刚入春，积雪消融后的地上冒出了绿色。正是挖虫草的好时节，如果再晚些时候，虫草混杂于绿草之中便很难寻找。挖虫草不易，因其只冒出一个小芽，眼力不好，实难发现。因此，人们或跪或趴，在山坡上一点点前行寻找，一天下来腰酸背痛。即便这样，如果运气不佳，在晚上返回时，手中也就攥着三五根虫草而已。

山中地形恶劣，曾有一人寻找虫草时，因贪恋崖边的一根，不慎坠崖身亡。亦有狼打人的主意，另一人在山中转了一天，在黄昏找到了人们常说，但谁也没见过的"虫草窝"。所谓虫草窝，就是在一个山坡上有成片的虫草，或者在一地密集生长着一二十簇。那人很高兴，只顾埋头挖，没有觉察到有三只狼悄悄围住了他。后来，那三只狼突然向他发起攻击，他来不及逃命，顷刻间命断狼口。

在山坡上，人们常常大面积翻开土层，这样一则可找到更多虫草，二则可防止虫草被弄断。找出虫草后，人们又将土层复原，才能让虫草在每一年都挖不完。今年有收获，亦要为明年留希望。

食为天

  与人闲聊时，听说有一个少年在某一日运气颇佳，一上午便挖到了二十多根虫草。他抑制不住兴奋，双手捧着虫草往家跑。他知道，新鲜的虫草能卖个好价钱。这么多虫草，一定能帮母亲还清债务。他一路上浮想联翩，过村中的那条河时，在桥上一趔趄，手中的虫草便掉进了河中。他哇哇大叫，虫草在河水中起伏了几下便不见了。少年哭着回家，父母问及情况，他哭得说不出话来。

  第二年去村中，人们用新鲜虫草做炖羊肉给我吃。因为那少年的事情，从做到吃，大家都神情肃穆。炖熟端上来，汤中有特别的味道，肉也与常吃的不一样，想必是虫草入了味。人们在汤中放虫草，主要是为了健体，但味道也不错，如果只倾向于调味，可能会让虫草变得更亲切一些。

  我想去那少年家中看看，但人们都劝我说，那少年因为那件事受了刺激，至今神志不清，我去只会让他们更难堪。虫草，本应属于大自然，因它满足了人们的某种需求，所以又反过来影响人的生活如此之深。

  那条河也是有故事的。它从村庄流过，两边的村里人互相往来，只能骑马过河或脱鞋涉水，极为不便。几年前，一位领导批款在这条河上建一座水泥桥，桥建成后，领导去村里住下，准备第二天上午剪彩。孰料，当晚一场大雨让河流改道，第二天，那座桥被扔在了一边。

  道法自然，人又怎能左右其规律？与大自然相比，人因为有思维优势，便变得狂妄和目空一切，觉得自己的征服范围上天入地。但大自然捉弄人时，人的力量是多么渺小？更遑论人必胜天了。

  几年后，传来那少年的消息，说是他有一天胡言乱语走到河边，另一少年刚好挖虫草回来，便逗他说找到了他掉进河里的虫草。他扑过去抢得几把虫草,大叫几声后,居然恢复了神智。他愣怔片刻,把虫草还给那少年,默默回家去了。

自那天起,那少年恢复成了正常人。

一碗饭让眼睛看饱
也让肚子更饿

一碗饭让眼睛看饱
也让肚子更饿

抓饭

拌面

揪片子

麻食子

拨鱼子

炮仗子

石河子凉皮

苞谷汤饭

诺鲁孜饭

羊杂碎汤

丸子汤

苏甫汤

抓饭

抓饭的来历颇为神奇。一位医生在晚年多病，吃了很多药都好不了。后来他放弃药物，研究出抓饭，在早晚各吃一小碗，身体竟慢慢恢复了健康。

此为典型的食疗故事。

十余年前，我住在乌鲁木齐北山坡，常见一家抓饭馆在门口用圆铁桶支一个炉子，在炉子上的大锅里烧好清油，一个小伙子将羊肉放进去，立刻爆出嗞嗞声响。热油温度高，肥羊肉中的羊油很快便被炒得冒泡，间或还炸出一两声脆响。在这个过程中，瘦一点的羊肉被炒得收紧，并慢慢变了颜色。这是做抓饭的第一道程序，羊肉必须要爆炒，否则做出的抓饭吃起来会有生硬之感。

我看见小伙计备好的食材有羊肉、胡萝卜、黄萝卜、皮芽子、鹰嘴豆、葡萄干、红枣、清油、羊油和大米。不一会儿，羊肉炒得差不多了，小伙子把胡萝卜、黄萝卜和皮芽子放在进锅里继续炒，并加进去盐和水。大概过了二十分钟，锅中的各种菜和羊肉已融为一体，小伙计又把泡好的大米、鹰嘴豆、葡萄干和红枣逐一放进去。我以为他要把菜和羊肉搅动均匀，但他却只是把大米摊平，便盖上了盖子。约过了四十分钟,他揭开盖子,一股香味便散发了出来。他用一把大勺在锅中翻搅,味道更加浓厚了起来,一闻就知道是正宗的抓饭。

有人来得早,小伙计盛出一盘抓饭,里面的皮芽子、胡萝卜和黄萝卜的颜色变得极为鲜亮醒目。这几样东西不容忽视,它们有降血脂和降胆固醇的作用。吃抓饭的好处是,在吃的时候就已经解决了麻烦。

与那小伙子熟了,有一次经过那个饭馆,他招呼我:大哥,吃抓饭进来坐下,全世界最好的抓饭在我们这儿哩,你还乱跑啥呢?我说刚吃完午饭,他说今天吃过了没关系,明天肚子还饿呢,明天中午来。

抓饭吃多了,便了解得更多。抓饭的种类很多,有羊肉抓饭、鸡肉抓饭、素抓饭,还有放葡萄干和杏干的甜抓饭。羊肉是抓饭的最佳配置,所以又分羊排抓饭、羊腿抓饭、羊拐抓饭、碎肉抓饭等。除此之外还有水果抓饭、黑抓饭等。我在和田吃过一次用菠萝做的水果抓饭,味道是一绝。

做抓饭,除了用牛羊肉外,还可以用雪鸡、野鸡、家鸡、鸭和鹅肉。其中,雪鸡肉的抓饭味道最佳。不过,有的抓饭也不放肉,而选用葡萄干、杏干、桃皮等干果来做,称之甜抓饭或素抓饭,同样美味可口。到了夏天,新疆人吃的抓饭花样还更多一些。南疆人喜欢在抓饭里放木瓜,有的还放鸡蛋和菜。最有趣的是在做好的抓饭上放一些酸奶子,它既是上等的充饥之物,又是消暑解热的食品。最讲究的是在每盘抓饭里放上五六个薄皮包子,美其名曰薄皮包子抓饭。把薄皮包子和抓饭合在一起吃,不仅形式锦上添花,而且口感丰富,层次感强。但通常只有来了贵宾和亲朋好友时,主人才会做这种饭来招待。

吃抓饭须配凉拌小菜才惬意，常见的是小碟装的凉拌的黄萝卜丝、皮芽子、莲花白、老虎菜、一小碗酸奶等。抓饭难免会有油腻之感，配上这些酸爽脆嫩的凉拌菜，吃起来口感独特，营养丰富，最重要的是这些凉拌菜都是降血脂、助消化和防胆固醇的最佳选择。如果是在夏天吃抓饭，再配一杯放了蜂蜜的格瓦斯，既消暑又解腻。就个人体验而言，吃抓饭时，一大口格瓦斯下去，浑身通透，舒适畅快。

有人吃素抓饭时配上羊肉串，等于吃了肉抓饭。

在新疆吃抓饭，在时间和数量上都有严格区分。比如专门卖抓饭者做出的抓饭，凡是大锅大概有五十份，中等偏大的锅大概有三十份。但卖抓饭者不说"份"，而是习惯说"个"。去吃抓饭的人通常会听到他们说，锅里五十个抓饭有哩，就看你有没有肚子。这五十个抓饭卖完后，不管有多少人在等，他们都不会再做，亦不会为错过生意而遗憾。他们常常只是轻描淡写地说，今天的没有了，明天的有哩，明天早一点来吧！

新疆人吃抓饭一般都在中午，且不能去得太晚，否则会白跑一趟。所有卖抓饭者一天只卖一锅，早卖完早休息，卖不完也不吆喝，让剩下的抓饭明晃晃地摆在锅里。他们知道过了饭点，加之抓饭已经凉了，便不会有人来吃，如果再吆喝就是不体面的事情。新疆人说的不体面，很大程度上是指骗人的意思。

南疆地区多长寿者，都是长期吃抓饭的缘故。我在和田一户农家曾碰到一位八十多岁的老人哭泣，问及原因，原来他偷吃了一百一十多岁的妈妈的蜂蜜，他妈妈责怪他长不大而打了他。后来，他年迈的妈妈出来哄他，承诺晚上给他做抓饭吃，他才破涕为笑。他虽然已经八十多岁，但在一百一十多岁的妈妈面前仍然是孩子。

去年传来消息，说这个儿子突然去世，留下年迈的妈妈在那个小院子里一个人活着。我打听后知道，当时，儿子吃过妈妈做的抓饭，说是身体里装满了力气，要到沙漠里去扛一些梭梭柴回来。但他走后，一天一夜也没有回来。妈妈急了，迈着不太利索的腿脚出去找儿子，最后终于找到了，却是暴命于沙漠中的一具尸体。

　　埋葬儿子时，妈妈表现出惊人的冷静，从头至尾一句话也没有说，眼睛里面是强忍的悲痛。几天后，她开口说了一句：他才八十多岁，还可以吃很多年抓饭。

拌面

拌面,也就是新疆人常说的拉条子。

如果细分的话,拉条子应该专指抻出的面,不包括另外炒出要拌入拉条子的拌菜。如果把拌面都叫拉条子,那么就会和刀削拌面、手擀拌面、挂面拌面混淆不清。

拉条子的做法多年不变,一直是把抻好的面煮熟盛入盘子,拌上菜就可以吃了。通常,服务员上拉条子之前,便已上了拌菜。拌菜是用小碗装的,大多是满满的一碗。食客将拌菜倒在拉条子上,用筷子来回搅拌数次,待菜汁均匀地浸入面中,便可以吃了。

拌面在宋朝就已出现。在《东京梦华录》《梦粱录》《武林旧事》等书中,就有将酱汁、肉混合烹饪的记录,其具体做法与今天的拌面菜大致相同。当时的人们面对一盘拉出的长面,在拌菜上下足了功夫,精心做出酱,调出味道醇正的汁,然后和肉、菜等一起炒,做成一份拌菜。可见,当时的人们吃拌面,与今人无异。

拉条子与陕西的扯面,兰州的拉面都不一样。它不能太粗,亦不能太细,否则入锅煮熟后,会丧失其筋道和韧性。常见的拉条子犹如筷子一般粗细,是用一块粗面剂子不停地抻出的。负责做拉条子的师傅揪住面剂子的两端,胳膊起落几下,那面剂子便已被拉开,然后从中一挽,便从一根变两根,然后再拉再挽,根数越来越多,面则越来越细。最后拉得粗细差不多了,扔进沸腾的水中煮四五分钟,便可捞出入盘,端给食客。

食客根据口味喜好,可要求煮熟的拉条子过水或不过水。不过水者是"然窝子"面,吃时需要快速将拌菜拌入,慢了会使面黏在一起。新疆人将"黏"称之为"然",黏在一起便说成是然在一起。然窝子面的优点是保持了面的柔软和黏性,入口易于咀嚼,下去暖胃暖身。

用水过一下的拉条子叫"过水面",其特点是经凉水迅速降温后,面条显得劲道、顺滑和细腻,口感清爽,吃罢也不会汗流浃背。过水面的水很重要,有的人直接用自然生水,肠胃不好的人吃了会有麻烦,正宗的过面水是将水烧开放凉,然后过面便无碍。

吃拌面须用盘子,否则会受到碗的局限,不容易搅拌。也有餐厅用碗盛拌面,但必须是那种敞口的大碗,使用的舒适度与盘子无二致。以前的新疆人吃拌面,有"大半斤"或"小半斤"之分。饭馆的拉条子每盘大约半斤,食客的饭量大就来一份"大半斤",饭量小则来一份"小半斤",二者的分量略有区别,拌菜始终都一样。如今,我本以为"大半斤"或"小半斤"的称谓已经消失,但前几年在伊犁的一个小饭馆,听见老板问一位食客,是要"大半斤"还是"小半斤",才知那个叫法至今还在。

吃拌面,选择路边的拌面馆最好。进入店中报上拌菜的菜名,然后选一个座位坐下等待。拉条子永远都是那一种,所以报上拌菜的菜名,配上的自然是拉条子。拌面馆的大师傅各有所长,炒菜的只管炒拌菜,拉面的只负责拉条子,不一会儿,就会把拉条子和拌菜一齐端到食客面前。

有一次在喀什吃拌面，发现菜单上有很多拌面菜，一数有三十多种，其中有很少见的豆芽肉、鸽子肉和羊肚肉等。那次人多，主人点了二十多种拌菜，甚至还有大盘鸡和烤羊肉串，每种菜夹一筷子，就是满满当当的一大盘子。然后再用勺子盛些菜汁，泼入拉条子中，便可吃出汁浓味杂的拌面。曾有人以为那样吃会串味，但一吃之下却大赞好吃，说这才是新疆的味道，热情、饱满、浓烈和直接。吃这样一顿拌面，一出门就开始想下一次了。

虽然拉条子永远只是一种，但拌菜几乎涵盖了所有的蔬菜，如番茄鸡蛋拌面、蘑菇肉拌面、茄子肉拌面、羊肉皮芽子拌面、韭菜肉拌面、白菜肉拌面、土豆丝拌面、蒜薹拌面、豆角肉拌面、过油肉拌面、辣子鸡拌面、毛芹肉拌面、辣子肉拌面、辣皮子拌面、椒麻鸡拌面、大盘鸡拌面、酸菜拌面等等，即使连续吃一周，拌菜也不会重复。

吃拌面可以免费加面，此为从托克逊县延伸出来的传统。托克逊是去南疆的必经之地，南来北往者大多是开车的司机，为了让他们吃好后有精力跑长途，饭馆老板便为他们免费加面，久而久之便形成了新疆独有的传统。在历史上，林则徐去南疆勘察时曾经过托克逊，然后从苏巴什沟（干沟）穿插过去。那一路，他们沿途所见的石山皆陡峭悬立，路旁的枯草比人还高，是恶狼野兽的藏身之地。林则徐听闻，曾有多人在此丧命，便命军士立下石碑，提醒过往者不可在此停留。现如今，跑长途的司机，出了托克逊不久就进了干沟。他们在托克逊用拌面填饱肚子，就是为了不因饿肚子耽误行程。

我曾在托克逊吃过一次拌面。本来一盘拌面已经足够，但总是觉得来一趟不易，加之此地是一种饮食文化的发源地，哪怕让肚子撑一点也要体验一下，于是便让面馆的小伙计加了一份面。小伙计点头后去了后堂，很快便把一份面端了上来。原来，面馆早就备好了面，吃拌面的人只要说一声，他们马上就可以满足你。看来，托克逊人很重视自己创造出来的光荣，把加面当成传统，一直在传承。

我最早在新疆吃拌面时一份三块钱，后来涨到五元、八元、十元、十五元，现在大多是十八元和二十元。新疆人吃拌面基本不去大饭店，大多选择路边小店，因为拌面是平民吃食，小饭馆味道更合口味。

有人在外地尝试做拌面，因为面粉和水质的原因，做出的拌面不好吃。这其实不难理解，新疆的小麦日照时间长，面质适合做拌面一类的面食，而其他地区的面粉大多过于绵软，达不到拉条子所要求的筋性。新疆人出差回家前，家人都会在电话中问晚上吃什么，而大家的回答通常就是两个字：拌面。有一位朋友因为太过于思念拌面，下飞机后直接打出租车去了一家拌面馆。后来他描述当时的情景，说，吃完拌面出来，被九点钟还没有落下去的太阳一照，全身一下子就舒服了。他说，这才感觉是真正回到了新疆。

有一战友从西藏阿里下山到新疆叶城，让饭馆老板做三份拌面，老板说如果面不够可以免费加，不必一次点三份。他说不是加不加面的问题，而是太想吃拌面了，哪怕一份只吃几口也要来三份。于是老板给他上了辣皮子肉、土豆丝和过油肉三种拌面菜，他逐一品尝，面露欣喜和满足。

新疆人大多有吃完拌面喝面汤的习惯，美其名曰原汤化原食。面汤的稀稠取决于煮过拌面的多少，一般情况下都比较清淡，略有面色。这种面汤清淡，解渴，消积化食。有一人在饭馆吃完拌面后离去，走到半路总觉得少了点什么，他抓耳挠腮一想，原来是忘了喝面汤。于是返回那家饭馆，老板说，就知道你会回来，面汤在炉子上给你热着哩！

那人喝了面汤后再次上路，脚步畅快了很多。

揪片子

新疆人不怎么吃汤面条,以至于像牛肉面、刀削面和扯面等,在新疆仅受到小范围人群的青睐,不如揪片子受众面广。不论在高档酒店还是大排档,经常都能见到人们点一盆揪片子上桌。

揪片子一名是新疆人独创的,从名字上可知,是用手揪出的片状面食。揪片子也称揪面片,是新疆特有的面食,吃着筋滑,口感细腻。除此之外,揪片子还有一个更直接的名字——汤饭。论其实质,其实就是汤面的一种。

揪片子的做法简单,但所需配菜却不少,通常要配羊肉、西红柿、土豆、豆腐、菠菜、葱花、蒜、香菜等,每种所需不多,但品种却不能少。揪片子虽然是面食,但做法和程序却犹如做菜,具体的步骤是,先用热油爆炒羊肉,然后根据个人喜好继续炒配菜,或者不炒。需要炒配菜者往往只需一分钟即可加水,不需要炒者放进配菜直接加水。待水烧开,配菜便随着沸腾的汤翻滚出五颜六色,此为揪片子第一关键所在,即配菜一定要丰富,颜色一定要好看。

做揪片子,要先和面。在水里放适量的盐,和到面中,揉到不软不硬，然后揿成长条状，再用塑料布盖住饧一会儿。饧到面团发亮，没有粗糙的表皮时，切开看切口部位是否有气泡，如果没有气泡，说明面和得很成功。面和好后，用刀切成均匀的面块，然后揉成圆形，用擀面杖擀成厚度大约一厘米的样子，然后在表面抹上清油，涂抹均匀，依次放在剂子盆或盘子里，再饧一会儿。

和面和饧面必须在点火前完成，才能使面达到一定的柔韧度。等锅中的汤完全沸腾，做饭者便左手持一长条状饧面，右手开始揪出指甲盖大小的面片，飞快丢入锅内。也有右手持面用左手揪片的人，没什么原因，只是长期养成的习惯而已。

等面片揪完煮少许时间，撒入蒜末、香菜，便可关火，盛入盆中上桌。新疆人在家中吃揪片子大多是直接从锅中盛入碗中，但讲究的人则先盛入小盆上桌，然后再盛入小碗，分而食之。新疆人不论是吃米饭还是面食，都用小碗，哪怕多盛几次也很正常。如果换成大碗，马上会招来不解的目光。

为了让揪片子的味道鲜美可口，人们会在汤中加香油、番茄汁、胡椒粉等，在出锅前再加入少量的醋，洒上香菜。揪片子除了多出现于家庭餐桌外，多年来都是聚餐者醒酒的固定饮食。人们喝酒后吃一小碗多放醋、味道偏酸的揪片子，有的人甚至一口面都不吃，只喝几口汤便感觉醉意减去不少。

有一位内地人到乌鲁木齐，下午六点钟，肚子饿了，便上街去找饭馆吃饭。他不知道新疆与内地有两个多小时的时间差，下午六点是内地人的吃饭时间，但离新疆吃晚饭的时间还有两个小时。他问了好几家饭馆，均对他说还没开始营业。那人道出实情，说肚子实在饿得不行了，有什么吃什么吧！一家饭馆老板说，我们这儿倒是还有骨头汤、小菜和油香，但那是中午剩下的，让你吃有些过意不去，干脆你坐一会儿，我们给你做个揪片子。那人坐等十余分钟，一碗热气腾腾的揪片子就端了上来，那人诧异地说，这么快就做好了？饭馆老板说，新疆人做揪片子，就是说几句话的功夫。你不是饿得不行了吗？有了这一碗揪片子，新疆就对得起你了。

揪片子在新疆的受欢迎程度仅次于拌面，是家庭最为常见的饮食。我有一年春节和一群朋友去给一位回族作家拜年，中午在餐馆酒足饭饱。六点多，当我们准备返回时，这位作家拦住我们说，上我房子里（家的意思）去，让我媳妇儿做一个揪片子，你们吃了再走。我们以人太多为由推辞，他笑着说，他媳妇儿能做一百个人吃的揪片子，你们只管两个肩膀上扛一张嘴去即可。

结果正如他所说，我们在客厅聊天的时候，一扭头，看见他媳妇儿的双手在升腾的水汽中左右开弓，极为娴熟地在揪着面片。不一会儿，一大锅揪面片便做好了。我们吃得高兴，夸奖揪片子好吃。其实夸奖揪片子也就等于夸奖女主人，她笑着说，锅里还多着哩，你们放开吃。

如果细分揪片子，则分为素揪片子和荤揪片子两种。素揪片子便是常见的揪片子，用菜皆为蔬菜，事先炒熟，其特点是菜鲜味浓，如果在喝酒后食之，一小碗足矣。而荤揪片子则指羊肉揪片子，是新疆最有名的汤饭。新疆人一年四季都爱吃羊肉揪片子，吃得久了便知道羊肉揪片子的奥妙之处，将其命名为"醒酒汤"和"感冒汤"。有的人喝醉了，家人给他做一碗羊肉揪片子，吃完后酒醒了一半，然后再喝一碗浓酽的黑砖茶，人就彻底精神了。至于羊肉揪片子能治疗感冒的说法，则更加神奇。有人感冒后不吃药亦不打针，让家人做一碗羊肉揪片子，吃完后出一身汗，感冒慢慢就好了。羊肉揪片子主要以羊肉、番茄、辣椒等做成，人在夏天感冒后吃一顿，会祛暑，在冬天感冒后吃一顿，会驱寒。所以新疆人经常说，没病时多吃羊肉揪片子，病想来都来不了。新疆人吃揪片子，喜欢用勺子舀着吃，连汤带面吃得很过瘾，用新疆话说，"攒劲得很"！

我有一次在帕米尔的5042哨卡，吃了一顿雪水做的揪片子，至今印象深刻。5042顾名思义就是海拔高度5042米，人到了那里会因为缺氧而头疼胸闷，更严重者会出现脑水肿、窒息和昏厥等情况。但哨卡的战士却长年驻守在那儿，实在无法排遣孤独了便作诗：天上无飞鸟，地上不长草，风吹石头跑，四季穿棉袄。

哨卡缺水，战士们便用水桶提来雪倒入锅中加热融化，前后不知提了多少桶，总之化了一锅，足够做揪片子了。开始配菜时我发现，只有土豆、白菜和萝卜这三样容易存放的菜，但一位战士笑着说，我们5042有您在别的地方吃不到的东西，而且品种不少。在别的地方吃揪片子，少不了羊肉、番茄、芹菜、皮芽子、辣椒、生姜、蒜、花椒粉、酱油、醋、生抽等，但5042寸草不生，不见一丁点绿色，哪里会有那些东西呢？等他把东西拿出后我才知道，他要把军用罐头配入揪片子中。要说他们的罐头品种确实不少，有牛肉、鸡肉、鲫鱼、蛋卷等近十种。

我抱着将就的心理让战士将少许罐头放入汤中，等做好一尝大为吃惊，那味道和口感，以及面片的筋滑，汤的鲜美，是我生平第一次吃到。我想，在5042这样艰苦的地方，战士们能吃上这么好的揪片子，也算是一种安慰。

至今，我仍认为那顿揪片子之所以好吃，并不是环境反差造成的心理满足感，而是那顿揪片子的食材非同一般，譬如化冰雪为水，罐头提味，一定是世间难寻的"妙方"。

麻食子

麻食子，是一种指甲盖大小的面食。

叫法有不少，新疆人称之为"麻食子"，四川人则叫它做"次面子"。其历史由来，一直可追溯到元代，当时的人们便食用此食品，唤作"秃秃麻食"。至于麻食子一名，具有明显的西北特点，可断定是秃秃麻食在西北盛行之后，人们保留的尾音。

元代饮膳太医忽思慧在《饮膳正要》一书中很有耐心地介绍了做秃秃麻食的方法步骤，尤其是说到用白面做秃秃麻食为最好，而用肉汤下秃秃麻食，再配以葱、蒜和香菜，便是一碗味道极佳的食物。但是他在这里指的是汤烩秃秃麻食，没有指出秃秃麻食是否有别的做法，譬如炒麻食子和干煸麻食子，让人猜想半天也只能猜个大概。

后来看到明代美食学家黄一正在《事物绀珠》一书中，对麻食子的一做法有详细说明："秃秃麻食是面作小卷饼，煮熟入炒肉汁食。"可看出此类麻食子吃法，类似于陕西的肉夹馍，是把麻食子夹入饼中食之，吃起来应该很有意思。同为明代的饮膳典籍《居家必用事类全集》一书中,对麻食子的另一种做法亦有详细记述:"秃秃麻食入水滑面和圆小弹剂,冷水浸,手掌按小薄饼儿,下锅煮熟,捞出过汁,煎炒酸肉,任意食之。"这一类麻食子,是和酸肉一起爆炒,其味道一定酸爽脆嫩,是为另类吃法。如此多的古籍,将秃秃麻食的制法、煮法以及食用方法表述得颇为具体,令今人照此做法,亦可做出好吃的麻食子。

煮熟的麻食子,看上去酷似猫的耳朵,入口咀嚼既滑溜又舒爽。如今在杭州、北京、上海、西安、兰州等大中城市餐馆里的烩小吃——"猫耳朵",就是由古代的"秃秃麻食"演变而来的。不过在宁夏、陕西关中、陕南和商洛各县区,至今仍然保留着"秃秃麻食"的尾音,称为"麻食子"。

以前的人做麻食子,草帽是必不可少的工具,具体操作程序为:用右手的拇指和食指,从和好的面团上揪一个小疙瘩,在帽檐上巧妙一搓,便搓出一粒薄厚匀称的麻食子。因为草帽棱线起到了定型作用,所以麻食子上会有花纹。切不可小看在草帽上的这一搓,如果用力太重,搓出的麻食子会薄厚不一,形状显得粗蠢拙笨。如果用力不够,一搓之下手里还是一个面疙瘩。所以做出好看又好吃的麻食子的人,多为心灵手巧的女性。西北地区的人做麻食子很相似,先是备好一锅鲜汤,然后将搓好的麻食子和菜蔬一并放入,经过文火煨炖十分钟左右,便有了袭人的香味。麻食子多作为晚餐,人们忙碌了一天,天黑后不论外面是秋风萧瑟,还是大雪纷飞,只要面前有一碗刚出锅的麻食子,表面既有鲜嫩的香菜,也有鲜红的油泼辣子,用筷子搅开后食之,颇为惬意。

我第一次见麻食子时,见其大小、薄厚、长短与面片相似,便觉得是面片的一种,经人介绍后才知,虽然也是用面做的,却并非面片。待吃第一口,觉出面柔韧,汤鲜美,细看碗中的麻食子,小得精致，薄得近乎透明，与番茄、绿菜组合在一起，呈现出汤饭常见的丰富颜色。吃完了，经旁边的人一说，才知我虽然不知道吃麻食子的要领，但也无师自通地喝完了。新疆人吃麻食子，并不用常见的吃法，而是喝。如果碗中的麻食子和菜蔬不均，可用汤勺轻轻搅开再喝，入口可嚼，亦可不嚼，反正麻食子不大，菜蔬亦被切得很小，不影响消化。

了解了麻食子后，知其多用荞麦面制作。人们将荞麦面用盐水和成面团，搓成小拇指粗的面条，再掐成指甲盖大的疙瘩，放在草帽边沿上搓出好看的花纹。待清水煮熟后捞入碗中，浇上羊肉臊子汤。也有人将荞麦面团搓成筷子粗的条状，煮熟后捞出，控净水分，在炒锅中放香油、羊肉丁、葱、蒜等爆香，再放入麻食子炒三五分钟，便可起锅食用。

有人说，麻食子的来历与忽必烈有关。当时，忽必烈带兵打仗，常无固定居所，在经过宁夏固原一带时，见小孙子阿南答备受颠簸之苦，便将他交给当地一户人家，叮嘱那家人好生养育，日后定当报答。后来频繁的战事结束，忽必烈去固原寻找孙子，半路遇雨。进入窑洞避雨时，见一位牧羊老人住在里面。当时的忽必烈又累又饿，请求老人给他一点吃食。老人只有荞麦面，于是便让忽必烈坐下休息，然后将荞麦面和成面团，先是抻出筷子粗的条状，然后掐成指甲盖大小的面剂子，一一在草帽边上搓出丢入锅中，待煮熟捞出后，放上盐、醋、油和苦菜，顿时释放出一股浓香。忽必烈的食欲大动，连吃三碗后才问老人那饭叫什么名字？老人说他为图方便，已经那样做了很多年，但从来没有给它起一个名字。这时有一只麻雀飞入窑洞，老人顺着麻雀的读音脱口说，不如就叫"麻食子"吧！忽必烈觉得极为有趣，遂点头称是。麻食子一名，由此被传开。

写此书，一直拒绝传说，但上面的故事并不是传说，而是历史，所以费一点笔墨记下，仅是对久远时间的打捞。在历史中，与美食有关的事件往往被挤压在夹缝中，成为著名人物或大事件的点缀。但正因为有了这些夹缝中的小历史，才往往让人读出历史的温度和真实的人性。

打捞出美食的历史，吃起来味道会不会更好？爱国将领杨虎城是陕西人，当抗战胜利的喜讯传来时，他情不自禁地对夫人说："快给我买顶草帽，我要吃家乡饭。"杨虎城的家乡在陕西省蒲城县，那里的家乡饭就是麻食子。

曾在新疆一户人家遇到一事，男主人吃麻食子之前，端碗向远处张望。正是麦收季节，有很多人在麦地中忙碌，他吃完一碗麻食子，便要去忙了。他低声嘀咕了几句，前面的几句模糊，但后面的一句却听得清楚：吃上麻食子的人，是有福的人。

感激，或许亦与麻食子的历史有关，更重要的是，人心清晰可见。

拨鱼子

新疆人说什么东西好吃,常会用一句话:一吃一个不言传。意思是说,太好吃了,已顾不上说话。

我第一次听人说拨鱼子,除了强调是一种汤饭,有面有菜有汤,可连吃带喝外,最深印象就是一句"一吃一个不言传"。说起来,新疆除了拌面外,再没有比较有特色的面食。我对此不解,尤其是看到奇台的江布拉克麦田,或从近处延伸向远处,或从山脚一直延伸向山冈,于是便想,这么大面积的麦田,产的小麦去了何处?

北疆现在多种棉花,但过去却多种小麦。据新疆老人们说,在三年困难时期,全国各地都缺粮,唯独新疆粮食充足,不仅能满足本地的需求,还曾援助过别的省份。新疆的粮食走出去,外地的烹饪方法走进来,也就在那时,新疆面食出现了新内容——拨鱼子。

新疆是拨鱼子的第二故乡。拨鱼子原是山西的"剔尖","拨"是它的主要工序,做成的面条又很像鱼,故又称为"拨鱼子"。拨鱼子一名被叫开后,原先的"剔尖"一名(在山西仍然这么叫),便慢慢被忘记。做拨鱼子有一句顺口溜:舀一碗面粉,加一点凉水,搅一搅拌一拌,就成了软溜溜的面团团。这是做拨鱼子的第一道程序,然后一手持碗,一手用一根筷子顺碗沿飞快地一蹭、一旋,就拨出一条像鱼一样的面条。那种刮拨的手感很好,时间一长还会体验到近似于律动的快乐。不一会儿,锅里的汤中便乱"鱼"翻浮,待煮一会儿捞出,配以炒好的菜和卤,就可以大快朵颐了。在原先被称为"剔尖"时,因为做拨鱼子只需要一副碗筷、一口锅,所以又被称为"光棍饭"。

乾隆年间,有一个人叫常万达的人,在新疆巴克图经营一家名叫"四乡联号商行"的饭庄,其主打菜品就是拨鱼子。常万达做出的拨鱼子两端细长,中间部分稍宽厚,看上去白细光滑,盛入碗中浇上浇头,再配以酸醋、蒜头和油泼辣子等调味,食之软而有筋,顺滑可口。先前的山西人做拨鱼子,用的多是白面、高粱面和杂粮面等,工具是特制的拨板和铁筷。做拨鱼子的速度快,粗细匀整,一个人用半小时做出的拨鱼子,可满足十几个人同时进餐。拨鱼子到了新疆后,人们只用白面制作,做出拨鱼子后配上拌菜,先像吃拌面一样用筷子翻转拌几下,吃起来味道独特,筋软爽口,而且还易于消化。

听倒是听得多,但还是没有吃到拨鱼子。一位玛纳斯籍的战友曾对我介绍过拨鱼子,并详细描述了其味道、颜色、做法和吃法。我出生于多吃面食的甘肃天水,到新疆吃了拌面后,觉得好是好,但就是太硬,于是便盼望着能吃到接近臊子面的新疆面食。当时那位战友把拨鱼子说得那么好,我便暗自盼望了起来。

第一次吃拨鱼子是在部队,先前曾想象过多种与拨鱼子相遇的情景,但突然就吃到了,而且是在施工工地上。更让我始料不及的是,我第一次吃到的拨鱼子,居然是我和战友们亲自操作出来的。当时我们在戈壁上施工,每天中午都吃米饭或馒头。一天中午,班长说吃个拨鱼子，我没有听清，以为班长说中午吃鱼，便想象，会是什么鱼呢？

到了中午才知道，我们要吃的是拨鱼子。炊事班的人已经和好了面，按每个班的人员数量，给每人碗里分了一个饧得柔软的面团。做拨鱼子要提前一个小时饧面，饧面时间越长，拨的效果越好，容易拨而且很细。他们为了让大家尽快学会操作，简单介绍了一番做拨鱼子的方法。

他们说得很简单，我也很快听明白了。做拨鱼子的面里放了盐水和花椒粉，搅拌成稀软的面团，稍揉捏几遍，等水烧开后用筷子拨成像鱼的形状，丢进锅里煮就行了。

那天，炊事班长对大家说，面已经揉好了，你们自己动手拨吧，中午的饭就靠每个人的一根筷子往嘴里弄了。他说完便开始示范，先拿起一只碗在手上掂了掂，然后把面团按到碗口，右手拿一根筷子，像持刀一样向面团刮下去，一截长条状的面条便飞入沸腾的锅里。炊事班长示范完毕，便去弄炊事班的那一锅，他们不管大家，只顾自己的嘴了。

我们的班长是新疆人，熟悉做拨鱼子的要领，他为了让我们班的十一个人吃得好一些，又给我们示范了一次。他一边示范一边说，拨鱼子最重要的就是握筷子的力度，这一点把握不好就会拨不动面，即使拨出了面，也不好看。他还强调吃拨鱼子就吃个好看，不好看的拨鱼子吃起来就少了滋味。

接下来，大家围在锅边学班长的样子用筷子开始拨，因为不熟练，筷子刮出后难免落空，但练习过几次后，一条条像模像样的"鱼"便飞向锅里。人常说，人多好干活，人少好吃饭。但那顿拨鱼子因为做的人多，在短时间内便做完了，等煮好后每人盛一碗便吃。

班长边吃边总结说，有的太粗，有的太短，有的则一头大一头小，看来不让你们练上十次八次，别想做出合格的拨鱼子。班长那时天天带着我们训练，合格二字经常挂在嘴边，连做饭也用是否合格来衡量。

也就是经过那次实践之后，我知道，要做出地道的拨鱼子，首先要掌握好筷子的平衡力，才能使中间部分凸起，像鱼的肚子，同时还要让两头尖细，像鱼头和鱼尾巴。所谓的拨鱼子，是必须有鱼的形状，过了这一关，才能说好不好吃。

后来在莎车县又经历了一次与拨鱼子有关的趣事，那时我已学会了开东风牌大卡车，在路边碰上什么吃什么是常事。也就是在那一段时间，我吃到了新疆的很多有民间特色的饭菜。那次，我们汽车连出动了二十余辆车去喀什拉建筑器材，中午刚好到了莎车县城，大家便选了一家餐馆，坐定后点了拌面，然后喝茶聊天。一位战友无意间说起拨鱼子，大家便议论起拨鱼子的做法和好处。餐馆老板听到我们句句不离拨鱼子三个字，便向我们笑着点了点头。因为谈兴正浓，我们并没有注意到老板的反应，等饭端上来却发现变成了拨鱼子。问老板何故，他一一把我们所有人都指了一遍说，你们都说拨鱼子嘛，而且说了好几次，声音那么大，不是让我把拌面改成拨鱼子是什么？我就让大师傅赶紧给你们做拨鱼子了。怎么啦，你们不想承认自己说出的话吗？我们面面相觑，然后哄然一笑，抓起筷子便吃。这样的事权当是择饭不如撞饭，再说拨鱼子已经摆在眼前，不吃岂不是让人受挂念之苦。

吃完拨鱼子，我们让老板开发票，他说没有发票，我们只好让他开收据。他去后堂忙活了好一阵子，才双手捧着一张收据出来，但他却把"拨鱼子一顿"写成了"拨鱼子一吨"，我们看着那个"吨"字，想笑又忍住了。

炮仗子

在新疆，炮仗子汤饭是饮食文化中的佼佼者，可与抓饭、拌面相媲美。新疆人因为喜欢炮仗子，便有一个说法：三天不吃炮仗子，心里干揪揪的。

我先前对炮仗子已有所了解，知道炮仗子与拨鱼子差不多，但二者的做法和外观却截然不同。拨鱼子一定要像鱼，炮仗子不强调外观像什么，但却一定要细，长短也要适度，吃起来才有独特的口感。至于做法，很多人容易混淆拨鱼子和炮仗子，但仔细区分就会发现二者之间的不同。炮仗子要比拨鱼子的面硬一些，揉好后用布或塑料纸盖住饧一会儿，然后擀成圆条形的面剂子，用手揪成长约三厘米的小圆条，形状就像小炮仗似的，随揪随扔到汤锅里。

炮仗子做起来简单，但煮熟后却要大做文章。常见的做法有三种，一种是不出锅，加进去事先炒好的菜，当作汤饭吃。另一种是将炮仗子捞出锅，配上过油肉等配菜，当作拌面吃。还有一种，可配肉和青菜入锅炒，两三分钟后放进炮仗子做成炒面。

除了上面的做法外,还有人将炮仗子干煸后配以青菜、干辣子和肉再行爆炒,味道新鲜而又劲道。另外,还可将炮仗子用于炖汤、炖鱼等,味道也很独特。

有一年去焉耆,见大街上到处是炮仗子饭馆,便疑惑,难道焉耆人不吃别的,只吃炮仗子?后经打听,才知道焉耆多回族人,而回族人极喜欢吃炮仗子,所以街上便有不少炮仗子饭馆。

话题围绕着炮仗子说了半天,不吃一顿说不过去,于是我们选了一家炮仗子饭馆,每人点了一碗。饭馆的伙计很利索,炮仗子很快就端了上来。焉耆的炮仗子不错,除了长短比较整齐外,主要配菜有羊肉、蘑菇、青萝卜、土豆、番茄、菠菜等,五颜六色,赏心悦目。但是饭毕竟是吃的,不能让眼睛饱了,却让肚子饿着。那一碗炮仗子,汤色红厚,味道酸辣,一看就知道揉得到位,饧得彻底,煮得正好,入口十分筋滑。

除了焉耆,南疆其他各地却不多见炮仗子,不知是何原因。后来在北疆跑多了,才发现北疆人吃炮仗子,与气候有关。每年入冬,北疆必先冷,人们为了使身体暖和,都喜欢吃一些带汤的主食,而炮仗子汤饭就是首选,里面有蔬菜、番茄、辣椒、胡椒粉等,吃一碗全身暖和,亦可预防感冒。

在一次野外施工中,我们吃到了自己做的炮仗子。那次仍是炊事班的人提前把面切成条状,大家用左手捏一根面条,握拢手指只让一小部分面露在外面,那样做是有利于让右手将面揪扯得更细。一位陕西籍的战士把握面叫"捉",这一叫法迅速传开,战士们都"捉捉捉"地叫成一片。那天所有人都参与了揪炮仗子,这正是炊事班的目的,每个战士都做自己的饭,他们省事了。

我观察了一下战友们,发现每个人都用左手捉面,用右手指捏一小截,然后揪出两三寸的细条状炮仗子,扔进沸腾的汤锅中。烧火的是胡杨树枝，所以那汤被烧得汹涌翻滚，炮仗子一扔进去，便像是被吞了似的沉了下去。等揪完煮熟出锅，不但外观像模像样，一尝味道更是不错。

那天的配菜有羊肉、番茄、青菜、土豆、皮芽子、豆腐干和番茄酱，还放了胡麻香油，可谓色香味俱全，营养丰富。那锅炮仗子大家做得应手，看得欢心，吃得舒服，极为难得地受到了班长的表扬。

后来，我们在去西藏阿里的喀喇昆仑山上，又吃了一次野蘑菇炮仗子。那天，我们按规定时间休息，大家坐在公路边喝水聊天，看见不远处有野蘑菇，便捡回装入塑料袋，准备中午做一顿配野蘑菇的饭。到了做午饭的时候，大家不约而同地想到了炮仗子，对，用野蘑菇做一顿炮仗子，吃起来一定过瘾。

我们那批汽车兵长年奔波于喀喇昆仑山上，从叶城新藏线的零公里出发，一路往阿里进发。海拔越来越高，空气越来越稀薄，战友们被缺氧和高山反应折磨得苦不堪言，所以吃饱饭是保存体力的唯一办法。每到吃饭时，如果赶到兵站便吃一顿热饭，赶不到就吃干粮或自己凑合着做一顿。那天因为捡到了野蘑菇，战友们做饭的兴致高涨，一到中午便选择一块平坦的地方停下车，筑台搭锅，开始做饭。

在野外做饭感觉还真是不错，清凉的山风吹着，温暖的阳光照着，战友们都是二十出头的小伙子，说说笑笑间，疲惫感消失了不少。我在做饭的间隙扭头看了一眼远处的雪山，想起不久前凝望雪山的一次神奇经历。那天在太阳快落山的时候，我们的车子正赶往多玛，由于地形开阔，前面的两座雪山便展示出了全貌。夕光泛出一层浓烈的色彩，这两座雪山被遮蔽其中，似乎变成了两件正被夕阳完成着的艺术品。后来，夕阳落下去了，两座雪山复又呈现出原貌——褐色山体，晶莹的积雪，几条若隐若现的线条，都是我多次看到过的景象。车子转过一个弯,视角发生变化。突然,我无比惊讶地看见两座雪山变成了两尊隐隐约约的佛像,正屹立于天地之间,俯视着我们驰近的车辆。我觉得自己并没有出现幻觉,因为那一刻的雪山真是太像佛了,其顶部俨然是佛的头部,而且还有清晰的面容,而中下部又活脱脱是佛的身躯。太像了,但我并不只为两座雪山酷似两尊佛像而惊奇,只是有一种神秘感在迅速漫延,以至于让我的整个身心都似乎在经历着洗礼……行进到那两座雪山下遇到的一幕,再次让我惊诧。有一群朝圣者正朝着那两座雪山磕长头,一问才知道,他们刚才也看见那两座雪山在一瞬间变得像两尊佛像。他们证实了我的目睹,那一刻我觉得自己很幸福,内心亦有神圣的感觉。

经过一番忙碌后,一大锅炮仗子做好了,因为加进了野蘑菇,看上去很是不错。战友们盛进碗里一尝,发现因为缺少调料,汤味淡了一些。巧的是,一位战友无意间瞥见了一丛野葱,它们不但长着宽宽的葱叶,而且还开着葱花!于是,那丛野葱很快就进了锅,再一尝,味道已大为改观。一位战友情不自禁地说,那汤是新藏线的味道,在别的地方无论如何都尝不到。

吃完那顿炮仗子,我们都说要记住捡野蘑菇和拔野葱的地方,以后到了它们长出的季节,还来做炮仗子。第二年,我们还在那个地方做过一顿炮仗子,却没有捡到野蘑菇,也没有看见野葱。大家感叹一番,每个人在每一年都不一样,一个地方怎么会在每年都长出同样的东西呢?我们在高海拔的新藏线上度日如年,也许在内心保留一份记忆,才是留住美好的最好方法。

如今已吃过数不清的炮仗子,仔细考查这种面食的历史,便发现它有山西和陕西等地的特点,到了新疆后受到当地风俗影响,形成了全新风格。譬如,炮仗子的汤和配菜,就用新疆产的皮芽子、油麦菜、番茄和番茄酱。如果要做成炒炮仗子、干煸炮仗子、炮仗子拌面，则完全是新疆做法。

我吃炮仗子的经历都在别处，至今尚未在家中做过一次，得试做一次了，不难。

石河子凉皮

几年前在乌鲁木齐一家"石河子凉皮"店，为一位姑娘吃凉皮惊讶。她先是对服务员说，凉皮和面筋各一半，辣子要多，两勺。等凉皮端来，她尝一口觉得不够辣，又让服务员加了一勺辣子。眼见那盘凉皮已一片通红，但她吃得颇为惬意，并不理会周围人惊愕的表情。

新疆人喜欢吃石河子凉皮，尤以年轻姑娘为多，所以街头多见石河子凉皮店。开店者一般只卖凉皮，分大份和小份两种，吃者多为回头客。石河子凉皮最大的特点是薄，薄得透明却不失筋道，有韧劲，味道中既有麻，也有辣，再融入自创的酸爽味道，口味香浓刺激。

我没去石河子之前，就吃了石河子凉皮，觉得以地名为一道食物冠名，那个地方一定超出人的想象。后来到了石河子，大街两边却并不多见凉皮店，想必是因为石河子凉皮的名声在外，石河子人都跑到外面卖凉皮了，或者开凉皮店者多借"石河子"三字招揽生意，让人误以为石河子凉皮均出自石河子。这世间的事物错综复杂，一盘凉皮也不例外。

　　石河子凉皮叫得响，其实是有历史的，石河子的人群构成，是一盘凉皮扬名的关键。新疆自二十世纪五十年代成立兵团后，各团场农工皆以种地为生，但每个月却能领工资，待遇比别处的农民好得多。石河子是兵团城市，以陕西和甘肃人为多，陕西有擀面皮，甘肃有酿皮子，他们将其带入石河子后，又融入新疆人喜欢的酸和麻辣，形成了自身的特点，被称为石河子凉皮，历经四五十年时间，名气越来越大。

　　石河子是一个多树的城市，各种树木林立路边，空地和开阔处闲着无用，也干脆种上大面积的树。我有一年去石河子时是冬天，街两边的树上落满雪，并结了冰。一眼望去，玉树琼枝竟无尽头，让人疑惑是到了阿勒泰的大山里。石河子为兵团人自建，绿化居新疆首位，联合国有关部门曾经定论，此处为最佳居住城市。我曾在电视上多次看到石河子夏日的美，绿树成荫，少女时髦，男人洒脱。现在想象过去，亦觉出这座城市在夏日的缤纷之美。在石河子，冬天看树，看雪。夏天看人，看绿。颇好，像一个梦。

　　石河子凉皮之所以好，好就好在石河子的小麦好，做出的凉皮色泽鲜亮，看似薄得几近透明，但却极有韧劲，一尝之下便可发现，其筋道比其他凉皮强很多倍。要说石河子凉皮的好，须将凉皮和面筋一起吃，才可品出其美妙所在。新疆人大多都有将凉皮和面筋一起吃的习惯，只要向店主报上要放面筋的要求，店主就会将凉皮切成细条，面筋切成薄片，放入盘中，再浇上辣椒油、酱油、醋、蒜末、芥末、芝麻酱等作料，五颜六色，颜色好看，味香诱人。

　　在严冬季节，新疆人也有吃石河子凉皮的习惯。此物本是凉着吃的，加之放了醋，一般人都会认为在冬天不宜食用，否则会让人浑身发冷。但在新疆的实际情况并非如此，不论天气多冷，下多大的雪，刮多大的风，只要一盘子石河子凉皮端上桌，吃上两三口，其辣味马上就可以提神，让人浑身热起来。所以新疆人在冬天多吃石河子凉皮，吃完顶着风雪离去，一点也不冷。

我老家天水有面皮和呱呱，尤以调料独特而受欢迎。老家人将呱呱配一个烧饼作为早餐，不知情者以为很辣，实际上那是一种香辣，早餐一顿可提神一上午。按说，我自小吃天水的面皮和呱呱长大，嘴应该刁顽，但第一次吃石河子凉皮便满心欢喜。老家的面皮和呱呱遥不可及，而石河子凉皮近在眼前，刚好弥补遗憾。

也就是在第一次吃石河子凉皮时，发现其吸取了川菜的麻、湘菜的辣，再加入浓酸的醋，味道既浓郁又清爽，很符合新疆人直率的性格。新疆菜不在八大菜系中，但有融会和吸纳的长处，石河子凉皮便是例证。

我这些年吃石河子凉皮，固定去处是一个不起眼的小店。记得早先有石河子凉皮招牌，后在一次大风中被刮破，开店者没有再做，但生意不受影响。因为店小，坐十人便显得拥挤，我每去都避开饭点，进门向女店主报上想吃的凉皮、面筋和牛筋面的比例，她利索地拌好，我一人坐在店中慢慢吃，觉得颇为舒服。

一次见到她做凉皮，便多看了几眼。也就是那几眼，让我知道了石河子凉皮的做法。她把和好的面放进盆中，用凉水不断地搓洗，一直洗到淀粉和面筋分离，把面筋取出，将洗面水澄清沉淀，倒去上面的清水，在剩下的糊状淀粉中加适量的苏打，抹入直径一尺左右的不锈钢平盘，并在上面抹少许清油，便可放在开水锅上蒸了。她动作娴熟，不一会儿便做出一张，入锅的那张三五分钟即熟，下一张刚好跟上。

我尝了她新做出的凉皮，浇上各种调料之后，看上去颜色悦目，一吃更觉得爽滑弹软,似乎还品出了食物刚出锅的那种蒸馏香味。

后又去吃,她唤女儿为我端来凉皮。我见是一亭亭玉立的少女,便想起以前她也曾给我端过凉皮,那时她大概七八岁,怕盘子掉地上,便用双手紧紧握着,还咬着嘴唇。如今她已长成了大姑娘,我亦猛然发现,我在这个小店吃凉皮已有十年时间。

一次与女店主闲聊,得知她来自兵团农四师的六十六团(地处伊犁),很早便靠做凉皮谋生。后来到了乌鲁木齐,也顺理成章地开了这个小店。她说其实还有比石河子凉皮更好吃的凉皮,至今没有出六十六团,叫"矮桌子凉皮"。一位大娘最初经营时,因为只有几张矮桌子,被人们叫出了"矮桌子凉皮"一名。那凉皮用的是本地的小麦,而且加工精细,所以很好吃,六十六团人数十年间只要想吃凉皮,必去那家。

我打听了一下,如今在六十六团,矮桌子凉皮店的生意依然很好,别的店已改用机器做凉皮,但那家却依然坚持手工制作,那样的速度会跟不上所需,但他们宁愿少赚钱也不降低标准。后来,他们索性对外宣布,每天只卖三百张凉皮。三百张凉皮也就是三百份,人们每去吃凉皮都会问,卖到多少张了?如果店主报出的数字尚不紧张,便从容等待。如果已所剩不多,便赶紧让店主给自己上一份。那次还打听到一个消息,当年创下矮桌子凉皮的大娘已经年迈,担心矮桌子凉皮传承无望,甚是焦虑。

我曾去过六十六团,没有碰上矮桌子凉皮,如若再去,定要品尝一下。有些食物,如果一次错过便会永远错过,所以碰上了要及时品尝,以免留下遗憾。

不论是石河子凉皮,还是矮桌子凉皮,皆出自兵团,兵团人在新疆多年种地,能出好吃的凉皮,亦是必然。

苞谷汤饭

苞谷汤饭,在南疆的和田和喀什两地经常能见到,当地的维吾尔族人称之"阔恰",是一种把新鲜的玉米榨成粒,然后与多种蔬菜一起放入羊肉汤中,烩成的一种汤饭。

做苞谷汤饭,先要将剥下来的玉米粒榨出汁,并与玉米渣分开。然后把羊肉、皮芽子、番茄、红辣椒、绿辣椒、南瓜、木耳、恰玛古等入油锅炒少许时间,把玉米汁倒入锅里,并加少量的水,放入玉米渣烩制一小时左右,便做成一锅香喷喷的苞谷汤饭。烩熟的苞谷汤饭,菜蔬已与玉米粒融为一体,但番茄泛出的红色,木耳泛出的黑色,绿辣椒泛出的绿色,仍然很显眼,用南疆人常用的传统木勺舀一勺食之,有酸有辣,可谓是味道独特,口感鲜润。

二十多年前,去疏附县看《突厥语大辞典》的作者麻赫穆德·喀什噶里的麻扎(坟墓)。出发前,一位在新疆生活多年的天水老乡嘱咐我们看完后早些返回喀什,中午请我们喝酒,还有苞谷汤饭。当时听得一愣,但能想象得出,所谓的苞谷汤饭,大概是用苞谷熬成的稀饭,我想,可能与糊糊差不多吧?问过后才知道具体的做法。虽然觉得好吃,但我们要去看麻赫穆德·喀什噶里的麻扎,只能先忍下口水。

《突厥语大辞典》是一部百科全书,亦是麻赫穆德·喀什噶里用双脚"走"出来的大书。他从喀什出发,一直走到了苏丹国,将沿途所见所闻收录到了《突厥语大辞典》当中,并在书中详细介绍了他所收集到的语言、人物、历史、民俗、天文、地理、农业、手工业、医学以及政治、军事和社会生活等方面的知识,甚至将神话传说、儿童游戏和体育、娱乐等项目也收了进去,是一部"用最优雅的形式和最明确的语言"完成的书。我先前读过《突厥语大辞典》,深为里面的语言所感动,譬如"你看着我,就是治疗我""天穹像宝石般晶莹碧蓝,再给它镶上白玉的指环。看,明星在东方出现了,夜幕降临,赶走了白天"等等。我觉得这样的句子是诗歌,后来读到四行体的柔巴依诗,一对照便发现,《突厥语大辞典》中类似于柔巴依的诗歌比比皆是。

我们要去的地方不近,车子一路向前,路边是已经成熟的苞谷,从粗壮的苞谷棒子可看出,农民当年一定有好收成。当时想,等返回时买几个苞谷,中午吃上自己亲手做的苞谷汤饭,该是多好!

但是那天运气不好,因为修路,我们没走到麻赫穆德·喀什噶里的麻扎前,只好把车停在半路向麻扎的方向张望。无奈路途太远,什么也看不见。算了,只好留待下次再来。随后,我看见路边有新鲜苞谷卖,听摆摊的人大声叫喊:苞米,刚掰下来的苞米!苞米是新疆人对苞谷的称呼,他们很少用苞谷和玉米,而是多称苞米。我们买了几个新鲜苞谷,那人得知我们要回去做苞谷汤饭,笑着说他的苞米好得很,保准做出好吃的苞谷汤饭。

回到喀什,我们去约好的那位老乡家喝酒,并把那几个苞谷交给朋友，叮嘱他就用这几个做苞谷汤饭。那天的羊肉好，酒也不错。快结束时，老乡说，今天大家给面子，羊肉吃得好，酒也喝得好，最后再吃个苞谷汤饭，一切就都圆满了。当时已有醉意，只听到在说苞谷，对后面的汤饭二字并未听清，便想，吃个苞谷也好，压压酒会好受一些。等苞谷汤饭端上来，自是惊喜。喝了一口，觉出有酸甜之感，且稀稠适当，心想这才是醒酒的好东西，遂几口喝完，但不知里面还有什么。第一次吃苞谷汤饭，就被酒给害了，没有留下什么印象。

后又一次去看麻赫穆德·喀什噶里的麻扎，结果因为下雨，又没有去成。于是又去那位老乡家，说起上次羊肉好，酒好，他笑笑说，这次和上次一样好，放心吃放心喝便是。呵，只要看不成麻赫穆德·喀什噶里的麻扎，就必然会到这位老乡家来，还有什么顾虑呢，放心吃放心喝吧！我因为上次对苞谷汤饭留有遗憾，便提出想看看做苞谷汤饭的程序。老乡应允，说其实做苞谷汤饭不难，虽然各家使用食材略有差异，但苞谷肯定都是有的，只要有苞谷，就一定能吃上苞谷汤饭。

到了做苞谷汤饭时，老乡喊我进厨房去看，他妻子已将苞谷碴碎并榨出了汁，并把渣粒留了下来，对我说一会儿吃的就是这个东西。我看见她准备了羊肉、皮芽子、番茄、红辣椒、绿辣椒、南瓜、木耳、恰玛古等，便知道，苞谷汤饭虽然以苞谷粒为主，但这些配菜却必不可少，否则便不香。她将各种配菜炒出来，然后往锅里倒入榨好的苞谷汁和少量水，最后把苞谷粒放进去熬煮。

她说，简简单单的苞谷汤饭，得熬一个小时左右。我因为挂念那一锅苞谷汤饭，先后去看了两次。第一次见苞谷粒和各种蔬菜在一起翻滚，尚可看出每一种蔬菜的颜色和形状。第二次去看时见汤已熬得稠了，除了番茄、红辣椒和绿辣椒尚有一丝颜色外，其他配菜已融入汤中。我站在厨房中等了十余分钟，眼见得苞谷粒已完全消融于汤中，心想应该熟了。果然，老乡的妻子关了火，一锅香喷喷的苞谷汤饭出锅了。目睹了此过程，我坚信我也会做苞谷汤饭了。

老乡的妻子说，做苞谷汤饭最关键的是，一定要用嫩苞谷，只有嫩苞谷有甜汁，入汤后可提味。另有一个原因，嫩苞谷粒嫩脆，咀嚼起来口感好，尤其是咬开后散出的甜，在舌尖上弥漫开，是味觉的享受。我点头称是，不可小瞧这小小一锅苞谷汤饭，里面的学问大着呢！

两次去看麻赫穆德·喀什噶里的麻扎，均未如愿，但却与苞谷汤饭结缘，让我从此喜欢上了这一口。这里面有什么玄机？后来知道，克州、喀什、和田一带的人极为重视苞谷汤饭，平时多用于待客，亦是喝酒后必不可少的醒酒汤。苞谷汤饭和另一种叫乌麻什的苞谷汤饭有异曲同工之处，但乌麻什用的是苞谷粉，苞谷汤饭用的则是碴碎的苞谷粒。乌麻什不放菜和肉，而苞谷汤饭则少不了菜和肉。

记得那两次在老乡家吃苞谷汤饭，老乡和他妻子却未吃一口。问及原因，原来他们在艰苦的年代只能吃苞谷，留下了胃酸的毛病，以至于现在看见苞谷便不舒服。老乡说，当年除了苞谷别无选择，便把苞谷弄出各种花样来吃，但因为缺肉少菜，所谓的苞谷汤饭只能放一点菜叶。后来生活好了，苞谷汤饭又恢复了原来的模样，并延续了下来。

一种东西能被延续，一定是其价值得到了认可。如今，粗粮返销，人们又开始琢磨以前的健康饮食，尤其是苞谷这样的粗粮，多吃有利于身体，苞谷汤饭便又频繁出现在了人们的餐桌之上。

三十年河东，三十年河西，人的饮食亦有轮回。还有麻赫穆德·喀什噶里的麻扎，下次再去，想必一定能够看到。

诺鲁孜饭

今天是诺鲁孜节，写一篇关于诺鲁孜饭的文章。

"诺鲁孜"一词意为"春雨日"，诺鲁孜节就是迎接春天的节日。这一天相当于二十四节气中的春分，故而诺鲁孜节也叫迎春节。也就是在今天，新疆人以传统方式迎接春天。在新疆，人们把诺鲁孜节视为春耕、绿化、美化、净化环境的仪式，并在每年的这一天都吃诺鲁孜饭。

1992年3月21日，我在叶城第一次过了诺鲁孜节。那天出了营房大门，才发现鲜艳盛开的杏花，泛绿的田野，已猛然展开春天的景象。我一周前曾出过一次部队，当时还没有发现树枝泛绿，但仅仅几天却变成了这样，让人疑惑春天是一夜间来到人间的。

我们部队驻地在新藏线的零公里。说来很有意思，从零公里向农场延伸而去的小路两边，长着密密匝匝的杏树。我们曾议论过那些杏树，有战友说是自然生长的，因为叶城除了石榴外还产杏子，随处可见杏树倒也不奇怪。我们那天去部队的农场劳动，车子驶入那条小路,犹如穿行在花海之中,一伸手就碰到了枝头密集的杏花。

出了那片花海,便看见田间地头有人群和牛羊走动,牛的脖子上还似乎挂有什么饰物。牛羊已困顿一冬,此时的样子一看便知道,是终于轻松了下来。那条路上有四蹄脆响的马拉着马车,马车上坐着一身盛装的维吾尔族姑娘,个个浓眉大眼,长发飘飘。她们的眼睛那可真是又大又黑,让人觉得能装得下整个春天。看着人们都盛装出行,我们便猜测那天也许是什么节日。果不出所料,那天正是诺鲁孜节。因为我刚到新疆不久,也是第一次知道这个节日,所以并无什么感觉。但这突然来到的春天仍然让我欣慰。

一路上都有杏花,甚至还有桃花,但看着看着兴趣就淡了。有战友埋怨,当兵后天天下地干活,与当农民没什么两样。车经过一个村庄后,大家的情绪马上就不一样了,诺鲁孜节的气氛已渲染了整个村庄,人们五颜六色的民族服装和欢快的唱歌声,让当时二十刚出头的我们心情激荡,恨不得跳下车去看个究竟。

事隔这么多年,我仍坚信全连战友在那天都受到了影响,本应在下午六点完成的任务,一直到八点才收工,人人都一副腰酸背疼的样子。

回部队的路上,一位从北疆入伍的哈萨克族战友说到了诺鲁孜饭,他伤感地说,连队就他一名少数民族战士,没条件吃上诺鲁孜饭,如果在家里,他爷爷会给大家讲一晚上故事,而奶奶和妈妈则用一晚上时间熬诺鲁孜饭,让一家人在第二天早上就能吃上。

看着战友向往的神情,我也有些心动,心想能参加一下诺鲁孜节该多好!说来也巧,第二天我们部队与附近的一个乡共建,刚好赶上了诺鲁孜节。我发现人们起得很早,老人在房屋中间燃起一堆松柏树枝,将冒烟的枝条在家人头上绕一圈,祝家人朋友获得一年的平安快乐。然后,又将枝条放到牛羊圈门口,让它们从烟上迈过,以祈求它们在这一年膘肥体壮,繁殖有序。

每家每户都已熬好了一锅诺鲁孜饭。家庭中一般都用小锅,如果一个村庄或邻居聚在一起过节,则要用大锅。熬诺鲁孜饭需要有人整夜守候,因为每隔一会儿就要用大勺搅动锅中的稀粥,还要添加柴火,没有人守着不行。

我听见两位老人在谈论做诺鲁孜饭的用料,便注意听了听,听出要用七八种谷物和豆类,有大米、小麦、大豆、黄豆、绿豆、豌豆、鹰嘴豆、青豆等,同时要放入杏干、葡萄干和奶疙瘩等,所有用料以上一年剩下的为佳,其寓意为永远有节余。里面的配肉,一般选牛羊头部和蹄子上的肉,意为人生在世要看清世界,走向远方。

一位老人从外面进来,手里拿着几根绿色的东西,开始我以为是韭菜,仔细一看才发现是麦苗。他看了看锅里的粥,用手把下巴上的胡须捋了捋,然后颇为郑重地把麦苗放了进去。事后我才知道,这个细节象征所有的庄稼获得丰收。

最富有意味的是往诺鲁孜饭中放盐。放盐的人神情庄重,用手指捏着盐粒一点一点撒进锅里,然后用大勺来回搅动十余圈,那粥中的豆子便连连滚动,有的已经煮烂,有的似乎还很硬。我注意到,但凡走到大锅边的人,都要抓起大勺在锅中搅动几下,看来这个动作是过节或者吃诺鲁孜饭必须要做的。后来我才知道,因为盐在食物中被视为证物,大家同食一锅放了盐的诺鲁孜饭,无论有怎样的恩怨,都在吃完诺鲁孜饭后一笔勾销。也有人将苜蓿放进诺鲁孜饭中,因为苜蓿是春天的第一道绿色食物,放进诺鲁孜饭中是纪念上苍的赐予。

当时,乡亲们邀我们跳麦西莱甫,我们因为不会跳便僵在了那里。一个七八岁的小姑娘对我说,你不知道你自己有胳膊和腿吗?她的大眼睛里充满好奇,我这才明白她在说跳舞的事。按她的说法,只要动一动胳膊和腿就是跳舞。我被小姑娘感动，遂跟着她学习跳舞，她一本正经地教我，跳完后，她指了一下吃诺鲁孜饭的人群，意思是让我去吃饭，我想摸一下她的小脸蛋，她却转身飞快地跑了。

在那天，我看见人们在山野间掐苜蓿。苜蓿向来有"五谷的序曲"一说。过诺鲁孜节时，人们会摘回鲜嫩的苜蓿，然后剁馅，和面和擀皮，做成苜蓿饺子，也有人做苜蓿烤包子。这些散发苜蓿香味的食物，除了可供全家人尝鲜外，还会送给亲朋好友和邻居享用。许多曾闹过不愉快，别别扭扭，不走动，不说话的亲戚朋友和邻居，因为一盘苜蓿饺子，或者一二十个苜蓿烤包子，彼此之间很快就能够谅解，而且和好如初。

当然，被节日占有的一天，一切还要以诺鲁孜饭为主。吃完诺鲁孜饭，我期待看到人们举行挪巢、移花栽树、拜年、打诺鲁孜馕、踏青、扫墓等仪式，我已对诺鲁孜节有所了解，知道这些都是这个节日必不可少的内容。但是因为时间有限，人们在那天并没有举行那些活动。也许在第二天，或第三天，那些活动会一一举行，而那时我已不在这里。

第二年，我们又去那个村子吃了诺鲁孜饭，我还是不会跳麦西莱甫。我希望见到去年的那个小姑娘，但寻遍人群也不见她的身影。一年过去了，她会变成什么样子呢？

这篇文章写到这里，想起2014年诺鲁孜节的那天，单位联系华龙印务的食堂给大家做了一顿诺鲁孜饭，当时吃的人不多，但我却吃了两碗。那天，吃着诺鲁孜饭，回忆起二十多年前的南疆生活，不免在内心感叹，有些事情在不知不觉间已变得模糊，而有些事情却一直在等待着与你对视。

那一天，今生或许有，或许没有。

羊杂碎汤

羊杂碎汤因人而异，喜欢吃的，几天不吃就会坐立不安。不喜欢的，闻到就皱眉头，从不往跟前凑。羊杂碎汤，等的是喜欢它的人。喜欢羊杂碎汤的人，永不改其热衷。

羊杂碎汤的主要材料是羊下水，有羊肚、羊肝、羊肺、羊肠等，洗净后煮熟，视其原形或切成条，或切成块。切成条的有羊肚，切成块的有羊肝和羊肺，至于羊肠，则从中一刀切成小圈状。做羊杂碎，要先把退肉的羊头骨入锅煮出高汤，配料以姜为主，加一些佐料粉，将切好的羊下水放到碗中，待高汤煮好后浇入即可食用。有的人口味重，在盛入碗中后撒一点蒜末，一点香菜，便吃得很高兴。

二十多年前，我对新疆食物尚不了解，喝过几次羊肉汤后，以为将肉汁溶入汤中是最好喝的。但一位朋友说，最好的汤并非是羊肉汤，而是羊杂碎汤，因为里面放的东西多而杂，喝一口就知道有多好！他还说，喝羊杂碎汤有两种方式，其一是边吃羊杂边喝汤，其二是先把羊杂吃掉，然后喝汤。至于用哪种方式最好，完全取决于个人喜好，但味道都不会被改变。

　　我在食物认知方面有一个固执的观点，坚信但凡赢得口碑者，一定不会让人失望。经那位朋友声情并茂地渲染后，我便惦记上了羊杂碎汤。但我并不着急，当时的我才刚刚到新疆，坚信一定有机会吃到。

　　之后便总是听别人谈论羊杂碎汤，听得多了，也就知道，羊杂碎汤又名烩羊杂、羊杂碎，是由羊的头、蹄、血、肝、心、肠、肚等混合烩制而成的，属于新疆常见的传统小吃。羊杂碎汤贵在杂碎要多，如果不杂不碎，吃起来就没有滋味。当时想，羊身上的东西，真可谓是物尽其用，任何部位都可以加工成一道美味。有一次在和静县吃饭，桌上有羊耳朵和羊舌头各一盘，尝了一块，并未吃出特别的味道，但惊叹于人对羊的"发掘"。有人说，一羊可以"十吃"，依我看，十吃都不足以尽然，只要人们盯着羊看上半天，总能琢磨出新的吃法。

　　我调到驻扎在疏勒县的南疆军区后，发现文化站对面有一家羊杂碎汤店。惦记了许久的美食就在眼前，自然要欢欣鼓舞地进店点上一碗。店主是个年轻姑娘，起初觉得她恐怕做不好羊杂碎汤，在她问我要不要配饼子和小菜时还犹豫了一下，但心想，既来之则安之，先尝尝再说。

　　等她把一碗羊杂碎汤端上来，第一眼看上去便觉得不错。虽然羊内脏种类较多，肉质各异，但搭配起来却不觉得杂。我先喝了一口汤，味道酸辣兼宜，不腥不腻，马上断定这小小一碗羊杂的营养一定丰富。那天在下雪，我连吃带喝，再加上脆爽的萝卜丝小菜，半碗下肚遍体生热，一碗吃完热汗淋漓。当时想，在气候偏冷的季节吃羊杂碎汤，真是御冷逐寒的好办法。

　　不要小看这样一家小店。因他家做的羊杂碎汤好吃，在当地还是很有口碑的。比如,一群人在一家豪华酒店用餐到最后,想喝一碗羊杂碎汤醒酒,但服务员却告之没有。他们几经打听,被介绍到了这个店。他们在这里每人喝完一碗羊杂碎汤后,心满意足地离去。更有外国游客在喀什旅游时,专门跑过来将羊杂碎汤打包带了回去。

我因为常去吃羊杂碎汤,便与那姑娘熟了,得知她是从甘肃来新疆打工,因一位老大娘的赏识,教会了她做羊杂碎汤。那老大娘做了四十多年羊杂碎汤,自然有独特的做法,这便是她得了真传,做出好羊杂碎汤的原因。她已经在这儿干了三年,生意一直不错,准备再干一年扩大经营规模。

我向她请教做羊杂碎汤的方法,她一笑,没有说什么。我以为她不愿轻易将秘诀示人,不料她忙过一会儿后给我倒了一杯茶,简单明了地告诉我,羊杂碎汤好不好吃,就在于"三料""两汤"是否配得好。

我很惊讶,小小一碗羊杂碎汤,居然有如此深刻的内容,如果细究下去,一定会有人在羊杂碎汤上大做文章。经她详细介绍,我才知道,羊杂碎汤的"三料"分主料和副料,主料是羊心、羊肝和羊肺,下锅的时候切成碎丁或薄片。副料是羊肠、羊肚和头蹄肉,下锅时要切成细丝和长条。一碗羊杂碎汤,只要主副料齐全,味道便不会差。而"两汤"指的是汤有两种做法,其一是使用先前的原汤,人们买上一副羊的五脏下锅煮好,趁热边吃边喝,其鲜美的味道颇受欢迎。其二是清汤杂碎,因人们怕杂碎有异味,先将洗好的杂碎放入开水中汆一下,捞出放入蒸锅蒸熟后,切好,再重新入汤锅煮熟。

我与她闲聊,说起一个羊杂碎汤永不换汤的故事。有人把杂碎不断地往一个大锅里放,煮熟一批捞出后又放进去一批,那锅汤用文火常熬不换,有的甚至能熬上好几年,以至于锅中的汤浓稠如油,色酽如酱,人们将其称为"老汤杂碎"。过往食客吃一碗,杂碎酥烂绵软，汤汁醇美浓郁。食客提出加汤的要求，经营者便不高兴，因为那汤很贵。

她听得两眼放光，看来那一锅永不更换的浓汤让她浮想联翩。过了一会儿，她却摇摇头说，你说的地方可能在四川一带，新疆人不喜欢吃隔夜的东西，所以不会一直用一锅汤煮羊杂碎。

她说，真正好的羊杂碎汤，除了"三料两汤"外，还应该有"三味"。她指了一下店内的饭桌说，"三味"说起来简单，凡专卖羊杂碎汤的饭桌上，都应该有佐餐三味，也就是一盘香菜，一盘油泼辣子，一盘食盐。这是吃羊杂碎汤不可少的三味调料。食者坐下来，或爱清香爽口的，或喜辛辣热麻，或好咸中得味。总之，可根据自己的口味，自行调兑碗中的汤。

她如此冷静且富有专业的分析，让我颇为欣喜，亦相信以她的本事，一定能干出一番名堂。然而我外出半年回到疏勒县后，却发现那个羊杂碎汤店换了经营者，并很快听到了消息，那姑娘的男朋友出车时撞了人，受伤者做手术时花了一大笔钱，她将店卖掉才还上了欠款。

后来的一天，我经过那个羊杂碎汤店，看见店主在门口支了一个小炉子，上面的一锅羊杂碎汤正煮得上下翻滚。

我没有食欲，转身离去。

丸子汤

前几天与同事说到与昌吉有关的一件事，说着说着就说到了丸子汤。丸子汤是昌吉的名片，有时候人们提起昌吉，情绪明显高涨，大家一致认为，昌吉的丸子汤好吃，好像马上去吃一碗才能解馋。

说起来，以前的新疆人聚餐，丸子汤往往是最后一道菜，寓意吃完便离开的意思。而现在则是新疆人的快餐。这些年，昌吉市和木垒、吉木萨尔和奇台的丸子汤名气越来越大，经常听到人们称赞。

丸子汤的来历很有意思。说是有一天，一个饭馆刚让一群骆驼客吃饱上路，又有一群骆驼客到了门口，但厨房里除了丸子外，已没有任何主食。饭馆老板看见骆驼客眼巴巴地看着他，便将丸子放进牛肉汤中，然后放入豆腐、粉块、菠菜和粉条，一锅丸子汤便那样做好了。因为有丸子又有汤，"丸子汤"一名遂被传开。

如今在昌吉有一个约定俗成的习惯，做丸子汤是体现回族媳妇厨艺的标准，所以大姑娘和小媳妇都会做。在昌吉等地的回族人家中，丸子汤和粉汤是家常饭菜，经常出现于餐桌。熟悉或喜欢吃丸子汤的人，只要看一眼圆润的丸子，大块头的牛肉片，味浓汤鲜的牛骨头汤，软滑的粉条，吸足汤后变得蓬松的冻豆腐，漂着油花的汤汁，以及新鲜的绿色菜叶等，恐怕就迈不开脚步了。汤中除了要放丸子外，通常还会放入阿魏菇和粉块，吃起来可享受到香糯、爽滑、筋道和酥软的口感之福。

我每去昌吉办事后，如果时间充足，必然要吃一碗丸子汤才返回乌鲁木齐。如果住在昌吉，第二天早上便不在宾馆吃早餐，而是早早地起床上街，找一家丸子汤店吃一碗。我常去的是离汽车站不远的一家店，进去后，点一碗丸子汤，配两个油塔子，一小碟凉菜，吃得很舒服。

一碗丸子汤好不好，最关键的是做丸子。人们先把牛肉洗干净，切成小细丁，放入盐、熟植物油、胡椒粉、味精和鸡蛋，并加一点水，不停地搅拌，和成肉泥，然后捏成球状放在熟油锅里煎炸，九成熟时从锅里捞出即可。炸熟的丸子炖到汤里，外脆里嫩，一口咬开便透出紧凑密集的肉香。

丸子汤做起来不难，但熬汤却很讲究，要把牛肉和牛骨头放在一起，用五六个小时才能熬出好的高汤。熬汤的时间是否够，火候是否掌握得合适，以及后续加进去的调料是否适当，这几样都要达到标准。然后才可选择冲味不会太过的配菜。如果菜自身的味道太冲，就会影响丸子的味道，譬如芹菜就永远不会被用于做丸子汤，而像菠菜一类味道淡，色感鲜，且口感绵软的蔬菜，一直是人们配入丸子汤的首选。

汤虽然是早已熬好的牛骨头高汤，但必须经过加工才会可口。通常的做法是，先在熬好的牛肉汤中放进粉条用小火煮，然后在另一炒锅中将油烧到五成热，放入胡萝卜丁、皮芽子丁，撒上胡椒粉、干红椒等调料，炒少许时间后和丸子一起倒进粉条汤里，用大火烧开，然后改小火稍煮，最后加入盐和味精，一锅可口的丸子汤就做好了。

我吃丸子汤有一个习惯，吃之前要先喝一大口汤。且不可小看这一口汤，会吃丸子汤的人都深谙此道，其作用是先品一下汤中熬出的牛骨、肉味及其他调料是否合适。如果是冬季，这一口汤不但给口腔带来新鲜滋味，还会让全身都热起来，可以说是既解了馋，又暖了身。

吃丸子汤的标配是油塔子，也有餐馆会配以烤饼和花卷，是因为较之于油塔子更方便做，成本也低。会吃或常吃丸子汤的人，一问餐馆配的不是油塔子，往往会转身走人。吃一碗丸子汤，不吃一两个油塔子，用新疆话说，会吃得不够"瓷实"。

我结婚成家后，经常在家做丸子汤。有时候自己动手炸牛肉丸子，有时候为了图方便，便去超市买一些，做出的味道都差不多。现在的人都不放心食品安全，但我从未发现有人在丸子上偷工减料的，看来丸子是不容做假的食物。

在微信朋友圈经常见到有人晒家庭中做出的丸子汤，十有八九是不成功之作。做丸子汤首先要把握好时间，前后有四十分钟即可。首先要在汤烧开后放入难煮的牛肉片、丸子和粉条，煮二十分钟左右放入粉块、豆腐和其他耐煮的蔬菜，最后五分钟放菠菜，煮少许时间即可关火。同时要把握的是汤与菜的比例，要知道煮四十分钟会有不少汤会被耗掉，加之肉和菜均会膨胀，会使丸子汤越煮越显得稠，本来要做一碗却变成了两碗，要做一人的饭却变成了两人都吃不完，以至于到最后看一眼便没有食欲。所以一定要在事先相应地多加一点汤，保证做出后汤水充足，丸子和肉菜在汤中宽松灵动，吃起来才舒服。

偶然间听说昌吉的"四十九"丸子汤已开到了乌鲁木齐，便心中欣喜。在期待"四十九"丸子汤的那一阵子，玛纳斯的一位老板在乌鲁木齐的西北路开了一家丸子汤馆,经营一段时间后不景气,便请人题写了店名,以期营业状况有所好转。那一阵子我和单位同事每天中午去打羽毛球,打完后便到那家店,每人要一份丸子汤,再加一两个烤饼,连吃带喝,颇为惬意。

吃过两次后,我喜欢上了那家丸子汤。他们的汤味很正统,喝一口便可尝出牛肉的味道。汤好至少就成功了一半,剩下的就是丸子炸得是否外脆内软,其他配菜是不是新鲜。那家老板请来的厨师一定做了很多年丸子汤,所以配制的牛肉切得薄,煮得也刚好到火候,吃起来不烂不硬。我还喜欢丸子汤中的豆腐,看上去略粗一些,却有脆嫩的口感。

因为多年吃丸子汤一直配油塔子,便有些排斥他们配的烤饼。后来,因为天冷便让服务员把饼子烤一会儿后端上,外面已变得焦黄,等吃过一口,便感觉到了温热酥香。我们都颇为欣喜,看来将饼子适当烤一下,无论外观和内质都会不一样。自此之后再进那家丸子汤店,熟悉的服秀员便问我们:三个丸子汤?我们应声的同时又加上一句话,饼子烤一烤再上。服务员明白,应声而去。

一次吃完丸子汤出来,我抬头看了看挂在门口的店名书法,那字为了突出书法个性,笔画写得东倒西歪,很难将整体支撑安稳。一位朋友说,生意做不下去时会用"倒了""垮了"的说法,这字真让人有这种感觉。我示意他不要那样说,多给人家盼点好吧。

之后的一天,一切急骤发生变化,我们办理会员卡的那家羽毛球馆突然锁上了大门。那天大雪纷飞,我们在雪地里等待许久,才知道承包羽毛球馆的老板跑了,我们再也不能在那家球馆打球了。不幸的是,当我们去吃丸子汤时,又惊讶地发现,那家丸子汤店也倒闭了。

天气似乎一下子冷了很多。

苏甫汤

苏甫汤是俄罗斯人的一种菜汤,后被迁入伊犁的俄罗斯人带过来,从此在新疆扎下了根。

要说苏甫汤,得把苏甫和汤分开说。

苏甫一说,指的是俄罗斯人对这道汤菜的叫法,应是俄语。而苏甫汤则是新疆人的叫法,因其最显眼的是汤,所以在苏甫后面加了一个汤字,从此变成固定叫法。

伊犁人喜欢苏甫汤,时间久了,便发生了诸多与苏甫汤有关的趣事。

有一人受俄罗斯族朋友邀请,让他去他们位于喀赞其的家喝苏甫汤。恰好这人也喜欢喝苏甫汤,后来更是对俄罗斯族朋友家的苏甫汤记忆犹新。那天他一进门,正赶上朋友家在过俄罗斯族的柳枝节,朋友一家人用柳树枝蘸水洒向他,并对他道出一番祝福的话。柳枝节是俄罗斯族的传统节日,在复活节前一周的星期日。每到那天,人们一大早起床去郊外,采折刚发芽的柳树枝,带到教堂去祈祷,是一种专门用于过节的工具。

那人不知柳枝节的内容，在祝福完毕后便坐下喝茶，询问朋友是否有苏甫汤可以喝。他上次喝过后一直惦记，今天来的目的就是为了那一口。不料朋友并不回答他，而是向家人使一个眼色，一家人便把他揪住，拽到屋子中央用柳树枝不停地抽他，并念念有词：用柳树枝抽你，用柳树枝抽你，直到抽得你眼泪流。他们一声声念，一下又一下地抽那人，那人被抽得乱跳，不知为何突然间就要挨打。

后来，朋友对那人介绍一番，用柳树枝抽你，是为了给你驱病镇痛，这也是柳枝节的一项内容。那人明白过来，便顺着朋友所指，让他们用柳树枝抽打他的头、腰和腿，并随之大声喊叫：柳树枝抽到我身上，我的头不疼了，腰不疼了，腿不疼了。被抽打过一番后，那人满眼笑容。那是一种祝福，谁能不高兴呢？少顷，朋友给那人端来苏甫汤，告诉他，苏甫汤早就做好了，如果他不挨一顿"打"便喝不上。那人笑着喝苏甫汤，觉得多了以前没有的味道。

另一人做苏甫汤，则经历了更为离奇的事情。他去菜市场找到一位俄罗斯族人的摊位，买了羊肉、莲花白、番茄、土豆、胡萝卜、桂树干叶和调料，回去做了一锅苏甫汤。一尝，好是好，但总觉得少了什么。是什么呢？他想不出来。正在苦恼间，那位摆摊的俄罗斯族人找上门来，给他送来了列巴和斯米旦。列巴是俄罗斯族人的面包，而斯米旦是发酵后的生奶皮子，喝苏甫汤配上这两种东西，才算是正宗的吃法。

那人将斯米旦抹在列巴上，喝一口苏甫汤，吃一口列巴，马上找到了感觉。对了，刚才觉得少了的，就是列巴和斯米旦。那俄罗斯族人说，你走了后，我想你会因为少了两样东西回来的，可是直到下班了也不见你回来。我心想少了两样东西，喝什么苏甫汤呢？下班后就给你送来了。那人之后再做苏甫汤，再也没有忘记配列巴和斯米旦。

我喝过的最好的苏甫汤,也在伊宁市的喀赞其。喀赞其是伊宁市闹中取静的地方,从不起眼的入口进入,城市的喧闹便被隔开,脚下是安静悠长的巷道。顺着巷道往前走,极富民族特色的建筑,挺拔的白杨树,大门旁的花朵,墙角的果树,以及流淌的渠水,传递出安然的生活气息。这样的地方,哪怕只是随便走一走,看一看,也让人知足。

喀赞其深藏不少做美食的店铺,有名气很大的土冰激凌、列巴、格瓦斯、杏子酱面包、小面包等。有一次在喀赞其的一个饭馆吃饭,先后上了烤羊肉串、烤包子、薄皮包子、烤馕、酸奶、小拌面、抓饭、奶茶、手抓羊肉、马肉、米肠子、汤饭,以及西瓜、葡萄、杏子、苹果、梨子、草莓、桃子、无花果和酸梅等,每一种都是一小份,一两口便可吃完。只记得服务员不停地上菜,不停地收盘子,每个人都忙不迭地吃,似乎一疏忽就会错过某一种美味。

吃到最后,上了苏甫汤。一尝,品出有桂树叶的异香,但却多了一股独特的酸味。按说番茄入汤,是不会有那种酸味的。我用筷子一翻,发现了用黄瓜、莲花白腌的酸菜,便知道了那股酸味的来由。

朋友介绍说,俄罗斯人进入伊犁后,带来了很多本民族的特色饮食,但大多入乡随俗,变化不小,唯独苏甫汤仍保持着原来的味道。时间久了,不但伊犁人喜欢苏甫汤,就连俄罗斯人在伊犁喝了苏甫汤,也称赞是莫斯科或圣彼得堡的味道。

几年后又去喀赞其,在一户俄罗斯族人家中,见到主妇在做苏甫汤。她先将洗净的羊肉切成块,用凉水煮开后滗去血沫,待肉煮到七成熟,放入皮芽子煮数分钟,将切好的莲花白、番茄、土豆、胡萝卜和桂树的干叶入锅,加入食盐和调料,等羊肉煮熟便端上了桌。

　　苏甫汤好不好喝,有没有桂树的干叶是关键。桂树的干叶有异香,入汤后起到调味作用。我喝苏甫汤时留意过,桂树干叶的异香,让汤有了一股浓烈而独特的香味,品咂一下,那股香味便从味蕾浸入神经,让人极为舒爽。有一个说法:人莫不饮食也,鲜能品味也。意思是,知味实不容易,说味就更难。但我敢为苏甫汤说出其味,那就是桂树干叶将酸和甜调解出的一种异香。如果没有那种树叶,苏甫汤将是另一种味道。

　　这家主妇的小孙女从外面被唤回吃饭,我惊讶地发现,小姑娘眼眸中有颇为明显的蓝色,而且她的举止神态,与我在圣彼得堡见过的俄罗斯小姑娘极为相似,一时让我觉得恍若又置身于俄罗斯。我想,小姑娘一家在伊犁可上溯三到四代,但她眼睛里面的蓝色却延续了下来。

　　她们一家邀我们一起喝苏甫汤。因为汤里有桂叶香,同时,番茄又使汤散出略酸的味道,配上列巴边吃边喝,滋味鲜美,口感舒爽。吃完与他们告别,那小姑娘也出来送我们,她眼睛里面的蓝色,在阳光中更为显眼,亦使她显得更加漂亮。朋友说,这小姑娘是明星,很多人到了喀赞其,都和她合影。

　　那天从喀赞其返回,路过一个大院,见四面各自一长溜房子,至今仍然完好。朋友说,此处在二三十年代曾是一个大户人家,从现在保存的大院规模,就可以看出其当时的家业有多大。另一朋友说起一件鲜为人知的事,是说,当年的一天,那大户接到迪化(今乌鲁木齐)通知,让他去开会。他喝了一碗苏甫汤后出门,一去便杳无音信。家人猜测他遭了暗算,不敢再在伊犁待下去,便举家迁走。他们走得神秘,谁也不知他们去了哪里。时间到了二十世纪八十年代,从北京来了几位中国银行的人。原来是那大户在银行存了一笔钱，时间太久需要结算利息和认领。无奈那大户没有任何亲属，那笔钱便归入了国库。

　　想起那人是喝了一碗苏甫汤后出门的，便心里一酸，那不是苏甫汤的酸，而是别的滋味。

好营养在肉里
好手艺在乡里

好营养在肉里
好手艺在乡里

手抓肉
大盘鸡
椒麻鸡
馕包肉
米肠子
马肠子
熏马肉
平锅羊肉
羊肉焖饼
胡辣羊蹄
冰碴驹俐

手抓肉

前日的一场大雪,一直持续到今天才停。

便想,雪后气温骤降,宜吃羊肉,尤其是大块手抓肉,吃一顿可御寒。

于是便去菜市场买羊肉,但挂羊肉的架子却空着,看来有不少人和我有同样的想法,已经把羊肉买完了。摆摊的小伙子认识我,掏出手机一番联系,很快就有人骑摩托车送来了羊肉。我一看,正是我喜欢的后腿肉,遂请小伙子用斧子剁成块,付钱后提回了家。

手抓肉这个名字,一看就知道是什么意思——因为块大肉多,而且还连骨,便无须借助餐具,直接用手抓起即可食用。曾在和田听人们提到"萨勒干果西",说的就是炖手抓肉。

那次见人做手抓肉。锅开后,先滗去漂起的血沫,然后把胡萝卜块、皮芽子和盐一起放进去。据说,那样可达到肉香,汤也香。但炖手抓肉最关键的地方,在于煮肉过程中不断地扬汤。有一句老话为证:"抓饭的关键在于'炒',炖肉的关键在于'扬'"。

做手抓肉,不仅只用羊的后腿肉,还会用羊头、羊脖子和羊蹄,这三种是产妇的特殊食品。有一句谚语说：“一只羊的营养，全在头上”。据说，产妇吃了羊头肉，喝了汤，有助于分娩，亦有助于下奶。

我做手抓肉的方法一向很简单。先用瓦罐烧上水，然后用清水冲洗切好的羊肉，等洗过几遍后，瓦罐中的水也就烧开了。这时候要注意一个细节，千万不可把大块羊肉一下子全放进锅中，而是要一块一块地放进去，这样做的目的，是让每块羊肉入水时受热均匀，煮熟后才软硬适度，吃起来有好的口感。

煮少许时间，肉中的血丝便冒出沫子。此时，用勺子轻轻把沫子氽出，盖上盖子用文火炖。一小时后，大块手抓肉已炖熟。我吃手抓肉有一个爱好，不放胡萝卜、香菜、皮芽子和干辣皮，只需放一把盐，让盐入味后即可关火，将大块羊肉用筷子夹到盘子里，留羊肉汤稍凉后再喝。

当晚，吃了一顿手抓肉。

虽然人人都可以做手抓肉，但在家庭中却不常见，因为羊肉现在一公斤在五六十元，在家中没必要那样吃羊肉。听说在一些景区，买一只羊的价格则会翻两至三倍。所以，真正吃手抓肉者，几乎皆在请客场面，花一千元左右买一只羊，可做出够十人吃的分量。

手抓肉的口感、肉质和味道，常常因水而异。城市里的自来水煮出的手抓羊肉，不如山中溪水或雪水炖出的好吃，所以新疆人想吃手抓肉了，多往山上或牧区跑，邀请朋友时的惯用语为：去山上吃个肉，喝个酒。

我吃大块手抓肉，习惯用手抓着吃。在新疆吃了近三十年已成习惯，用筷子反而不自然。吃之前如果嫌肉块太大，便取出那把二十多年前在英吉沙县买的小刀子，把肉削成小块。此操作方法实际上是切和割，但新疆人却偏偏喜欢说成削，而且念 xue，一听便知是受甘肃和陕西话影响的老新疆话。手抓肉只有这样吃才过瘾，如果为了图方便在事先剁成小块，反而吃不出感觉。

第二天，一家报纸邀我写五百左右介绍手抓肉的文字，我问他们作何用，答曰，近日天气骤然变冷，准备向百姓推荐有御寒作用的食物和菜品。我一听乐了，这不是正好与我昨天吃手抓肉的想法一样吗，这样的事我爱干。于是，我在手机备忘录上写出以下文字：

在新疆所有的肉类中，羊肉的做法最多，它既可高贵到烤全羊那样的高度，又可以普通到像路边摊位的烤羊肉串、羊杂碎汤一样的普通。新疆的羊肉多产于阿勒泰、伊犁和塔城等地，肉质和成色都差不多，但因为做法不同，做出的菜也截然不同。不止在新疆，但凡习惯吃羊肉的地方，所有做菜的方法都适合羊肉，最常见的烧、烤、炒、焖、炖等，用羊肉都能做出很受欢迎的菜。譬如烤有人人皆知的烤羊肉串，炒有葱爆羊肉，焖有黄焖羊肉，炖有清炖羊肉。新疆人最喜欢的手抓羊肉也是炖出的，只不过从锅中捞出后，人们的注意力都在大块手抓肉上，不多去想它制作方法。手抓羊肉在西北五省乃至内蒙古、东北三省等地皆被庞大的人群食之，其受欢迎程度与当地气温和养殖条件有关。有辽阔草原和丰富牧场的地方多羊，人们必多食羊肉，而冬季较冷地区吃羊肉是为了御寒。宁夏、甘肃和青海等地将手抓肉称为"手抓"，省去一个"肉"字，而新疆人则称其为"抓肉"，将"手"字省去。新疆人多将食用动作用于食物名，如揪片子、拉条子、拨鱼子、炮仗子、抓饭等等，似乎名称中有动感吃起来才惬意。而手抓羊肉，是这一连串名字中最让人感到亲切的一个。

写完后一数，尚不足五百字，但不可强求，适可而止最好。

至今想来，吃手抓肉印象最深的一次，是在卡昝河边防连旁边的一户牧民家。主人要给我们做手抓肉，分给我的任务是去山脚的小河中提水。我拎一水桶走到河边才发现，从雪山上流下的雪水，让河中好像仍有白色的雪影。不仅如此，它流淌的声音如大手在拍打，让我疑惑那是一条奇河，流淌的是非同一般的圣水。

正是那条河中的雪水煮出的手抓羊肉，瘦的地方清爽柔嫩，肥的地方入口即化（有人喜欢手抓羊肉的肥处）。

那牧民的儿子在对面的山冈上放羊，牧民做好抓肉后在霍斯（毡房）门口喊了一声，他儿子便骑马飞奔而来，还高唱一首哈萨克族民歌。那小家伙十二三岁，但他吃抓肉的架势让我大为惊叹，不一会儿，他面前便摆了一大堆骨头，每一块都啃得干干净净。

他吃完后骑马要走，我耽于老天正在下雨便挽留了几句，他说，雨的事情不大，羊的事情大，我如果把羊放不好，你下次来了吃什么呢？说着便翻身上马，冲进了雨雾中。

大盘鸡

大盘鸡是平民之食,最早出现于北疆一带的路边小饭馆。几名跑长途的司机,想换一下天天吃拌面的口味,便让老板炒一只鸡,多放青椒和土豆,味道重一些即可。老板融川菜和湘菜风格,将油烧热后放入白糖、生抽煸炒至上色,再放入郫县豆瓣酱煸炒出红油,将鸡块放入锅中煸炒均匀。然后放入青辣椒、八角、花椒、干辣椒、香叶、蒜、姜煸炒出香味,将啤酒和一碗水倒入锅中。大火烧开后转小火炖十五分钟,后加土豆,放入锅中炖二十分钟。因为鸡肉太多,那老板遂顺手用大盘盛上端出,那几位司机吃得十分痛快,喊出一声大盘鸡。之后他们每次路过必去吃鸡,"大盘鸡"一名便传了出去。

之后,大盘鸡店在新疆广受欢迎,人们进入饭馆点菜时喊出"大盘鸡"三字,声音之豪迈在别处不易见到。一份大盘鸡,吃到最后加一份"皮带面"(拉出的一种面,以宽著称),鸡肉汁浸入面中也好吃,所以一份大盘鸡可供两三人或三四人吃饱。经过二十多年的演变,放土豆的大盘鸡已成为经典款。这一款大盘鸡的色彩鲜艳,鸡肉爽滑麻辣,土豆软糯甜润,辣中有香,粗中带细,是新疆人最喜欢吃的佳品。此外还有香菇大盘鸡、咸菜大盘鸡、豇豆大盘鸡、花卷大盘鸡、海带大盘鸡、油炸馕大盘鸡、冻豆腐大盘鸡、鸡血饼大盘鸡等,尤其是在香喷喷的大盘鸡下压一个馕,待汤汁味道浸入馕中,是一道独特的美味。

常见的大盘鸡有两种做法,一种是爆炒,亦是最常见的做法。将鸡肉洗净切成块,用冷水洗至没有血沫,然后开火烧热锅内的油,加入白糖,把火调小,煸炒至白糖微微发红,放入鸡块翻炒。且不可小看煸炒白糖这个小环节,它对鸡肉上色会起到关键作用。鸡块微微变色后,加入葱姜蒜和花椒,翻炒出香味,放进切成滚刀块的土豆翻炒一会,加入啤酒、香叶和八角,小火炖二十分钟。很少有人做菜时用啤酒,而新疆人却大胆用之,一次要用一瓶。用了啤酒,就不用加水了,味道会浓厚得多。等鸡肉微熟,汤汁浓稠,土豆绵软时,加入青椒翻炒片刻即可上桌。也有人喜欢在出锅前放入蒜末,可增加清香的味道。

第二种是干煸,其做法与爆炒差不多,不同的是不用白糖和啤酒,而是先将鸡肉放入热油中干煸少许时间,待其变得微黄便捞出,然后入锅再炒。此做法的特点是肉质紧缩,口感酥脆,吃起来瓷实。家庭中如此做大盘鸡费油,所以多用爆炒做法,而餐馆则多采用此做法,原因是一则油可重复使用,二则做出的大盘鸡品相好,味道独特,易吸引食客。

无论是开大盘鸡店的老板还是吃大盘鸡的食客,都有一个数十年不变的观点,即一份大盘鸡必须要用一整只鸡,否则开店者便不仁义,食客便不高兴。有的店在进鸡时,也会挑选大小一致的鸡,那样才能让食客满意。也有店家会将鸡肉私留一些,然后多加土豆等,看上去仍是满满一盘,但明眼食客马上便可看出端倪。

如今大盘鸡店使用的盘子与二十年前的盘子别无二致,仍保持着大气的风格，但问题却出来了。二十年前点一份大盘鸡，店家遵守的原则是用一只整鸡，做两大盘端上桌，细心的食客会数盘中鸡的部位，如鸡爪、鸡腿、鸡翅均为两个，说明店家是实诚人，如果少了则证明遇到了黑心商家，定有一番争吵。

我刻骨铭心体验到大盘鸡之变，始于有一年陪北京客人去吐鲁番的遭遇。我们在吃午餐时点了大盘鸡，端上后发现是两盘，北京客人以为上错了菜，等解释一整只鸡可盛两盘后，他们便对新疆人大加赞赏，我亦觉得脸上有光。不料第二天去另一饭馆吃大盘鸡，端上来却只有一盘。也许是老板听出那几位客人操北京口音，便在鸡肉数量上做了手脚。

吃大盘鸡多年，印象最深的是沙湾的一家。那家店仅有四五张桌子，我们去时没有空位子，朋友说等吧，来这儿吃大盘鸡十有八九要等，坐在等来的位子上吃大盘鸡才香。我们于是便坐在门口的树下等，有两位姑娘看我们在等，让服务员把剩下的一半打包，给我们让出了位子。那家店做大盘鸡很利索，二十余分钟后就端了上来。仔细一看，里面有青辣椒和干辣皮，但没有放常见的土豆，而是放了用大白菜腌制的泡菜，绿红白三色掩映在一起，很是和谐。那泡菜被切成了细丝，浸在汤汁中，夹一筷子一尝，是那种自制的泡菜，仅有一丝酸味，吃起来仍很脆爽。吃过几块鸡肉和土豆后，便发现这泡菜放得妙，使鸡肉和土豆都略带酸味，少了油腻，多了爽口之感。吃完后出了那家店，朋友说前几年这家店的老板发现，人们吃腻了香辣的大盘鸡，便尝试做出了泡菜大盘鸡，但却没有人来吃。老板一狠心，决定在一天内白送五十份泡菜大盘鸡，凡是来吃者皆免费。这一推销方法很有效，泡菜大盘鸡的名声马上传了出去，第二天就卖了一百多份，等于把前一天免费赠送的全赚了回来。

前不久，我在乌鲁木齐发现了一家"沙湾大盘鸡"店，其中就有泡菜做的大盘鸡。我和妻子去吃，进店点了泡菜大盘鸡，一转眼服务生便端了上来。一尝便知，是高压锅压的，且是多只鸡放在一起压熟，待客人点餐后便盛一盘端了上来。这样一想，便不由得又为大盘鸡的褪色而感慨，亦为这家老板担心，这样的大盘鸡店，能开多久呢？

椒麻鸡

椒麻鸡是除了大盘鸡外,新疆人喜欢的另一种鸡肉菜品。不同的是,大盘鸡是热菜,而椒麻鸡是凉菜。在酒店多为小盘装,但在专营椒麻鸡的店中,却是用大盘装的,而且像大盘鸡一样,用一只鸡做一份。

无论是哪个省,凉菜都用小盘装,人们边喝酒边吃凉菜,所谓"下酒菜"一说便由此得来。凉菜少而精,大概有助于从容喝酒,如果一上来就是热菜,吃饱了便喝不下酒。但新疆人不管那么多,短短几年便把椒麻鸡演变成大盘装,而且像热菜一样吃。究其原因,大概有三,首先是椒麻鸡的麻辣效果明显,口舌受这两种味道刺激,便感觉不到凉了。其次,吃椒麻鸡多配花卷、汤类等,还有人喜欢拌入"皮带面",吃起来有主食的感觉。再次,椒麻鸡像大盘鸡一样,也是一整只鸡,用大盘盛装,气势颇为诱人,还怎么能视之为凉菜?

椒麻鸡最吸引人的地方有两个,其一是麻,其二为辣。人们进了椒麻鸡店,一般会点一只或半只,服务员会问要什么麻和什么辣。食客会根据自己口味报上微麻微辣,或中麻中辣。新疆人其实很能吃辣，经常有人会报上正常麻正常辣，不可思议的是有如此喜好者多为年轻姑娘。且不可小瞧此"正常"二字，在吃椒麻鸡时指的是最麻最辣。那样的椒麻鸡上桌，吃第一口就会被麻得嘴皮发麻，觉得嘴里的鸡肉并非是鸡肉，而是胡椒或花椒。同时亦会发现一个事实，哪怕再辣的辣椒，只要和花椒放在一起，那辣便立刻被压了下去，只剩下麻了。怪不得人们通常说起放了辣椒和花椒的菜品时，总要把麻放在前面，说成是麻辣。

椒麻鸡选用鸡肉，多为土鸡和三黄鸡。土鸡肉质瓷实，味道更纯正一些，食之有嚼头，而三黄鸡在各方面都次于土鸡，所以价格也在土鸡之下。这些年很少能吃到用土鸡做的椒麻鸡，原因是一只土鸡的价格往往是一只三黄鸡的两三倍，做成椒麻鸡后价格自然随之上涨，食客们接受起来困难。再则，土鸡做起来也费事，煮熟一只三黄鸡一个小时足矣，但煮熟一只土鸡则需要两个小时左右。开店的人把时间亦视为成本，如果土鸡椒麻鸡卖得不好，不仅是食材，仅从制作时间上看就赔钱了。

我仅仅只学做了一次椒麻鸡，便掌握了其要领。当时，我去昌吉的一位回族朋友家做客，他说中午不吃别的，就吃个椒麻鸡。我以为要到街上的饭馆去吃，不料他从冰箱取出一只已弄干净的鸡说，我们自己动手，做一个秘制椒麻鸡。

那时候，关于椒麻鸡的做法，很多店都打着"秘制"招牌，好像有很多人都掌握着做椒麻鸡的秘诀，听者以为秘制的椒麻鸡会大不一样，但吃来吃去都差不多。看来，人们都在嘴上下功夫，并未改变椒麻鸡一步。其实我不希望椒麻鸡被改变，它的色香味已深入人心，改来改去反而糟蹋了一个好东西。

那天，我和朋友把鸡洗干净后，把盐和花椒粉抹遍鸡的全身，然后放进盆子中，等于是过一道腌制的程序。然后，朋友拿出一大包辅料，让我挑出麻椒、花椒、姜、党参、香叶、桂皮、八角、草果、辣椒、胡椒粒、红枣、枸杞、白芷等，我一一挑出后担心会出错，他看了看说都对。我的兴趣上来了，亦相信自己在做饭方面有天赋，便提出由他指挥我来操作，做一个秘制椒麻鸡的要求。他答应了，我便郑重其事地开始做平生第一个椒麻鸡。

朋友指挥我将所有辅料剁碎放入锅中的水里，然后加入麻辣油、花椒粉、线辣子等，等水烧开，一股浓烈的椒麻味弥漫开来，我断定我平生做的第一个椒麻鸡已成功一半。

我按照朋友的示意把那只鸡放进锅中，把炉火开到最大。大概煮了四十分钟，朋友说把火调到文火再煮十分钟。我问他为何，他说千万不要忽略这十分钟文火炖煮，如果少了这十分钟，鸡肉就会有烂熟的感觉，吃到嘴里就不是一块肉，而是一团肉。我这才知道做椒麻鸡有那么多的注意事项，同时也想，这大概就是所谓"秘制"吧。

十分钟后关火，把鸡捞出，放到案板上等它晾透。这时候却并不闲着，朋友说，煮的过程中，椒麻味虽然进入了肉中，但力度已经不够了，还需要再加一道提味的麻辣汁。他怕我做不好，便亲自操作，把线辣椒、麻椒、花椒粉和胡椒粒放进锅中爆炒，然后盛进小碗浇上热油，一股更加浓烈的椒麻味便弥漫开来。我们俩把晾透的鸡撕成长条状，一一放进盆子里。

关于撕鸡肉，朋友也有他的一套，他说鸡肉的纹理与它们走路的方向是一致的，譬如胸部、翅膀和脖子等地方，从后往前撕便能撕出长条状，如果不按照这一方向撕，就把鸡撕成了疙瘩。我有意试了一下，果然如此。但事隔多年后我认为，从后往前撕有一定的道理，但依从鸡走路的方向则是他的个人情趣，我那朋友大概出于对鸡的尊重，便杜撰出了那一说法。

那顿椒麻鸡做得很成功。等我把切好的大葱和皮芽子放到鸡肉上，把那碗椒麻汁倒进去搅拌均匀，再加入少许鸡汤，我们就开始吃了。在吃椒麻鸡的整个过程中，我们俩说得最多的是"好吃"二字。

后来便经常吃椒麻鸡，尤其在乌鲁木齐想吃椒麻鸡了，下楼步行十余分钟就到了红山市场旁的"红冠椒麻鸡"，这是一家专卖椒麻鸡的店，是我直至目前为止吃到的最好的一家。我和妻子的固定吃法是一个椒麻鸡，一份手撕莲花白，几个小花卷，外加一碗鸡汤。从这家吃到手撕莲花白后，妻子断定，莲花白用手撕，不沾刀，炒出来最好吃。她回家试做了一次，果然不错，从此后，莲花白进我家便不再挨刀。那家店的鸡汤也很好喝，但后来却没有了，问及原因，才知道喜欢喝鸡汤的人太多，而一份鸡汤才一块钱，又不能专门做鸡汤，便不得不放弃。

在别的地方也能吃到好的椒麻鸡，但总觉得还是"红冠"的最好。人的口味就是这样，第一次吃过的或吃得次数多的，便成为永久记忆。味觉是有记忆的，而且较之于其他记忆要牢固得多。这些年曾往北京、上海等地带过好多次椒麻鸡，出差或在外学习的朋友总是惦记椒麻鸡，乘飞机当天就能吃上，所以他们也就不客气地对我说，带个椒麻鸡过来。我经常是前一天晚上去"红冠"交钱预定，第二天早上取上便去机场。每天都有从"红冠"带椒麻鸡上机场的人，所以他们专门安排一人在早上为大家服务。这几年有了真空包装，带椒麻鸡从容多了，再也不怕在路上会坏掉。

前几天去了一家椒麻鸡店，店面装修得漂亮，食客也多，看来生意不错。我们去得晚，吃完已是十一点多了，出门在门口碰到一人杀鸡。那只鸡本应在别处宰杀后送到店中，但不知为何却没有完全杀死，从车上搬下后，腿在乱蹬。开店的老板情急之下抓起一块砖，一下就将鸡砸死了。那情景很惨,鸡头鲜血四溅,惨叫声撕心裂肺。众人一致指责那老板,他灰溜溜地躲进了店中,另一人随即把鸡拎了进去。天很黑,已看不见那鸡流出的血,亦像是什么也没有发生。

　　我想,我以后恐怕不会再到这家店吃椒麻鸡了。

馕包肉

　　馕包肉的做法并不复杂,先在盘子里铺一个馕,然后在馕上面盖一层红烧的羊肉,等羊肉汤汁浸入馕中,馕便多了一种味道,而且吃起来又软又鲜。

　　在众多食物中,主副食合一的馕包肉,最符合新疆人性格,也深受新疆人喜欢。二十多年前,常见有人在街上推着小吃车,上面放的是盛入盘中的馕包肉,喜欢者买一小份站在街边吃,是新疆的一道风景。那时候馕已不是稀罕物,只要想吃,到处都可以买得到,但是如果把羊肉和馕放在一起做馕包肉,还是比较昂贵的食物,所以便出现了在街边吃小份馕包肉的情形。但凡一种食物,如果被人有意识地做成小份卖,那一定是普遍受欢迎的食物。卖家将其做成小份,为的是让食客在价格上容易接受。小吃车上的馕包肉持续了近十年,后来便不见了,想必是馕包肉的价格已经能够被人们接受,没有人到街上去吃小份的了吧?

　　馕包肉在南疆人家最为常见。做一顿馕包肉,需要多少羊肉,用多大的馕,在最后留多少汤汁,可根据自己的喜好而定。馕不能太大，否则一般的盘子盛不下，更无法将焖好的羊肉覆盖上去。南疆人为此说过一句话，做馕包肉，馕太大了放不下，羊肉也不够。馕都是从街上的馕铺子买来，有的人喜欢将馕或掰或切成块状，铺在盘子里。有的人喜欢将整个馕铺在盘中，吃时再撕开。馕在盘中铺好后，羊肉一熟便趁热盛入盘中，然后开始吃羊肉。等吃得差不多了，馕已经被汤汁浸得绵软香糯，夹一块慢慢品尝，比平时的干馕要好吃得多。

会吃馕包肉的人，必是吃一口肉，再吃一口馕，将二者搭配起来，才是吃馕包肉的正确方法。吃馕包肉有怎样的幸福，我二十多年前听一个南疆人说过最有趣的总结：馕包肉是有馕又有肉，吃馕的时候像有钱人，吃肉的时候像更有钱的人。

馕包肉的来历有三个版本，其一是乡村原始版。说是乡村农民将羊腿肉和肋条炒熟后就着馕吃，觉得不过瘾，遂将馕卧于羊肉底部，待汤汁浸入后再吃，味道就不一样了。其二是川式改良版。说是川菜厨师在乡村版的基础上改进，加入川菜的麻辣调料，但馕不再下锅焖制，而是将馕蒸热或者炸热，然后配以羊肉食用。其三是新式分量版。这种版本不同于前两种，而是配以三寸左右的小馕，同时一改大盘上菜的方式，实行每人一份的分盘制上菜，显得与众不同。

在新疆，没有人不知道馕包肉。常见的饭馆都有这道菜，因为馕和羊肉都是新疆人的主食品种，不愁缺少食材，而其做法也简单方便，将馕往盘子里一铺，羊肉则随要随焖，食客立等可食，十分方便快捷。有一次，我在南疆英吉沙县见一人红烧羊肉，快熟了却加了水进去，问他为何那样做？他问我看见盘子里的馕了吗？我一听便明白他要做馕包肉。那天的馕包肉在我的建议下放了花椒，端上桌一尝，一股酥麻让羊肉显得更加脆嫩，馕更加有味，忍不住多吃了几块。

我在南疆莎车县还见过一户人家做馕包肉。主人先将羊肉在锅中用大火翻炒，然后放入姜、葱、辣椒酱、草果、香叶、孜然，继续翻炒一会儿，又放入料酒、番茄、胡萝卜、皮芽子，翻炒一会儿后加水用大火烧开，改小火焖一小时至羊肉酥烂，加味精和盐，把切成块状的馕放在羊肉上面，煮两到三分钟，让馕变软并入味，然后把馕捞出铺到盘子底部，把羊肉覆盖在馕上，将汤汁浇进羊肉，让其慢慢浸入馕中。

做馕包肉用的馕，不能用刚从馕坑中打出的热馕，否则羊肉汤汁会将馕浸得软塌塌的，汤汁尚未浸入，馕的表面就已变得像面糊糊一样了，既不好吃更不好看。再则，热馕吸收味道的功能略差，外面吃起来似乎有那么一点意思，但是里面用新疆话说却干揪揪的。所以，做馕包肉用的馕最好是干馕，从馕坑中打出隔了一夜或放了一天，已经干透收紧，被羊肉汤汁浸过后，面质复又松散开来，食之口感与味道均恰到好处，能勾起人的食欲。

馕包肉不只是家常菜，在大饭店也可以上桌，用新疆人的话说，是路子最广的菜。一次与一位朋友说起馕包肉好吃，他说好吃只是一方面，其他方面的作用更多。他像说数来宝一样说出了馕包肉的好处：御风寒，治咳嗽，对慢性气管炎、虚寒哮喘、肾亏阳痿、腹部冷痛、体虚怕冷、腰膝酸软、面黄肌瘦、气血两亏、病后或产后身体虚亏等，均有治疗和补益效果。吃馕包肉最好是在冬天，可谓是极佳的冬令补品。

有一年冬天在北疆，想吃馕包肉了，但又觉得北疆多为哈萨克族居住地，恐怕没有馕包肉。当地的牧民一听便说，有，怎么能没有呢？只要有天就有地，只要有地就有人和羊，只要有人和羊，就想吃什么有什么。

食为天

  说完，他让老婆给我们烧了一壶奶茶，笑着对我们说，我的奶茶嘛你们先喝着，吃肉之前嘛先喝一点奶茶嘛对肚子好。我们喝着奶茶，和他女儿说话，他在一边已经剁好羊骨头肉，噼里啪啦地在锅中炒了起来。一个多小时后，一盘馕包肉端上了桌，肉肥瘦相间，馕酥软适度。我吃一口羊肉，感觉极为酥烂，入口即化。牧民看着我说，吃！我又吃了一块馕，又柔又软，少了馕平时的那种硬脆之感。牧民看我吃完了馕便又说，吃！我终于明白他劝客的方式就一个字——吃！那就吃吧，于是我一口羊肉一口馕，吃得酣畅淋漓。

  吃完后与他聊起羊的行情，他说现在的一只羊能卖五六百块钱，我问他有多少只羊，他说三千多只，我一算大吃一惊，他拥有一百八十多万元呢！我对他说，你把这些羊全部卖了，在县城买一套大房子绰绰有余。他笑着说，买一套大房子人是舒服了，可是我的羊住哪里呢？他说的是实情，近些年，新农村建设搞得红红火火，政府为农牧民统一盖了独门小院的房子，让牧民从山里搬出来居住。但是很快就出现了问题，牧民们住进了新房子，但羊却因为没有羊圈，没有办法从山里转场出来过冬。无奈之下，每户牧民便留一两人在山里继续住冬窝子，让羊在用石头砌成围墙的羊圈中过冬。

  后来又聊到他的这么多羊是怎么养出来的。他说这个简单，大羊嘛下小羊，小羊长大再下小羊，然后这一批小羊长成大羊还下小羊。总的来说是一批批小羊长成大羊，然后下一批批小羊，然后那一批批小羊又长成大羊，又下小羊，就是这个样子，快得很！听他如此一番道理，便让人为那些想发财却找不到门路的人着急。

  吃了他的馕包肉后，我们便坐车离开了他的毡房。走远了回头一看，他的羊像白石头一样撒在山坡上，而他已被羊群淹没，不知道在哪只羊的身旁。

米肠子

新疆多羊，人们利用其全身资源，开发出诸多形式奇特，味道香醇，营养丰富的食物。

譬如米肠子，仅听其名，又有米又有肠子，很难想象是何物。其实说来简单，人们宰羊后，细心将羊肠翻洗干净，然后把羊肝、心和少量羊油切成小粒，加适量胡椒粉、孜然粉、精盐，与洗净的大米拌和均匀作馅，填入羊肠内。然后用绳扎紧封口，入锅煮。在肠子中的大米半熟时，还需用钎子遍扎肠壁，使之放气放水，以防肠壁胀破。待米与肉全熟后取出放凉，切成片或小段，配一碟蘸料，即可食用。

此做法简单，几乎人人都会。

新疆有一个说法，吃得好不好，就看是不是"五大件"。所谓"五大件"，是指将煮好的米肠子、面肺子、黑肺子、羊小肚、面筋切成片或块，根据个人的口味需求，搭配在一起装盘，浇上用醋、辣子油、蒜汁、香菜和其他佐料调制而成的调味汁，拌匀后就可以吃了。

新疆人很喜欢米肠子，不论是在家中，还是在饭馆，都少不了来上一盘。有些饭馆做得精致，将米肠子做出了珍馐佳肴的样子。

其实一般人很难接受米肠子，究其原因是做这道菜少不了羊的下水，像羊杂碎汤和面肺子一样，仅从外观和配搭物来看，难免让人心里犯嘀咕，迟迟不敢下箸。

我偶然间听说米肠子常被用于待客，便想，既然米肠子被推到如此重要的地位，那一定是有讲究的。后来便明白了其中缘由，米肠子之所以被用于待客，是因为其制作过程细致，是一寸一寸用手搓洗无数遍，把它原有的不洁之感搓洗成庄重，亦让内心生出洁净之感，继而又生出亲近感来。人就是这样，但凡经自己双手侍弄出的东西，总是放心的。

有些食物做熟后，会从颜色上透出诱惑，这就是所谓的"色香味"中的"色"了。对米肠子，我早有耳闻，但一直没有机会品尝。直到十多年前，在一次聚餐中，听朋友点菜时念到"米肠子"三个字，很是欣喜，终于可以吃到米肠子了。那是一家清真餐厅，菜品多有民族特色，米肠子也位列其中，着实让人觉得意外。

米肠子被切成片上了桌，从侧面可见其中的米和其他配料。米肠子是重新被蒸过的，大米咬起来略显绵软，并觉出了调料浸入的味道。吃过那次米肠子后，便在心中暗想，米肠子是有魔力的，它经过塞充后显得饱满，煮熟后又变得淡黄，呈现出肉类常见的诱惑。

之后便喜欢上了米肠子，在菜市场碰到便买一点，回家或加少许青椒爆炒，或冷切凉拌，味道均不错。

一次，一位朋友问我，米肠子的特点应该是出在大米上吧？我想了想，觉得大米是在口感上起到了调和作用。但要说米肠子的最大特点，还在于它的包裹方面，想想把原本要扔弃的肠子利用起来，再塞入一些食物煮熟，整个过程都是在制作。

在阿克苏曾见过一位长年坚持吃米肠子的老人，他身体硬朗，精神抖擞，走路比一般人快很多。村中每每有人宰羊，他便把羊下水要回家，搓洗干净后做出一副米肠子来。他常常感叹，只有一副肠子，如果肠子多了，全村人就都吃上米肠子了。也就是那一副米肠子，他往往能吃十天左右，每天切一截，切成薄片或指甲盖般大小，炒上一盘，慢慢品味，好不快哉！

老人的传奇却在吃米肠子之外。他在山里放了一辈子羊，新农村建设让所有牧民都定居下来，他也不例外。但他在房子里住不习惯，数次提出想搬到山里的牧场去。他说，那里夏天有霍斯，冬天有冬窝子，不管是刮风下雨还是下雪，只要听到羊的叫声，白天就有劲，晚上就能睡得踏实。而搬到新农村建设的房子里，连一点风的声音也听不到，好几次居然梦游到房前屋后找羊群。但牧场已因退牧还草而封闭，放了一辈子羊的他也不能再去放羊。按照政府的规划，他将在村中养老。如此，他只觉得度日如年，每天都坐在村口的石头上，望着牧场的方向出神。

我见到他时，他一再请求我替他想想办法，看能否让他回到牧场上去。我能想出什么办法呢？我也有不如意的事情，常常都无能为力。

那天他要请我们吃焖米肠子，但他的米肠子显然不够我们几个人吃，大家便婉拒了。但他说，不要认为米肠子太少，你们只要坐一坐，马上就给你们做出米肠子，保证让每个人都吃得饱饱的。

他一阵忙碌，果然把一锅清炖米肠子端了过来。他很聪明，利用清炖羊肉增加了分量，又放了番茄，使一锅汤透出诱人的颜色。细看，里面还加了恰玛古、黄萝卜和皮芽子，内容丰富，味道浓厚。尤其是经过炖煮的米肠子，更加糯绵柔软，咬开后在口腔迅速化开，香气浸漫开来，幸福溢满胸膛。至于那汤，则酸甜交加，直沁舌根，很是提神，让人忍不住一口接一口地喝。

吃完离开时，他叮嘱我别忘了他的事情，我不忍心让他受打击，便说试着找找人吧。不料此事成了我的心病，总觉得我随意应付的一句话，会让他苦苦盼望。我托人给他带话，他委托我的事情没有希望，让他不要抱任何幻想。但传回的消息说，他在一个夜晚神秘消失了，至今没有人知道他的去向。带话的人还说，他走的时候，屋子里还有一副羊肠子。听到"羊肠子"三个字，我心里涌出复杂的滋味。

马肠子

关于新疆哪个地方的马肠子最好,曾有两位朋友争论不休。

一位说新疆的阿勒泰、塔城和博乐等地有马,有马就有马肉,有马肉就有马肠子,尤其是塔城出的熏马肉很有名,所以一定有好马肠子。

另一位朋友不以为然,他认为,新疆的马肠子以伊犁的为最好,如果说还有比伊犁的马肠子更好的,那他一定是没有吃过好马肠子。只有吃了伊犁的马肠子,别的地方的马肠子,一辈子不吃一口也不会想。他说出那样的狠话,让另一朋友愤然离去。

其实没有好与不好之分,每个人偏爱一种东西,常常会对其大加赞赏,因为那种东西让他体会到快乐并留下深刻印象,所以他便很容易相信,进而对其给予定义。这就有点像"谁不说俺家乡好",个体的体验带来的心理满足,难免会造成固执的认知。

不过近年来,伊犁人在马肠子上大做文章,大有树立起唯我独尊、天下无双的大旗,把为马肠子呐喊的声音喊遍全疆乃至全国的架势。其他地州在这件事上落后了,等他们反应过来后为时已晚,新疆人已经习惯把马肠子称为"伊犁马肠子",别的地区哪怕吆喝声再大,也因为不拥有话语权而无济于事。

伊犁人之所以在这件事上当仁不让,是因为他们自信伊犁有好马,好马必出好肉和好肠。伊犁自古就有好马,乌孙人(哈萨克族人的祖先)当时在伊犁河谷建立乌孙王国时,便以乌孙马而享誉西域。汉武帝得到乌孙马后,将其命名为"天马"。不过他是个见异思迁的人,不久后,当他听说大宛国有更甚于天马的汗血宝马,便将"天马"一名挪到了汗血宝马身上,而将乌孙马改称为"西极马"。张骞第二次出使西域,其中一个任务就是为汉武帝寻找汗血宝马,可惜未能遂愿。李广利当时在西域打出了威风,让西域诸王国闻之心惊,害怕汉朝军队的长矛利剑,忽一日突然指向他们。先前,汉朝沃野侯赵破奴率领的两万大军被匈奴击败,赵破奴亦成为俘虏。朝中有人建议,让正在西域征战的李广利放弃攻打大宛,以防陷入不利境地。但那件事反而刺激了汉武帝,他下令将汉朝中的囚徒、地痞、恶霸等,统一调整到大军中担任骑兵,使李广利的征讨军队增加到六万多人。同时,他又下令将全国所有犯罪的官吏、逃亡者、入赘妇家为婿者、商人、原属商人户籍者、父母或祖父母属商人户籍者,这七种人一律罚服兵役,给攻打大宛城的汉军运送粮草。有了如此规模的保障,李广利的三万先头部队直抵大宛,迅速切断城外水源,同时从地下挖出通道,杀进了大宛城。大宛国贵族对李广利的大军深为恐惧,认为是国王害怕失去天马,竟然杀了汉朝的求马使者,给大宛国引来了灾祸。于是,他们杀了大宛国王,给李广利献上了天马。与大宛国相邻的康居国,本应援助大宛国,但慑于李广利的大军厉害,便保持了沉默。这件事让且鞮侯单于害怕,他担心汉朝军队掉转马头,来攻击匈奴。所以他意图讨好汉武帝,为匈奴赢得喘息的机会。且鞮侯单于的这一心思,汉朝无一人能看出,都相信且鞮侯单于的忠心，乐观地以为，以后汉匈关系将趋于缓和。这一疏忽，让且鞮侯单于顺利躲过了险关，亦为苏武出使匈奴埋下了隐患。再后来，因为苏武的一名部下参与了匈奴的内讧，且鞮侯单于将苏武放逐北海，在饥饿苦寒中煎熬了十九年后，才得以返回长安。

很难想象，这一连串的历史震荡，竟有很大程度是因马而起，可见马在伊犁乃至新疆发展中所占有的重要地位。现如今的伊犁马是乌孙马和汗血宝马的后裔，它们不但外形俊秀挺拔，健壮完美，而且奔跑速度极快，令一般马望尘莫及。

伊犁的昭苏马场如今多有天马，人们把天马当皇后和公主一样伺候，为马建有空调房、淋浴间、配餐室、就餐室和专用通道。他们给它们起名为皇后、公主、王子、伯爵和庄主等。马场的人说，不把它们当皇后公主一样伺候不行啊，有一次，一匹贵重的马被蚊子叮咬后感染，用专机运到香港才医治好，花了一百多万元。此事让人听得一惊，是什么马花那么多钱？答曰：是一匹经英国育种的汗血宝马，值一千多万呢！

我问伊犁马在当前的价格，他们说最贵的一匹在两千万元，最便宜的在三到五万元之间。这么贵的马自然是不会宰杀卖肉和做马肠子的，就连最便宜的马恐怕也不会卖给人果腹。被用于做马肉和马肠子的马，一是入冬前患病，情况不好，或者经一个夏天没有长起来，牧民判断过不了冬的马，便将它们宰杀掉，用于制作马肉和马肠子。还有一种是牧民专门养的肉食马，供给市场制作马肉和马肠子。牧民从不卖他们放牧时骑乘的马，那样的马最便宜的也在两万块左右，如果宰杀做马肉和马肠子，一公斤七八百元，谁能吃得起？所以说，奉献出马肉和马肠的马，都是普通的马。

每年秋末，哈萨克族人都要举行一次冬宰，选出适量肥壮和过不了冬的牛羊宰杀，储备到冬天食用。马也在冬宰之列，但因为马贵重，往往只选择少量。人们从马腹中整体取出肠子，去掉里面的秽物，然后清洗干净，装入事先备好的肉，扎住两头开口，挂起来晾一两天，然后在下面点燃松枝开始烟熏。讲究的人会搭一个木头架子，挂在上面的马肠子便显得颇为壮观。

装入肠子的肉有两种，一种为剁碎的瘦肉，叫"去聚克"，随便取马身上的肉，用菜刀不停地剁，直至变成碎末，然后用手捏紧装入肠里。另一种为带肋骨的肉，叫"马卡孜"，选择这一类的肉很有讲究，必须有一点骨头，但是却不能太长太硬，否则会把肠子扎破，让人忙活半天前功尽弃。无论是哪一种肉，都要在事先放入盐、胡椒和孜然腌一天，这样就会让肉本身有了味道，再被熏制提味，吃起来便非常可口。

马肠子的吃法有蒸、煮和爆炒等。蒸和煮出的马肠不可直接切开，而是用牙签扎出小洞，放出里面的热气，等慢慢散热后切开，口感和味道会更好。也有马肠子纳仁、马肠子拌面等，不过都是将煮熟的马肠子巧妙搭配，一则图个形式完美，二则吃个新鲜感。

马肠子属于热性食物，在冬天吃可御寒，但吃得太多会上火，还会让人流鼻血。有一人贪吃马肠子，导致两个鼻孔流鼻血。他不好意思对医生说他吃多了马肠子，而是含含糊糊地说，马调皮得很，我吃了它的肉，它在我的血管里奔跑呢，把我的血都挤出来了。

伊犁人独占马肠子声名后，塔城、博乐和阿勒泰人动了心思，最终从伊犁州为副省级，从行政级别上管他们几个地区为理由，强调他们的马肠子，也是人人皆知的"伊犁马肠子"。这是马肠子的又一次波折，至今尚无定论。争也罢，抢也罢，都是因为人们喜欢马肠子。不过从另一角度而言，能不能把事情做大，就在于你会不会动心思。这个世界的热闹，正在于此。

熏马肉

一匹马在奔跑之际，能否想到，它离一堆熏马肉，还有多远？也就是说，马在最后的结局，必然会成为熏马肉。

这是上苍的布道，不可逆转，亦不可改变。

马不会想到这些，这是我替马想的。替马如此想上一番，好像我为马做了些什么，心里好受了很多。之所以这样想，与我见到的一匹马有关。十余年前在阿勒泰的一个村庄，有一天听一人说，他的一匹马将在三天后死去。我当时听得很是吃惊，三天以后的事情，而且是一匹不能言语的马的死亡，人怎么能够知道呢？村子里的人说，阿勒泰有那样的神人，不光知道动物的死亡，而且还能够说出自己的死亡时间和地点。我对这样的事情将信将疑，并且猜测是一种迷信。我的态度和议论很快就传到了说出马死亡时间的那人的耳朵里，他找到我说，这个事情根本不用怀疑，不信的话你就等着看结果吧，三天以后，我的马会在一块大石头跟前死去。他将马的死亡方式，死亡时的情形等等，都说得清清楚楚，但是我看那马好端端的，一点也不像得病或有其他隐疾，为何他要如此狠心地断言，它在三天后会死去呢？

我不信。

到了第三天，那马果然死了。那天，那人骑着那马放牧归来，他好像忘记了自己在三天前说过的话，骑在马上晃晃悠悠，一副优哉游哉的样子。他放牧的地方离村子不远，出了山口，只需过了那块草滩就可以进村了。但是他的羊群在经过一块大石头时，突然乱成一团。他对胯下的那马抽了一鞭子，意欲赶过去把羊拦住。但是那匹马仅仅只是被抽了一鞭子，便头一歪轰然倒地，未出一声便死了。那匹马的死亡地点，死亡方式，皆与那人三天前所说一模一样。消息传回村子里，人们都很平静，好像它们已经亲眼看见过很多这样的事情，再发生一两件，在他们看来不足为奇。

我不得不信，真有人能够预测死亡。

后又听说，村中有人能预测自己的死亡，且准确无误。但凡预测了自己死亡的人，便将情况早早地告诉家人，并且准备好裹尸布，以便自己死后，家人料理后事时从容一些。

准确预测了马的死亡的那人，后来亦预测了他自己的死亡之日。在死之前，他已将来年该冬宰做马肠子和熏马肉的马，该骟的牛，羊群能下多少羊羔，可去或不可去的草场，家中哪根木梁有所松动，哪道栅栏歪斜等情况，一一对家人作了交代。家人倒也平常，在他死亡的那天早上，像是不会发生什么似的，和他一起喝奶茶，吃包尔萨克，然后看着他骑马去了草场。他预测的死亡地在草场，他从马背上下来，在地上坐了一会儿，便身子一歪，死了。

活可知，死亦可知。这样的事，神奇倒是神奇，但总让人疑惑，一个人早早知道了自己的死亡，心头会掠过怎样的阴影？

倒是冬宰的马，却是意料之中的预测。我在《马肠子》一文中，写了一匹马死后，会留下一副马肠子。那样写是因为要强调马肠子的重要，其实除了马肠子外，一匹马还会留下熏马肉。瘦弱的马过不了冬，但人们不会抛弃它们。当它们停止奔跑，就会成为熏马肉，那是它们的另一种使命。

每年入冬，哈萨克族牧民都要进行一场冬宰。我曾见一人将马放出，让它们在村前的草地上奔跑，跑着跑着，便有几匹慢了下来。那人面色凝重地将它们赶出了马群，不用问，它们是过不了冬的马，会在第一场大雪落下之前，宰杀做成熏马肉，以备过冬食用。

冬宰开始前，人们往往会念叨一句：你们没有罪，替有罪的人去赎罪吧。

做熏马肉，要先将马肉剁成块，撒上盐，搭在木架子上，四周用东西遮挡一下，然后点燃松枝烟熏，直至熏干，即成熏马肉。哈萨克语将熏马肉称为"索古姆"，有时候也将这一称呼用于马肠子。整个冬天大雪纷飞，天寒地冻，人们在冬窝子或霍斯中吃熏马肉，喝奶茶，倒也悠闲自在。

熏马肉是热性的，吃一顿会让全身暖和，而奶茶则要一碗又一碗地喝，直至喝得浑身舒服，也就是人们常说的喝透，一天最重要的事情才算是完成了。牧民每天都这样过着，一直到来年春天，他们走出地窝子或霍斯，赶着羊转场，进入夏牧场。

熏马肉的做法很多，有爆炒、红烧、凉拌、清蒸等，爆炒时可放红辣椒、大葱等。红烧则要少放调料，因为熏马肉本身味道足，调料多了反而破坏了原来的味道。凉拌则会出现新疆常见的皮芽子，被切成薄片后，卧于熏马肉下面，吃一口肉再吃一口皮芽子，口感颇好，而且有助消化，调理血脂。清蒸熏马肉，则是将肉蒸一小时，或切成块，或切成片放在纳仁上，让客人就着面吃。如果是整块的熏马肉，则会用木盘端来一两把小刀，由在场有身份或年长者操作，将马肉削成片状，供大家食用。

家庭做熏马肉，一般都用于炒菜，常见的配菜有芹菜、蒜苗、蒜薹、豌豆、卷心菜、萝卜干、青椒、豆角、豌豆荚、香芋、青笋、冬笋、藜蒿、豆芽、苦瓜等。此外，还可以做熏肉塔、熏肉炒饭、熏肉炒面、熏肉拌面、熏肉卷饼、熏肉比萨等。做熟的熏马肉，色泽黄润，入口香滑，毫无油腻的感觉。尤其是切成片装入盘子上桌，看上去肥瘦分明，肉质细腻，极具少数民族风味。

大多数马的结局，都会成为熏马肉。有一人发现，马看见一个地方经常挂着熏马肉，每每走近，都本能地绕开。它们觉得自己膘肥体壮，不愿意过早地走向那个地方。

也有马死后，既未留下一副马肠子，亦未变成熏马肉。有一人在夏牧场放牧几月，入冬前转场去冬窝子。本应三天的路，因为他心急，便要两天走完，结果一匹马因为疲惫不堪，坠下悬崖摔得血肉模糊。那人下到崖底，为那马的惨死懊悔不已。他骑了那匹马好几年，不曾想最后却是那样的结果。那人想起人们常说的一句话：马活着时驮着人奔跑，死了让人吃掉。但那马已血肉模糊，加之惨死之状确实不忍目睹，便将那马埋了。

平锅羊肉

十余年前的一个夏天,我在帕米尔高原的一家塔吉克族人家小住,每天没有什么事可做,随便走走,看蓝天白云,听鸟儿好听的叫声。一天,一阵风刮起,一片树叶飞了起来,我远远地看着,觉得它是一只鸟儿。我在心里说,再飞高一点,你就真是一只鸟儿了。像是我们之间有某种感应,它真的又飞了起来,像是正在远离大地,一直要飞到太阳中去。我又在心里说,飞到太阳中去吧,让太阳看看大地的狂妄。我盯着它看,它越飞越高,越飞越小。突然风停了,它飘摇着从空中落下,落到了村后的山谷中。这是一片幸福的树叶,被风的大手抓着,没有努力就完成了一次飞翔。

那户人家的房前,有大草滩和小河,屋后有雪山,雪山上偶尔有鹰飞过。在那样的地方居住,安静而又从容。有谚语说:人再高也在山下,山再高也在云下。在那户人家,我便深切地感受这样的情景。

主人一大早给我端上奶茶,我连喝五碗,感觉像人们常说的喝奶茶就要喝透那样，浑身温热，神清气爽。坐在院子里仰望对面的慕士塔格雪峰，发现雪峰上面的阳光比别处的阳光明亮，自上而下像斧头一般，把山峰劈出了冷峻的脉纹。

一天傍晚，我看见慕士塔格雪峰上空出现一朵洁白的云，尚未看出名堂，却听得一个小孩大叫：那是一只羊！那朵云看上去很健壮，像羊群的汇聚，行走在辽远的天空中。晚云金黄，恍若一只羊慢慢移动，然后被天空淹没。多好啊！一只羊行走在天空中，它不用再驮负这个世界的痛苦。

慕士塔格有一事，闻之让人震撼。有一年，一只猎鹰在半空发现一只小狼，它跟踪了一会儿后，以迅猛之势扑下，用尖利的双爪抓住了它。猎鹰本来想抓瞎小狼的眼睛，然后再叼它的喉咙，不料小狼却很凶恶，一口咬住鹰的翅膀。鹰怕自己被狼拖入树丛中无法飞起，便扯着小狼疾跑，意欲将小狼甩掉，但是那小狼咬住猎鹰不松口。猎鹰拖着小狼跑到悬崖边，它想把小狼甩到悬崖中去，但无论它怎样扭甩，小狼都不松口。其实小狼明白，它松口就会被甩下去摔死，所以它咬住鹰翅不放。猎鹰没有了力气，身子开始软了。但它不服输，仍用最后的力气，拖着小狼向着悬崖下方跳去。它们一起掉到崖底，摔得像两朵骇人的血色花朵。

自慕士塔格向东而去，有公格尔峰、公格尔九别峰、乔戈尔峰等，因为融水量大，被称为是悬在天上的"白色水库"。帕米尔大大小小的湖泊，数不清的河流，都是雪山上的积雪融化后，流下来汇聚而成的。著名的叶尔羌河，也是从帕米尔流下来，流入了塔克拉玛干沙漠。

一天早上，主人对我说，今天中午请你吃个"平锅羊肉"。他发音不准，起初我以为他说的是"苹果羊肉"，便揣测是把苹果和羊肉放在一起做出的美食。

离中午还早,我便出去闲逛,碰到一户人家往墙上洒面粉,才知道"诺鲁孜节"到了。塔吉克族人很重视这个节日,会在屋中对着透进阳光的地方洒面粉,意即感激天赐幸福。同时,他们还会用面粉在墙上画图案,表示要把幸福永远留住。一人将盆中的面粉洒完、画完后,说了一句话,我从他的语音判断,他是说,要回去吃苹果羊肉。于是便想,看来过这个节日,人们除了吃诺鲁孜饭,还会吃苹果羊肉。

直至回到我住的那户人家,才知道在大半天中,我以为的"苹果羊肉"是错的,主人拿出一个铁盒一样的平锅,我才知道他要用平锅做羊肉,那么名字应该叫平锅羊肉,而不是苹果羊肉。

但他却先不做羊肉,而是先在面中拌上羊油,用布子盖住饧一会儿,然后一边揉一边加入雪菊和玫瑰花,揉好后压出与平锅一致的圆形,再估一估大小,把四周抻抻,饼算是做成了。然后,他挑出净肉切成块状,放上孜然和胡椒粉拌匀,以起到腌制作用。腌过一会儿,又把皮芽子丝放进去,在平锅底部铺上一层羊肉,把面饼铺在羊肉上面,又在饼子上盖了一层羊肉,盖上平锅盖子埋进火堆。那火已经烧成一大堆火红的炭,平锅被埋进去,里面的食物就靠这堆炭焖熟。

做完这些,他擦去额头的汗珠,对我说,你骑马玩去吧,等到你的沟子(屁股)被颠得开花了,平锅羊肉就好了。我闲着也是闲着,那就去骑马。他的马看上去不起眼,但一骑上去便觉得不对劲,它的速度很快,一迈开四蹄便狂奔,我只觉得草地像是被什么向后拽去,一阵恍惚之感。我怕摔下去便放开缰绳,用双手紧抓马鞍,不料马跑得更快,我在马背上东倒西歪,如果不是用双脚使劲蹬着脚镫,恐怕早就掉了下去。

他在我身后扔过来一句话,放开缰绳,把沟子坐稳,配合马的起伏。我依照他的方法，果然自如了一些。那匹马很快又狂奔起来，似乎不把我甩下马背便不罢休。他又在我身后喊叫，骑不住了就紧抓缰绳，马就会停住。我赶紧猛拉缰绳，马嘶鸣一声停了下来，我赶紧从马背上跳了下来。

骑马不是一两天就能学会的事情，我怏怏然回到院中，喝了一碗奶茶，才好受了一些。

在等待平锅羊肉的过程中，我四处闲逛，发现他家屋后有一个盘羊头骨。我想用一百块钱把它买下，不料他却死活不卖。后来我才明白，他的意思是，我出钱的话他不卖，但是他指了一下我手腕上的电子表，意思是可以用电子表换盘羊头。他在放牧时需要用电子表看时间，于是我们欣然成交。

平锅羊肉从火堆中掏出打开后，一股香味便扑鼻而来。也许是焖熟的原因，肉质看上去颇为脆嫩，每一块都很诱人。主人说，吃这个平锅羊肉，先吃肉，然后吃焖饼，最后又吃肉，享受得很。我尝了一块羊肉，外脆里嫩，尤其是焖熟的味道，与任何一种羊肉的做法都不一样。我注意到平锅羊肉中只放了皮芽子，或许封闭起来靠高温焖熟的东西，只有皮芽子能够调味。吃完第一层羊肉，便露出那个焖饼，正犹豫着不知该怎样吃，主人用小刀子把焖饼划开，挑一块给我，我一尝便忍不住叫好。羊油在平锅中受到高温，对焖饼起到了煎炸效果，所以吃起来略有脆感。接着细品，又尝出焖饼因羊油浸入，夹杂着肉味，散发出一股奇特的香味。

两天后，我抱着盘羊头离去。现在每每想起这件事便后悔，如果我当时悄悄把一百块钱压在盘子底下该有多好。

我当时没有那样做，是因为没有想到，还是舍不得一百块钱？

十余年前的事情，至今已无任何记忆。

羊肉焖饼

羊肉焖饼与历史上的两个人物有关,一个是成吉思汗,另一个是纪晓岚。

与成吉思汗有关的事,我视之是一次"走进来",羊肉焖饼经由成吉思汗的传播,从此成为一道食品。当年成吉思汗带兵打仗,因为战事紧急,吃饭便成了问题。一天又遇到紧急军情,他急令伙夫做饭,保证士兵们吃饱后投入战斗。伙夫不敢怠慢,将宰好的羊剁成块在锅中爆炒。羊肉很快熟了,但先前准备好的饼子却因为天热,都变得干硬难啃。伙夫便将饼子放进羊肉中焖了一会儿,然后一起出锅让士兵们吃。成吉思汗吃过后觉得肉鲜饼软,于是赐名为羊肉焖饼。之后,但凡军情紧急,他便让伙夫做羊肉焖饼。因为这道菜方便易做,用于战前裹腹,效率和效果都很显著。而成吉思汗的队伍也因此能够快速反应,从未贻误战机。

后大军在回归途中,有两个老伙夫因年迈体衰走不动了,得到准许后留在了独山城。他们将羊肉焖饼中的饼子改进为薄皮,形式和味道大为改观。当地人闻到了香味,纷纷前来讨问其制作方法,两位便将做羊肉焖饼的方法传给了当地人。独山城就是今天的木垒,今日木垒的羊肉焖饼,以羊肉鲜美、面饼薄透、味道浓香而扬名,很多人到了木垒必吃,所以很多餐馆都有。但很少有人知道木垒羊肉焖饼的来历,更没有人会想到,一代天骄成吉思汗曾为此地留下了一道美食。

如今在新疆亦可觅得成吉思汗的足迹,譬如在阿尔泰山,可听到他"六出阿山"的历史。青河有一个大石冢,远看是一个石堆,走近才发觉其大如石山,人站在下面须仰头才可看见顶端的石头。人们说,成吉思汗南下打仗时命殁,大军将他的尸体运至青河,埋在了这里。有一年,有日本人组成专家团到青河考证此事,但最后却不了了之。

在喀纳斯湖附近的一个山谷,人们说成吉思汗当年率军在此打过一场恶战,死伤不计其数。多少年过去了,当地牧民不敢在黑夜赶牛羊经过那儿,因为之前有牧民转场进入那里时,牛羊便嘶鸣乱窜,牧民胯下的马更是狂跳乱转,还曾把牧民重重地摔在地上。

第二个与羊肉焖饼有关的历史人物是纪晓岚。羊肉焖饼经由他,又成为"走出去"的一道菜。当年的纪晓岚在朝廷中很有地位。有一天得知他的一位亲戚将被严查,便让下人送去烟和茶,暗示亲戚会有"严查"。后来那件事败露,他从京城被贬往乌鲁木齐,经过巴里坤时,当地知县因敬重他,欲盛情招待一番。无奈纪晓岚是戴罪之人,知县不好公开款待,于是心生一计,在羊肉上盖了一层贴饼,外人看来不过是一大盘饼。纪晓岚吃过后留下深刻印象,待日后他命运转变,遂大力推荐羊肉焖饼,一道美食由此传开。

纪晓岚在乌鲁木齐的九家湾住过,曾在此写下不少诗文,尤以《阅微草堂笔记》中的鬼怪故事为上乘。我到乌鲁木齐的第一个冬天凑巧也住于九家湾,其时读纪先生大作,让我看得头皮发麻,觉得那漫天大雪中似乎有鬼魅在穿飞。

《阅微草堂笔记》中有一事,至今印象深刻。纪晓岚在乌鲁木齐时,有一天中午下属来报,军校王某被派到伊犁运送军械,其妻一人在家,这个时辰仍然紧闭大门,呼叫不应,恐怕出了什么事。纪晓岚让乌鲁木齐的同知木金泰去查看。木金泰破门而入,发现一男一女在床上裸亡,细看,二人均被刀剖刺了腹部。那女人乃军校王某之妻,但那男子是谁,从何处来?木金泰向邻居打听,终无头绪。当晚,女尸突然呻吟着复活,到第二天便开口说话。她供出缘由:她自小与那男子相爱,嫁人后仍与他偷偷幽会。后来她随丈夫驻防西域,那男子因难耐思念便又来找她。丈夫去伊犁后她把他藏在屋里,所以邻居不知实情。丈夫快回来了,二人为这短暂相会之后的分别而伤痛,遂决定一起自杀。女人记得自杀时疼痛得昏迷了过去,灵魂像是做梦般离躯体而去。她急忙找他,四处不见他的影子,只好在沙漠中游荡。碰到一个鬼,便把她绑入地狱,一顿审羞辱。随后一查她的阳寿未尽,便打了她一百大板。那大板为铁铸,打得她死去活来,最后便昏了过去,等到醒来,才知自己起死回生又返回人间。查验她的腿,果然有伤痕。驻防大臣于是判决:"她已在阴间受了冥罚,通奸罪就不再重复处罚了。"纪晓岚后来在《乌鲁木齐杂诗》写有这样一首诗:"鸳鸯毕竟不双飞,天上人间旧愿违。白草萧萧埋旅櫬,一生肠断华山畿。"写的便是此事。

纪晓岚在《阅微草堂笔记》中记录的另一事,与传说中的"小人儿"有关。按照今日方位,其发生地应在乌鲁木齐妖魔山一带。当时,牧马者经常看到一尺左右的小人出现,而且男女老幼一应俱全。在红柳吐花时,它们便折断柳枝盘成小圈戴在头上,然后成群跳舞,发出像唱歌一样的呦呦声。有时,小人会趁人不备潜入帐篷偷盗食物,被发现后跪下哭泣,被抓住则绝食而亡。放掉它们后,它们走几步便要回头看看,如果追上去呵斥,它们便又跪下哭泣。等走得离人远了,估计人再也追不上了,便大步跨山越涧而去。谁也不知道它们叫什么名字,居于何处。众人猜测,它们并非木魅山兽,也许是僬侥国的小人。因它们极像小孩,又喜欢红柳,便被人称为"红柳娃"。县丞邱天锦有一日视察牧场,捉一小人带回制成腊干,其胡须、头发、眼睛等与人一模一样。由此证明,《山海经》中所谓的小人国,确实曾经存在。纪晓岚好奇,便随士兵进山,见红柳枝上有东西蹦跳,遂捉之,果真是一小人儿。他们将其置于掌心观之,它们虽小,却吹胡子瞪眼,对他们怒声责骂。细看,它们手脚齐全,神态活灵活现,与人无异。少顷,它们见怒骂无效,便改为哭泣,其声如婴儿般让人心颤。众人于心不忍,遂将那小人儿放之。它们从红柳枝上蹦跳而去,直至安全后才停下,然后回过头来,对众人复又怒骂一番。

如今的新疆人喜欢吃羊肉焖饼,家庭餐桌上多见。也有人称其为"烽火肉",尤以哈密一带坚持此说法者为最多。细想,"烽火肉"亦是"封火肉"的意思,也就是用饼子将羊肉封起来做熟的意思。不论叫什么,做法却都一样:先把连骨肉剁成小块,红烧一会儿后加水炖煮,同时擀出如同锅一样大小的饼子,且要擀得像纸一样薄,一张一张抹上清油摞起来,待肉快烧熟时,把饼子摊放在肉上,盖上锅盖,然后用中火煮蒸。出锅的饼子软而不粘,油而不腻,薄而不碎。再浇上原汁原味的肉汤,别有一番风味。

在奇台,人们则将羊肉焖饼称为"羊肉封饼"。我原以为奇台羊肉的香味、饼子的劲道,暗藏什么绝招,直到在奇台见到一个人做这道菜的全过程,才知道焖与封在做法上截然不同。一般人是将饼子一层层焖于羊肉上,盖上锅盖利用蒸汽将饼子蒸熟,而那人则在红烧羊肉时不加水,饼子擀好后每次只放一张,蒸熟后又换另一张,且每次用筷子扎一小洞,倒入原汁羊汤进去,既可保证羊肉不被烧糊,又可让饼子入味。最关键的是他们说的那个"封"字,就是用饼子把羊肉封得严严实实,可使羊肉和饼子的味道俱佳。

"焖"和"封"的门道不同,要的其实都是自己喜欢的味道。

那人自恃厨艺高超,不愿多讲封饼的细节。其实在一旁看一会儿也就会了,多做几次亦能达到他的水平。但见到他为做封饼宰杀羊羔,还是让人惊讶不已。原来,羊肉封饼只用一岁羊羔的肋条或前腿肉,其味道和口感才最好。那天他轻抚羊羔的头,喉咙间发出一种轻吟低唱的声音,那羊羔听得沉迷,遂卧在他身边,迎接生命的死亡。

宰杀完后,那人说了一句话:马的命运是被人骑老,羊的命运是被人吃掉。一只羊,完成了它在世间的奉献。

胡辣羊蹄

一次与朋友们说到胡辣羊蹄，大家不说它如何好吃，而是说如果厨艺不好，做出的胡辣羊蹄会如何不好吃。事后我想，其实大家还是在说胡辣羊蹄的好，只是用预测失败的方式，在强调如何做才能吃到最好的胡辣羊蹄罢了。这就像手捧一个瓷器，怕碎了，便强调如何捧好才不会掉下去一样。

胡辣羊蹄有一段趣事。五十多年前，有一位叫张元松的江苏青年响应国家号召，支边到了新疆。他因为踏实好学，被派去学习厨艺，学成后很快脱颖而出，成为一家餐馆的大厨。有一天，他看见人们将羊蹄弃之不用，甚觉可惜，于是捡回一个仔细端详，终于琢磨出了清洗、去蹄壳、烧细毛、刮黑、用碱水漂洗、卤煮等工序，最后做成了胡辣羊蹄，一经推出便备受青睐，很快就扬名出去。

胡辣羊蹄以昌吉的为最好，人们到了昌吉，除了想吃丸子汤、椒麻鸡、油香等，基本上都会念叨胡辣羊蹄。昌吉本地的朋友听说后，脸上会浮出自豪的神情，并马上带他们去吃胡辣羊蹄。一种食物连外地人都念念不忘,本地人一定会知道哪家最好,带朋友去自然不会失望。

胡辣羊蹄在昌吉的农贸市场和夜市等均有摊点,熟知者想吃,往往不去饭馆,而是直奔农贸市场。在一些固定的角落,必然有一锅卤熟的羊蹄摆在那儿,鲜嫩金黄,冒着热气,馋得忍不住买一个,然后手执而食。夜市上的胡辣羊蹄,大多出现在夏秋季节,到了第一场大雪落下,就没有人经营夜市了,也就不见了胡辣羊蹄。新疆的夜市,一般从五月初开始,所以有"五一夜市"的说法,久而久之便成为乌鲁木齐的一个夜市的名字。在夜市上,吃胡辣羊蹄,喝红乌苏啤酒,是新疆人最喜欢的休闲方式。在新疆,红乌苏啤酒一直深受人们青睐,喝着喝着喝出了感情,索性起了一个"夺命大乌苏"的名字,意即红乌苏啤酒太好喝,简直像是要人的命似的!

至于饭馆里的胡辣羊蹄,则是比较贵的一道菜,一般都在七八十元之间。论及价格为何这么贵,有人说,一只羊才四个蹄子,一盘要十几个羊蹄,一下子就得好几只羊把蹄子全部奉献出来,能不贵吗?在饭馆里吃饭,如果点的多是烤羊肉串、烤包子、抓饭、薄皮包子、烤羊排、薄饼羊肉、胡尔炖(将羊肉、土豆和胡萝卜等放在一起炖熟的汤)、过油肉、胡辣羊蹄、乔尔泰(狗鱼)、清炖鸽子、恰玛古等,配粉汤、酸奶,最后上一份由西瓜、哈密瓜、葡萄配成的果盘,便可以断定吃饭的是新疆人,而且是会吃的新疆人。

我的朋友老马家住昌吉,我说他是城里人,他却说他在农村有一个院子,有几间平房。我说他是农村人,他又强调从未种过一天地,每日忙城里人的事情。他每天为城中供三百个胡辣羊蹄,我问他如此之多的胡辣羊蹄,占昌吉总量的几成,他说如今的人喜欢吃胡辣羊蹄,他这一点并不济事。

在老马家吃过一次胡辣羊蹄,并亲眼看见了他做胡辣羊蹄的全部过程。其实在每天晚上，他和家人都要忙半宿，先是去掉羊蹄的蹄壳，用火烧去表皮的细毛，再用碱水洗净，刮去焦黑部分，最后用碱水漂净。忙毕，已到三四点，老马喜形于色地看着一堆干干净净的羊蹄。说是羊蹄，其实已露出蹄筋和一长截骨头，看着让人心动。胡辣羊蹄必须有骨头有肉，在夜市上食之便于手执，在餐厅中虽不用手捧着吃，但便于用筷子从骨头上捣下皮肉。

老马的妻子用八角、茴香、桂皮、香叶、辣椒、干姜和料酒做了一锅卤水。老马将此卤水称为老汤锅。他给炉膛里加了煤，不一会儿锅中的卤汤便沸腾了。老马将羊蹄放进卤汤中，盖上锅盖，说这样卤上三小时，羊蹄就卤烂了。

我为了看制作胡辣羊蹄的全过程，陪老马一家熬了一个通宵，老马谑笑我馋得不行，一直在一旁等着吃胡辣羊蹄，他妻子则一笑，让人觉得还是她体贴人。在同一件事情上，男人和女人不仅态度不同，就连开玩笑，也是女人更温柔。

三小时后，老马的妻子把卤好的羊蹄捞出七八个，不一会儿用胡椒和辣椒面等佐料拌好，又淋上少许卤汤汁，一盘胡辣羊蹄就摆在了面前。老马招呼我吃，他则一边吃一边说，羊蹄本身没有肉，就是一层皮，切勿卤得过烂，否则会导致骨肉分离的悲惨下场。那一盘胡辣羊蹄鲜美不腻，辣而味爽，吃完后回味悠长，还没离开老马家便盼望下次再来。

八点钟，需要羊蹄的人便上门了，老马的女儿已经起床，忙于统计数量和收款，老马和妻子则坐在一边休息。女儿大学毕业后在乌鲁木齐一家公司上班，平时忙得回不来，只有周日才回来给父母帮忙。她的账算得好，收款亦无差错，父母经常动员她回来，有了她的加入，他们家的胡辣羊蹄会做得更好更多。但女儿喜欢乌鲁木齐，说大学生不在大城市发展，回到家里会被人笑话。

我问她在乌鲁木齐做什么,她说是一家销售公司,要完成的销售额很高,她上半年没有完成任务,不但奖金没拿上,工资也只是保底的一部分。说着这些,她面露沉重之色,岔开了话题。这些年轻人着实是不容易的,我在乌鲁木齐经常碰到忙于跑销售的年轻人,看上去西装革履,但却一脸沉重和无奈,几乎所有人的皮鞋都磨去了后跟。老马的女儿也是其中一员,想必经历了不少辛酸。我想,如果她和父母一起经营胡辣羊蹄,一则可发挥她的专长,二则没那么辛苦。但我又有多大的本事,不好指点别人的命运,话到嘴边犹豫着咽了下去。以后每次吃胡辣羊蹄,总是想起老马的女儿,不知她的情况怎样。

去年想在家中做一次胡辣羊蹄,便去菜市场买羊蹄,问过价格后才知道,羊肉现在不便宜,羊蹄便水涨船高,较之以往贵了两三倍。我咬咬牙买了五个,却因为无法在家中火烧皮毛和清洗,请人加工又花了一笔钱,算下来五个羊蹄已贵得离谱。早知如此,还不如直接去餐馆点上一盘胡辣羊蹄,吃得顺心,还不花冤枉钱。回家做好后慢慢吃,又想起老马,已经有好几年没去他家了,不知他将胡辣羊蹄经营得如何。世事变化太快,我前些年常去的好几家做胡辣羊蹄的餐馆,本来生意很不错,但后来却都不经营胡辣羊蹄了,而是改成了快餐,出出进进皆为年轻人。我这个年龄的人想吃胡辣羊蹄,只好去寻那些老店。

一天,突然接到老马女儿的电话,说老马让她来给我送羊蹄,见面后才知道,她果然回家经营羊蹄了。她变了,不仅衣着朴素,而且言谈也从容大方,看得出是这几年得到了锻炼。送她走时,我叮嘱她以后来乌鲁木齐,多到我这儿坐坐,她一笑说,现在天天忙羊蹄的事情,很少过来。再说,她已经习惯了在家做羊蹄。说话间,她眼中闪过一丝忧郁,转身走了。

冰碴驹俐

前日大雪，我站在窗前看了一会儿，心生一个念头，在如此寒冷的下雪天，如果吃一顿冰碴驹俐，会使全身暖和，心情也舒畅。以前在这样的天气里，总有朋友邀约我去吃冰碴驹俐，今年大家都忙，顾不上这件事了。

冰碴驹俐这个名字，如果不详细解释的话，很多人都不知说的是何物。实际上，冰碴驹俐就是山羊，但此山羊并非普通山羊，而是能够爬上悬崖峭壁吃草的山羊，或者说是山羊中的佼佼者。但是把冰碴驹俐简单说成是山羊，似乎也不妥，应该细说才合适。新疆人常将驹俐称为"驹俐子"，是因为它们善爬山，速度快，加一个"子"字，强调其英姿飒爽，比普通山羊漂亮。同时，驹俐吃高海拔山地的草，譬如贝母、党参、黄连、金银莲和野草莓等，所以它们的肉质鲜嫩，味道比绵羊肉更醇香。它们的脖骨、羊排、羊腿、羊腩、羊肚等部位，可满足人们炖、卤、炒、烤等不同需求。

至于"冰碴"二字，与驹俐们的生存环境有关。驹俐生存在高海拔的极寒区，平时只能吃着冰碴中的草，喝雪水生存。生存条件让它们经受了严酷的洗礼，因此其肉质更紧实，味道更鲜香醇美。下第一场雪后，驹俐们因为在山上喝不上水，便踩着冰碴下山觅水，人们看见它们在冰碴中行走得极不易，便在"驹俐"前面加上"冰碴"二字，于是它们便有了"冰碴驹俐"一名。

我还听说，冰碴驹俐这个名字，与它们的命运有关。它们在冬季吃不上草，便踩着冰碴四处寻觅，如果看见悬崖峭壁间有草，便不惧危险攀爬上去，用嘴扯下来咀嚼。而越是陡峭的地方，越是生长着众多药用植物。冰碴驹俐果腹了大量中草药，只长精瘦肉，而且没有膻味。牧民吃过冰碴驹俐后，觉得其肉质相当不错，便待机围猎，但它们不下雪便不下山，牧民为此要熬过春夏秋三个季节。到了第一场雪落下，冰碴驹俐为了一口水，便落入牧民的猎捕圈套，成为牧民入冬的第一顿羊肉。

新疆有一个说法："笨黄羊，贼驹俐"，是把黄羊和驹俐做比较，比出了前者的笨，后者的聪明。有一年，一群冰碴驹俐在一场大雪后下山喝水，有人埋伏在半道意欲突袭。它们从空气中闻到了那人的气味，领头的头羊于是用头将一块石头推了下去，差一点砸到了那人身上。那人一声惊呼，如果一群冰碴驹俐往下推石头，还不把他砸成肉泥？他连滚带爬地逃窜，冰碴驹俐在山冈上发出一连串欢鸣。

与冰碴驹俐比起来，黄羊确实显得很笨。我见过黄羊在雪霁后下山喝水，它们从山上狂奔而下，在河边长饮时许久都不将头抬起。附近有人，牛羊和马亦发出鸣叫，但它们却不管不顾。黄羊为了长饮往往会搭上性命，因为人们会乘此机会将它们捕获。

黄羊的天敌是雪豹，雪豹知道黄羊雪霁后会下山，便在黄羊途经之处埋伏等待。有一次，一只雪豹选择一个低洼处卧下，任由大雪将它埋住，等到一只黄羊经过时一跃而出，将那只黄羊撕咬倒地，洒在雪地上的鲜血如同绽开的红色花朵。随后，雪豹将那只黄羊拖走吃掉。雪豹善于生存，它将吃不完的黄羊挂在树上，以俟时日。

驹俐也会为了一口水而冒险，但它们不会像黄羊那么笨。雪豹咬死黄羊的那一幕，被一只驹俐远远地看见，它撒开四蹄躲开。到了晚上，驹俐便发挥聪明才智，开始行动了。它悄悄爬上树将黄羊尸体掀下去，然后又掀进了山崖。雪豹过几日来吃"干粮"，树上却已空空如也。它忍受不了饥饿，遂去别处觅食，而成群的驹俐则安然无忧地从那里经过，去河谷畅饮河水。驹俐之聪明，在这件事中体现得淋漓尽致。

冰碴驹俐尤其受北疆人青睐，原因是北疆在冬天多雪，黄羊吃草和挨冻的情况，均合乎冰碴驹俐的标准。人们吃冰碴驹俐的心态也很怪，只在入冬的第一场大雪后吃一顿，其他时间提都不提，冰碴驹俐便因第一场大雪显出其非凡的意义。

有一人在某一日受邀请赴宴，对方事先告知他有冰碴驹俐，可多吃或仔细品尝。那人落座后便一直想，凉菜不吃，热菜不看，要把肚子留给冰碴驹俐。后来上了一大盘羊肉，别人都吃得颇为高兴，唯有他象征性地吃了一块，仍然要把肚子留给冰碴驹俐。后来众人吃毕离席，那人疑惑地问，冰碴驹俐呢？不是说有冰碴驹俐吗，怎么还没有端上来就结束了？众人笑，他这才明白，他象征性吃过一块的那一大盘羊肉，就是冰碴驹俐。

说来也巧，我在心里念叨冰碴驹俐，朋友打来电话说，南山的老张捎话来，请我们到南山去吃冰碴驹俐。我一口答应，但又有些疑惑，几天前已经下过一场雪，冰碴驹俐恐怕已经下过山了。朋友笑着说，老张就知道你会这样问，他早就把答案给你准备好了。前几天的那场雪只下在乌鲁木齐，南山就飘了一点小意思，所以这场雪才是南山的第一场雪,冰碴驹俐也刚刚从山上下来。

这就对了,时间和落雪的时机都对,冰碴驹俐自然也不会错。几位朋友一起上山,老张把大家迎到他家里,一进门便看见有人正在用斧头剁羊肉,不用问,他剁的一定是冰碴驹俐。细看,他剁成的皆为带骨的大块,用清水冲洗后,放进烧开的水中煮熟,然后捞入盘中端上了桌。

老张神情持重,把大块冰碴驹俐削成小块。我注意到,他削肉的姿态优雅,像是在进行某种仪式,而且颇为讲究地突出了两个细节。其一,他削下冰碴驹俐面部的肉,呈给在座的年龄最长者,说只有最有面子的人才可享用羊脸,亦有今后一定要给大家长面子一说。其二,他把削下的冰碴驹俐的耳朵给在场的年龄最小的人,意即你是在座年龄最小的,以后要听大家的话。

等把冰碴驹俐全部削成小块,老张便在上面撒上皮芽子、盐和香菜等,然后用幽默的话语招呼众人:今天的冰碴驹俐好得很,吃的是中草药,喝的是矿泉水,走的是黄金道,穿的是毛皮袄,最重要的是,它还是没有结过婚的羊娃子,所以大家要好好儿地吃啊!众人受他鼓动,便开始吃,间或喝一碗羊肉汤。老张笑着说,你们会吃嘛,一口冰碴驹俐一口汤,灌缝缝哩!

大家吃着冰碴驹俐,说起关于吃羊肉的种种趣事。我第一次吃羊肉是1992年在叶城的巴扎上,带我进城的老兵在一摊位上点了抓肉大快朵颐,而我因为之前在老家基本上没碰过羊肉,吃了一两口便不再动筷子。老兵是陕西人,他笑着说,你娃娃到新疆的时间还太短,以后新疆会让你喜欢上羊肉的。如今二十多年过去,我除了吃羊肉,基本上已不吃别的肉,变成了地道的新疆人。

吃完冰碴驹俐，一位朋友要带一块冰碴驹俐的腿骨下山，问他要做什么？他说他听说有一个习俗，如果遇上拿不准的事情，就把羊腿骨在火中烧一烧，从裂纹上可判断出凶吉。

看他一脸挚诚，大家让他遂愿。

酒让人醉
茶让人醒

酒让人醉
茶让人醒

伊力特
格瓦斯
穆赛莱斯
刨冰
奶茶
罗布麻茶
黑砖茶

伊力特

前些天出差外地,一位朋友在吃饭时间,新疆人现在还喝"伊力特"酒吗?我被问得一愣,遂意识到已有多年没有喝过伊力特了。回到新疆打听了一下,最早的那种伊力特,如今已鲜有人问津,倒是从伊力特延伸而来的新产品,譬如"伊力特曲""伊力老窖""伊力王酒""金伊力""伊力春"等,经常出现在人们的酒桌上。

说起伊力特酒,脑子里冒出的是最早的那种包装盒,用草书写就的"伊力特"三个字,衬以金黄底色,显得颇为苍劲有力。最早的伊力特酒瓶是白色的,封口用了红色锡纸,看上去颇为喜庆。后来改成了"伊力特曲",酒名改成了横放,衬以白底,其包装设计显得拥挤凌乱,不如最早的那一批大方。果然,伊力特曲卖得不如伊力特,亦不如伊力特好喝,不久就又更换成了新的品种。伊力特的度数虽然标得不高,但实际上却味烈劲大,一口喝下去,一股辣烈的味道自口腔直冲脑际,脑袋嗡的一下便有了眩晕感。伊力特最大的特点是来势凶猛,所以喝伊力特要悠着喝,如果喝得快,喝得猛,很快就会醉倒。曾听到一人说他在前一晚吃饭的情景,他只记得喝的酒是伊力特,至于菜嘛,他是凉菜没吃,热菜没见。很显然,他很快便喝醉了,一口菜也没有顾得上吃。新疆人因为经常喝伊力特,倒不会醉得那么快,但喝着喝着就开始唱了起来,唱着唱着就又跳起了舞,所以伊力特在新疆还有一个名字——跳舞酒,说的是喝伊力特容易让人兴奋,一兴奋就要唱歌跳舞。

　　新疆人喜欢伊力特系列,在酒桌边坐定后往往说,喝个伊力吧,然后才具体说到是老窖或是其他。老窖是伊力老窖的简称,有十五年、二十年和三十年的。从某种程度上而言,酒的酿制时间就是价值,时间越长便越贵。伊力老窖的度数低,最低的只有三十八度,其他则在四十多度,味道醇香,口感绵柔,饮之不上头,深受人们青睐。伊力老窖一出,伊力特便很少有人喝了,毕竟喝酒喝到最后舒舒服服地从酒桌边离开,文雅妥帖地与朋友告别,然后平平安安回到家中都是人人期望的。而喝伊力老窖,基本上能够做到这一点,何乐而不为呢?伊力老窖在包装上也下了一番功夫,每瓶仅装半斤,喝起来轻松,没有多大压力。但新疆人难以克制豪饮的习惯,一上酒桌便每人发一瓶,自己斟自己喝,到最后统一检验酒瓶子,如果谁的瓶子里还有酒,就得一口喝干。有一人每给自己斟一杯酒便说一句:酒是自己的,喝一口少一口,趁早往下喝吧!

　　伊力特酒的来历颇有意思。新疆解放后有十余万军人就地变为兵团人,这是共和国最特殊的一代军人。他们打了很多年的仗,一直打到西北以西的新疆,然后亦兵亦农,一边屯垦一边戍边。屯垦戍边古已有之,最早者是秦代的蒙恬,他率士兵在北方边关抵御匈奴时,择季节耕地种田,达到自给自足。新一代兵团人因身份特殊,便出现多种与众不同的现象,如他们多年保持团、连等编制,农工每月可领工资,情况好于其他省的农民。兵团农工开垦出了大片土地,收获了大量的高粱、玉米、小麦和豌豆,加之又发现天山积雪融化后的雪水不错，于是就想尝试酿酒。结果，竟酿出了后来广受欢迎的纯粮食酒，人们无比欣喜。雪水从山上流淌而下，流过田野和山川后，变得清洌甘醇，实为酿酒之首选。

酿出伊力特酒的地方说来颇有意思。最早是在十团农场养猪的副业加工厂，后搬到肖尔布拉克大规模生产。肖尔布拉克在蒙古语中意为"碱泉"，但却出了酒，让人不得不相信此乃天赐。

我 1992 年第一次喝伊力特时，其宣传语"英雄本色"叫得正响。此说法来自他们把酿造出的第一锅酒洒向大地，祭奠那些牺牲了的英雄战友的举动。后来又听到颇具温情的说法：有伊力特的地方，就有家乡的感觉。这一说法是指那些兵团人以新疆为家，从此把新疆当成了第二故乡。

好东西常常会有对应的比较，伊力特便有了"新疆茅台"的雅号。我第一次喝伊力特时，第一杯喝下感觉酒味醇正，甜绵爽口，香气浓郁，回味悠长，心想，此酒好喝，应该没事。后来便一杯接一杯地喝，至于桌上摆的是什么菜，概不知道。那天喝得大醉，第二天两腿发软，但头脑清醒，便固执地认为，伊力特仍为好酒。中午吃饭时才听人说到伊力特关于"跳舞酒"的说法，头嗡的一下，又有了醉意。

酒是让人饮的，饮之必让人神智活跃，嘴巴多话，亦会冲动做出不理智举动。十年前，乌鲁木齐举办全国书市，各出版社的朋友来了不少。朋友带来的朋友很快便也成了我的朋友，于是我在饭馆请了三桌。那天喝的是伊力特，我在前两个包厢应对两圈后，已有腾云驾雾的感觉，等我走向第三个包厢，老远看见迎面一人已明显喝高了，他边走边嘀咕要去赶王族的饭局，弄得我忍不住大笑。

在一次笔会中，我中午喝伊力特喝大了，进得一家五星级酒店，见大厅水池中有漂亮的金鱼，便想把那金鱼抓在手里。结果当时出现的情况是，等我反应过来已站在水里，那漂亮的金鱼都被吓得乱游成一团。人喝多了，思维和动作惊人一致，产生想法的同时其实已经做了，这是我付出惨痛代价后才明白的道理。

一位朋友喝伊力特后大醉，我们给他在宾馆开了一个房间，然后从他手机中翻出他妻子的号码拨过去，让她到宾馆照看丈夫。第二天传来消息说，她丈夫半夜醒来，见对面床上躺一女子，顿时吓得一身冷汗，等凑近一看是他妻子时，一头倒下复又睡去。

另有一个人喝醉后回到家，给一起喝酒的朋友打电话，询问他到家否，然后就说起去年的事情，完了又说起前年的事情，接着又说起大前年的事情。朋友不耐烦，但又不好挂电话，便把听筒放一边，倒在沙发上休息。这一休息便酣然入睡，睡了一个多小时后醒来，拿起听筒一听，他还在电话里说着什么。

我听说过一事颇有趣。说有一个人一天晚上住白哈巴村，第二天早上起来晨跑，有十余条狗将他围住汪汪大叫，做扑抓撕咬之状。他左冲右突跑不出去，情急之下突然想到一个办法，装出酒醉的样子东倒西歪。狗知道村中多有醉汉，以为他是村里人，便"呜呜"几声后将身影闪进了栅栏内。他看见狗不见了，才迅速跑回住处，说半辈子酒总算没白喝，今天算是换回了一条命。

另一件和伊力特酒有关的事情也是听说的。一位猎人打猎时被一只狼咬住左臂，他怕狼窜起咬他的脖子，一急之下，打开随身携带的一瓶伊力特酒，将瓶口塞入狼嘴，一通猛灌。狼被酒呛得在地上打滚，好不容易把酒瓶子甩了出去，但已经醉了。他用石头将狼腰打断，用一根粗藤把它缚住拉回了家。后来，那张狼皮被他每天晚上铺在身下，变成了他温暖无比的褥子。

我快要离开村子时，听说他躺在床上不能动了，人们给他吃任何药都无济于事，眼看着一天不如一天。有一天早上，他突然有了精神，让家里人给他拿伊力特酒，喝下半瓶酒后，精神开始焕发。家里人想让他吃点东西，他说有点累了，想休息，说完就躺下了。那一躺下，就再也没有起来。

家人给他张罗后事，他的身体已经枯瘦无比，但脸色却很红润，跟活着时一样。家人对此都很惊讶，想着他喝了一辈子酒，下葬时，把两瓶伊力特酒放在了他身边。

格瓦斯

格瓦斯是一种饮料，味道和口感接近啤酒，但度数没有啤酒的度数高，多喝一点不会上头脸红。新疆的夏天，人们喝得最多的是格瓦斯，标配是一扎格瓦斯、一份黄面、几串烤肉、一碗酸奶、几块西瓜，哪怕天再热，也能吃喝得通体凉爽。

格瓦斯的别名很多，有格瓦奇、卡瓦斯、啤窝子、土啤酒、土饮料、蜂蜜酒等等。别名多，说明喜欢喝的人多，今天给它取一个名字，明天又取一个名字，时间长了，便有了十余个名字。但不管叫什么，喝的都是同一种东西。

说到起名字，新疆人似乎乐此不疲，譬如阿勒泰的白哈巴和禾木村，因其风景优美，当地人就有"神的后花园"和"神的自留地"的叫法。而禾木因为曾经有很多哈熊，人们多以猎捕哈熊为生，以至于猎到的哈熊多得吃不完，便挂在树上风干。所以禾木另有一个叫法——挂在树上的熊油。而与哈熊有关的"哈熊沟"一名，在新疆则有近十个，都是因为以前哈熊经常出没而得名。再譬如塔克拉玛干沙漠，人们常形容它为"死亡之海"，南疆人则有"进得去出不来"

的说法。

　　吃喝是口腹之欲，味蕾之福。新疆人觉得喝格瓦斯颇为惬意，便赋予其一个说法：喝格瓦斯，是新疆的夏天最从容的方式。如果细分下来，北疆人喝格瓦斯较之于南疆人要多得多，尤其是阿勒泰、塔城、伊犁等地的夜市上，常见成桶的格瓦斯在售卖，但往往不到凌晨十二点，就被人们喝得干干净净。布尔津的夜市在新疆很有名，与布尔津的夜市一样有名的是一位叫吉娜的俄罗斯族老太太。她常年在夜市上卖格瓦斯和酸奶，以至于人们只要去布尔津的夜市，如果想喝格瓦斯和酸奶，便一定要去吉娜的摊位。而布尔津人只要说去看看吉娜，意思必然是去喝她的格瓦斯和酸奶。吉娜的格瓦斯和酸奶多年来始终坚持四个一：一直好喝，一直是同一颜色，一直是同一味道，一直是一个价格。而她本人，只要每天晚上出现在夜市上，便成为一道风景，她的微笑、幽默和热情，早已为人们所熟知，经久弥久便成为人们的记忆。前些年，她遭遇了巨大的生活变故，先是丈夫去世，后儿子又不幸病故。但是她却撑了过来，只休息了两天，就又推着格瓦斯出现在夜市上，微笑着接待游客，用忙碌消减内心的悲痛。到了八十岁，她因心梗离开了人世。她在人生的最后时光，嘴角仍挂着人们熟悉的微笑，就像是睡着了一样。

　　吉娜做的格瓦斯之所以好喝，与她的俄罗斯族身份有关。格瓦斯是舶来品，她自小从俄罗斯来到新疆，做格瓦斯算是轻车熟路，手到擒来。

　　格瓦斯出在俄罗斯，在俄罗斯语中是"发酵"的意思，在当地已有一千年左右的历史，被誉为"俄罗斯饮食的灵魂"。格瓦斯的历史说来很有意思，以前在俄国的一个小饭店，有食客吃面包时将渣子掉在桌子上，离去时并未收拾。店主觉得甚为可惜，遂将面包渣收集起来，装在瓶子里待用。一位服务生不知详情，将食客没有喝完的啤酒倒进了那个瓶中,不料几天后,瓶子里的面包渣发酵成了浓郁醇香的汁液,其独特的味道一下子就受到了当地人的喜爱。人们还发现,这种饮品具有助消化、调节肠胃的作用,因此在俄罗斯迅速流传了起来。当时,从沙皇到农民,人人对格瓦斯爱不释手。有史料载,有一年,一批俄罗斯贵族迁至向往已久的巴黎,却因为喝不上格瓦斯而打道回府。他们回到俄罗斯喝上了格瓦斯,从此不再羡慕巴黎人的生活。1850年左右,大批俄罗斯人进入新疆伊犁河谷一带,格瓦斯随即被他们带入,从此在新疆普及开来。

俄罗斯人制作格瓦斯,其南部和北部因习俗各异,做法也截然不同,但在新疆的做法却大致相同。人们将面包切成小块,放进烤箱烤到焦黄,然后烧开一锅水,放入白糖和麦芽糖,晾到三十度,将干酵母、柠檬皮、葡萄干和烤好的面包干一起放进去,发酵一天一夜。之后用纱布过滤掉沉淀物和气泡,倒入酒桶或酒瓶,放进冰箱冷藏一天便可饮用。

有一年,我们从喀什开一辆大卡车去乌鲁木齐拉货,中午在阿克苏城边的一个冷饮摊上准备买饮料喝。老板说,饮料有什么好喝的,喝得越多出的汗越多,不如喝格瓦斯好,不但能从脚底凉到头顶,而且连头发都能给你凉下来。我们经不住诱惑,每人要了一杯格瓦斯,一口喝进嘴里,果然凉爽甘甜,通透舒坦。老板笑着说,怕你们喝不习惯,都没有给你们推荐一扎,只推荐了一杯。我们让老板给每人上一扎,老板从柜子里拿出一罐蜂蜜,给每扎中放了一大勺,笑着说,格瓦斯里加了蜂蜜,那是又甜又凉,幸福得很!大家边喝边称赞,犹如品尝到了绝世佳酿。

我们从乌鲁木齐返回时,一路都在念叨阿克苏的格瓦斯,到了城边的那个小摊,时间正是酷热的正午,我们便把车停在路边,跳下车往小摊边走去。那老板远远地认出了我们,笑着说,今天是喝格瓦斯的好天气,你们好好喝一场,说着便端上了冰镇的格瓦斯。喝完之后,一位战友感叹说,这么好的格瓦斯,离开阿克苏就再也喝不上了。那老板笑着说不用发愁,格瓦斯有哩,酒瓶子也有哩,装几瓶带上,一路就喝回去了。他的提议得到了大家的认可,于是我们买了十瓶格瓦斯,一路上喝得十分开心,到了部队还剩四瓶,每人分了一瓶又喝了一天。自那次之后,我每每想起阿克苏,便总是想起那位老板的格瓦斯。但二十多年过去了,一切都在飞速发展,不知那个路边的小摊还在吗?

平时在餐厅或冷饮店点一杯格瓦斯,却喝不出感觉,后来才明白,喝格瓦斯一定要在太阳暴晒下,且要有微风吹动,那样才能感受到凉爽之意。去年《花城》和《伊犁河》两家杂志在昭苏举办笔会,天气酷热,我们在昭苏草原的哈萨克族农家乐乘凉,看见一个小姑娘领着她弟弟在洗手。政府引来自来水,每个农家乐都安装了一个水龙头,用的时候扭开水龙头开关即可。我们被小姑娘洗手的认真模样吸引,便与她闲聊,得知她爸爸不幸去世了,家中仅靠妈妈带着她和弟弟艰难度日。我们问她上学没有,她说在上小学,现在是暑假。又问她家有农家乐吗?她指了指旁边的两个塑料桶,意思是有,专门卖桶中的东西。等我们知道那桶中装的是格瓦斯后,便让她给我们每人上一杯。她拿出杯子用自来水一遍又一遍地冲洗,直到她认为洗干净后,才倒满格瓦斯给我们。

我们边喝边与她聊天,她话不多,但听到我们说到有意思的事情时,会微微一笑。我注意到她弟弟始终站在她身边,她一直拉着弟弟的手。

我们几人喝得高兴,忘了叫《花城》主编朱燕玲也过去喝一杯,等我们愧疚地去找她和另几位女士时,却发现她们已在一户人家享用了丰富的水果餐。我扫了一眼,桌上的苹果、西瓜、葡萄、杏子、梨子、桃子等水果。伊犁河谷是吃喝的天堂，错过一个地方的美食，另一个地方也必然有美食在等着你。

  我们返回时，看见那小姑娘又在洗杯子。她把所有杯子都洗干净，一一收进柜中，然后拉着弟弟的手回家去了。

穆赛莱斯

穆赛莱斯是一种有故事的饮品,新疆人享用多年,虽未对其进行分类,但并未影响人们对它的喜爱。正因为如此,新疆人反而毫无顾虑,喝出了穆赛莱斯的贴心、温暖和深情。在阿瓦提、巴楚和麦盖提等地,人们将穆赛莱斯当作日常饮品,下地前喝一两杯,回来再喝一两杯,日子便从容而舒坦。

穆赛莱斯不像白酒,总是那么激荡。也不像葡萄酒,总是那么注重形式。更不像饮料,容易让人暴饮。有一个多年喝穆赛莱斯的人说过一句话:喝穆赛莱斯就像活着一样,说起来重要,但你不能把它天天挂在嘴上。

俄罗斯的康·巴乌斯托夫斯基在一首诗中写过穆赛莱斯:

让我们坠入诱惑
穆赛莱斯
穆赛莱斯

冬天千杯万盏

我一死

您就到我的坟上来呀

拿点香肠

再带一瓶老酒

出于对穆赛莱斯的热爱,这为诗人视其为老酒。

穆赛莱斯的产地在南疆的阿瓦提县,是刀郎人居住的地方。提起"刀郎"二字,很多人都会想起歌手刀郎。二十多年前,四川人罗林来到新疆,喜欢上了新疆民歌,遂用艺名"刀郎"唱红大江南北。他有一首《2002年的第一场雪》,其中有一句"停靠在八楼的二路汽车",让外地人疑惑汽车怎能停到八楼上去?只有乌鲁木齐人知道,"八楼"指的是昆仑宾馆,因其在乌鲁木齐建得最早,且有八层,所以乌鲁木齐人习惯地称它为"八楼",人们去昆仑宾馆或在周围办事,都习惯说去一下"八楼"。刀郎在歌中所唱的二路汽车指的是二路公交车,在2002年有"八楼"一站。

最早的穆赛莱斯,出自一位热恋的姑娘之手。当时,那姑娘与一位刀郎小伙子相爱,但因为刀郎人经常处于迁徙之中,小伙子也不得不离开心爱的姑娘。临别时,小伙子对姑娘说,你等着我,葡萄成熟的时候我一定会出现在你面前。姑娘苦苦等待,却不见那小伙子的踪影。她怕他回来吃不上葡萄,便把葡萄摘下放进锅里,后又怕葡萄坏掉,便点火将葡萄煮熟。几经折腾,弄出了一种好喝的饮料。人们一尝,有一股暖流浸遍全身,口腔中长久浸润甜酸交织的味道。一场没有结局的爱情,却酝酿出好喝的饮品来,于是人们纷纷效仿,家家都变成了穆赛莱斯作坊。

据说故事的发生地,是现在的阿瓦提县的阿依巴格村,曾听一个人说起那儿时用过这样一句话：那是一个爱情伤心，嘴巴幸福的地方。我二十多年前去过阿依巴格，车子穿行过几段难行的土路后，终于看到了做穆赛莱斯的人。他们虽然没有表示出不高兴，却一直不热情。当时我想，这也不奇怪，阿依巴格人做穆赛莱斯和喝穆赛莱斯，就像一天吃三顿饭一样从容自如，而我们这些人大老远地跑来看稀奇，然后又发出一连串惊叹，与他们又有什么关系？

后来，在另一户人家，我们终于看到了做穆赛莱斯的全过程。首先，人们选出新鲜、透亮和饱满的葡萄，洗净后装入布袋中，然后穿上套有塑料袋的胶鞋踩踏出汁液，再把葡萄渣倒进锅中，加水熬煮两小时左右，装入布袋挤压出汁液，与第一次踩出的汁液合而为一，倒入锅中再煮，滤去白色泡沫和杂物，直至锅中煮出黑色泡沫，再文火煮三小时停火。我们看不了全过程，询问后得知，煮出的东西在锅中存放一天一夜后，倒入土陶自然发酵，并放入鸽子肉、大芸、鹿鞭、鹿血、藏红花等，然后封口，一周后便可以开坛享用了。

在新疆不同的地方，酿穆赛莱斯会加入不同的辅料——鹿茸、小豆蔻、枸杞、红花、肉苁蓉、藏红花、玫瑰花、丁香、桑葚、杏子等，有的地方还放雪鸡和烤熟的羊羔肉。穆赛莱斯在缸里发酵时，会发出像开水煮沸的声音，甚至还会发出"砰砰砰"的类似于爆炸一样的声音。高明的酿酒师一听响声，就能判断出穆赛莱斯已酿到哪种程度。

喝穆赛莱斯一般只吃两种东西：羊头肉和烤羊肉。阿依巴格的羊也叫刀郎羊，吃遍塔里木河冲积地带的碱草，没有羊膻味。穆赛莱斯和羊肉祛病强身，因此，阿依巴格的男人健硕阳刚，女人风姿妩媚。

那次在海勒畔村，虽然心情不悦，但是喝到了穆赛莱斯。一位好客的维吾尔族人将我们迎进他家院子，把两个小碗放在毡子上，先倒满两碗穆赛莱斯,端起说一声维吾尔族语"活些"(相当于汉语中的干杯,并含有"幸福"的意思),然后将两碗接连喝尽,将穆赛莱斯壶和碗交给左边的一人。那人接过后也说一声"活些",依照主人的方法,也喝两碗,再将碗递给他左边的一人。后面的人以此类推,一直传了下去。屋子里一片"活些"声,一直喝到月挂中天。

主人喝得很高兴,便给我们讲起喝穆赛莱斯的趣事:有的人喝了穆赛莱斯后,身体里就会产生一种莫名的美妙,然后就变成了"杂巴依"(维吾尔族语:醉鬼),有的人变成了"贼大鬼"(新疆人形容聪明而狡猾的人),有的人变成了"卡瓦"(维吾尔族语,原意是葫芦,引申为愚蠢、笨蛋),有的人就会涌进刀郎人的麦西来甫中,跳赛乃姆、唱木卡姆……但这都不是穆赛莱斯的错,要怪就怪嘴巴太能喝,酒量太大。主人怕我们误会,便又强调说,人们喝穆赛莱斯不是为了变成"杂巴依"或"卡瓦",而是要把身体滋养得强壮和有力量。沙漠边缘的生活常常会变得艰难,没有好身体就过不上好日子。

刨冰

刨冰，是将冰块刨成碎块状，淋上炼乳、糖浆，再配以各种水果或其他配料制成的冷饮，入口化渣，口感细腻，是新疆人消暑降温的最佳饮品。我在疏勒生活的六年，亲手操作次数最多的就是刨冰，以至于有时候谈论刨冰，明明知道它叫沙朗刀克，但一张口还是叫出刨冰。

疏勒离喀什很近，在那六年，我走遍了喀什所有的地方，包括帕米尔、喀喇昆仑山、塔克拉玛干沙漠等地。至今印象最深的是，常常坐车跑上一天，一扭头却发现，还在同一座雪山下，或者还在同一片沙漠之中。那山是喀喇昆仑山，那沙漠便是塔克拉玛干沙漠。新疆的大，在当时便有了深刻的体会。在酷夏长途跋涉，每遇县城或乡镇，便停下车说，吃个刨冰再走吧。在新疆，有人的地方，便必然有刨冰，下车一眼就可以看见路边的刨冰摊子。摊主看见我们走过去，一句话也不问，揭开蒙在冰桶上的布子，取出一块冰砸碎，然后放入盛冷饮的怀中，摇几下便递了过来。

新疆的刨冰有一个有意思的解释，即"傻子和笨蛋吃的"。此说法来自一个鲜为人知的典故，说是把刨冰和酸奶和在一起，喝起来好是好，凉爽是凉爽，但二者皆为凉性之物，吃多了会让人肠胃不适，特别是胃寒的人更会受折磨。于是人们把熬好的糖稀放进刨冰，因为糖稀是热性的，不但解决了刨冰过寒的问题，还增加了新鲜的口感。而不知道加糖稀的人，一直那样喝着刨冰，会被喀什人取笑为傻子或笨蛋。后来我才知道，除了糖稀外，喀什人还将蜂蜜放入刨冰，也有别样的口感。

刨冰在中国历史悠久，亦有趣事。唐代文学家裴晋公喜食"鱼儿酒"，那"鱼"与真鱼无关，仅有鱼的影子，为裴晋公独创。每年进入寒冬，他选精致冰片，用小刀精刻出小鱼状，放入冰窖冷藏。待逢节日，他便在家请客食"鱼"。他先将酒烧沸，然后酌入盏中，每盏中投一"鱼"进去，招呼客人：请饮鱼儿酒。客人皆严肃，饮酒的同时，恍若吃到了鱼。

在宋代，皇家和民间的藏冰都极具规模，人们在夏天将大量的冰块从冰窖中拿出来使用，民间亦有非常活跃的藏冰买卖。唐宋两朝，人们食冰的方式有两种，一种是将冰块化成凉水，即冷饮。另一种是将冰块敲成小块放入食物中，即冰食，也就相当于今天的刨冰。据《宋史》记载，朝廷重臣在四时八节会受到皇帝的特别赏赐，其中在伏日这一天，赏赐物即"蜜沙冰"。沙，指的是豆沙，而"蜜沙冰"就是浇上蜜，放上豆沙的冰，也就是刨冰。赏赐物中还有一种"乳糖真雪"，就是在碎冰上撒上炼乳，与现在的"冰淇淋"极为相似。

我喝刨冰有一个习惯，要先观赏一下刨冰的融化过程，亲眼看见各种调配原料的味道散发至最大，并细心观看如雪状的冰晶与鲜嫩欲滴的水果、各种饮料融为一体。然后才端起杯子，用小匙快速搅拌，其酝酿和期待的心理过程妙不可言，尤其是参与感亦让人欣悦。搅拌好了，舀一小匙放入口中，让冰晶正面接触舌头中部，这是让刨冰风味直达味蕾的最佳方法，如果嘴里含满刨冰轻抿嘴唇，让多层次的味道散发在整个唇齿之间，则感觉更好。喝下刨冰，可闭上嘴巴体验水果冰的香味，用嗅觉去感受它的细滑甜爽。最后再回味一下，唇齿享受了冰的凉、甜、香的美感后，带出的深意会浸遍全身，人很快就凉快了。

在喀什市马勒巴格乡，我接触到了在当地做刨冰生意的老板吐洪江。他在每年"三九四九冻死狗"的季节，雇三十个人到十八村的大亚郎水库采冰，然后运入冰窖中储备到夏天，供给喀什大大小小的酸奶店、冰激凌店和冷饮摊点。我就是受吐洪江影响，从此把加冰的酸奶、冰激凌和冷饮等直接叫刨冰。到了酷热的夏天，只要听到"刨冰"二字，便知道有东西可用来解渴了。

新疆人喜欢把所有事情都简单地表达，听习惯了便能明白是什么意思。譬如刨冰，一旦被加进酸奶，便马上改称为酸奶刨冰，仅这四个字就能带来凉意。

我第一次去找吐洪江，他外出不在家。返回的路上，朋友说起喀什的一个人数孩子的事，大家觉得颇有意思。后来我在喀什作家刘学杰的一篇文章中读到了叙述那件事的文字："司马义阿洪的十个孩子睡觉后，每天要清点人数。这么多人挤在一个大炕上，地下二十只鞋子交错混杂，数鞋子已数不清楚了，他就每天站在炕前，点着孩子的脑袋清点：'必，西该，约去，挑梯，拜西，奥呆，叶呆，赛格斯，脱勾斯，翁（一、二、三、四、五、六、七、八、九、十）。'数够'翁'，他才放心回屋睡觉。突然有一天，他点了三遍也不够'翁'，惊慌地大吼了一声：快给我起来！九个孩子站在炕上排成一队，确实差一个。此时，已是凌晨一点了，这孩子到哪里去了呢？叫人啼笑皆非的是，丢掉的孩子是哪一个呢？司马义阿洪又点起大名来，结果，差的是老六'库来西'。当夜全家大小分头去寻，在他的同学家里找到了，虚惊一场……"

我对吐洪江在冬天采冰的事感兴趣，经朋友联系，跟他去看了一次。那天很冷，我穿了厚厚的军大衣，仍感觉寒冷像刀子一样往身体里刺。吐洪江设计了一台切冰机——在一个小车上安装了柴油机，前面装一个电锯圆盘切割片，属于电动作业。就是这样一个切冰机，一天切割出的冰块要六辆拖拉机不停地跑六趟才能拉完。

因为操作切冰机有危险，弄不好，切割片打碎或破冰飞出，会伤及到人，所以操作者是吐洪江的弟弟艾力江。只见他头戴摩托车手用的封闭头盔，身上层层叠叠地穿了雨衣和布衣，俨然是外星人正驱赶钢铁怪兽，在某个星际长河中开河破冰。

吐洪江雇来的三十个人，用铁钩铁叉把切出的冰块或推拉或撬杠，刷的一声就到了岸边。

后来我又跟着吐洪江去看了他的两个大冰窖，一脚迈进去便有一股寒气浸得脸生疼。他的冰窖很宽大，从窖底到窖顶可以摞十二层冰，如果有缝隙就用碎冰填实，只有这样才不会让空气流通，避免冰块化掉。吐洪江对缝隙的重视程度比对冰块还专注，一问才知道，他每年采冰要花去十余万元，如有不慎弄出一冰窖化水，就会让他赔得血本无归。

检验冰窖温度的方法也很有意思，如果温度高了，事先放进去的一碗牛奶就会起泡，吐洪江就会敲碎几块冰让其降温。如果温度低了，则会牵几只羊进去，利用它们的呼吸和体温提高温度。等到夏天来临，吐洪江把冰块出售给各个酸奶、冰激凌和冷饮的摊主，于是在喀什大街小巷、各个巴扎、饭店和饮料店，那些冰块被人们用刨刀一层层刮下，很快就与人们的口腔和舌头相遇。

食为天

　　至今已有好几年没有吃刨冰了，每到酷夏便总是想起吐洪江的冰窖。如果能够再去喀什，一定先吃他做的刨冰，然后到他的冰窖中避暑一番。

奶茶

十余年前在白哈巴村，一到下雨天，村里人都在家中喝奶茶。白哈巴村一带阴湿，如果下雨就更冷了，让人觉得雨水携带着冷飕飕的刀子，不声不响地扑进村子，像要剜进人的骨头里。

在下雨天要喝奶茶，而且是一碗一碗不停地喝，直至喝透、喝饱，方可抵抗山中的寒气。

新疆产茶不多，但却很有特点。譬如罗布麻茶，以生长在沙漠盐碱地带的罗布麻为主要原料，相传是由古代楼兰人亲手培育，摘采，并加工制成。再譬如沙棘茶，又叫黑刺，多出于阿勒泰一带。还有昆仑雪菊，又名"血菊"，其金色花朵经沸水冲泡后，汤汁呈现出犹如琥珀一般的绛红色，饮之淡稠适中、甜润爽口，为人们所钟爱。

新疆的药茶久负盛名，具有健脾胃、消食、祛风、散寒、通经等功效。药茶以小豆蔻、肉豆蔻、肉桂、丁香、孜然、胡椒、干姜、荜澄茄等加工而成，南疆人，尤其是和田人常饮药茶，并有专门的药茶师。

在白哈巴有一句谚语：只要你来找我，就是朋友。只要你是我的朋友，进门就有一碗茶。这里说的一碗茶，指的是奶茶。白哈巴村后面是雪山，因为终年不化，便觉得那雪非常古老。人们在喝奶茶的间隙，会面无表情地看几眼雪山。只有在白哈巴这样的地方，可见到大雨与雪山同在，有时候好像大雨淹没了雪山，但大雨像一条颤抖的尾巴，一晃又被雪山压到了低处。不管天气如何，人们都熟视无睹，不会把手中的奶茶碗放下。

等到又一场大雨下起，我进入一户人家。还没等我开口，主人便说，雨嘛下它的嘛，我们嘛奶茶喝上嘛，把身体里面和外面都喝热，就舒服了嘛。他在火堆上架上茶壶，加大火把水烧开，然后放进茶叶开始煮。

我看着壶里的动静，很快，茶叶便翻滚起来，茶水的颜色越来越浓。主人拿一个木头勺子不停地搅动，似乎好喝的茶是搅出来的。我在一边耐心看，也耐心等。等主人搅得差不多了，把茶水倒入碗中，加上羊奶，碗中的茶水便变了颜色，呈现出淡白色。但很快，淡白色淡去，呈现出略灰但又带有暗黄的颜色。大家议论，这应该是什么颜色？主人笑着答曰，什么颜色，就是奶茶的颜色嘛，难道奶茶不应该有颜色吗？我们一笑，遂认为主人所言极是，这就是奶茶的颜色。主人舀一小勺尝了尝，又放进去一把盐，喜悦满足之情溢于言表。

一壶奶茶就是这样完成的。

主人又端来一盘馓子，一碟酥油，把碗一一摆在我们面前，提着茶壶把奶茶倒入碗中，示意我们根据自己口味加酥油即可。我舀了一勺酥油放进奶茶中，表面立刻泛开一层金黄的油花。这个好，喝之前先看看好看的油花也不错。等那层油花浸开，我估计可以喝了，便端起碗喝了一口。真好喝，既有茶水的浓烈，又不失奶汁的醇香，再加上酥油的厚腻，舌间便有了强烈的味觉冲击力。我把碗晃晃，想让那层油花浸入奶茶中，但油花翻滚了几下仍浮在表面，我这才知道，酥油不会浸入奶茶中，也许人们喝奶茶喝的就是这个味道。

我喝完一碗，主人提起茶壶又要给碗里添上，我忙表示喝了一碗已经够了，他不高兴地说，你来了，我的奶茶有哩，你作为朋友的意思嘛，只有一点点，不行，必须喝两碗才能从我的房子里出去！

他边说边倒茶，结果壶中的茶却不够了。他一脸窘迫，极为利索地又烧了一壶。等到我喝完第二碗，他才笑着说，现在我告诉你必须要喝两碗的原因，你嘛，用两条腿走进了我家，喝两碗奶茶，再用两条腿走出去，图个吉利嘛。噢，多么好的寓意！

几年后再次去白哈巴，村中因为旅游开发，已发生了很大变化。路修成了水泥路，牧民骑着马从不上路，而是在路边的草地上奔跑。记得白哈巴先前长满松树，村中弥漫着一股浓烈的松香味，现在闻一闻，那美妙的味道还在。

村庄变了，但多雨的天气却未变。我们到达的那天晚上便下了一场大雨，一整夜都听见屋外雨声不断，林涛汹涌，心想明天恐怕还会是大雨，得窝在房子里待一天。不料第二天早上一推开门，是一个大晴天，山间连一丝雾也不见，牛羊正欢叫着，前往村前的草场。我们吃过早饭后去村后山坡上的几户人家，一番爬坡钻林，终于在腰酸背痛之际到了一户人家。感到口渴，便问女主人能否给我们一点水喝，女主人听不懂汉语，从屋后喊来一位小姑娘，她在县城小学校学的是汉语，说家中的奶茶一壶十五块钱，我们想喝的话很快就能弄好。我们正求之不得呢，便让她赶紧去烧。很快，一壶奶茶便摆在了院子里的木头桌子上。我喝了一口，一股温热而浓厚的奶茶味便在口腔中浸开，浑身也热了起来。我们坐在院子里喝奶茶，晒太阳，想起上次喝两碗奶茶的说法，便和小姑娘聊起这个话题,她不多说话,但很显然,她也知道那个说法。喝完奶茶付钱,我给了小姑娘一张二十元的钞票,她找回我五元。我把那五元钱给了她的小弟弟,她说我不会算账,奶茶的钱已经付过了,那五元钱是找回给我的,不是她弟弟的。我又解释一遍是给她小弟弟的,她急红了脸,一定要把钱塞回我手里。我妻子说,这是大人给小孩的钱,是疼爱小孩子的意思,她这才让弟弟把钱装进了口袋。

我们离开时,小姑娘送我们到栅栏跟前,叮嘱我们如果再来白哈巴,还去他们家喝奶茶。多么好的小姑娘,我们记住了你,也记住了你们家的奶茶,下次一定还到你们家坐坐。

现在,我很想喝一碗图瓦人的奶茶,但想起白哈巴那么冷的大雨,浑身不由得一颤。

罗布麻茶

茶之奇事颇多。鲁迅先生在《古小说钩沉》中记有一事,说上古时,丹丘一带出大茗茶,服之能生出羽翼。此说法如果说的是人,那么人生出羽翼作何用处?鲁迅先生只是提及了此事,却并未做任何解释,想必是因为上古之事,神乎奇乎,没有答案。

另有一事很详细,说有一余姚人,名曰虞洪,某日在山中遇一道士,被引至瀑布前说,他是丹丘人,闻之虞洪善用具饮茶,故断定虞洪仁惠,并告之,此山中有大茗茶树,采下好茶,用茶具饮之最佳。他不久将离世,所以寄望虞洪,嘱虞洪将这一秘密传世。那道士说完那番话后,去了哪里,无人知道。但此事有两点好,其一,道出饮大茗茶必配茶具,极富现实温度。其二,人间传承,见美德,亦见人心。这样的事,读来颇为有趣。后来,虞洪在山中立碑,祭祀那道士,并让家人入山,果然获得大茗好茶。

产于新疆的罗布麻,亦有趣事。大约在两千年前,罗布麻有一个好听的名字——东方的叶子,想必是罗布麻沿着丝绸之路到西方后，得了此名。其实，东方的叶子一说，指的是茶叶。也就是说，罗布麻很早时，就已经被人们当成茶叶在喝。

罗布麻产于塔里木河和孔雀河一带，此两地属罗布泊范围，所以它的名字中便有了"罗布"二字。新疆人说起罗布麻，从语气可明显地感觉到，他们不是在说一种茶，而是在说一种神奇的事物。与人们细聊罗布麻才知道，人们不仅仅把罗布麻当茶喝，而是将其当成了养身健体的补品。譬如喝罗布麻茶，有平肝安神，清热利水的功效，可用于缓解肝阳眩晕，心悸失眠，水肿尿少，高血压病，神经衰弱，肾炎等症状，适用于中老年人、高血压、高血脂、心脑血管等疾病的人群。

有一年五月，我在塔里木河边见到一片罗布麻，它们只开粉色小花，花香并不浓郁，身姿也不妖娆，实为常见的朴素植物。于是便想，从任何一株植物或一根草，其实是看不出名堂的，要想细究其不同凡响之处，还得经过长时间的亲身实践，才能知道其益处所在。在这方面做得最好的是李时珍，他走遍山川大地，亲口尝试过无数种植物，判断出其中对人体有用者，并写下一部《本草纲目》。

罗布麻在《西域水道记》中也有记载："罗布人用胡杨做舟，曲木为罐，劈梭梭为柴，插芦苇为室，织野麻为衣，取罗布叶，花代茶饮已有千年之久。"那时的人们生存得极为不易，放眼望出去，能吃能喝者不多，所以只能就地取材，建屋做衣。住的穿的可勉强应付，但吃的食物却勉强不得，于是乎人们小心尝试，终发现罗布麻叶可泡水饮用，遂将其当成了茶叶。罗布麻茶最早被誉为神茶，后又有野茶、夹竹桃麻、茶花麻等称呼。但新疆是一个不产茶的地方，加之仅仅被生存在罗布泊一带的罗布人饮用，所以没有得到传名出去的机会，乃至到了今天，在新疆也并不为众人悉知。

食为天

早先在罗布泊的楼兰人，和罗布麻有数千年的渊源。1900年，斯文·赫定在向导奥尔德克的带领下，发现了楼兰故城。他们出土的美女干尸身着罗布麻衣，可见两千多年前楼兰人穿的就是罗布麻。当然，历经两千年的罗布麻衣出土后很快就氧化腐朽了，斯文·赫定正在遗憾，一扭头却看见奥尔德克身上穿的正是罗布麻衣，于是他转忧为喜。从奥尔德克嘴里打听到，当时的确还有人穿罗布麻衣。奥尔德克是奇人，自小在河边长大的他水性极好，在水里捕鱼和抓鸭子时游走如飞。不仅如此，他还能背百斤左右的麦子从河的一边游到另一边。他父亲看到儿子有那样的本事，便高兴地大叫："我的奥尔德克儿子，我的奥尔德克儿子（奥尔德克，意为鸭子）"。他的本名叫乌斯曼，但被他父亲那样一叫，人们便都叫他奥尔德克，反而忘了他的本名。奥尔德克身强力壮，是塔克拉玛干沙漠中的活地图，正是他给斯文·赫定当了向导，并且在发现了楼兰古城后告诉给他，才使斯文·赫定在考古界赢得大名。但因为他只是偏僻一隅的打鱼人，加之没有话语权，所以发现了楼兰的人，便被国际考古界认定是斯文·赫定。奥尔德克对此一无所知，在斯文·赫定离开后，他仍然穿罗布衣，天天喝罗布茶，过着与世无争的生活。后来，他双目失明，在七十八岁那年病故。

史书记载虽然可靠，但却缺少新鲜细节，若想找到活泼的趣事，还是和人脱不了关系。譬如人们最早发现罗布麻的用处，是将其枝叶用于做草帽，戴在头部有一股凉意，可起到醒脑安神作用。后来人们将罗布麻纤维纺织成衣，穿上可治疗头晕、感冒等疾病。

汉代的张骞虽然出使西域时非常艰难，但他一路却喜欢观察植物和蔬菜。也许他在这方面天生灵异，见楼兰人多将罗布麻泡水喝，便带了一些回去呈敬给汉武帝刘彻。刘彻尝过后颇为欣喜，下令将罗布麻从西域运入长安，让宫廷人员制成茶叶供他饮用。此后，罗布麻茶便成为他的常备茶炊，因此他活了七十一岁。乾隆在纪晓岚的书中看到罗布麻茶颇具神效，亦将罗布麻茶定为宫中御品，从此享受罗布麻茶的食疗效果，活到了八十九岁，是中国历史上最长寿的帝王。从汉武帝到乾隆，再到如今罗布老人之长寿，都与长期喝罗布麻茶密不可分。因此，如今的人们说到罗布麻，必然要提罗布麻茶，并习惯性地强调它对人体的好处。

罗布麻的另一魅力在民间绽放。人们收割罗布麻后，将最好的部分用于编织渔网，次者用于制衣、织毯、泡澡和装扮洞房。人们还会将罗布麻絮和羊绒混合纺织，或做成帕拉孜（地毯），或做成袷袢（外衣），可谓物尽其用。

每到五月的第一场暴雨前，常见人们忙于采摘罗布麻花。其时，花瓣初长成，被采回后收藏。一旦有人生病，就用热水冲服，其疗效颇为明显。我有一次在库尔勒的一家餐厅，听说有罗布麻茶，便点了一壶。倒入碗中后，其汤色略黄，似乎有什么凝在里面不动，手一晃却漾起涟漪，一圈圈扩散开复又凝拢来。喝一口觉得味道略淡，倒也爽口。

罗布人逐水而居，穿罗布麻衣，喝罗布麻茶，吃罗布麻粉，抽罗布麻烟，人们以为他们是被时间遗忘的人。结果有一年，全国统计出三千七百余名百岁老人，罗布人就有八百余名。又一年统计健康百岁老人十九名，罗布人又占六名。这个遥远的地方，一时令世人惊奇。

塔里木河流域多罗布麻，亦多百岁老人，他们鹤发童颜，耳聪目明，有人笑谈他们做新郎也没问题，更别说下地干活和打鱼了。他们得益于天赐大漠神物——罗布麻茶，长年用罗布麻叶和花瓣泡茶饮用，便延缓衰老，延年益寿。

我曾在一户罗布人家吃过饭，抓饭上来后他们只吃少许，拌面上来亦只吃几口。我以为他们因年长便少食,但他们吃饭的时间持续得很长,饭毕后吃核桃,吃完核桃又吃红枣,然后又接着吃葡萄、西瓜和杏子,最后喝一碗罗布茶,然后是一脸的心满意足。他们劝我吃一些水果,无奈我将抓饭和拌面吃得够饱,已吃不下任何东西。

黑砖茶

新疆人喝了数十年黑砖茶，喝出了感情，亦深知黑砖茶对身体的重要，于是便创造出一句谚语：一天不喝茶，三天都头疼。

二十余年前在部队，我的一位新疆籍战友每天晚饭后都会在连队的院子里煮黑砖茶喝。他煮黑砖茶颇具仪式感，先将黑砖茶掰成小碎块，放入小壶中煮到火候，却不直接喝，而是倒入碗中，复又倒回壶中，如此反复三五遍才开始喝。问及原因，他说那叫"烫心茶"，要掌握好汤汁的滚烫度，喝时如暖流袭身，喝毕出一身大汗，可以带出体内的毒素。有一战友问他那样喝茶，到底是为了口福，还是为了养生？他一笑说，你问的两个问题，其实是一个问题。说着，他晃了一下手中的茶说，这个黑砖茶，喝了既有口福也能养生。

他手里的黑砖茶，其实是茯黑砖茶，其形似饼，是经过压制等加工程序的，看上去瓷实厚重。茯黑砖茶最早产于湖南，所以又叫湖茶，曾经在很长一段时间内销量极大，全国各地人喝的都是此茶。湖南人做茯黑砖茶，专在酷热的三伏天。其时，人们汗流浃背，严格遵循每一道工序，将茶制作成饼，然后销往大江南北。因为是在三伏天制作而成，故又称为茯黑砖茶。

我尝过一次那位战友的黑砖茶，汤酽红又透亮，味道浓烈但不苦涩，既清香又顺畅。当时的部队管得严，但却容许那位战友生炉子煮茶，一则因为他是老兵，二则喝茶倒也无大碍。夏日大家怕热，大多不到他的炉子跟前去，只有他一人在那儿喝茶。有时见他喝得一头大汗，衬衣已湿得贴在了身上，亦喝得不亦乐乎。到了冬天，战友们一见他的炉子冒烟，便凑过去要一两碗喝，身上很快便暖和起来。他喝的黑砖茶由家人定期寄来，他每每收到寄来的黑砖茶包裹，脸上都会浮出喜悦的神情，脚步也会轻快很多。

后来，我在新疆走的地方多了，发现新疆人都喜欢喝黑砖茶。黑砖茶至今在新疆的销量仍然很大，主要是因为新疆人多食牛羊肉，尤其是吃烤羊肉串、抓饭、烤包子时，必然要喝。黑砖茶好像能让人上瘾，我喝过几次后，便觉得再好的龙井、毛尖、碧螺春和铁观音，都不如黑砖茶有口劲，以至于去饭馆吃饭，总是习惯性让服务员泡一壶黑砖茶。如果饭馆中备有黑砖茶，就会马上倒一碗。如果没有准备，服务员会去后堂，不一会儿也会端来一壶。

慢慢地便明白，以牛羊肉居多的新疆饭菜，配黑砖茶可去油腻、清肠胃，是十分科学的饮食方法。但我发现，大多数人并不考虑这么多，只是喜欢黑砖茶的味道，亦喜欢喝黑砖茶时的气氛。黑砖茶味重，饮之首先解乏，其次便宜，每家每户都喝得起。

新疆人是缺不了黑砖茶的，所以，原产于湖南的黑砖茶，被新疆人喝出了边疆特色。譬如在牧区，有一种"以物换茶"的习俗，物指的是羊，用其换取的黑砖茶则成为重要的生活必备品。每年入冬前，牧民们会将经过一个夏天食草后膘情差、难以过冬的羊淘汰出羊群，与专门贩卖羊的人换黑砖茶。一只羊换的黑砖茶，可以喝一个冬天。牧民常说：黑砖茶是穿在肚子里的皮袄，哪怕天再冷，只要一碗黑砖茶喝下去，浑身就热了。

如今，上了年纪的新疆老人还保持着喝黑砖茶的习惯。他们的早餐往往是一碗黑砖茶，一个馕足矣。老人大多牙不好，但黑砖茶却能帮忙。他们掰一块馕，在茶水中蘸一下，干硬的馕立刻就变软了。至于年轻人，吃牛羊肉时也必然会喝黑砖茶，黑砖茶的那种浓酽的汤汁，配以肥厚的牛羊肉，已成为一种固定的吃法。我这么多年已养成这种习惯，如果吃烤羊肉串、手抓肉和烤羊排，没有一碗黑砖茶，便如同新疆人常说的：心里干揪揪的。我相信，黑砖茶能在新疆一直被人们喝下去。

与黑砖茶有关的故事也多。在地处北疆的一个边防连，听到一匹马和黑砖茶有关的事情。那个边防连附近有水，却无法饮用，只好用马到山下的河中去拉水。战士们打造了一辆拉水车，用马一天拉三趟，除了保障连队使用外，另送一些给附近的牧民煮黑砖茶喝。

刚开始，每拉一趟都必须有人跟着，后来有一次，一位战士不想来回跑，装好水后对拉水的马说，你已经跑了无数次，应该认得路了吧？今天你试着单独拉一次。马好像听懂了他的话，便拉着水车走了。它确实认得路，拉水回去保障了连队做饭用水，亦让牧民每天都能喝上黑砖茶。

从此，拉水的战士只要把水装好，对它说一声，回去吧，它拉起水车便走。那个战士得着了空闲，索性躺在石头上休息，嘴里唱道：早晨一杯茶，赛过十七八。中午一杯茶，劲靠牛马拉。晚上一杯茶，消食又解乏……歌是附近的牧民喝黑砖茶时唱的，那战士记住了歌词，却不会曲调，只能南腔北调地唱。

那匹马到了连队，炊事班的战士把水卸下后，也对它说一句，回去吧，它便又向河边走去。就那样，它在一条路上来回走了四年。牧民说，没有解放军的马，我们就喝不上黑砖茶，喝不上黑砖茶，就没力气放牧。

后来，连队有了自来水，那匹马就"失业"了。战士们围着水龙头洗脸、洗衣服，多好的水啊，想怎样用就怎样用，想用多少就用多少，那种用水如油的日子终于结束了。那匹马望着水龙头，在院子里走来走去，走到负责拉水的那个战士门前，便停下朝里面张望，过一会儿又转身走了。后来，它不再在院子里走动，卧在院子外面，一会儿望望天空，一会儿望望远处的树。有人在附近走动，它便盯着看，直到他们消失才低下头。

牧民们心疼它，说他们如今喝上了自来水煮出的黑砖茶，方便确实是方便，但却让一匹马闲了。马怎么能闲呢？让它们闲着，比要它们的命还难受。但他们改变不了一匹马的命运，叹息几声后遂沉默。

有一天早晨，战士们发现它不见了。有人在昨晚曾听见它叫过几声，然后有蹄声驶向远处。大家一致断定，它离开连队去了草原。大家隐约感觉到它离去的原因，不知该说什么。

两年后的一天，它突然又回来了。它在外面流浪了两年多时间，浑身瘦得没有一点肉，毛长得又杂又长，还有树叶夹杂在其间。战士们心疼它，便给它洗澡，喂它好吃的东西。大家都觉得它能够回来，以后会把这里当家。牧民见它回来亦很高兴，这几年他们已觉出，自来水煮出的黑砖茶不如河水煮出的好喝，那河里流的是积雪融化后的雪水，清冽、洁净和甘甜，煮黑砖茶再好不过了。他们对那匹马说，你回来了就不要再离开了，以后给我们拉水，我们喝黑砖茶就靠你了。它似乎听明白了，又似乎没有听明白，没有任何反应。

第二天早上，战士们在水龙头下洗漱，那匹马看见水龙头里流出的水，痛心疾首地叫了一声，冲出院子奔向了荒野深处。它又走了，从此再也没有回来。

只要沿途有毡房

走一年也饿不着

只要沿途有毡房
走一年也饿不着

锡伯大饼
沙尔阔勒
羊肚子焖肉
冬拜吉干
胡尔达克
包尔萨克
杂克尔
巴哈里

锡伯大饼

十余年前，我偶然在乌鲁木齐的一家餐厅，发现有锡伯大饼，吃过后满心欢喜，之后便常去吃，以至于不觉间持续了十余年。

人常说，十年店不可住，十年饭可常吃。看来有一定的道理。

食物在岁月中延续，其实少不了人的相随。我喜欢那家餐厅的原因有两个，其一，它们一直做锡伯大饼，去了不会落空。其二，那家餐厅的楼顶敞亮，夏天开着玻璃窗有凉风，冬天可边吃边赏窗外的雪景。

餐厅老板叫傅加力强，熟悉后我称他傅加。每去他的餐厅不用点菜，他按照我的习惯上一小份锡伯大饼，一碟花花菜，一盘椒蒿炒土豆丝，一碗苞谷粥。有时为了吃得舒服，便饿着肚子去。有时忍不住馋劲，去了却吃不了多少。

吃东西，无论吃多吃少，让嘴巴过瘾足矣。

有如此享受，便约要好的朋友常去。吃毕准备回家，有一朋友提议找个地方喝酒，立刻遭到傅加反对。他说，你们刚吃了没有大鱼大肉的锡伯大饼,也没有喝酒,是多么舒服,千万不要破坏了这难得的享受。

就那样和傅加成了朋友。

曾看过傅加做锡伯大饼的情景。他将发好的面揉好,用擀面杖擀成圆形,然后将面饼卷在擀面杖上,放入圆形的平底锅中,用文火慢慢烤熟。他做出的大饼不焦不嫩,不软不硬,其熟透的颜色就像和煦的阳光,诱惑人的肠胃,把温暖漫延到心里。

傅加对生活在新疆的锡伯族的历史了如指掌。他说,清政府在二百多年前曾做出一个决定:为巩固西北,尤其是新疆边防,在东北征调锡伯族军民三千余名,迁往新疆北疆(伊犁)驻防。这批人在路上走了十七个月,用双脚走出了一条西迁之路,最后到达了目的地伊犁河畔。他们在西迁的路上,每天吃发面饼,便把酵面带到了伊犁,随后,又传到了塔城、乌鲁木齐等地。

锡伯大饼因为用民族的名字打头,所以名气大。而锡伯族也是一个十分注重礼仪的民族,也有一些禁忌。比如睡觉时脱下的裤、鞋、袜等不能放在高处。不能从衣帽、被子、枕头上跨过。吃饭时不能坐门槛或站立行走。严禁用筷子敲打饭桌、饭碗,或把筷子横在碗上。递刀给别人要刀尖朝自己,刀把朝对方。忌食狗肉,族内同姓禁止通婚等等。

锡伯人打围有个古老的习俗,不论猎取的野味多少,所有参加者无论大小都是平均分配,即便过路人碰到分猎物时,也毫无例外地分得一份。不过,猎物的头和蹄子应分给首先命中者,作为一种奖励。锡伯人认为,猎物是大自然赐予大家的,不是属于哪一个人的,不能独占。

傅加自小在本民族历史的熏陶下长大,长大后却在美食方面表现出了天赋。依稀记得,他把一盘刚出锅的锡伯大饼端上桌后,常常会分析一番。有一次他说，很多人都会为锡伯大饼松软劲道的外观，散发着扑鼻的麦面味道而心动，这大概就是锡伯大饼最主要的特点，朴素、亲切和实在。人虽然都喜欢吃美味珍馐，但朴素的味觉一旦被唤醒，同样势不可挡。锡伯大饼是日常生活的脊梁，支撑着人们从容、坦然和自在的生活，所以它作为锡伯族人最爱吃的食物，其出现频率之多，像南方人的米饭、北方人的面食，以及其他少数民族的奶茶、奶酒和风干肉一样，在餐桌上不可或缺。

也就是从傅加嘴里知道，锡伯族人吃锡伯大饼，喜欢当天烤出的，出锅即食。锡伯大饼松软、清香和温热的味道，已成为牢固的味觉记忆。有一次在他的餐厅，见有那么多人在吃锡伯大饼，便忍不住问，大饼可是一张一张做出，供得上那么多食客吗？他说，这个餐厅存在的理由，就是一张大饼，如果连大饼都做不好，早就没人来了。

傅加的锡伯大饼独好，并配有类似于下饭菜的花花菜，以及夹入锡伯大饼中的辣椒酱，样式正统，味道纯正。我曾亲眼看见他将韭菜、莲花白、红辣椒和皮芽子切碎，然后腌制成花花菜。花花菜既有凉拌菜的清爽，也有咸菜的脆嫩，其口感颇为独特。

我每次去吃，傅加都早早将锡伯大饼摆放于桌上。我到了之后，根据自己的喜好，或夹一些花花菜和辣椒酱在饼上，卷成筒状，或将大饼从中间慢慢揭成两层，把花花菜和辣椒酱夹进去后合拢，然后捏住边沿开始吃。不论是哪一种吃法，均颇具形式感，而且咀嚼有味。

有几次邀十余位朋友去吃。傅加一看来的人多，便配上凉拌的豇豆、切块的血肠，还有一盆椒蒿炖鱼、手抓羊肉、爆炒鸡肉，最后是一盆揪片子。大家都喜欢锡伯大饼，别的菜吃不了几口，手里便又是一块锡伯大饼。

有朋友不知道吃锡伯大饼有讲究，大饼上桌，拿起就吃，傅加赶紧示范：吃锡伯大饼要讲究正反两面，分别寓意天和地，吃时不能将其混淆。大家便不敢动手了，听他详细介绍一番后才知道，"天"即大饼有大花纹的一面，而"地"则为有细小花纹的一面。也有人将"天"称大花，将"地"称为小花。摆放大饼时要看清楚，必须要把大花的一面朝上，小花的一面朝下，即天压地的意思。

一次与傅加聊天，他说他将来要去研究历史，我觉得他聪明，知识结构也不错，就顺口鼓励了他一句，不料几年后的一天才发现，再也联系不上他了，也许他全身心投入到某个课题，去做田野调查了。

傅加走后，那家店改成了湘菜馆，因为经营不善，很快便停业了。后来听到傅加的消息，说他回伊犁后结婚了，想必他娶的是一位锡伯族姑娘。记得他给我说过，锡伯大饼直接影响锡伯族女人的命运，因为衡量一个锡伯族女人要看三点：灶台是否干净，丈夫的衣领是否有黑垢，大饼是否烙得好。他还告诉过我另一风俗，说出嫁的锡伯族新媳妇，第一次为公婆做早餐，烙出第一张锡伯大饼会偷偷吃掉，因为第一次为公婆做饭难免心情紧张，掌握不好火候。第二张锡伯大饼烙好后，则悄悄把丈夫叫进厨房品评。之后，新媳妇才有自信将第三张锡伯大饼呈现给公婆。

去年的一天，突然接到傅加的电话，说他的妻子学历史专业。他们二人从新疆出发，要逆向走一遍当年祖先们走过的路，其终点当然是东北。他说这是一个民族的事，比一个餐厅大多了。我相信他能完成，遂在电话中送去了鼓励和祝福。

如今，傅加和妻子可能还在路上。西迁是他们的祖先在天地间走出的路，一路上，锡伯大饼给了他们力量，让他们慢慢走向远方。

路再长再远，想必他们也不会畏惧，因为人和天地一起活着。

沙尔阔勒

先前听人说沙尔阔勒好吃,但因为不知沙尔阔勒的意思是什么,便不知是什么样的食物,只是记住了其通俗的说法——吃山喝湖。

为什么吃的是山,喝的是湖?

不解。

后来去帕米尔次数多了,亦接触了不少柯尔克孜族人,从他们的嘴里得知,沙尔阔勒是柯尔克孜族的美食,帕米尔多高山湖泊,他们天天看山,天天看湖,看得多了,便要把食物做得像雪山和湖泊一样,然后吃掉。如此一说便明白了,沙尔阔勒就是像山亦像湖的一种食物。

生活在帕米尔高原的柯尔克孜族人,其名称含义有多种,包括"四十个部落""四十个姑娘""山里的放牧人"或"草原人"等说法,而他们自己则认为"山是我们的父亲,水是我们的母亲"。柯尔克孜一词,与一个叫乌古孜的人有关。乌古孜是一位国王,他很勇敢也很有智慧。但他的一个儿子却因为与兄弟们不和,带领他的部落迁到了日阴(北方)的"柯尔"(大山)脚下,在那里以狩猎的方式生存了下去。乌古孜宽宏大量，不但不认为那个儿子是叛离，而且封其为"柯尔人"，意思是山里的放牧人。柯尔人逐水草而居，慢慢繁衍壮大，生存地遍布两座大山。而那两座大山中，其中一座有十条河，另一座有三十条河，满足了他们的生存需要。那四十条河流淌向前，最终汇合成叶乃赛河。柯尔人感激河流的养育之恩，遂将叶乃赛河称为母亲河。柯尔克孜族人将山视为父亲，将河视为母亲的由来，便在于此。

说起柯尔克孜族人，必然会提起史诗《玛纳斯》。《玛纳斯》是我国三大英雄史诗之一，讲述的是柯尔克孜族英雄玛纳斯反抗异族侵略的历史绝响。而英雄玛纳斯的后代们，因吃下像雪山和湖泊状的食物，他们的心，就会比山高，比湖泊还深。沙尔阔勒作为一道食物，其寓意大概就是这样。有谚语说：马是人的翅膀，饭是人的力量。沿着这句谚语，可把人们吃有形状的食物，理解为向内心索要力量。另有一句谚语：看山看久了，心便比山高。这句谚语，可理解为大自然对人的影响，或者说物我互融，然后升华。

我第一次吃沙尔阔勒，是在帕米尔高原。那天在一个湖边闲逛，突然不远处弥漫起一股尘灰。等尘灰落下，倏然闪出几匹马，很快就到了眼前。骑马者是柯尔克孜族人，问他们要赶重要聚会吗？他们回答说，驯鹰，很重要，但是已经结束了，我们要回家去。

我对驯鹰向往已久，便为错过机会而遗憾。他们宽慰我，明年还有，想看的话到时候再来。

闲聊中，他们说，家里的沙尔阔勒已经做好了，想不想到家里去当一回客人，吃一下？虽然不知道沙尔阔勒是什么食物，但有这等好事自然要去。他们下马带路，我跟在后面，很快就走到山脚下的几座房子前。不用问，这里是他们的家。进入房内，闻到香味，便猜想是沙尔阔勒的味道。喝过奶茶后，主人端来一盘东西，一边招呼我坐到桌子边，一边说，香香的沙尔阔勒找你的嘴来了。我第一眼看过去，便发现那里面没有牛羊肉。柯尔克孜族的食物多用牛羊肉，沙尔阔勒却不用，看来里面有学问。

他说，做沙尔阔勒这种饭，用的是你认识的大米、牛奶和酥油，但是现在你只能看见做熟的饭，牛奶已经钻进了大米身体里。他说话风趣幽默，但沙尔阔勒到底是怎么做出的，我还是不明白。他便又说，用牛奶煮出的米饭，颜色会更加的白。他说话间便开始操作了，先取出一个椭圆形盘子，把米饭放在盘沿四周，用手慢慢捏出山峦形状，再在盘子中央铺一些米饭，轻抚出盆地的样子，最后把酥油轻轻倒入进去，看上去犹如一汪湖水。因为湖是由融化的酥油做的，所以这"湖水"便是黄色的。

没想到无意间的偶遇，让我碰到了这么美好的食物，只觉得餐桌上的沙尔阔勒，犹如雪山倒映在金色的湖当中，其精巧的造型，极富艺术表现力，不要说吃，仅仅看就已经是很美的享受。主人用勺子盛上一口饭，伸进盆中的"湖水"里蘸上酥油，极富仪式感地享用。我依照他的方法试吃，尝出加了酥油却并不油腻，反而更加绵软酥松的味道。边吃边聊，主人说，他每做沙尔阔勒，但凡有人从家门口经过，必邀请其到家中品尝。我想起蒙古族人亦有相似的习俗，他们在外野餐时，凡碰到者皆被视为客人，都要被邀请一起吃肉喝酒。

吃完告别，一出门看见湖对面的雪山，便明白人们之所以把沙尔阔勒做成雪山状，原来是天天看雪山的缘故。

当晚下大雪，我宿于湖边的帐篷中，临睡前发现有一群羊站在小山包上，虽然夜色深黑，但仍可辨出落雪已使它们变白。我不知羊在雪夜是否会冷，整夜是否入睡，如果羊是一辈子不睡觉的动物，一个雪夜又意味着什么？这些问题无解，我遂进入帐篷躺下。

第二天早上，出帐篷看到羊群第一眼，忍不住惊呼一声——羊被积雪压着，几乎全身已经变白，但它们却一动不动，仍然仰望着湖对面的雪山。

离去时起风了，有雪被风刮到我肩上，我感觉被什么拍了一下。

羊肚子焖肉

羊肚子焖肉，简言之，就是把羊肉装进羊肚子中，埋进炭火中焖熟。

羊肚子焖肉在哈萨克语中叫"阔木别"，是哈萨克族牧民外出放牧时，利用野外现有条件经常做的一道美食。现如今的牧民，其放牧条件已大为改观，譬如平时骑摩托车放牧，用卡车拉运羊群转场，发电机和无线电视都也在霍斯中常见，较之以往已发生了天翻地覆的变化。至于羊肚子焖肉，已经很少有人做了，如果想吃，得跟着上了年纪的牧民走很远的路，到了没有做饭条件的地方，他们才会做羊肚子焖肉。

我第一次吃羊肚子焖肉，是在木垒的沙漠中。牧民叶赛尔家养长眉驼，他曾带我去沙漠深处牧驼和羊。临出门时，他说我们只带三把东西，到时候在沙漠中吃个羊肚子焖肉。我细问后才知道，他说的是一把刀子，一把盐，还有一把是孜然等调料，而羊肚子焖肉是什么,他却笑而不答。我肯定羊肚子焖肉是吃的,他说到时候你就知道怎么吃了,现在给你说,你看不见,瞎想还白费脑子。

进了沙漠,他宰杀了一只小羊,精选羊肉浸泡在盐水里,然后开始在沙土中挖坑。他边挖边说,阔木别除了羊肚子焖肉这个名字外,还有人把它叫哈萨克肚包肉、羊肚包羊肉、火烧焖肉和焖羊肚肉等。他说阔木别是以前哈萨克族人游牧时,利用小羊羔就地做出的一种肉食。我问他阔木别翻译过来是什么意思,他嫌我懒,说我交了很多哈萨克族朋友,却不学哈萨克语。他说阔木别在哈萨克语中叫"加吾比热克",他汉语不好,无法告诉我翻译成汉语的意思。我有些遗憾,但又觉得我该学哈萨克语了,否则吃再多的新疆美食,也吃不出名堂。

叶赛尔见我不习惯叫阔木别,便改口称其为羊肚子焖肉。他很快挖好了坑,将捡来的柴火放进去,烧起一堆火。叶赛尔说,南北疆做羊肚子焖肉有区别,北疆多用土坑,南疆多用沙坑。羊肚子焖肉因土质不同,或所用木柴不同,焖制出的味道也不同。我多少看出了一些门道,做羊肚子焖肉需要沙坑和火,用的是古老的方法,想必味道也一定不错。

沙坑中的火堆需要时间才能燃尽,叶赛尔在等待的过程中,将羊肚子清洗干净,并翻套过来,然后把浸泡好的羊肉塞进去,再把那包调料打开,里面是花椒、胡椒、大蒜、皮芽子、孜然等,他在手心将其揉拌均匀,撒在羊肉上,用羊肠子扎紧羊肚子的口子。我看明白了,羊肚子焖肉就是在羊肚子里包上羊肉,在火坑中焖制而成。现在叶赛尔完成的是加工程序,名曰包肉。

坑里的木柴已燃尽,形成了炭灰。叶赛尔把塞满了羊肉,圆鼓鼓的羊肚子放进坑里,用炭灰埋严实,然后又加柴点燃小火,目的是让羊肚子持续受热。挖坑和包肉程序已毕,只剩下焖肉过程。叶赛尔卷了一根莫合烟慢慢抽，我坐在一边看云朵，目光追随飞翔的鸟儿，等待羊肚子中的肉被焖熟。

这时，他给我讲起了长眉驼的趣事。他说，长眉驼的数量仅二百余峰，比大熊猫还稀少。它们的眼帘有三层，比一般骆驼多了一层，可很好地防风沙。它们的眉毛自眼帘垂落而下，把脸庞护拢得如同圆月，所以得名长眉驼。

几年前的一个冬天，他的一峰长眉驼走失了，被一群狼围住，咬伤了身上的很多地方，不光腿已无法站稳，就连脖子也血流如注。它挣扎着跑到了一棵胡杨树前，把自己的头颅伸上去架在一个树杈上，然后便不动了。狼群一拥而上，撕咬它的身体，甚至咬断了它的脖子，它庞大的身躯轰然倒地，狼群疯狂地进行了一场饕餮。之后，狼群离去，叶赛尔的父亲阿吉坎找到出事点后，看见它的头颅仍架在那个树杈上，那漂亮的长眉和头上长长的驼毛完好无损，正随风飘拂。狼也有被长眉驼征服的时候，有一次，一峰长眉驼在外面十几天未回，天突然下雪了，主人不得不赶着驼群迁徙到另一个草场。雪停了后，主人正要去找它，却见它飞奔着跑进了牧场。奇怪的是它并不回到驼群中去，而是直接跑到主人跟前。主人见它跑得气喘吁吁，再往它背上一看，它背上驮着一只狼。狼惊恐地从驼背上跳下，试图逃出牧场，但牧场上人多，很快就把它围住打死了。原来，它在大雪天遇到了一群狼，一只狼跳上它的背咬它的脖子，它撒开四蹄就跑，狼在它快速的奔跑中既不敢跳下，也咬不着它的脖子，只好紧紧趴在它背上不动。它判断出主人一定把畜群迁徙到了那个草场，那个草场在它心里装着，所以就把狼驮了过来。

一小时后，叶赛尔挖开土坑，用木棍将炭灰慢慢拨开，羊肚子便出来了。羊肚子被焖熟后变成了黑色，像只黑煤球，说不上好看，也说不上不好看。叶赛尔将羊肚子上的灰吹净，用小刀轻轻一划，羊肚子便裂开，露出浓香四溢的羊肉。我惊讶地发现，如此焖熟的羊肉很鲜嫩，第一块吃进嘴里，便吃出酥软的感觉，其肥处浸出一股烫热的油味，但不腻，是一种独特的香，入口回味绵长。

叶赛尔担心我不会吃，便提醒我要混杂着吃，一块瘦肉配一块肥肉，那样才有味道。我依他所教试吃，果然更有滋味。吃毕，叶赛尔躺在一块石头上睡觉，我看见他的羊已四散开去，担心下午无法收拢，但看他睡得那样踏实，便觉得不用担心。等他醒来一问，他笑了一下没说什么。到了下午，他站在高处喊叫几声，羊群便很听话地向他走来。

羊肚子焖肉如今在城市中也能见到，乌鲁木齐的一些饭店就有这道菜。当然其焖制方法已大为改变，虽然还是先用羊肚子包好肉，但已经不用埋在沙土中，而是用锡纸将羊肚子包肉包裹起来，放入烤箱里焖制而成。还有一种常见的做法，是用锡纸包好羊肚子包肉后，在外面糊上备好的泥巴，套上钢圈放进馕坑里炙烤。有人另辟蹊径，把羊头、羊排、羊胯骨和前腿等部位放进羊肚子里面，焖制或烤熟后也是独具特色的菜品。也有人在家里做出了羊肚子焖肉，他将羊肚子包肉拌上各式调料，放入蒸锅清蒸一小时左右，出锅后一尝，口感独特，味道鲜浓。

放牧中接触到的美食，让我一直念念不忘。

冬拜吉干

第一次听到冬拜吉干,不知为何物。

有人解释,说是"白夹黑",让人听得云里雾里。

后来终于弄明白,冬拜吉干的白,说的是羊尾油。冬拜吉干的黑,则说的是羊肝。至于"白夹黑",就是用羊肝夹上羊尾油,其颜色有黑有白,而其形状像汉堡一样,用手捏住吃掉。因为形式独特,颜色好看,因此又被人称为"雪花羊肝"。

于是便明白,冬拜吉干是一道独特的风味小吃。

冬拜吉干是南疆喀什、阿图什一带的维吾尔族的独特美食,多出现在家庭餐桌上。在哈萨克族中,冬拜吉干多在"吾勒特热托依"仪式上出现,且多有趣事。未婚的青年男女最喜欢听到吾勒特热托依,因为它的意思是订婚,寓意相恋的人终于得到了双方家人的认可。订婚仪式历来沿袭在女方家举行的传统。到了那一天,男方父母会邀请近亲,带一匹健壮的马,另备其他礼物高高兴兴地前往女方家。女方家则早早地煮好羊肉,热情款待男方客人。冬拜吉干上桌后，虽然首先要给客人吃，但客人不能亲自动手去拿，而是由女方派出的代表（一般是妇女）拿起冬拜吉干，喂到每位客人嘴里。客人不能只顾享用，而是要拿出备好的小礼物，送给喂他们冬拜吉干的妇女。如果客人忘了准备礼物，喂冬拜吉干的妇女就会拿起酸奶涂抹在他脸上。此为订婚仪式中必不可少的取乐方式，谁也不能躲避，更不能生气。更加热闹的是，女方的青壮男子会把男方的青壮男子拉到毡房外，推进小河或早已挖好的坑里。那坑里的水或浅或深，客人和主人在此嬉笑打闹，这是仪式中最热烈的环节——踏水礼，寓意双方永不反悔。待订婚仪式结束，女方会给离去的男方客人赠送牲畜、布料和食物等礼物。

有一年在喀什，碰到宰羊的场景，宰羊者说，等一会儿把羊拾掇干净了，先弄个冬拜吉干给大家吃一下。终于要吃到冬拜吉干了，但宰羊者却不细说冬拜吉干的情况，只说反正冬拜吉干等着你的嘴，你的嘴在等着冬拜吉干，到时候让它们见个面，就什么都知道了。不用说，他说的"见个面"就是吃，吃过就会明白一切。

那天见到了从宰羊到做冬拜吉干的全过程。羊被宰杀后，将羊肝、羊尾油和羊肉一起入锅中的凉水，待煮开后将血沫舀去，用大火炖煮。原以为这种炖煮是需要文火的，但是主人不停地往炉中加柴火，锅中便一会儿翻出白，一会儿又翻出黑，是羊尾油和羊肝在锅中起伏的样子。羊肝无须多煮，几分钟就熟了，主人把羊肝捞出，切成薄片放置一边，然后等羊尾油熟了以后，也切成薄片，按羊尾油片的大小，夹在早已切好的羊肝薄片中，并撒些孜然、精盐和胡椒粉等调味品，放在了每个人的面前。

大家面面相觑，羊尾油肥得让人畏惧，怎么下咽？主人一笑说，有些事情看着是一回事，吃起来又是另一回事，吃过了才知道是怎么样。譬如湖南的臭豆腐，在名字上就直接来一个"臭"字，但是吃过的人都不会说臭。他说着便吃了一块，大家看见他的喉咙上下蠕动了几下，一块冬拜吉干就下肚了。吃完后他说，羊肝嘛味淡得很，羊尾油嘛又腻得你难受，但是把这两种东西合起来吃，哎呀那可真是妙不可言。

受他诱惑，加之羊肉已摆在一边，如果不先吃掉冬拜吉干，下一步便无法开始。我们便拿起冬拜吉干，轻轻咬一口在嘴里咀嚼。此时，羊肝已收紧，配以软糯的羊尾油，香而不腻，甚至让人不舍得下咽。

主人看见大家吃得舒心，自豪地说，怎么样，冬拜吉干是个好东西吧？不吃不知道，一吃忘不了。好吃，便就没什么顾虑了，索性放开吃吧。吃冬拜吉干有个诀窍，咬住羊肝薄片后，须一口咬下，且不可让其松开，否则夹在里面的羊尾油就会滑出，会让人吃得一嘴油。正确的吃法是用舌头顶住羊肝薄片，嚼烂后咽下。如此便不是单一的羊肝味，或羊尾油味。掌握了正确的吃法，发现冬拜吉干是越吃越香，那一盘冬拜吉干很快便被吃光了。往厨房方向张望，已没有动静，一定是没有了。想吃，期待下次吧，今日就此打住。

吃完冬拜吉干，便开始吃羊肉了，但大家仍对冬拜吉干感兴趣。主人介绍说，塔吉克族人结婚时，专做冬拜吉干待客。当主人将面粉洒在墙上，把羊牵到房顶宰杀，任由羊血顺着墙壁流下后，冬拜吉干也就做好了。客人们颇为慎重地吃掉它，祝福新郎和新娘，希望他们百年和好。

吃过冬拜吉干，想起有一次在福建听到的一个习俗，女儿把男朋友带回家，如果父亲看得上小伙子，便会给他做鸡吃。当地人认为，鸡身上最好吃的是鸡屁股，除了准女婿外，别人是不能动的。鸡屁股和羊尾油都是让人怯畏的东西，但因为风俗不同，就被赋予了不同的意义，便也就有了不同的魅力。

后来又知道，主人在招待客人食用冬拜吉干时，还有一个讲究，譬如来客多少，就准备多少羊肝和羊尾油，保证每位客人都能吃到一份。而客人在品尝了一份冬拜吉干后，才开始吃肉和其他饭菜。而塔吉克人用冬拜吉干待客，可以证明，这是现宰杀的新鲜羊肉。知道了这个讲究，以后再吃冬拜吉干就很感动，因为这是主人专门宰的羊。

后来碰到一个人说起冬拜吉干，却连声叹息。问及原因，才知道，城里人不吃冬拜吉干，而牧民们觉得，冬拜吉干是祖宗传下来的东西，应该好好地传承下去。于是他决定开一个专营冬拜吉干的饭馆，但找到其他牧民才知道，羊都成批卖了出去，羊尾油和羊肝都被扔了。那人无奈，只能摇头叹息。

胡尔达克

胡尔达克，就是人们常说的哈萨克土豆。

本来是很简单的一道菜，但在菜名上却冠以一个民族的名字，可见这个民族对这道菜的喜爱。

胡尔达克的做法很简单，用一句话说，就是把羊腿肉切成丁，皮芽子切丝，土豆和胡萝卜切丁，先在热油中炒熟羊肉丁，然后下皮芽子翻炒，再放入土豆和胡萝卜，加少量水，炖熟出锅即可食用。做胡尔达克之所以放土豆和胡萝卜，与哈萨克族至今仍沿袭古老的游牧生活有关。因为要逐水草而居，随季节迁徙，土豆和胡萝卜这种容易携带，而且不易变质的蔬菜便成为他们饮食的首选。

我曾见过一位牧民在转场时，在马背上驮一个大袋子，似乎装有酒瓶子，我问他是驮了一大袋酒吗？他摇头。我用手去摸，感觉酒瓶仅有几个，大多是土豆。他与我闲聊说，土豆和酒这两样东西，一个是吃的一个是喝的，吃的让肚子舒服，喝的让脑子舒服，就这样转场，还有什么不满足的呢？

在那次转场中,他给我讲了两件事。一牧民在转场中,见骆驼不停粗喘,且发出怪异的叫声。他仔细一看,发现驼背上的衣物中,有一只毛茸茸的耳朵。他们以为羊爬到了驼背上,待掀开衣物,见一只狼惊慌地跳了下去。原来,这只狼藏在驼背上,是想给狼群带路,引它们晚上来偷袭羊群。

另一牧民在转场中,也遭遇过狼。那天,他看见对面山冈上有十余群羊,每群皆十余只,正缓缓走向牧道。他很高兴,心想终于有人做伴了。但他又觉得奇怪,为何那羊每群皆十几只,且每群分开行走,不聚在一起?未等他弄明白,便发生了令他惊愕的变化,那些"羊"看见他和他的羊,嘶哑地嗥叫着扑来,一团黄尘随之弥漫而起,山冈顷刻间变得模糊起来。是狼!那牧民惊叫声未落,便看见密集的狼头快速向他冲过来。他迅速爬上树,一条条狼的脊背从树下窜过。数分钟后,所有的狼都奔跑了过去。他抱着树干滑下,大叫一声,我的羊到哪里去了?缓过神以后,他不得不承认,刚才的狼群冲过来时,他的羊未及逃跑,均被狼群给迅速拖走了。

在后来的转场中,他给我们做了一次胡尔达克,我在一旁看到了全过程,也就学会了做这道菜。他将羊肉、土豆、胡萝卜和皮芽子切成丁,然后又将姜切成末。等锅中的油烧热后,将皮芽子丁和姜末入锅爆炒出香味,然后下土豆、羊肉和胡萝卜,翻炒两到三分钟后加入适量的酱油、料酒和醋,继续翻炒变色后放入盐,然后加水淹过土豆,用大火炖煮约十分钟。当水只剩下少许,而土豆和羊肉、胡萝卜等已熟透融合,便出锅盛入盘子中。

那天因为人多,分别做了拌面、米饭和纳仁,还有携带的馕。我们用胡尔达克下饭,不管配什么主食,都觉得很香。因胡尔达克制作简单,除了在牧场中是日常饮食外,在哈萨克族人的冬宰节上也经常出现。

我一次性学会做胡尔达克后,经常在家做。我喜欢放豆腐干、恰玛古和土豆,适量与羊肉丁一起爆炒,尤其是放入蚝油,再滴入几滴红烧汁,味道会更加浓厚,喷香下饭,尤其是将汤汁拌入米饭,吃起来更有滋味。

2013年在北京工作时,我给同事做过几次胡尔达克。大家平时吃的是土豆块,而我改为小方丁,把豆腐干和肉切成同样的形状,在炒煮过程中便分不出土豆和豆腐干了,尤其是加调料变色后,就更分不出何为菜类何为肉类了。做熟上桌后,同事吃得很高兴,说整盘东西看上去都像肉一样。他们也一次学会了做胡尔达克,但他们经常会把调料加多,吃起来略为麻辣,且有些生硬。我已经到了吃饭很注意的年龄,本想开导一番他们,但看见他们吃得喜形于色,便忍了忍没说什么。

前年在塔城参加一个文学笔会,吃到了一次最正宗的胡尔达克。塔城是一个美食之城,因为有哈萨克族、俄罗斯族、乌孜别克族和达斡尔族等民族的文化背景,所以其饮食五花八门,各具特色。譬如俄罗斯族的列巴、苏甫汤和鱼子酱,达斡尔族的手把肉、酸奶拌饭、冷面,哈萨克族的马肠子、纳仁、包尔萨克,乌孜别克族的抓饭、油馕、奶茶和凉面等。那天,摆在餐桌上的是不同民族的典型菜品,但我对那盘胡尔达克情有独钟,吃第一口时便尝出土豆酥烂,羊肉脆嫩。因为放了番茄酱,汤汁的味道中有一丝甜酸,口感与味道俱佳。桌上的人可能不认识胡尔达克,误以为那只是一盘普通的土豆丁炒肉,所以几乎没有人动一筷子,于是便被我一个人吃了,心里还暗自得意。印象中,那盘胡尔达克中放了藿香,后来我在家做胡尔达克时也试放了藿香,果然味道分外不同。

那天吃完饭出来,我一个人在院子里溜达,见一位老人安静地坐在小菜园旁边,目定神闲,一身淡然轻松的样子。很巧,离他不远便是几株藿香，那嫩绿的叶子正是刚才吃到的。我走近才发现，他身边卧有一条狗。那狗被我惊扰，起身欲吠，被老人轻抚几下后安静地卧了下去。那几株藿香被狗碰得摇摆，老人用手轻抚那枝叶几下，它们便不动了。

下午听人们说，那老人的儿子出去放牧，到了该回来的时候，却不见他和羊群的影子。儿子走的时候对父亲说过，他回来要好好吃一顿胡尔达克，父亲在那几天一次又一次做胡尔达克，儿子却一直没有回来。他一直坐在那儿望着远处的山冈，如果儿子回来，必先出现在那里，他一眼便可以看见。

我问知道详情的人，那老人的儿子如果正常回来，应该在几天前？答曰，十天前。我的心一下子沉了。当晚的饭桌上又有胡尔达克，但我却无法把筷子伸向盘子。想必老人做晚饭时，又做了一盘胡尔达克，但最终仍是两眼茫然，任由那一盘胡尔达克被渐浓的夜色淹没。

一个月后，我托人打听了一下，得到的消息是，那老人的儿子还没有回来。老人每天早上起得更早，在院子外面走来走去，不时抬头向那个山冈张望。院子外面有草，草上有露水，很快就把他的鞋子和裤角打湿，但他一直望着那个山冈，直至太阳升起才默默返回。到了傍晚他复又出来望着那个山冈，但最终只能叹息几声，拖着沉重的身躯向屋内走去。

几年过去了，老人望着山冈的那一幕，一直印刻在我的脑海中，常常浮现，挥之不去。

包尔萨克

包尔萨克是哈萨克族的油炸饼类面食。

包尔萨克很容易做,把酥油、牛奶、蜂蜜和发酵粉掺在一起和面,等面发好后搓揉,擀成菱形或方形的薄片,放入烧沸的油中,用筷子翻动炸成金黄即可出锅。

其做法与油香相同,但在形状上却不一样,油香是圆的,包尔萨克是方的,亦有三角形的,看上去更小一些。哈萨克族人做好包尔萨克后,常常会成堆放在茶几或餐桌上,人们随吃随取,方便惬意。如果在牧区的霍斯中,客人们坐定后,主人会在霍斯的正中央铺一块餐布,在端上奶茶的同时,将包尔萨克倒在餐布上,让客人一边吃包尔萨克,一边喝奶茶。

说到吃包尔萨克时配奶茶,在新疆,尤其在哈萨克族人中,是永不更改的习俗。有一次,与一位朋友说起包尔萨克,他说包尔萨克是奶茶的丈夫,奶茶是包尔萨克的妻子。他的比喻很形象,哈萨克族人吃包尔萨克,必然会喝奶茶,喝奶茶必然会吃包尔萨克。就像汉族人吃包子，必然会有一碗稀饭，搭配起来吃才合适。

　　自此后便留意起包尔萨克，慢慢知道，这是哈萨克族人最常见的待客食物。你一脚迈进他们家的霍斯，马上便有一盘包尔萨克端了上来，当然还有一碗奶茶会紧跟着递到你面前。熟知这一习俗的人说，只要你有一双能迈进霍斯的脚，就一定有包尔萨克和奶茶在等待着你。

　　在哈萨克族中，人们常说，有霍斯的地方就有阿吾勒，"阿吾勒"是部落的意思。哈萨克族人都能够说出自己的祖先是哪个阿吾勒的，强调牢记血缘宗脉的光荣，并以"不知道七代祖先的人，是孤儿"的说法时刻警醒自己。哈萨克族另有一个说法：有阿吾勒的地方，就有包尔萨克。有包尔萨的地方，就有奶茶。可见在哈萨克族人的生活中，包尔萨克和奶茶有多么重要。后来去哈萨克族牧民的霍斯里多了，便知道包尔萨克除了方形以外，还有一种大而圆的叫"托盖包尔萨克"。"托盖"是骆驼的意思，说的是大包尔萨克。

　　居住在帕米尔高原的塔吉克族人，也做包尔萨克，其制作方法和做成的形状，均与哈萨克族的包尔萨克不同。塔吉克族青年人结婚时，由长辈中的妇女在屋中揉做包尔萨克，但炸包尔萨克的油锅却在屋外，揉好后，由年轻妇女装入盘中端出。塔吉克族人做包尔萨克时，会放入酥油和糖，于是面越揉越硬，所以要在揉的过程中不停地加入牛奶。揉到一定的时候，便揪成小块，继而又揉成小窝球状，在网状的筛子上滚动几下，在表面拓下花纹，便可入油锅炸了。塔吉克族人的包尔萨克比起哈萨克族人的包尔萨克更加酥脆香甜，酥油泛出的香味也更独特，吃起来口感更佳。但塔吉克族人远在帕米尔高原，所以他们的包尔萨克鲜有人知，不到帕米尔高原是吃不到的。

　　新疆人经常说的包尔萨克，一定是指哈萨克族人的包尔萨克，在新疆待上三五年，便一定能吃到。一次，一位牧民问我：如果把你放在阿勒泰，你吃什么，穿什么，住什么？这三问让我不知该如何回答。后来在阿勒泰的山水间走动得多了，便有了答案：如果我一人生存于阿勒泰的山野间，我只需像牧民一样放羊，兴致来了便大块吃肉，大碗喝酒，不想吃肉、喝酒了，便去吃包尔萨克，喝奶茶。闲了像过节一样穿上色彩鲜艳的衣服，忙了穿上羊皮袄迎风踏雪去放牧。居住在从外面看上去颇为简单，但里面铺满毡毯的霍斯。

这样一想，便觉得那一定是下辈子的事情，只能想想而已。但是且慢，既然是想象那就想得更美好一些——如果我在牧区是一个女人，那一定是天生的艺术家，使用各种毡毯艺术品打发日常岁月。如果我是一个男人，那一定是天生的演唱者，拿起镶嵌兽骨或金属的冬不拉，开口就能唱三天三夜的史诗。呵呵，下辈子的情景可以想象得更多更好，但此生还得把这沉重无奈的日子挨到尽头。

一次去喀纳斯湖，半路遇到哈萨克族人举行"恰秀"活动。恰秀是一种祝福形式，男女老少在草地上围成一堆，一块彩色毯子上成堆放着包尔萨克、奶疙瘩和糖果，四位少女各持毯子一角，抬到一位年长妇女面前，她抓起包尔萨克等抛向空中，待落下后人们便去抢一个吃，气氛颇为热闹欢快。多抢多吃便多福，那情景在草原上已持续多年。

后来，在喀纳斯湖附近的一户人家，听到一个发生在那仁牧场的有关包尔萨克的故事。说是有一年，牧民因为大雪提前降下，不得不匆忙转场。走了两天，吃光了包尔萨克，脚下的路却遥遥无期。走到一户人家跟前，那家主人一看牧民愁苦的表情便知道发生了什么。他让他们停下休息一晚，保证第二天早上让他们高高兴兴上路。那一夜他们一家人忙了一个通宵，炸出了成堆的包尔萨克，帮助牧民渡过了难关。

哈萨克族有不少真诚待人的谚语，如："祖先留下的遗产，一半是给客人的""只要沿途有哈萨克毡房，你走一年也饿不着""如果在太阳落山的时候放走了客人，那就是跳进大河也洗不清的耻辱"这些谚语形成了这个民族的文化，深刻影响着人们的生活。那家人遵循的也是古老的游牧民族的生存法则，所以，后来有人与他说起那件事，男主人不好意思地说，只要走在草原上，你的事情就是我的事情，我的温暖就是你的温暖。说完转身而去。

几年后，我为写长篇小说《狼苍穹》去了纳仁牧场，待了几天后决定把小说故事的发生地放在这里。当时，我尚不知自己会写一个怎样的故事，但那里的牧场、河流、山坡、树林，以及雪山和天空都是令人迷恋，我一一记住了它们的形状，并为我的决定而暗自欣喜。

当时在牧场上碰到一个小伙子，他每天在包里装一些包尔萨克，骑着摩托车去放牧，看上去与骑马的牧民格格不入。一问才知道，他正处于犹豫和艰难的抉择中。他本想去哈巴河县城挣钱，但又担心在城里创业不易，而在纳仁牧场只能放牧，只能天天吃包尔萨克，远远不如城里的东西丰富。

他想去求"巴克斯"（萨满）占卜，看能否通过火烧羊骨和分布四十一粒羊粪来测算自己的命运。但他又觉得那是古老的方式，未必在当今管用。

他陷于苦闷无力自拔，有一天甚至把希望寄托在包尔萨克上。他在草地上放了几个包尔萨克，如果羊吃了，他就留下放牧。如果牛吃了，他就下山去当城里人，从此不再回来。但那天突降一场大雨，牛羊跑到他跟前，眼巴巴地盼望他把它们赶回圈中去。他对着天喊了一声，喊完后脸上湿湿的，不知是雨水还是泪水。

杂克尔

一次与朋友聊天，听他提到"杂克尔"三个字，一时觉得熟悉，却想不起在哪里见过。等弄清楚杂克尔就是玉米面馕后，便想起我二十多年前在和田吃过。

杂克尔为和田独有，出了和田便吃不到。做杂克尔的主材，是和田人用石磨缓慢磨出的玉米面。他们喜欢用凉水和面，并且把切好的皮芽子丝、南瓜条、肥羊肉丁等揉进面中。这样做出的杂克尔，有一股玉米面的天然香味。如果一出炉就就着核桃仁吃，则口感会更加酥脆，味道则更加甜蜜。人们在早上下地前吃一个杂克尔，很能顶饥耐饿。如果吃杂克尔时再喝一碗酸奶，或者一碗羊肉汤，再或者一碗沙枣汤，便浑身有劲，干一天活也不累。

和田是新疆最遥远的地方。外人初到和田，便听到一个吓人的说法：和田人民很辛苦，一天要吃二两土，白天不够晚上补。干旱、赤野和风沙，几乎是和田的代名词。但和田的历史却丰富厚重。它背倚喀喇昆仑山，喀喇昆仑山背倚印度，佛教翻山越岭进入西域的第一站就是古代和田。其时的和田称"于阗"，是历史上延续时间较长的王国。

　　于阗因举国信佛，曾被誉为"佛国"。于是求经传教者，西去天竺，南下中原，必经于阗。于阗曾有一寺，名龙兴，仅一位僧人。一人一寺，却每日功课有序，恍若一人是众生，众生又仅为他一人。唐开元间，慧超赴印度求法，归国后写成《往五天竺传》。书中记有这位奇僧，但那僧人姓甚名谁，却未提及，后人于是称他龙兴僧。某一年，有两国军队交战于阗，龙兴僧被一方军队抓住，押离于阗两千里，已无望返回。龙兴僧沉默无声，默默而行。一日，他自停念经，军人见他目空一切，便断他双足，他亦不停。

　　另有一事。于阗城东南有一大河，灌溉于阗所有田地，可谓福河。忽一日，那河绝流，人们为之惶恐。于阗国王召见僧人，问大河绝流原因。僧人答曰：有龙不悦，作怪所致。国王于是祭龙，却见一女子凌波而来，对国王一拜说，我丈夫死了，如有国臣愿为我夫，大河可恢复。此消息传出，有一大臣愿往，于阗举国相送。大臣骑白马，随那女子入河，居然不溺。后来，那白马从河中浮出，背上驮一旃檀鼓，另有一封书信。人们将书信打开，见上面写有：将旃檀鼓悬挂于城东南。为何要那样，信中未表一字。后一日，有强盗欲攻于阗，那鼓及时自鸣。

　　我喜欢把和田和喀什做比较。喀什像学者，和田像壮汉，前者文质彬彬，后者热情奔放。于是便觉得风沙颇符合和田的气质，从中可看出一个地方不羁的性格。

　　第一次吃杂克尔，正是在和田。一天，和田军分区的一位领导请客，我们乘车穿过一片白杨林，又穿过一片红柳林，最后又在一大块玫瑰花地边穿行。那玫瑰花非常漂亮，大家看得正高兴，那位领导却说到了，下车吧。那顿饭是在一个乡村干部家吃的，席间有铁盒焖羊肉、红柳烤羊肉串、河水炖鱼汤、清炖羊肉、放了葡萄和红枣的抓饭等，大家吃得颇为高兴。吃到最后，女主人端上来一盘黄灿灿的饼子，郑重其事地说，请大家吃个杂克尔，回去的时候有力气走路。我掰下一块尝了一口，表皮脆，里面甜而酥软，有一种越嚼越香的味道。主人说，杂克尔是用玉米面做的，他父亲在馕坑跟前忙了一下午，才烤出了这一盘杂克尔。原来，杂克尔就是玉米面馕，其烤制程序与别的馕别无二致。吃完要走了，我快要迈出门时一犹豫，本想拿上几块杂克尔，但耽于面子还是打消了念头。

几天后，在墨玉县见到了人们在馕坑前打杂克尔。他们用的是很细的玉米面，掺和剁碎的皮芽子、南瓜和肥羊肉，既起到调味作用，又不影响玉米面的天然香味。做杂克尔用凉水和面，先揉搓，然后用巴掌拍成饼状，便可入馕坑炙烤。我和馕坑边忙碌的农民说起杂克尔，他接连说了四个"最"：杂克尔最顶饥耐饿，最受下地干活的人欢迎，就着酸奶、羊肉汤和沙枣汤边吃边喝最好，刚出馕坑后就着核桃仁吃，口感最独特。

离打杂克尔人家不远，有一个旧时巴依（地主）的大院子，至今仍保持原貌。尤其是院子里的梨树，没有几十年恐怕长不成那么粗壮。更让人吃惊的是，它们结出的梨子比拳头还大，朋友摇晃梨树便落下几个，用手捧着却不知如何下口。留下最深印象的，是分布于大院两侧的房间里，依次可看出是主人会客、起居、用餐、看书和洗澡的地方。在另一房间的墙上挂有皮鞭和绳索，是惩罚劳作不力的长工和犯错下人的专用刑房。看皮鞭和绳索那么粗硬，浑身便不由得一颤。听人说，那巴依的家业大得很，仅长工就有近百人，每天打杂克尔的人就有五六个，而且要从早到晚不停地打，才能供得上长工吃饱。问巴依吃杂克尔吗？答曰也吃，但巴依让长工们吃饱是为了多干活，他自己倒是舍不得吃呢。

说话间出了大院，见附近有一水磨，名曰"二十八盘"。朋友介绍说，先前此处有二十八个水磨，时过境迁只剩下眼前这一盘还在使用，但人们仍用"二十八盘"称之。这是目前不多见的水磨了，利用水的作用推动木轮，再让木轮带动两片石盘转动，玉米便被磨成细细的面粉。我抓了一把细看，感觉在昏暗的磨坊中，玉米面泛出了金黄色泽。问正在磨面的人，现在用水磨的人多吗？他答曰不多，也就是打杂克尔的人来这里磨面。噢，只要杂克尔存在，这水磨便不会消失。新疆人提及和田时经常会说，和田是离北京最远的地方。我想，由此亦可说，和田是最偏远之地，唯有如此才能保存最古老的传统。

　　听说有一人专门负责看管水磨，那天他去了别处，我们没有见到他。晚上吃饭时，听到他的一件事，说是他有一天去山中放羊，天气突变下起大雪，他担心羊群在大雪中迷路走散，便将羊群赶入一个山洼避雪。眼看那雪越下越大，他不免有些恐惧，担心自己和羊群无法挨过大雪之夜。后来他无意间想起打杂克尔的馕坑，便捡来柴火，把地上的沙子烧热，然后在上面又盖一层沙子，便和衣躺了下去。聪明的他利用了恒温原理，抵御了寒风大雪。

　　说来有意思，他的羊群似乎看懂了他的意图，遂在他身边围成一圈，给他挡了一夜飘雪。事后，他每提及那次经历，便说他在那天晚上当了一夜的"杂克尔"。

巴哈里

巴哈里,也就是新疆人经常说的黑蛋糕。

在新疆,逢年过节除了肉食之外,每家餐桌或茶几上必不缺糕点,如馓子、包尔萨克、巴哈里等。于是便有了一个说法,无肉不算过年,无糕点不算过节。

巴哈里和馓子、包尔萨克一样,都是节日的传统食品。它原是俄罗斯的一种点心,传入新疆后受到了广泛的喜爱,久而久之,竟融入了当地人的文化和生活。巴哈里之所以是黑色,与俄罗斯的传统有关。我在莫斯科和圣彼得堡吃过大列巴和面包,都不像中国糕点那样洁白糯软,看着粗糙,调动不起胃口,但一旦吃一口在嘴里,倒也回味绵长。尤其是配上苏甫汤之后,颇有一番异域风味。

我第一次在一位战友家吃巴哈里时,便见到了其制作过程。他妻子把几个鸡蛋打碎放入盆中,依次加入糖、蜂蜜、清油、可可粉、红糖、牛奶、苏打粉等,用筷子搅拌均匀,然后放入面粉,搅拌成蛋糊状后,放入核桃仁和杏仁,在表面撒一层葡萄干,入烤箱半小时后取出。巴哈里一出炉,一股香甜便弥散开来。看她那么熟练地操作，而且制作器具一应俱全，似乎明白了，巴哈里之所以受人们喜欢，是因为多在家庭中就可以完成，是人人都能做的一道食品。

那天，有一人带了孩子来做客。那小孩闻到巴哈里的味道，对他爸爸说，这个巴哈里多少钱，咱们买一个尝一下吧？在小孩子的意识中，凡是好吃的东西皆可由父母买来，于是便说出那般可爱的话语。大家都笑了，小孩却一脸茫然，一副担心吃不上的样子。他想吃，但他有限的判断能力限制了他，不知道那巴哈里就是专门用于招待客人的，自然少不了他的。那战友赶紧将巴哈里切开，先满足了那小孩，然后递给每人一块。

他说，我们今天先吃巴哈里，让嘴甜一下，然后吃手抓羊肉，让肚子饱一下，再然后喝酒，让全身热一下，最后吃个揪片子，让酒醒一下，整个人就舒服了。在新疆吃饭喝酒，经常会碰到这样的说辞。有的人劝酒时会说，饭嘛是力气，肉嘛是膘，酒嘛是水，人嘛是鬼，吃吃喝喝嘛是日子。说完觉得把人说成是鬼不合适，马上又改口说，人嘛能吃就能干，能喝就能玩。大家一笑放过，不再计较。

那天，我发现巴哈里刚取出时，外形酷似北京的枣糕，但一尝才知道，它有自己独特的味道。除了糯腻酥软、香甜可口外，里面的核桃仁、杏仁和外面的葡萄干也丰富了它的层次和口感，增加了更多的味道。

那小孩吃完一块巴哈里，用舌头舔了一下指头，眼巴巴地往主人脸上看，主人明白他的意思，又给他一块，他接住一边吃一边笑。他高兴，大家也高兴。等手抓羊肉上来，他却一口也不吃，笑着说出他的理由：巴哈里太甜了，他要让那甜味儿在嘴里多留一会儿。大家被他逗乐，便任由他去玩。

上了手抓羊肉，自然就要喝酒。新疆人虽然经常吃手抓羊肉，但是却吃不了多少，最多吃两块就只看不动了。主人这时就会把酒倒满说，这肉吃得瓷实得很，现在需要喝酒灌缝缝，说着就把酒递到了你跟前。那天，我们记得吃了几块手抓羊肉，但却不记得喝了多少杯酒。最后，还是女主人发了慈心，劝她丈夫说，揪片子已经做好，要不先把揪片子吃了，再接着喝。她丈夫已喝得上了头，手一挥说，揪片子做好了为啥不端上来？赶紧上赶紧上！大家吃了汤水酸爽的揪片子，便忘了再提喝酒的事情。也可能有人意识清醒，但已经不能再喝了，所以也只字不提。大家聊了一会儿，便一一告退。那战友的妻子给每人备了一份巴哈里，最高兴的是那小孩，他催他爸爸快带他回家，他急着要吃巴哈里。

我那时尚未成家，带回的那份巴哈里，被同宿舍的战友当晚吃了个精光，第二天问我哪里有卖，他们还想买些回来吃。我说，那份巴哈里出自一位家庭主妇之手，他们才打消了念头。

之后便经常吃巴哈里，亦慢慢知道巴哈里的别称可谓不少，有巴哈利、巴哈力、帕哈力、帕哈里、帕哈利等。逢年过节，新疆人必做巴哈里，切成小块放入盘中，早早地摆到餐桌上。人们取用巴哈里时，每次一小块，那是吃巴哈里的正确方式。

后来又吃到了放羊油的巴哈里，亦听到此做法的来历：有一人宰了羊后，不愿让剩下的羊油浪费，在做巴哈里时便尝试放入一些。没想到，这样做出的巴哈里香而不腻，颇为好吃。但放羊油的巴哈里不多见，想必是人们吃惯了甜糯的口味，对于油腻的便不易接受。

现如今，巴哈里基本上都是甜糯型的，亦为新疆人的常备糕点。新疆人善于做蛋糕，先后做出了麦趣尔、葡萄树、爱里等数十种，所用均为新疆本地的面粉。新疆人的胃被新疆的食物养育，到了别处不论是什么水土，都能在短时间内适应，但对新疆食物的迷恋却很难被改变。我曾听说二十余个新疆人在大连学习期间，想吃新疆的羊肉，便托人空运过去，炖熟后却吃不出新疆的味道，才知道是水不对。于是又从新疆空运了水，再做一次，终于吃到了熟悉的味道。

二十年前，有一位朋友的女儿在北京读大学。朋友要去北京出差，问女儿想吃什么，女儿说想吃巴哈里，而且必须是西北路那家的。她爸爸怕蛋糕被颠坏，在飞机上用双手把巴哈里盒捧到了北京。

还有一个很多新疆人都知道的故事，说现如今的新疆某集团的董事长，当年在家乡无法生存，便扒火车进新疆谋生。在半路饿得头昏眼花，一位乘务员给他五元钱，让他吃了一顿饭。他进入新疆后经多年努力，最终是风味面点成就了他。他始终以平常心做事，事业越做越大。有时候他想起当年用那五元钱吃上的一顿饭，便觉得此生的命运与食物密不可分。他想找到给过他五元钱的那位乘务员，但费尽周折却徒劳无功。如今他身价过亿，但那五元钱在他心中的光芒，却高过一切。

我吃过他们店中很多的产品，但特别钟爱他们的巴哈里。我喜欢巴哈里的甜，总觉得那甜意味深长。

后　记

　　年初的一天，乌鲁木齐下了一场大雪，我在家中闲坐，想起二十余年前在南疆吃烤羊肉串时，满十串可奖励一串，谓之"烤肉奖金"的事情。那时为了烤肉奖金，战友们凑在一起去，每次都能多吃几串。如今吃烤羊肉串，没有了烤肉奖金一说，但这件事却让人感到温暖。兴之所至，当天写下《烤羊肉串》一文，才发现虽然谈的是饮食之道，但对自己经历的认知，却已经变得清晰。

　　数日后兴致渐浓，遂尝试写了《烤包子》《拌面》《抓饭》等，发现打开了我在新疆近三十年的记忆，尤其是与美食有关的往事，逐渐变得厚重而悠远了起来。冷静思量，觉得能从记忆中淘出不少东西，遂产生写一本新疆美食书的想法。

　　说来有意思，我老家亦有不少美食，且喂养我长大成人，但我却觉得它们遥远而模糊，唯独新疆美食让我觉得亲切，了如指掌。细想，是因为我到新疆后，先适应了新疆美食，然后又适应了这块土地的缘故。另有一个原因，新疆美食交汇多种文化，游牧和农耕文明、东方和西方文明、汉族和少数民族文明融合后，呈现出浓郁的历史文化特色。新疆的美食文化注定要吸引我，以至于每吃到一种，便为其文化背景和附带的趣事着迷。

　　新疆美食多保持原始古老的传统，且不依靠餐具制作。多少年前，人们在沙漠戈壁生火烤肉，如今的烤羊肉串、馕、烤包子等，依然保持着这一制作特点。食材出自大地，制作依然依赖大地，这样的美食往往味道醇美，形式独特，食之让人情趣怡然。

新疆美食亦有悠久的历史，仔细梳理，便可发现游牧民族在逐水草而居，随季节迁徙的过程中，创造出了诸多延续至今的美食。丝绸之路自东向西延伸，而这些食物却自西向东而下，传入了中原，然后被中原巨大的农耕文明——揽入了怀抱。

美食文章似乎已有固定格局，从袁枚到梁实秋、汪曾祺等人，走的都是小品文的路子，其文字干净利落，气脉暗涌，且能够将自己不动声色地藏于文字当中。而摆在我面前的新疆阔大雄浑，其美食深受游牧文化影响。譬如羊，我写完书稿后数了数，涉及羊肉的有十余种，可谓是一羊孕育无穷美食，亦让人感觉有写不尽的文章。

袁枚先生说过，"学问之道，先知而后行"，饮食亦然。享用新疆美食近三十载，其味道与形式已烂熟于心，此次写下文章，是交代，亦是总结。

从新疆大雪纷飞的年初写到酷夏，有困惑亦有沉迷。美食好吃，美食文章难写，写作中总是充满疑惑，觉得轻易接近一件事，只有疯狂和幸运两种可能。其疯狂大概是热情无以控制，遂喷薄而出。而幸运则如博尔赫斯所说：是被神选中的劳动者。我在新疆的时间，际遇，记忆和思考，在回头张望时都变得透明，似乎在等待我把它们一一写出。

百种美食有百味，我将其视为人生在世的百福。但我还没有写够一百种，所以我想，未来还会有很大的美食探索空间，可供我去发掘吧？

是为后记。

王族
2019.6.25